LES TROUBLE-FÊTE

CHRISTINE ARNOTHY

LES TROUBLE-FÊTE

roman

BERNARD GRASSET

PARIS

Les personnages de ce roman, comme leurs noms ou leurs caractères, sont purement imaginaires et leur identité ou leur ressemblance avec tout être réel, vivant ou mort, ne pourrait être qu'une coïncidence insoupçonnée de l'auteur ou de l'éditeur.

Pour Claude toujours présent.
Pour mon fils François,
mon meilleur ami, mon coéquipier.

Dans un vieil immeuble près de l'Arc de Triomphe, une femme, arrachée à son sommeil artificiel par le bruit métallique de l'ascenseur, guettait dans la nuit.

La petite pendule posée sur la table de chevet tatouait l'espace noir de ses chiffres phosphorescents. Il était 2 heures. Dans l'autre lit son mari respirait lourdement. Dormait-il vraiment ?

Lucie quitta la chambre et s'engagea dans le couloir, se heurtant au passage à une méchante petite table qui la marquerait de bleus. A travers le judas de la porte d'entrée, elle jeta un coup d'œil sur le palier éclairé. Les Anglaises du cinquième rentraient parfois tard du cinéma, l'une d'elles était insomniaque et l'autre dévouée aux nuits blanches de sa compagne.

Lucie entrouvrit la porte, mais n'entendit pas le cliquetis du trousseau de clefs chargé de breloques de Miss Hammond. En s'obstinant à se faire souffrir à ce point, elle finirait dans un asile. N'avait-elle pas reconnu le corps de son fils à la morgue d'Amsterdam ? Ses vêtements surtout ? Le foulard autour du cou ? Le visage n'était qu'une plaie et le corps avait séjourné longtemps dans un canal... Tout en faisant des « oui », en hochant la tête, elle entendait hurler : c'était sa voix, « non », « non »... Depuis des mois, l'affaire était classée. D'où venait cette fascination folle qui l'incitait souvent la nuit à monter dans la chambre de son fils, au sixième étage? N'avait-il pas répondu consciencieusement à toutes les questions qu'on lui avait posées lors de l'enquête? N'avait-elle pas accepté sans trop de résistance les séances chez un psychiatre qui avait déclaré au bout de trois mois de duel verbal qu'elle souffrait de tendances maniaco-dépressives?

Dans la cuisine, elle prit une lampe de poche et la clef de la chambre puis elle sortit. Sur le palier, elle fit fonctionner la minuterie et, dans l'éclairage fade, s'attarda devant la porte de ses voisins, M. Herzog et Mme Weiss, un couple rescapé des camps d'extermination. Lui était sensible au moindre dérangement. Les chocs sonores ravivaient ses souvenirs de guerre et risquaient de provoquer des crises. Lucie tourna le visage vers leur judas. Si M. Herzog était réveillé et caché derrière sa porte pour surveiller le palier, il se calmerait en la reconnaissant. Au bout de quelques secondes d'attente, elle monta au cinquième. A droite habitaient les deux Anglaises, à gauche l'appartement refait à neuf allait être bientôt occupé. D'après la femme de ménage, les nouvelles copropriétaires – une femme seule et sa fille – s'y installeraient incessamment. L'ascenseur était immobilisé à cet étage. Objet neuf et clinquant encore, son installation avait été décidée, après une vraie guerre entre les copropriétaires, à la suite d'un vote à une faible majorité.

Lucie arriva au sixième étage, celui des « bonnes ». Du couloir, aux portes numérotées, toutes semblables, se dégageait l'odeur d'un vieux bateau échoué dans la vase. Elle s'arrêta devant le numéro 6 et se mit à se battre avec la serrure. Il fallait soulever légèrement le battant pour entrer dans la pièce. L'électricité y était coupée depuis des mois. Lucie l'éclaira avec sa lampe de poche dont le faisceau de lumière effleura l'évier et le lit pliant. Elle ouvrit la porte-fenêtre et sortit sur le balcon, un étroit ruban de béton. Elle se cramponna à la balustrade; le vide l'effrayait et l'attirait. En proie au vertige, les jambes affaiblies, elle s'imaginait tomber. Elle revint dans la chambre. Que restait-il ici de Didier? Des posters sur le mur et l'envie de hurler de chagrin. Elle ne voulait plus se faire souffrir et décida de redescendre chez elle. En sortant de la chambre, elle poussa une exclamation. Miss Hammond se tenait dans le couloir.

– Ne criez pas! Ce n'est que moi, dit celle-ci.

Vêtue d'une robe de chambre rose bonbon, elle ressemblait à une vieille petite fille.

– Vous faites beaucoup de bruit. Vous oubliez que notre chambre à coucher se trouve juste en dessous de cette pièce.

– Veuillez m'excuser, répondit Lucie, machinalement. Je suis navrée...

– Vous savez, il ne faut pas trop se fier aux insomniaques... Leurs réactions sont imprévisibles. Ils se révoltent contre le bruit, même s'ils ne dorment pas...

– J'ai entendu l'ascenseur, bégaya Lucie. Je suis venue juste pour voir... Je ne sais pas pourquoi d'ailleurs... Je ne dors pas non plus... J'ai dû forcer cette porte, elle semblait bloquée. D'où le bruit... Je vous promets...

L'Anglaise la dévisageait de ses yeux couleur noisette.

– L'ascenseur est au cinquième depuis notre retour à la maison, vers 23 heures. Vous êtes anxieuse. A force de guetter un bruit, vous l'entendez. Pourquoi ne prenez-vous pas un somnifère, au lieu d'écouter la nuit?

– Merci pour le conseil. Mais je suis bourrée de calmants. Plus rien ne m'aide.

Elle fit un petit geste.

– J'essaie de lutter. Je ne peux rien contre la douleur. Elle s'attaque à moi, elle me dévore. Je vous promets que je ferai attention... Je vais essayer de ne plus vous ennuyer...

Un coiffeur, malicieux ou distrait, avait déguisé Miss Hammond en gamine : de ses cheveux plutôt longs il ne restait que des petites mèches raides.

– Vous regardez mes cheveux? Je lisais un rapport de comptabilité quand le coiffeur s'est acharné sur moi. Il voulait que je sois à la mode.

– Les cheveux repoussent. Un centimètre par mois. Et ça

vous va bien. Il faut changer de tête de temps à autre.

– Venez, dit l'Anglaise, amadouée, venez. Je vais nous préparer un thé.

– Je ne veux pas vous déranger!

Lucie protestait pour la forme.

– Vous m'avez déjà dérangée. Autant en profiter. Venez...

Miss Hammond jouait avec sa lampe de poche, faisant passer d'une marche à l'autre les ronds lumineux. Arrivée sur le palier, Lucie l'arrêta :

– Vous êtes très aimable, mais il vaut mieux que je rentre chez moi. Mon mari pourrait s'inquiéter. Il dormait quand je l'ai quitté, mais s'il s'est réveillé...

– Ne vous en occupez pas. S'il dormait quand vous êtes partie, il dort encore, heureux qu'on lui fiche la paix.

D'un mouvement de tête, elle désigna l'appartement en face du sien.

– Il était temps qu'ils terminent les travaux. Dans quelques jours il y aura deux femmes de plus dans l'immeuble. Venez...

Elle ouvrit la porte et tourna le commutateur. La lumière opaque du lustre 1900 rendait leur teint livide. Lucie découvrait un univers chargé d'objets.

– Nous sommes des collectionneuses, lança Miss Hammond. Venez.

Lucie aperçut un orgue de Barbarie appuyé contre le mur du couloir et, au-dessus, sur des étagères recouvertes d'une couche de poussière, posées comme des trophées de chasse, des têtes d'anges en bois sculpté.

– Nous adorons les anges, nous les cherchons assidûment, nous en trouvons encore lors de nos « descentes » en Normandie. Nous les volerions même dans les églises...

Elle plissa les yeux et sourit :

– C'est une plaisanterie...

Elle passèrent devant une pendule au cadran décoré d'une scène champêtre. Un jeune berger tout de bleu vêtu comptait ses moutons. Les aiguilles, arrêtées depuis des décennies, indiquaient 11 heures.

– Mais oui, tout est là mais rien ne marche... Un jour nous ferons tout réparer : l'orgue, la pendule, les boîtes à musique. Il faudrait pas mal de sous pour rafistoler nos épaves.

Une légère odeur de pomme planait dans la cuisine. La lumière orange des appliques tarabiscotées et les placards modernes faisaient bon ménage. L'Anglaise brancha la bouilloire électrique remplie d'eau.

– Je reconnais qu'on ramasse des choses inutiles. Mais on n'a pas de chien, ni de chat, ni d'enfant. Alors, pourquoi pas des anges? Ou des armoires? Chine ou Ceylan?

– Comment? dit Lucie, surprise.

– Le thé. Voulez-vous du chine ou du ceylan?

– Je ne sais pas...

Miss Hammond posa un regard indulgent sur Lucie.

– Vous ne connaissez rien aux thés, n'est-ce pas? Leur choix a une grande importance, pour nous, Anglais.

– Étudiante, je buvais du thé parfumé, précisa Lucie, polie. Du thé très parfumé...

Elle se tut.

L'Anglaise officiait. Elle prit des tasses dans un placard.

– Regardez, ils les placent toujours trop haut, ces maudits placards! Même quand l'ouvrier est de taille moyenne, il les flanque bien haut. Il y a certainement une explication psychologique. La méfiance à l'égard des femmes, la provocation, ou tout simplement la sottise...

Elle rinça la théière avec de l'eau bouillante.

– Delphine, mon amie, dort bien, comme votre mari. Mais elle se culpabilise aussi... Elle trouve qu'elle n'a pas le droit de si bien dormir, quand, moi, je veille... Du sucre? Combien?

– Deux... ou trois...

Miss Hammond posa le sucrier sur la table d'un geste énervé.

– Servez-vous.

Elle attendit puis versa du thé dans les tasses.

– Au début de notre vie commune avec Delphine, j'ai

voulu faire chambre à part, son bon sommeil m'agaçait. J'ai mis un certain temps pour admettre que ma compagne puisse m'échapper pendant la nuit. Du lait ou du citron ?

– Rien, merci.

Elle déposa sa tasse, le thé était brûlant.

Miss Hammond se pencha vers elle.

– Je ne devrais pas en parler, mais je le dis quand même. Il faut accepter l'évidence : votre fils n'est plus de ce monde.

– Je crève à chaque seconde, mademoiselle Hammond.

– Tout le monde crève de quelque chose. Mais à ce point... Je ne connais pas l'instinct maternel, mais en vous voyant j'imagine ce que ça peut être...

– J'ai voulu me suicider, avoua Lucie. J'étais trop lâche. Pour me justifier, je me suis dit que mon mari n'aurait pas supporté deux deuils. J'avais tout simplement peur.

– Les hommes résistent bien aux cataclysmes. Et puis il y a autour d'eux aussitôt des femmes très disponibles qui ne demandent qu'à les consoler.

Lucie passa le dos de sa main sur son nez. Miss Hammond lui tendit une boîte de Kleenex qui traînait par là.

– Tenez, servez-vous. Vous n'arriverez à rien en pleurant.

– Je fais des efforts pour ne pas pleurer. Je vais y arriver. Le temps aide, m'a-t-on dit...

– Les larmes, il faut les avaler, ma petite. Les avaler ! Tout dans la gorge, rien dans les yeux ! Une question, puisque vous êtes là : quand va-t-on changer la serrure de la porte de l'immeuble ? Je crois que votre mari s'en occupe...

– La semaine prochaine. Et c'est nous qui la payons, la nouvelle serrure, tout le système électrique va être remplacé.

– Voyez-vous, même pour un amateur de films d'épouvante, comme moi, l'idée que n'importe qui peut entrer dans l'immeuble à n'importe quel moment est effrayante.

– Encore quelques jours de patience.

– J'espère qu'on ne nous égorgera pas avant...

– Je vous assure que ça va être fait...

– Delphine est inquiète aussi, continua Miss Hammond. Je la rassure comme je peux. La femme de ménage, qui sait tout, a dû vous le raconter : nous travaillons toutes les deux dans le même bureau d'import-export. Quand nous nous sommes connues il y a dix ans, nous avons décidé de n'accepter que des postes où l'on nous engagerait ensemble. Nous couvrons des secteurs qui se complètent, ça arrange les employeurs.

– Et pourquoi la France? demanda Lucie.

– Les hasards de la vie, les hasards. Depuis presque douze ans...

– La vie de deux femmes ensemble doit être plus agréable que celle d'un homme et d'une femme; plus facile...

– Pourquoi plus facile?

– Je ne sais pas. Il y a peut-être plus de compréhension.

– Vous n'avez pas à vous plaindre, s'exclama l'Anglaise. Vous, vous êtes bien lotie. Vous avez un mari en or. Quelle patience il a, cet homme! Entre vous et votre fils, il n'a jamais eu la vie très commode... Il me semble...

Elle se leva et sortit du placard haut placé une boîte en laque noire. Elle l'ouvrit.

– Servez-vous de mes petits gâteaux. Les *shortbread* des Danois sont parfois meilleurs que ceux des Anglais. J'ai aussi des galettes bretonnes, si vous êtes chauvine?

– J'aime bien votre humour, dit Lucie.

Elle prit un gâteau et se mit à le croquer. Puis son visage fut inondé de larmes.

– Non, dit Miss Hammond en grignotant, non. Ne pleurez pas. Quitte à vous choquer, je le dis : selon les apparences, votre fils était un vrai truand.

– Oh! non. Il a surtout été mêlé à une affaire qui le

dépassait largement. Il a été manipulé. Selon le commissaire Legrand, on se servait de lui.

— Je me méfie des innocents les mains pleines de drogue. Il a quand même refilé une telle dose à son amie hollandaise qu'elle en est morte. Vous imaginez les parents de la fille? Ils souffrent certainement autant que vous.

— Nous avons été confrontés. Un souvenir atroce. Il est vrai qu'Annlise est morte d'une overdose, mais au sujet de mon fils, il n'y a eu que des présomptions, pas de preuves formelles.

— Vous le défendez encore. Pourquoi ne pas admettre qu'il est meurtrier par drogue interposée?

— Si vous l'aviez connu... Si vous aviez pu avoir un vrai dialogue avec lui...

— Je l'ai aperçu, mais je ne l'ai pas connu, admit l'Anglaise.

Elle se pencha vers Lucie :

— Vous n'avez pas dû établir de vrai dialogue vous non plus, en tant que mère. N'est-ce pas? Si un jour Delphine vous pose des questions, épargnez-la. Elle est curieuse de nature, mais elle supporte mal les violences de notre époque. Nous aurions aimé déménager, mais les locations sont pratiquement introuvables ou hors de prix. On nous a offert deux pièces près du Bois pour une fortune! Trop petit et trop cher. Alors on est restées là. Que comptez-vous faire, vous?

— Miss Hammond?

— Je vous écoute...

— J'ai répondu à une annonce. Une Américaine cherche une dame de compagnie pour les quelques semaines qu'elle passe à Paris. J'ai écrit, elle a répondu. J'ai téléphoné ensuite. Elle m'a fixé un rendez-vous. Je la vois lundi. C'est ma chance d'en sortir. Voyez-vous, je réagis...

— Je vous félicite pour cette initiative, l'idée est excellente, mais n'arrivez pas chez elle en sanglotant.

— Non, dit Lucie en se levant. Il m'est plus facile de me dominer quand je suis avec des gens qui ne savent rien de moi. Merci pour le thé, je m'en vais maintenant.

16

– Voulez-vous que je vous accompagne jusqu'à votre porte?

– Je ne dirai pas non.

Elles traversèrent le couloir. Miss Hammond ouvrit la porte de l'appartement, sortit la première sur le palier et appuya sur le bouton de la minuterie. La lumière grisâtre tomba sur elles comme un chiffon humide.

Entre les deux étages, Lucie s'arrêta sur les marches et se tourna vers l'Anglaise.

– Il faut que vous me croyiez! Je ne suis pas une malade mentale. On fait répandre le bruit dans la maison que je suis folle.

– Non, non, vous n'êtes pas malade. Vous avez mal... Très mal... Ne vous occupez pas des ragots. On ne vit pas pour les femmes de ménage et les voisins.

Les deux femmes descendirent en chuchotant au quatrième étage. Un petit bruit métallique les rappela à l'ordre. Lucie se tourna aussitôt vers le judas de ses voisins. Elle prononça d'une manière distincte :

– Ne vous inquiétez pas, monsieur Herzog, c'est moi, Lucie. Pardon pour le dérangement.

– Was wollen Sie? demanda une voix d'homme à l'intérieur.

– C'est moi, monsieur Herzog, répéta Lucie. Ce n'est pas la Gestapo. La guerre est finie.

Lucie ralluma la minuterie qui venait de s'éteindre.

– Vous me reconnaissez?

– Unmöglich, unmöglich! répéta M. Herzog.

Il débitait en allemand des réflexions sur les gens impossibles qui bouleversent la paix fragile de la nuit.

Miss Hammond haussa les épaules.

– Je vous l'ai dit... Vous faites du mal autour de vous. Herzog est cardiaque. Avec vos excursions nocturnes, vous l'énervez. Vous risquez de provoquer une crise. Assez joué aux fantômes, ma petite. Rentrez chez vous et dans l'avenir ménagez vos proches. Soyez gentille!

Lucie dit, reconnaissante :

– Si un jour je pouvais vous être utile, comptez sur moi.

– Merci, répliqua Miss Hammond. Il est temps que vous alliez vous coucher. Et acceptez aussi un conseil de femme : mettez des chaussettes si vous ne voulez pas attraper une crise de cystite carabinée. Des chaussettes, ma petite, des chaussettes.

Puis elle lança :

– Au revoir. Il est temps, même pour moi, de me mettre au repos...

– Vous êtes si compréhensive. Si tolérante, Miss Hammond.

– Tolérante ? Moi ? Peut-être. Mais surtout patiente.

De retour dans l'appartement, Lucie posa la lampe de poche sur la table où l'on mettait d'habitude le courrier et regagna la chambre à coucher. Elle se glissa doucement sous la couverture et resta immobile. Son mari l'interpella :

– Tu vas détraquer tout le monde, dit-il en s'accoudant sur l'oreiller. Tu ne peux pas continuer à te balader comme ça. Tu vas nous anéantir. Tu supportes la tension que tu crées, mais moi, je n'en peux plus...

Boursouflé de manque de sommeil, hagard, il l'interrogea :

– Tu revois quand Chavat ?

– Je n'ai pas besoin de médecin ! Au lieu de me faire bourrer d'hypnotiques, arrange-toi pour qu'on change enfin la serrure d'en bas. Quand plus personne ne circulera dans l'immeuble, ça ira mieux. Les Anglaises ont peur aussi.

– La serrure va être changée la semaine prochaine. Je vais dépenser quarante mille francs pour qu'une femme hystérique, deux ex-déportés et un couple de lesbiennes dorment mieux. Les autres s'en fichent.

– Je ne suis pas hystérique, dit Lucie, glacée, et tu n'as pas le droit d'injurier les autres.

– Je n'injurie personne, je n'en peux plus de fatigue.

Il insista :

– A ta place j'appellerais Chavat.

– Pour lui dire quoi ? Je le fais si tu veux.

Sa haine pour elle était de la pire espèce, empreinte de pitié. Pour subsister, depuis des mois il devait recoller des morceaux de vie. Il arrivait au bureau pâle et inerte de fatigue.

Il haussa les épaules, poussa un soupir et tira le drap sur sa tête. Il entendit le léger craquement de la boîte de somnifères, sa femme essayait de détacher un morceau de la plaquette pour en extraire un comprimé.

L'heure de se lever le surprit. Il quitta péniblement le lit tout en effleurant du regard Lucie. Il s'installa sous la douche. Les jets chauds tambourinaient sur sa nuque, sur ses trapèzes endoloris. Il guettait, la tête baissée, le soulagement musculaire espéré. Plus tard, seul à la cuisine, en peignoir, il se fit du café bien fort. Au moment où il mettait les morceaux de sucre dans la tasse, la sonnette retentit. Il alla ouvrir en maugréant. Miss Hammond se tenait dans l'embrasure de la porte.

– Bonjour, monsieur Torrent. Je vous dérange, constatat-elle en contemplant le peignoir de Marc, mais il faut absolument que je vous parle. Je crois que c'est indispensable.

– Je ne suis pas habillé, madame, et je fais des tentatives désespérées pour boire un café.

Elle se fit familière.

– Je sens la bonne odeur!

Elle entra presque de force.

– J'ai passé un bout de temps avec votre femme, cette nuit. Je dois vous parler d'elle.

Marc s'énervait. Le café allait refroidir, les quelques minutes de pause qu'il se ménageait s'envolaient. « Je vais donner une leçon à cette fouineuse », pensa-t-il.

– Dites carrément que ma femme emmerde toute la maison. Je suis d'accord à l'avance...

Miss Hammond était indignée. Les Français utilisaient trop souvent le mot de Cambronne. Et même à jeun.

– J'ai l'estomac fragile, monsieur Torrent, épargnez-moi, je vous prie.

– Je vous écoute, soupira-t-il, résigné, en prenant une gorgée de son café.

– Donc, comme je vous l'ai dit, j'ai rencontré votre femme cette nuit au sixième étage.

– Vous vous y promenez aussi?

– Je suis montée à cause du bruit. Ensuite, je l'ai invitée à prendre une tasse de thé...

– Vous êtes très aimable.

Des mois et des mois de tension accumulée arrivaient à faire craquer son vernis d'homme distingué. Il avait envie de mordre.

– Et si je vous disais, madame, que je me moque de l'intérêt que vous nous portez... Que je suis un ingrat, un égoïste forcené...

– Vous ne m'écoutez pas, l'interrompit Miss Hammond. Il ne s'agit pas de vous. Ou bien votre femme est vraiment malade, ou bien nous sommes tous en danger. Est-ce qu'il y a réellement des gens qui circulent dans l'immeuble? La nouvelle copropriétaire emménage aujourd'hui, elle ne sait pas grand-chose, paraît-il, des événements qui se sont déroulés ici. Sa fille devrait habiter au sixième, dans la chambre qui se trouve à côté de celle de votre fils.

– Je ne suis pas responsable de tous les maux de la terre, dit Marc, harassé.

– Pas des maux, mais des clefs. Je suis compatissante à l'extrême, mais à cause de votre fils la sécurité de l'immeuble est menacée.

– Mon fils est mort, madame, que voulez-vous de plus?

– Vous prenez en mauvaise part tout ce que je dis...

– Je n'en peux plus, madame. Je vous assure : la serrure d'en bas va être changée, ainsi que le système électrique qui commande l'ouverture. Que faire de plus? Sinon me laisser abattre, et encore, il faudrait que ce soit ailleurs qu'ici. Mais j'ai une journée très chargée, si vous pouviez comprendre... Je ne veux plus vous écouter.

Miss Hammond, pincée, s'en alla. Marc but enfin son café. Il remplit plusieurs fois sa tasse et, peu à peu, s'apaisa. Il s'habilla rapidement, puis avant son départ, revint dans la chambre à coucher. L'air y était cotonneux.

Lucie dormait, le visage caché entre deux oreillers. Devant le lit, la moquette était mouillée. Elle avait dû renverser de l'eau. Marc écarta l'un des oreillers. Dérangée dans son sommeil, Lucie se recroquevilla. Il hésitait. Fallait-il rappeler Chavat? « Ce n'est qu'un autre flic, avait déclaré Lucie. Sous prétexte de psychothérapie, il fouine, il veut m'arracher des renseignements. »

L'état de sa femme, ce matin, décida Marc à appeler le médecin. Chavat fut désagréablement surpris et devait se maudire d'avoir eu la mauvaise idée de décrocher le combiné.

– Que vous arrive-t-il? aboya-t-il. Je dois partir pour l'hôpital. C'est tout à fait par hasard que vous me trouvez à la maison...

– Il faut que je vous parle.

– Dépêchez-vous...

– Ma femme continue à avoir ses crises. Elle multiplie ses promenades nocturnes.

Il se détestait soudain. N'avait-il pas changé de voix pour s'adresser à ce médecin? Il se sentait solennel et odieusement poli. Il s'agissait de son fils assassiné et de sa femme devenue à moitié cinglée de chagrin. Il n'avait pas à se faire pardonner.

– Un de ces jours ma femme se tuera.

– J'ai fait ce que j'ai pu, cria le médecin. Vous avez refusé la cure de sommeil; elle rejette la psychothérapie; elle m'a couvert d'injures. Le fait qu'on l'écoute l'excite. Elle est parfaitement à son aise dans le mensonge. Dans son esprit il y a deux victimes : elle et Didier. Et vous, vous faites partie du monde des adultes oppressifs. Elle se sent plus proche de la génération de son fils que de la vôtre. Mais je ne veux plus vous parler... Ma journée fout le camp. Demandez un rendez-vous à ma secrétaire et venez me voir... Tous les deux.

Il raccrocha.

Marc retourna dans la chambre.

– Lucie?

Elle murmura :

– Oui. On est quel jour?

– Vendredi.

En pensant au long week-end qui les attendait, il avait envie de prendre sa voiture et de s'enfuir.

– Tu ne m'abandonnes pas? dit-elle soudain.

– Non, non, je ne t'abandonne pas. Mais il vaudrait mieux que tu te lèves, que tu fasses des courses, que tu appelles...

Il cherchait des noms, le drame avait éloigné leurs rares amis.

– Je préfère rester encore un peu au lit.

Il se mit à la secouer.

– Lucie, fais un effort. Accepte une discipline quelconque. J'ai aussi besoin d'aide. Chacun de nous doit aider l'autre. Fais un effort! S'il te plaît!

– Pas d'effort, articula Lucie et elle se recouvrit le visage avec le drap.

Furieux en même temps qu'apitoyé, il la contempla. Il traita son fils de « salaud » et le regretta aussitôt. « Des morts du bien tu diras », professait sa grand-mère à Lille. Il quitta l'appartement et, dehors, il fut soulagé. Il respirait à pleins poumons l'air vif, il se plongeait dans la vie des autres. La rue grouillait, on criait, on riait, on klaxonnait. Une femme interpellait un gosse qui courait. La journée allait être riche en événements mineurs. Les autres, ceux qui n'avaient pas de drame dans leur vie, souriaient. Marc se dirigea vers le garage qui se trouvait à cinq minutes de marche de l'immeuble. Au volant, il se sentirait rassuré, réconforté.

La sonnette d'entrée, insistante, tira Lucie de son attente opaque. Elle contempla sa chambre en désordre, retrouva sa robe de chambre, glissée derrière un fauteuil, l'enfila, se précipita à la porte. Elle aperçut dans le champ de vision oblique du judas un homme au visage sévère, le regard accusateur.

– Que voulez-vous? demanda-t-elle.

– Ouvrez! J'ai des choses à vous expliquer. Mais pas comme ça...

– Quoi? demanda Lucie. Quoi? Je n'achète rien.

– Il ne s'agit pas d'acheter, dit l'homme, mais de connaître les vraies raisons de notre existence sur cette terre. Je représente une association religieuse. Notre cercle fraternel envoie des émissaires vers ceux qui ont besoin de contact.

– Je ne veux rien, dit Lucie.

– Nous distribuons un espoir de salut. Ouvrez!

– Allez-vous-en! demanda Lucie. Allez-vous-en!

L'homme parlait près du judas, Lucie vit le blanc de ses yeux rosi de veinules éclatées.

– Vous nous regretterez au jour du Jugement dernier.

– Si vous insistez, j'appelle la police, déclara Lucie.

L'homme fit une grimace, tourna le dos et sonna en face. Il se mit à attendre patiemment devant la porte de M. Herzog et Mme Weiss.

Lucie tentait de se réconcilier avec la journée. Elle avait soif. L'eau l'aidait et aussi un café très fort. Vers 10 heures, réveillée, les cheveux mouillés encore, vêtue d'un pantalon en toile et d'un vieux T-shirt, elle s'aventura dans la cage d'escalier. Le bruit de l'aspirateur la conduisit jusqu'à la femme de ménage, Mme Reisen, qui nettoyait le palier du cinquième. Petite, bien en chair et aimable, elle répandait des nouvelles selon ses envies. Lucie la traitait avec délicatesse. Ce matin elle la saluait avec de grands gestes et s'évertuait à se faire entendre. Mme Reisen, accrochée sur la tige de l'aspirateur, cria :

– C'est pour des heures?

– Oui.

– Je peux vous donner entre midi et 2 heures. C'est ma journée de régime, à la place du casse-croûte je viens chez vous. Ça va?

– Merci, merci, répéta Lucie. Je vous attends. A tout à l'heure, alors... Merci...

Elle retourna chez elle. Elle revendiquait comme une faute sa dépression, elle voulait prouver sa volonté de vivre normalement. Elle débordait d'énergie. Elle ouvrit les fenêtres, roula les tapis, déplaça les fauteuils. Elle prépara tout le travail pour la femme de ménage.

Mme Reisen sonna à midi et quart et accepta selon les bonnes habitudes établies une tasse de café. Tout en le dégustant, elle renseignait Lucie, elle décrivait la femme et sa fille qui allaient emménager ce vendredi, à partir de 13 heures.

— Elle m'a demandée aussi, dit Mme Reisen. Tout le monde me veut! Je n'ai que deux bras... N'ayez pas peur, je ne vous lâche pas. La nouvelle dame dirige une boîte internationale. Sa fille est un peu snob, mais jolie.

— Et le mari? demanda Lucie, distraite.

— Il n'y en a pas.

— Elle est veuve?

Lucie n'était pas curieuse, elle voulait juste alimenter la conversation avec Mme Reisen.

— Divorcée. Le monde est petit. La vendeuse, chez le marchand de légumes du coin, travaillait avant à Sceaux, où cette femme habitait. Elle la connaissait bien et son mari aussi. Il était acteur. Genre séducteur. Albert Marchal. Ça vous dit quelque chose?

— Albert, quoi?

Lucie fit un effort pour se montrer intéressée.

— Marchal. Ou Marchand. Je n'en sais rien. Mais il n'était pas très connu. Il était beau paraît-il. Vous avez dû le voir dans *la Doctoresse à la campagne*, il y a des années : un feuilleton qui passait tous les jours, vingt minutes avant les nouvelles de 20 heures.

— Ah bon! dit Lucie. Je n'en ai aucun souvenir.

— Vous avez dû le voir..., insista Mme Reisen. L'histoire d'un vétérinaire et d'une doctoresse. Il lui faisait la cour, je crois, juste pour s'installer avec elle dans une grande maison. Achetée par elle. Avec deux entrées, l'une pour les gens, l'autre pour les animaux. C'est elle qui avait de l'argent, la doctoresse...

Elle était attendrie en évoquant le feuilleton. Elle continua :

— La doctoresse était secrètement amoureuse du châtelain. Elle refusa le vétérinaire, mais le châtelain était marié...

24

– Si nous allions ranger un peu le salon? proposa Lucie.

– On y va, on y va, soupira Mme Reisen. On n'a jamais une seconde. Si vous saviez comme j'aime voir à la télé les gens qui souffrent! Surtout d'amour. N'empêche, l'acteur a plaqué la dame. Pourtant, elle est belle. Depuis le temps qu'elles viennent pour les travaux. Vous avez dû les voir.

– Les gens ne m'intéressent pas, déclara Lucie.

– Allez, dit la femme de ménage. Pleurez donc! Un bon petit coup de larmes ne vous fera pas de mal! Et un jour on se retrouvera tous de l'autre côté! Croyez-vous à la réincarnation, madame Torrent?

– C'est le cadet de mes soucis.

– Vous avez tort. Quand on y croit, on passe son temps à réfléchir et à se demander dans quelle peau on va revenir. Moi, j'aimerais être chat! Que faites-vous pour le dîner?

– Je ne sais pas, répondit Lucie.

Elle n'avait plus envie de bouger. « Juste prendre un calmant, m'abrutir et me coucher », pensa-t-elle.

– Vous avez mis l'appartement sens dessus dessous, et vous me faites parler. C'est vous qui paierez mes heures de bavardage.

– Je vais vous donner un coup de main, dit Lucie.

Elle accompagna Mme Reisen dans la chambre.

– On étouffe ici! s'exclama la femme de ménage. Au salon vous jetez tout au milieu et ici vous n'ouvrez même pas les fenêtres.

Lucie tourna le dos, hostile. La chambre était son bunker, sa tanière, sa plaie. Il ne fallait pas la critiquer. Mme Reisen ouvrit les fenêtres, elle défit le lit, son regard expert parcourut les draps.

– Je les change, dit-elle.

– Mettez les mauves avec des fleurs, suggéra Lucie. Je vous les apporte.

Mme Reisen fit un balluchon des draps sales et se tourna vers elle.

– Vous me faites la liste et j'amène demain tout cela à la blanchisserie. Dites, quel âge vous me donnez?

Lucie était incapable de s'occuper de l'état civil des autres. Il y avait le monde des enfants et des adultes, celui des jeunes et des vieux. Mais l'âge des gens...

Mme Reisen planta ses mains sur ses hanches :

– Soixante ans! Mon bonhomme en a deux de plus. Qu'est-ce qu'il est gentil! Mais je le soigne aussi. L'homme doit être mitonné, bichonné à n'importe quel âge, mais surtout aux alentours de la cinquantaine, quand il a envie de s'en aller. Vous ne vous donnez pas assez de mal avec le vôtre. Toujours à vous moucher, et vos cheveux pas très frais. D'accord, le deuil vous lie et vous n'avez rien à craindre, mais quand même... Les Anglaises du cinquième se fichent des hommes, ce n'est pas Miss Hammond qui le prendra, votre mari. Mais la femme qui va emménager aujourd'hui, ça, c'est quelque chose! Vous pourriez mettre sa photo sur n'importe quel journal machin-ciné...

Elle pointa son pouce vers le haut.

– Elle est extra...

– Mon mari ne s'apercevrait même pas de l'arrivée de Marilyn Monroe, dit Lucie. Il a d'autres soucis que de se créer des histoires de ce genre. Il est tout absorbé par ce que nous avons vécu.

Mme Reisen hocha la tête.

– Pour le moment. Mais tout cela dure maintenant depuis un bon bout de temps. Il pourrait vouloir en sortir.

Elle se mit à défaire le paquet de draps propres, portant encore la bande de papier de la banchisserie.

– Il est d'une patience, M. Torrent! Ceux du premier à gauche qui ont la fille malade l'admirent beaucoup. Les parents de l'anorexique. Vous m'aidez à retourner le matelas? Il est lourd. Si vous voulez que je le retourne! Si vous ne voulez pas...

Plus tard, à la fin du temps accordé par Mme Reisen au ménage de Lucie, les deux femmes furent attirées sur le balcon qui bordait le living-room par un concert de klaxons. Dans la rue étroite, un camion de déménagement bloquait le passage. Les voitures engagées dans cette direction ne pouvaient ni avancer ni reculer. Le chauffeur du camion, que les conducteurs descendus de leurs véhicules injuriaient, se planta sur le trottoir et se mit à crier :

– Allez-y, gueulez tant que vous voulez, je ne bougerai pas! Il faut que je vide mon camion. Mettez-vous vos klaxons où je pense...

– C'est la dame qui arrive, dit Mme Reisen. Ses meubles. Quelle journée! Déjà ce matin, la rue était bloquée parce qu'on a livré un piano chez les Dubois. Vous savez, les parents de Gabrielle.

– L'anorexique? demanda Lucie.

– Oui. Gabrielle. Une gentille fille, mais ce n'est pas avec le piano qu'ils vont lui donner envie de manger.

– Ils essaient tout, les parents, répondit Lucie. Vous imaginez leur calvaire?

– Je préfère ne pas y penser, rétorqua Mme Reisen.

Elle contemplait la rue grouillante.

– La rouquine, la copine de la sévère Anglaise, elle a aussi un piano. Toutes ces femmes pourraient organiser un concert. L'expert-comptable du rez-de-chaussée, celui qui se plaint, parce qu'on met les poubelles devant sa fenêtre, lui, il joue de la clarinette.

Les deux femmes revinrent à l'intérieur et Mme Reisen installa l'aspirateur au salon.

– Vous n'avez toujours pas acheté de sacs de rechange? Non? Je dois tout le temps vider le même et le remettre.

Puis elle annonça :

– Je ne vous ai pas dit, je n'ai pas osé. Il y a encore des caisses remplies de vieux jouets de Didier dans la cave de la nouvelle propriétaire. Des vêtements aussi. On a cassé le cadenas chez elle et on a mis des affaires de Didier. Je suis allée voir, je n'osais pas les jeter sans vous demander ce que vous vouliez en faire.

– Essayez de tout caser dans notre cave, dit Lucie, pâle. Demain c'est samedi, mon mari pourra s'en occuper.

– Ne pleurez pas, ma petite biche.

27

Mme Reisen devenait douce pour un moment. Une vraie mie de pain. Vers 16 heures, Lucie prit son sac à provisions, un filet plié et glissé dans une pochette en plastique, et partit faire les courses. Elle fut obligée de descendre les quatre étages à pied, l'ascenseur était occupé. Elle ne pouvait guère éviter le va-et-vient fiévreux qui agitait l'immeuble. En bas, un jeune déménageur casait dans l'ascenseur deux petits meubles.

Sur le palier du deuxième étage, Lucie croisa Mme Weiss qui montait à pied.

– Bonjour, Lucie.

Elle continua, essoufflée :

– Tant pis pour l'orgueilleuse que je suis... J'aurais dû attendre l'ascenseur, mais j'ai décidé de prouver que je pouvais encore monter quatre étages. J'ai le souffle court. Manque d'exercice. Si je chantais encore, ce serait différent.

Mme Weiss portait l'âge comme d'autres des valises pleines de souvenirs. Artistiquement maquillée, elle transformait l'espace où elle se trouvait en scène de théâtre. Elle regardait le monde avec les yeux de Phèdre, mais sa bouche aux contours soulignés avec un crayon mauve était celle de Carmen. Mme Weiss n'avait pas épousé M. Herzog pour garder sa rente de veuve. Une fois, elle avait expliqué à Lucie que le rôle de concubine oblige à être à la fois courageuse et lâche : « Moi je suis surtout lâche, plaisante-t-elle. Mais, franchement, Herzog est plus heureux sans le mariage. »

Elle dit à Lucie d'une manière assez sévère :

– Ma pauvre chérie, je ne devrais pas vous faire de reproches mais – entre nous soit dit – vous dérangez tout le monde, vous circulez...

– Je ne sais pas comment me faire pardonner. En effet, je suis montée au sixième cette nuit, se défendit Lucie. C'est la dernière fois. J'ai agacé Miss Hammond aussi, elle est même venue voir ce qui se passait. Je vous promets, je serai plus sage dans l'avenir, mais j'ai tellement mal... J'embête les gens, je le sais.

Elle se culpabilisait, elle s'enfonçait dans une humiliation trop accentuée.

– Ne vous en faites pas trop à cause de mes reproches, dit Mme Weiss. Nous sommes tous des rescapés de ce siècle malade. Vous, vous avez encore l'espoir de vous guérir, je veux dire, dans la tête. Mais pour Herzog et moi, c'est terminé. Nous nous sentons persécutés à chaque seconde. Une obsession. Que voulez-vous... Dites, un homme est venu ce matin. Qu'est-ce qu'il insistait! Mais je n'ouvre jamais. Il faut s'isoler de plus en plus. Ne fréquenter que les endroits sûrs.

« Quel intérêt a l'existence, s'il faut tourner en rond toute une vie », se demanda Lucie.

Mme Weiss baissa la voix, créant aussitôt une atmosphère d'intimité.

– Vous les avez vues? Vous avez dû les voir!

– Qui?

– Les nouvelles, la femme qui emménage...

– Non.

Mme Weiss la décrivit avec plaisir :

– Elle est grande, mince, elle a des jambes à se faire siffler dans la rue. A son aise. Sûre d'elle-même. Sa fille est assez typée. Des yeux noirs, des cheveux noirs et le teint blanc, une vraie poupée. Chacune dans son style est une beauté. La jeune fille m'a laissée passer deux fois devant elle. Étonnant, non?

– Elles semblent vous plaire, dit Lucie, troublée.

Mme Weiss répondit très gaie :

– Toutes les femmes sont intéressantes. La plus anodine peut réserver des surprises. Il ne faut surtout pas se fier aux apparences. Par exemple, moi, j'ai un passé fabuleux. Quand j'ai compris après la déportation que j'étais toujours vivante, quand j'ai vraiment compris, j'ai fait les quatre cents coups. J'ai expérimenté une gamme d'hommes! Chacun devenait un continent à découvrir. Sans quitter Paris. J'ai collectionné les pays, à travers les hommes. Je me suis souvent crue amoureuse, je n'étais que curieuse, j'adorais découvrir. Tout découvrir, la manière d'étreindre de chacun, leur nature, leur accent, leur tendresse. Et un jour, comme un vieux bateau sans quille, j'ai échoué à côté d'Herzog. Il avait fait lui aussi des folies. On est bien ensemble, on compte nos souvenirs, comme des avares leur argent. Herzog est un peu revêche avec les inconnus, mais dans l'intimité c'est un diable, aimable.

Lucie écoutait, elle oubliait ses courses, les déménageurs passaient.

– Vous avez abandonné le théâtre, n'est-ce pas?

Mme Weiss s'appuya sur la rampe.

– J'ai joué des pièces dans les camps. J'étais affamée, j'avais le crâne rasé. Au retour à la vie je n'ai pas pu recommencer à jouer. Nous avions joué pour sauver notre vie, il n'était pas possible de continuer tout cela dans une vie normale, nous avions vu trop d'horreurs...

– Ça n'entrera pas! cria un homme.

– Tu le monteras avec des sangles. Mais oui, laisse partir l'ascenseur...

Mme Weiss semblait soucieuse.

– S'ils démolissent l'ascenseur, il a coûté une fortune!

– Ce serait dommage, dit Lucie, distraite. Je m'en vais, madame Weiss. Pourtant je vous écouterais pendant des heures et des heures.

Mme Weiss se mit à sourire, son charme subjuguait.

– Venez prendre un petit café avec nous un de ces jours...

Elle conclut en chuchotant :

– Quand vous verrez les nouvelles, vous m'en direz un mot... Ce qui est formidable, voyez-vous, c'est que, l'âge venant, on cesse d'être jaloux! Je parle pour moi, évidemment. Il y a vingt ans, même il y a quinze ans, j'aurais crevé de peur en voyant arriver ces deux-là. Raoul aime tellement les femmes!

Lucie, ébahie, pensait à M. Herzog, à son nez pointu, à ses petits yeux vifs, à son air de compagnon docile. Ce fragile vieillard aurait été un homme à femmes?

– Un coureur, dit Mme Weiss. Un vrai coureur! Il fonçait dans l'aventure! La tête baissée! Les femmes, c'était sa drogue. Je vous raconterai des histoires! Téléphonez avant de venir, je préfère. On bavarde mieux entre femmes. Je vous parlerai de Raoul. Il adore la vie. En vacances, quand il est en confiance, il siffle comme un oiseau. Il siffle les opéras, tout ce que je n'ai pas pu chanter. J'avais une voix puissante et des blocages psychiques.

Elle effleura la poitrine de sa main droite.

– Toute la puissance est restée là. Avant que les Américains me libèrent, le camp a tué en moi l'artiste du siècle. Vous n'allez pas me croire, mais Herzog et moi, on a des fous rires.

– Des fous rires?

– Mais oui! Je vous montrerai des photos, lui et moi assis dans la mer Morte, nous tordant de rire. On a demandé à un Japonais de nous photographier. Le petit homme, jusqu'aux genoux dans la mer blanche, les cuisses démangées par le sel, faisait des photos. A la fin, il se tordait de rire aussi.

– Pardon, mesdames, pardon...

Deux déménageurs sanglés et luisants de transpiration comme des lutteurs dans l'arène tâchaient de se frayer un passage.

– Pardon, mesdames...

Ils transportaient un meuble encombrant, une bibliothèque vitrée à la corniche sculptée.

Mme Weiss, appuyée sur sa canne, recula et leur dégagea le passage.

– Les pauvres! Monter un objet pareil...

Lucie profita de l'occasion pour lui dire au revoir et descendre au rez-de-chaussée. L'entrée de l'immeuble était encombrée de meubles, une table roulante, par ici un lampadaire sans abat-jour. Une fois dans l'ascenseur les objets seraient transportés au cinquième étage. Lucie, agacée, faillit se permettre une remarque désagréable. Elle aurait aimé manifester son hostilité. Son fils était mort. L'immeuble aurait dû être condamné à l'immobilité et habité juste par les témoins du drame. Il aurait fallu rester entre soi. N'avoir à rencontrer que des spectateurs de leur deuil, des complices involontaires de la douleur. Ces deux femmes souriantes qui faisaient partie de ceux à qui rien n'arrive n'auraient pas dû venir habiter ici.

– Pardon, madame, il faudrait dégager l'entrée. Merci.

– Je m'en vais, dit-elle, mentalement surexcitée.

On l'aurait presque poussée. Elle avait vécu trop d'horreur ici pour qu'on osât lui demander de « dégager ». Elle s'attardait exprès, elle guettait une occasion qui lui aurait permis d'exploser. Mais soudain, les mouvements devenaient fluides, on la contournait. Elle sortit dans la rue, elle était transparente, et, gênée par le soleil, elle se dirigea vers la rue voisine, parallèle bordée de magasins. Didier avait une passion pour les fraises, elle ne cessait d'en acheter. Il la rabrouait : « Je t'ai juste dit que je les aimais. Ce n'est pas une raison pour me gaver. Tu en fais trop, Maman. Toujours trop. » Lucie avança dans la rue, on y dégageait des étals, on retirait les plastiques et les bâches, elle passa à côté des pyramides fragiles de fraises.

Le chagrin la minait, sa cage thoracique serrée dans un étau, elle perdait le souffle. Ses traits se creusaient et son bout de nez était engourdi. Elle avait l'impression que ses narines étaient redessinées avec un crayon glacé.

– Ça ne va pas, ma petite dame ?

De l'autre côté d'une colline de fraises, une vendeuse se pencha vers elle.

– Vous allez vous trouver mal...

Honteuse de sa douleur, elle s'inventa des maux.

– Je viens de me déboîter la cheville, j'ai dû brusquer un tendon. J'ai mal et je ne suis pas sûre de mes mouvements.

Elle improvisait pour justifier son état de délabrement moral. Ses larmes se catapultent, elle a juste le temps d'essuyer ses joues mouillées.

– Ça fait mal, la cheville ? Tenez ! (Elle lui tendait une belle fraise.) Je vous en donne ? Combien ? Une livre ?

La pelle glissa sous la masse de fruits. Lucie n'osait pas

refuser. Elle paya, prit le sac en papier marron et continua à marcher. Elle laisserait le paquet quelque part.

– A partir de 18 heures on a de beaux poulets chauds, lui dit un jeune homme brun qui installait sur le trottoir la broche géante.

– Je reviendrai plus tard, lança-t-elle.

A travers ses larmes la rue était opaque. Pourquoi Didier n'avait-il pas eu confiance en elle? Elle l'aurait aidé, protégé, secondé. Elle serait devenue sa complice, une vraie mère maquerelle dont ont besoin les enfants de ce siècle malade. Elle avançait en traînant derrière elle les chalands de souvenirs. Chez le charcutier, elle acheta quelques tranches de jambon et abandonna subrepticement le sac de fraises à l'endroit où les ménagères posent leurs cabas avant de payer.

Elle se tenait comme une petite vieille. Avant, elle avait un style, une allure, on la prenait pour la sœur de Didier. Il ne restait d'elle qu'une femme infirme de douleur.

Elle ne voulait pas quitter Paris pour le week-end. Sa nervosité tamisée par les calmants, elle restait cependant réceptive. Elle sentait et voyait des choses qu'elle ne voulait ni sentir ni voir. Elle acheta des bricoles ici et là, puis elle revint chargée de paquets vers la maison. Au moment où elle dépassait le coin de la rue, elle aperçut la femme dont on lui rebattait les oreilles – elle l'avait déjà vue plusieurs fois, mais ne l'avoua jamais. Elle ralentit le pas, elle voulait l'éviter, puis elle pensa à son rendez-vous de lundi avec l'Américaine. Quand elle arriva à l'entrée de l'immeuble, l'un des déménageurs aux prises avec un gros fauteuil en cuir couleur tabac lui dit :

– Vous pouvez passer...

Encore heureux si elle pouvait passer!

Le déménageur surenchérit :

– L'ascenseur est petit, la cage d'escalier étroite, allez-y, madame.

– C'est une vieille maison, dit-elle.

Devant l'ascenseur attendait le jeune ouvrier avec une pendule dans les bras.

– Vous voulez monter, madame?

Mais que croyait ce type? Qu'elle venait les regarder?

– Oui. Je veux monter.

– Vous allez où?

En quoi ça le regardait?

– Au quatrième.

– Allez-y d'abord.

Il essuyait sa transpiration abondante.

– Allez-y.

A peine le seuil de son appartement franchi, Lucie entendit le téléphone. Elle s'approcha de l'appareil, compta le nombre de sonneries. Au bout de la dixième, elle tira sur le fil et arracha la fiche de la prise. Pour se calmer, elle s'installa à la cuisine et se mit à éplucher des légumes en écoutant un jeu à la radio. Marc rentrerait bientôt. Elle décida de faire des efforts. Il fallait surmonter les difficultés du week-end. Elle devrait se reprendre un peu et avoir meilleure mine pour son rendez-vous avec l'Américaine. Il fallait plaire à n'importe quel prix à cette inconnue. Si elle l'engageait... Lucie pourrait être à nouveau reliée au monde des vivants.

Marc revint fatigué de sa journée de bureau. Ils accomplissaient le rituel habituel d'un couple où chacun connaît les réactions de l'autre. Pour détendre l'atmosphère, Lucie souriait. Le lendemain s'annonçait difficile. Un de ces samedis éprouvants suivis d'un dimanche morne.

Ce samedi, Lucie esquissa un sourire en proposant le café après le déjeuner. Elle pensait à Didier, mais d'une manière assez absente. L'étau pouvait donc se desserrer. Dehors, le ciel se barbouillait de nuages mousseux, le printemps tardif les inondait d'un bleu délavé.

– Il faudrait aller marcher quelque part, dit Marc. Avoir un peu d'air... Sur tous les plans.

– Au Bois, si tu veux?

– Non. Je ne supporte plus les chiens, ni les humains.

Elle allait saisir l'occasion pour lui dire qu'elle voulait s'en aller, elle aussi, le quitter. En changeant de pays sinon de continent. Elle eût aimé dire qu'ils pourraient se séparer légalement. Mais elle n'osa pas...

– Quand j'aperçois nos lits le soir, avoua-t-il, j'ai envie de sortir d'ici et d'aller me coucher sur une grille de métro. N'importe où, sous un pont. Mais être ailleurs...

– Didier s'est bien vengé de nous, lança-t-elle.

– On ne se supporte plus, répondit-il. Chacun rend l'autre responsable. Tu as tout permis à ton fils, tu le servais comme une esclave. Vous aviez des secrets. Quand je rentrais dans la pièce où vous étiez en train de parler, vous vous arrêtiez au milieu d'une phrase. J'étais en dehors de votre complicité.

Il se leva.

– Viens, on va terminer ce malheureux café au salon.

Docile, elle le suivait. Gêné par un son de cloche lointain qui traînait dans l'air à certaines heures, il s'arrêta devant la porte-fenêtre entrouverte sur l'étroit balcon.

– Il faudrait vendre ici... Tout vendre...

– Ça ne servira à rien, dit Lucie. Ce n'est pas l'appartement qui est en cause, mais nous. Où que nous allions, nous aurons le cercueil de Didier entre nous.

Une musique puissante les surprit. Lucie leva la tête et regarda le plafond.

– Voilà ce qui nous attend avec ces deux femmes. Tu les entends? Hier le camion de déménagement a bloqué la rue pendant des heures, on ne pouvait pas prendre l'ascenseur, aujourd'hui c'est la musique... Tout cela nous promet des jours difficiles...

Marc haussa les épaules, il sortit sur le balcon. Dans l'immeuble d'en face, une femme passait dans un appartement au quatrième étage, d'une pièce à l'autre, en chantant.

Marc pensait à la nouvelle copropriétaire, ils s'étaient vus dans la cage d'escalier. Il montait, elle descendait avec sa fille. C'était le jour du contrôle technique de l'ascenseur. Dès le premier coup d'œil, il avait apprécié leur vivacité, leur sourire. Il avait eu envie de s'attarder avec elles, histoire de bavarder un peu. Il leur avait dit bonjour. La mère était grande, une blonde élancée, élégante. Un joli sourire. Un regard malicieux. La fille était distraite ce jour-là, mais polie.

— Je bloque le passage. Je me présente : je m'appelle Marc Torrent. Ma femme et moi habitons l'appartement qui se trouve au-dessous du vôtre.

— Liliane Guérin, avait-elle répondu en tendant la main. Ma fille, Teresa.

Ils s'étaient attardés sur les marches. Marc leur avait raconté la guerre des copropriétaires au sujet de l'ascenseur.

— Si jamais vous avez un problème, nous vous aiderons. Les premiers jours dans un appartement neuf sont difficiles. Tout semble manquer. Un appartement, ou une maison, c'est une somme de détails...

Marc avait constaté que Teresa le regardait avec intérêt. Depuis la mort de Didier, il se méfiait de tout le monde. Surtout des adolescents. Maintenant la jeune fille souriait.

Ce samedi, ici, sur le balcon, énervé, il se remémorait l'épisode et écoutait l'écho lointain des pas des nouvelles voisines.

— Elles vont faire beaucoup de bruit, dit Lucie. Nous pouvons sortir, Marc. Si tu ne veux pas du Bois, allons marcher dans les rues... Comme ça... N'importe où...

Un objet lourd tomba à l'étage au-dessus, suivi d'une exclamation teintée de rire. Marc se retourna :

— C'est normal qu'elles fassent du bruit. Les premiers jours dans un nouvel endroit ne sont jamais faciles.

Ils sortirent, silencieux, sans savoir où ils allaient. Paris était ensoleillé et grouillant de monde, plutôt aimable. Marc n'aimait pas la petite robe fleurie de Lucie.

— Tu devrais t'acheter des vêtements pour l'été. Cette

robe a vécu. Il te faut d'autres choses. On va regarder les vitrines si tu veux.

— Elle est pratique, ma robe.

— Elle est moche, protesta-t-il, courageux. Veux-tu faire quelques courses?

— Non. La semaine prochaine.

— Ton manteau a fait son temps aussi. Il faut le liquider.

— On ne peut pas tout jeter.

— Si, dit Marc. On peut.

En allant vers l'avenue Mac-Mahon, elle trébucha deux fois. Elle faillit tomber à cause d'un trou dans le trottoir.

— Les somnifères, se justifiait-elle. Je suis dans le coton. Je ne fais pas attention.

— Tu pourrais regarder où tu mets les pieds, la réprimanda Marc. Il faut te ressaisir. Je t'offre des vacances, une évasion. Si tu voulais aller en Afrique...

N'espérait-il pas de toutes ses forces qu'elle accepterait la proposition et qu'elle s'en irait?

— Didier était aussi ton fils, s'exclama-t-elle. Tu ne t'en es pas assez occupé, et maintenant, tu m'accuses, tu ne le dis pas mais tu m'accuses... Je le sais...

L'avenue était assez large et le soleil assez fort pour qu'une femme en larmes pût y déambuler sans qu'on la dévisageât trop.

— Domine-toi un peu, Lucie. Il continue à nous démolir, même de l'au-delà. Quelle réussite, n'est-ce pas?

Lucie a trébuché encore une fois. Il la tient maintenant par le bras.

— Mme Reisen a dit hier que dans la cave des femmes du cinquième étage...

— Quelles femmes? Les Anglaises?

— Non. Les nouvelles...

— Qu'est-ce qu'il y a dans leur cave?

— Des caisses avec des affaires de Didier. Vêtements et objets. Mme Reisen les a mis dans la nôtre. Il faudrait tout jeter.

– Quelqu'un a dû les ranger là par erreur. Quand on nous a aidés à descendre les affaires de Didier, les gens faisaient n'importe quoi... mais gentiment...

– Je ne veux pas entendre parler de ces caisses, dit Lucie. Je ne veux plus être persécutée, je ne veux plus de souvenirs...

Ils allaient d'une avenue à l'autre pour atteindre le haut des Champs-Élysées. Ils contournèrent l'Arc de Triomphe et se retrouvèrent dans la foule du samedi devant l'entrée du drugstore. Un petit spectacle. Un homme marchait sur les mains, les badauds l'entouraient pour le regarder, mais lorsque l'acrobate venait faire sa quête, ils partaient.

– Si tu veux de Clint Eastwood, dit Marc, il y a du choix. Deux films avec lui... Il paraît qu'il plaît aux femmes.

Il voulait alléger l'atmosphère.

– Ou si Clint ne te tente pas, je t'offre un gâteau avec de la crème Chantilly.

Elle haussa les épaules. Elle voulait rentrer chez elle prendre ses calmants et s'enfermer dans l'obscurité.

– Putain de bordel de merde de drogue!

Il se mit à crier :

– On n'en a pas pris, on n'en a pas vendu, et on va en crever.

– « Il y a aussi des bandes dessinées à la cave », a dit Mme Reisen, continua Lucie.

– Que quelqu'un les emporte et se torche avec!

Il voulait secouer sa femme, l'injurier, la consoler, n'importe, mais que les tourments cessent.

Il posa sur sa femme-débris un regard froid.

– Pauvre fille. Je te défendrai, même de toi-même. On va en sortir, si tu m'aides. Mais il faut m'aider.

Une veuve américaine regardait la scène à travers la vitre de l'autobus arrêté près du trottoir, à cause du feu bloqué. Le flot de voitures s'épaississait.

Lucie se cramponnait à Marc.

– Aide-moi. Ne m'abandonne pas, j'ai peut-être une issue. Je ne te l'ai pas dit, j'ai répondu à une annonce. Je voudrais me faire engager par une Américaine.

– Et si j'avais besoin d'aide aussi? demanda-t-il, désemparé. Je n'ai pas le droit d'être consolé, moi aussi? Quelle Américaine?

– Une touriste de passage, qui ne veut pas être seule... Ça me changerait les idées.

– Si tu crois que c'est pour ton bien, acquiesça Marc, alors fais-le. Selon le docteur Chavat...

– Chavat n'a jamais rien compris. Si je réussis à persuader cette dame de mon utilité, tout peut changer.

Marc la serra contre lui.

– Merci de vouloir faire un effort.

Il ressentait dans tout son corps le contact de ce paquet de douleurs qu'était sa femme.

Ils continuaient à marcher, raides comme des alcooliques bien élevés. Après ce genre de crise, ils récupéraient doucement. Ces gueules de bois de chagrin les laissaient pantois.

Plus tard, installée à une des tables du drugstore, Lucie dégustait un gâteau, la tête un peu penchée, elle contemplait son dessert comme un oiseau myope.

Marc buvait sa deuxième bière. Ils étaient muets. Elle attachait une importance exagérée à la crème Chantilly et lui s'essuyait souvent la bouche pour effacer les traces de mousse. Il y avait quelque temps encore, ils étaient des machines à rêver du bonheur, de l'avenir de leur fils, de son présent. Brutalement, il les avait déboussolés. Un drôle de coup à ce père et à cette mère si vulnérables. Les faire souffrir et n'être même plus là pour contempler le résultat.

– Il faut nous rééduquer, expliqua Marc.

Le bruit de fond du drugstore absorbait sa voix.

– Il faut penser différemment.

– Qu'est-ce que tu dis? demanda Lucie.

Sa lèvre inférieure saignait légèrement, elle venait de la mordre.

– Rien. Je n'ai rien dit.

Ils évitaient de se regarder et attendaient que la douleur passât.

Chez Mme Liliane Guérin, au cinquième étage à gauche de l'ascenseur, l'effervescence régnait. Depuis ce matin, la mère et la fille n'avaient pas pris de repos. Vêtues d'un survêtement de jogging, elles rangeaient comme si leur vie en dépendait.

– Je suis crevée, dit Teresa. Crevée mais heureuse. Philippe revient quand?

Elle se tenait sur le haut d'un escabeau et rangeait sans se soucier du classement des livres dans le meuble-bibliothèque sculpté dont les portes vitrées attendaient, encore appuyées contre le mur de l'entrée.

– Elle est belle, cette armoire, constata Teresa.

Elle voulait être agréable à sa mère. Pour créer une atmosphère de confiance, elle lui assenait sans cesse des compliments.

– Tu veux que je t'aide? demanda Liliane.

Elle circulait, elle allait et venait, tout était à faire.

– Non, merci.

– Il y a toujours eu deux rangées de livres par étagère, expliqua Liliane.

– Ah, oui! je voulais te dire aussi que j'ai récupéré notre cave grâce à la femme de ménage. Elle s'appelle Mme Reisen; elle va peut-être nous donner des heures. Notre cave était occupée, par hasard. C'est réglé.

– On pourrait manger quelque chose, proposa Teresa, et

faire taire ta chère Tosca? Elle s'égosille depuis des heures. Elle s'est déjà jetée vingt-cinq fois dans le précipice. Moi, je résiste à la souffrance. Mais pense aux voisins, à l'homme sympa qu'on a rencontré dans l'escalier.

– Tu crois que ça s'entend de chez eux? Je ne voudrais pas les déranger.

Elle arrêta le disque.

– Il me fallait un stimulant pour avoir l'énergie de ranger. La *Tosca* m'aide toujours.

Elle partit en fredonnant vers la cuisine.

L'appartement sentait la peinture neuve; la moquette dans le couloir juste devant la porte était gondolée. « Une bosse à se casser la figure », pensa Liliane. « Vous n'allez jamais faire du neuf avec du vieux, lui avait dit le chef de chantier. – Mais si, avait-elle répondu, vous verrez. – Vous n'arriverez à rien avec ce vieux parquet, il y a une dénivellation. Même si vous mettez du velours, ça va gondoler. »

– Tu veux des rillettes? demanda-t-elle, déjà à la cuisine.

– Je veux tout, j'ai faim, j'ai soif, dit Teresa.

– Tu peux venir alors.

– J'arrive.

Teresa traversa le salon, contourna un joli petit meuble, genre écritoire, bourré de papiers. Liliane y avait rangé les feuilles de Sécurité sociale. Teresa rejoignit sa mère.

– La bibliothèque vitrée, vous l'aviez depuis votre mariage?

Liliane rinça la théière avec de l'eau bouillante. Teresa sortit du réfrigérateur le pot de rillettes et prit le saucisson sec.

– Tu ne me réponds pas, l'aviez-vous avant moi? Avant mon adoption?

Elle injectait du venin dans des phrases apparemment innocentes. Elle revenait sans cesse à la notion d'adoption.

– Quel intérêt? La vie avant ta présence était différente sur tous les plans.

41

– L'armoire, dit Teresa. Je parlais de l'armoire...
– Nous l'avions, oui.

Elle s'assit sur une chaise de cuisine. Elle se méfiait des commentaires de sa fille. Elle avait été heureuse du remue-ménage, des préparatifs du casse-croûte, mais maintenant avec quelle remarque allait-elle la blesser...

– S'il y tenait, comme tu me l'as raconté, pourquoi Papa ne l'a-t-il pas prise lors de votre divorce?

Elle envoyait le mot comme une pierre dans une fenêtre. L'ambiance était brisée.

– A l'époque, ton père n'avait pas tellement d'argent. Alors, vouloir faire transporter d'un pays à l'autre une bibliothèque Henri IV... Même lui, il hésitait. Pourtant je n'y tenais pas, il aurait pu l'emporter.

Teresa coupait des tranches fines de saucisson et en offrait à sa mère.

– Tiens. Papa va devenir bientôt célèbre en Italie.

Liliane aurait aimé dire qu'il était temps qu'il réussît. Elle n'était pas capable de lancer une phrase méchante, encore moins d'enfoncer Albert. Depuis qu'elle existait, elle se sentait coupable face aux ratés.

– Veux-tu du rhum dans ton thé, Maman? Tu n'as pas froid, toi? Et puis je te raconterai – si tu veux – les sottises que j'ai entendues au sujet de l'immeuble. Tu veux, Maman?

Elle pensait à ses sacrifices, tout ce qu'elle avait dû faire pour entendre ces « Maman ». Elle se mit à sourire.

– Un peu de rhum, d'accord, dit-elle, mais si tu pouvais ne pas m'énerver avec ces histoires... J'ai emprunté beaucoup d'argent et à un taux très élevé pour pouvoir acheter cet appartement, il ne faut pas m'effrayer ni me rendre méfiante. Ce n'est pas le moment.

Teresa se tut. Selon ses habitudes, sa mère se défendait contre tout ce qui pouvait la gêner dans son travail. Teresa cherchait l'occasion, le moment propice pour parler de ses projets. Elle voulait s'installer en Italie pendant une année. Elle aurait dit une année. Et si entre-temps sa mère était capable d'apprendre à vivre seule, elle resterait à Rome, intégrée dans la nouvelle famille de son père. Teresa téléphonait à Rome de la poste; l'argent que son père lui envoyait couvrait les frais de communications. Elle s'entendait bien avec Maria, la deuxième femme de son père. En savourant sa tartine de rillettes, elle observait sa mère. Une bien jolie femme, pensait-elle, et sûre d'elle – même quand il s'agissait de son entreprise. Mais sur le plan familial, c'était une autre paire de manches.

– Je t'en prie, Teresa, fais-moi grâce des ragots de l'immeuble, dit Liliane en se versant une seconde tasse de thé.

– Quoi que tu veuilles, répliqua Teresa, on nous racontera des histoires de cette maison, de force! On m'arrête sur le palier et on me débite des trucs. Les gens sont ici chaleureux et très curieux. On veut m'interroger et m'adopter en quelque sorte...

Liliane fut énervée.

– Tu parles tout le temps d'adoption. A quoi bon...

– Que veux-tu? s'exclama sa fille. J'en ai assez souffert. Ce n'est pas drôle d'imaginer qu'un jour on s'est débarrassé de vous comme d'un chien. Bref, une dame, une ex-déportée, m'a montré un chiffre tatoué sur son avant-bras et m'a raconté aussi que le fils du couple de l'appartement du quatrième est mort. Il a été tué à Amsterdam.

– Je le sais, dit Liliane. Ce n'est pas notre affaire.

Toutes ces histoires l'agaçaient de plus en plus.

– Ce pauvre garçon a été tué à Amsterdam. Un fait divers! Il y en a beaucoup. Je me donne un mal fou pour t'installer la chambre au sixième, continua-t-elle, alors épargne-moi ces racontars malsains.

Teresa se leva.

– Maman, tu ne devrais pas insister. Pourquoi diable veux-tu m'envoyer là-haut? C'est une idée fixe! Je ne veux pas être comme un coucou au sixième. J'en ai marre de cette idée.

– Les jeunes rêvent de chambres comme ça, déclara Liliane butée. Et si elle ne te plaît pas, c'est que tu es trop gâtée.

– Arrête avec ton refrain : « Les jeunes ceci, les jeunes cela. » Qu'est-ce que tu en sais? Tes discours sur les « jeunes » me donnent la jaunisse. J'en ai marre d'entendre parler des « crimes » des « jeunes ».

– Ne me parle pas comme ça! Je ne supporte pas ce ton. Je ne suis pas encore assez « moderne », même si je te permets beaucoup de liberté.

La mâchoire de Teresa se durcit.

– A propos de liberté, j'aurais une proposition à te faire.

– Ça suffit pour ce soir, l'interrompit Liliane. N'oublie pas notre accord. Avant que je m'aventure dans l'achat périlleux de cet appartement, tu as accepté l'ensemble de mes projets. Je t'ai offert, et avec plaisir, oui, avec plaisir, une année sabbatique pour que tu puisses réfléchir sur ton avenir. Et savoir ce que tu veux faire vraiment de ton existence. Je n'en ai jamais eu, moi, de liberté pareille, j'étais heureuse de te l'offrir sur un plateau.

Fallait-il monter encore les enchères pour plaire à sa fille? Elle continua :

– Dès que je pourrai supporter le poids d'une deuxième assurance – un conducteur jeune coûte plus cher qu'un vieux –, tu auras ta voiture, d'accord, d'occasion, mais voiture quand même. Tu pourras t'inscrire dans l'école d'interprètes de ton choix.

Teresa fit le dos rond. Ce soir les explications seraient laminées par la scène habituelle. Liliane allait se muer en mère offensée, indignée par les « jeunes ». Elle se nourrissait des thèses et des études qui analysaient les malheurs des mères maltraitées par leur progéniture, elle essayait de comprendre les pourquoi des règlements de comptes entre parents et adolescents. Elle qui, dans sa vie professionnelle, dirigeait, concluait, concevait haut la main les plus brillantes des synthèses pour emporter un contrat, dans sa vie privée elle manquait d'instinct. Depuis son divorce prononcé aux torts de son mari, où elle avait obtenu la garde de sa fille, elle considérait Teresa comme son bien. Lors des vacances romaines de Teresa, elle dépérissait d'inquiétude et de jalousie. Albert le nonchalant allait-il lui rendre sa fille ? Quelques semaines avant l'achat de l'appartement, Teresa avait eu dix-huit ans. En guise de surprise, Liliane lui avait déclaré son intention d'acquérir ces précieux mètres carrés et lui avait parlé de la chambre au sixième étage... Teresa n'avait jamais aimé l'endroit, ni les aménagements prévus.

Liliane se leva, sortit sur le balcon, revint et déclara :

– Je l'aperçois, juste le haut, mais je l'aperçois.

Il s'agissait évidemment de l'Arc de Triomphe.

Teresa se mit à laver les verres.

– L'emplacement est fabuleux, n'est-ce pas?

Liliane insistait, elle voulait son compliment.

– L'emplacement est fabuleux, fit Teresa, fabuleux. Si un jour tu voulais vivre ici avec Philippe... je serais ravie, et lui aussi.

En installant l'ami de sa mère dans cet appartement, même si ce n'était qu'une hypothèse, elle imaginait arranger son départ.

– Ne fais pas de projets pour moi, s'il te plaît, répondit Liliane. Je n'aime pas quand on compte dans ma poche, ni quand on combine des happy ends avec mes sentiments. D'ailleurs Philippe n'est pas une affaire de cœur.

Complexée, gênée, elle n'osa pas lancer que c'était une affaire de sexe. Pour impressionner sa fille, elle essayait de se montrer moderne, mais les mots à prononcer l'intimidaient :

– Philippe tient à sa liberté. Et moi (elle tentait de se vanter), et moi la casanière, j'ai compris les avantages d'une certaine forme de solitude. Se réveiller seule n'est pas si désagréable.

Teresa continuait à laver la vaisselle. Elle tourna un peu le robinet pour diminuer la pression. L'eau mouillait le carrelage.

– Tu renvoies Philippe au diable à minuit. Un jour il en aura marre de partir, comme ça...

Elle ramassait les miettes de la table de cuisine. « Je vais la perdre, pensa Liliane. Elle ne me pardonnera jamais le divorce. Elle le prendra comme prétexte pour me faire du mal. »

A neuf ans, Teresa avait appris que ses parents allaient se séparer. Elle avait crié, pleuré et tapé des pieds. « On n'a pas le droit de divorcer quand on a adopté un enfant. Je serai abandonnée pour la deuxième fois. »

– Je sais, dit Liliane, que tu gardes une rancune certaine à notre égard. Ton père a voulu partir. Moi je l'aimais, je me suis accommodée à ses caprices, à sa nature particulière.

– Tu avais trop de personnalité pour Papa...

Teresa poussa un cri, l'eau tiède du robinet devint brûlante.

– Le mélangeur est détraqué, j'ai failli m'ébouillanter.

– Je dirai cela au plombier, lança Liliane, harassée.

Puis elle continua :

– J'ai entretenu pendant des années notre ménage. Le fric, sans ma personnalité, aurait été impossible à gagner.

– C'est fini, n'en parlons plus, dit Teresa.

Liliane eut un moment d'agacement.

– C'est moi qui décide quand c'est fini ou pas fini!

Quelques mots de plus et c'était la rupture. Liliane cherchait un bouc émissaire, il fallait essayer de se réconcilier sur le dos de gens que l'on ne connaissait même pas. Autant parler de ceux qui habitaient l'immeuble. On pouvait taper sur eux et faire dévier la conversation.

– Selon toi, quelle est la véritable raison de la mort du jeune homme, du fils du voisin d'en dessous? La drogue, n'est-ce pas? Tu vois...

Teresa refusait d'écouter le discours consacré à la vertu des gens sains.

– Il ne se droguait pas, a dit la grosse dame, il n'était qu'un petit dealer. Tu vois, Maman, tu as vraiment de la chance avec moi... Si je me droguais... Tu aurais des problèmes... Je t'épargne des soucis... Tu as vu le couple? Elle a l'air complètement paumée et le mari éprouvé. Leur fils ne devait pas s'entendre avec eux.

– Ce n'est pas une raison pour vendre ou revendre de la drogue, dit Liliane.

Teresa se tut. Sa mère jouait l'innocente ou elle était vraiment d'une naïveté regrettable.

– Et si tu appelais Philippe?

L'amant de sa mère était son seul salut, pour ce soir et pour l'avenir.

– Laisse-moi tranquille avec Philippe. Et puis, ça ne vaut pas la peine de me raconter mon bonheur parce que toi, tu ne te drogues pas... Tu es normale.

« Ma mère a cent ans, pensa Teresa. Elle ne rajeunira plus... »

C'est Teresa qui avait découvert la présence de Philippe lors d'un séjour aux sports d'hiver, dans un petit village oublié par les promoteurs immobiliers. Au début, Philippe crut avoir plu à la jolie adolescente. Il n'avait compris que plus tard la combine. Il avait été « cueilli » pour la mère. Une belle femme aux jambes longues, raides sur des skis comme une cigogne. Pendant ces vacances scintillantes de blancheur, Teresa ne cessait d'inventer des occasions de rencontre, elle suscitait des « hasards » pour amener dans leurs filets le seul homme libre qui habitait l'hôtel, dit « familial ». « Tu es comme tout le monde, avait-elle dit à sa mère, tu as besoin de quelqu'un. – C'est faux, je suis bien seule. » L'amour-propre de Liliane protestait contre la tutelle de sa fille qui lui vantait les mérites de Philippe. Il était intéressant, séduisant, il avait de l'argent et il était agréable. Liliane affirmait qu'elle se fichait de l'argent, qu'elle n'avait besoin de rien, qu'elle se suffisait amplement à elle-même. Teresa lui expliquait patiemment : « Si tu vas au restaurant ou au cinéma, il vaut mieux qu'il ait de quoi payer, non? Mes copains et moi, nous, on partage, mais toi, tu aurais l'air de quoi en partageant? Vous n'avez plus l'âge de jouer à ça... Et il n'a jamais été marié. Il n'a pas de pension alimentaire à verser... Et il est ingénieur! Je te dis que c'est le Pérou. Tu ne connais pas ta chance! »

Les sports d'hiver étaient loin, mais Philippe restait proche.

– Je vais sortir, dit Teresa à sa mère.

– Tu as raison, acquiesça rapidement Liliane. Avec qui sors-tu?

– Je ne sais pas, je vais téléphoner à Nicolas, il a toujours des idées. J'aimerais aller au bowling.

Liliane connaissait Nicolas, un grand type maigre, un rouquin avec des taches de rousseur. « On ne couche pas ensemble, avait dit un jour Teresa, juste un ami. » Liliane avait été gênée à l'époque. Sa fille prenait la pilule et connaissait les hommes mieux que sa mère. Parfois Liliane avait honte de son innocence et s'inventait des aventures qu'elle aurait eues avant son mariage. Elle racontait des flirts imaginaires. Teresa, goguenarde, écoutait en s'interdisant des commentaires.

– Tu as raison, tu dois prendre l'air, dit Liliane. Depuis hier, on travaille comme des bagnards. Il faut que tu t'amuses...

Elle était si jalouse de la soirée imprévue de Teresa que sa gorge se mettait à la gratter, elle éprouvait une nette difficulté à avaler. « C'est nerveux, l'assurait le médecin chaque fois qu'elle en parlait. Vous n'avez rien à la gorge, juste des spasmes. Décontractez-vous. Vous avez des problèmes avec votre fille? Prenez du calcium. Si tous les parents réagissaient comme vous, la plupart d'entre eux mourraient étranglés. Dominez-vous! Détachez-vous d'elle. Soyez une mère chatte, jetez-la hors du cercle familial, avant de devenir obsédée par sa " présence ". » Il était difficile de « jeter » quelqu'un en dehors du cercle quand il n'y avait pas de famille. Mais ce détail n'entrait plus dans le temps de la consultation. Ce soir Teresa ressentait particulièrement la tension.

– Je peux encore ranger les livres qui restent dans les caisses?

Liliane se mit à sourire et protesta:

– Oh! non, laisse les caisses. On va terminer tout cela demain. Va t'amuser.

Elle ne put s'empêcher de commettre la maladresse et ajouter:

– Tu es toute ma vie, Teresa.

Sa fille se rebiffa.

– Je t'en prie, Maman, trouve autre chose, n'importe quoi, mais pas cet éternel refrain. Je ne veux pas être toute ta vie.

– C'était une phrase en l'air..., dit Liliane, ce n'est pas si grave... Va, pars!

Plus tard, Liliane perçut le cliquetis léger du cadran du téléphone. Ces petits sons sournois imprégnaient l'air de traces sonores. Teresa revint joyeuse.

– On va faire un bowling, Maman et, après, on va chez des copains. Ne t'inquiète pas.

Elle circulait, cherchait son petit sac, elle était heureuse de partir. « C'est donc une telle corvée que de m'aider? » pensa Liliane un peu humiliée et elle s'imaginait annonçant à sa fille son remariage avec un monsieur riche et dégoûtant. Juste pour se venger.

– Tu as la clef? Si tu l'oubliais tu ne pourrais pas rentrer. En cas de problème avec la porte, appelle-moi, je descendrai ouvrir. La serrure est complètement détraquée, parfois elle se bloque. C'est ce qu'on m'a dit.

– Je peux dormir chez Nicolas, si je reste coincée dehors.

Liliane n'avait jamais connu cette liberté. A quarante ans, pourrait-elle improviser un programme et aller dormir chez une copine? Elle avait des amies mondaines et des relations d'affaires, des hommes mariés. Elle aurait pu aller dormir à l'hôtel, ça, oui.

– A demain, lança Teresa.

– Tu rentres à quelle heure? A peu près...

Elle la retenait quelques secondes encore.

– Maman, si tu pouvais ne pas t'inquiéter à ce point. Pas trop tard.

– Pourquoi dis-tu « à demain »?

– Si je rentre tard, je ne vais pas venir te réveiller pour dire que je suis là!

– Mais vers quelle heure?

– Maman!...

– Si tu dors chez Nicolas, appelle-moi pour me le dire.
Je serai folle... Elle n'osa pas ajouter « d'inquiétude ».

La porte se referma sur Teresa. Pour se rassurer, pour
s'apaiser, Liliane recommença à ranger. Au bout d'une
demi-heure elle s'installa au salon, se plongea dans les
péripéties d'un feuilleton américain. Elle pensa aux hommes
qu'elle aurait pu avoir dans sa vie depuis qu'elle était libre.
Elle avait toujours eu peur des liaisons. Dans son esprit, la
crainte de l'herpès et du chagrin d'amour se confondait. Elle
fut émue par quelques timides tentatives, mais les hommes
l'abandonnaient souvent avant qu'elle ait eu le temps de les
refuser. Ils partaient vers des femmes moins intelligentes,
moins belles, moins conscientes de leurs responsabilités. Ils
se sauvaient avec des bohèmes, des parasites intéressées et,
surtout, avec des filles gaies. Elle restait en rade, vertueuse et
sérieuse. On avait de l'estime pour elle mais pas de l'amour.
Elle faisait le vide autour d'elle, en considérant les relations
entre hommes et femmes avec l'attitude réservée d'il y avait
trente ans.

Elle se leva et se précipita pour répondre au téléphone.

– Allô!... Oui?

– Liliane?

Elle était heureuse d'entendre la voix de Philippe.

– Bonjour! Comment vas-tu?

Philippe lui susurra à l'oreille :

– Liliane? Ma chérie, je pense beaucoup à toi. Comment
survis-tu à ton déménagement?

– J'émerge, dit-elle. Teresa m'aide beaucoup. Elle vient
de sortir. Elle ne voulait pas me laisser seule mais j'ai
tellement insisté...

Philippe continua avec douceur :

– Si tu savais comme je suis désolé de ne pas être à Paris
ce soir... J'aurais pu t'être utile. Mais ce dîner ici est
important. Quel manque de bol d'être à Lyon quand tu te
débats avec tes caisses. Mais que veux-tu?... Tu crois que tu
vas t'habituer assez rapidement? Un appartement neuf est
toujours une épreuve.

50

– Sans doute, dit-elle, mais l'effort vaut la peine. Tout va être beau ici. Tu vas aimer cet appartement.

– J'en suis certain, ma chérie. Alors je peux être tranquille, tu ne manques de rien?

Elle était si reconnaissante que quelqu'un se préoccupât de ses états d'âme.

– Je vais prendre un long bain et me coucher de bonne heure car je n'ai envie de rien ni de personne, sauf de toi si tu étais là...

– J'ai une vie impossible, dit Philippe, joyeux au fond de lui-même.

Elle jouait à la femme idéale, moderne, qui accepte et désire même qu'un homme et une femme ne se voient que pour le plaisir.

– En tout cas je n'aurais pas voulu de toi ce soir.

Elle admirait sa faculté de mentir. Tu vas découvrir ma nouvelle vie quand elle sera réglée jusqu'au moindre détail.

Elle aurait aimé s'avouer fatiguée, mais elle se méfiait, la moindre plainte aurait perturbé leurs liens. Philippe aimait répéter : « Nous faisons partie de la nouvelle société des célibataires, de ceux qui sont heureux de l'être. » Pour lui plaire, elle se lançait parfois dans des tirades où elle parlait des « couples-béquilles », de ces unions vieux jeu où chacun s'appuie sur l'autre.

– Je t'embrasse, ma chérie courageuse, dit Philippe. Je t'appelle lundi en arrivant à Paris.

Contente de l'appel de Philippe, Liliane s'installa dans sa nouvelle salle de bains et s'occupa longuement de son corps. Ensuite elle se coucha et se mit à lire. Elle fut brutalement tirée de ce premier sommeil par la sonnerie de la porte d'entrée. Elle se réveilla en croyant qu'elle rêvait encore. Puis elle alla ouvrir. Et si Teresa avait oublié sa clef? Liliane entrebâilla la porte et se trouva en face d'une femme mince, aux cheveux coupés en foin. Ces mèches raides lui prêtaient un air malicieux et ahuri à la fois. Mais son regard était perçant.

– Pardonnez-moi, dit l'inconnue. Je vois que je vous ai

réveillée. Je n'imaginais pas que vous puissiez déjà dormir. Je m'appelle Evelyn Hammond.

Elle jeta un coup d'œil sur son bracelet-montre.

– Il n'est que 22 h 10, je suis navrée. J'habite l'appartement d'en face. Je suis confuse. Voulez-vous que je m'en aille? Et que je revienne demain...

– Non, dit Liliane, puisque vous êtes là! Mais que désirez-vous?

– Me permettez-vous d'entrer une seconde? demanda l'Anglaise.

– Vous ne pouvez pas me dire, ici, ce que vous voulez?

– Sur le seuil? Ce serait plutôt inconfortable pour nous deux.

L'Anglaise se trouvait maintenant dans l'entrée.

– Si ce que j'ai à vous dire était moins important, j'aurais pu vous déranger seulement demain. Mais franchement, je crois qu'il vaut mieux vous mettre au courant.

– Venez au salon.

– Si vous insistez...

Liliane s'effaça et l'Anglaise avança jusqu'au living-room. Liliane tourna le commutateur, plusieurs lampadaires s'allumèrent simultanément.

Miss Hammond jeta un regard circulaire autour d'elle.

– Vous avez bien avancé. Un déménagement est une telle épreuve! Votre fille dort déjà? J'espère qu'elle habite encore ici, en bas, dans l'appartement.

Liliane resserra son peignoir et fit un geste.

– Ma fille est sortie. Si vous voulez vous asseoir...

– Merci, volontiers, dit Miss Hammond, et elle prit place dans un des fauteuils profonds. Je suis insomniaque. Intellectuellement alerte mais physiquement finie à cette heure-ci. Je passerai deux tiers de la nuit comme ça. Écoutez, il faut être solidaires entre femmes. Je suis solidaire. Je n'avais aucune possibilité de vous prévenir de certaines choses avant que vous ne vous installiez ici. On parlait d'une jolie femme et de sa fille qui allaient arriver.

C'était tout. Je ne connaissais pas votre nom. D'ailleurs, peut-être je n'aurais rien dit. Je ne sais pas. Mais maintenant que vous êtes installée dans cette maudite baraque, je ne peux pas vous laisser dans l'ignorance. Je vous recommande la plus grande prudence.

– Vous êtes très aimable, dit Liliane. Mais sans doute vous vous inquiétez pour quelque chose qui ne vous regarde pas ou qui ne nous regarde pas.

Miss Hammond se pencha vers elle. Son visage était comme une esquisse de portrait de femme de Picasso. Irrégulier, côtés ombre et lumière dépareillés. Les orbites profondes enfoncées. « Je vais me trouver mal », pensa Liliane.

– Que désirez-vous?

– Le fils des gens qui habitent au quatrième étage a été assassiné. Sa mère a passé – comme vous pouvez l'imaginer – par des moments horribles. Elle a dû identifier à la morgue en Hollande le corps de son fils. Et surtout, au fur et à mesure de l'enquête, découvrir son passé. Le dossier est apparemment clos, la police est surchargée, il y a beaucoup d'affaires de ce genre. Et pas seulement en France, loin de là...

Elle fixait Liliane.

– Mais la maison reste perturbée.

Liliane protesta.

– Vous êtes très aimable de vous donner tant de mal, mais je ne désire pas être au courant. L'affaire est terminée. Pour moi elle n'est même pas commencée.

– Vous imaginez que vous pourrez rester en dehors de tout cela?... Je ne crois pas. Vous habitez maintenant ici. La mère de ce malheureux garçon est psychiquement atteinte. Souvent, pendant la nuit, quand le chagrin la réveille, elle monte au sixième étage. Elle cherche son fils. Jeudi, elle a fait un tel vacarme que j'ai dû monter; je l'ai trouvée au seuil du balcon de la chambre de son fils. Quand je dis balcon... Une plate-forme étroite en béton, le moindre vertige ferait basculer n'importe qui en bas. La chambre d'à côté, celle qui est à vous, a le même balcon.

Liliane s'énervait. Elle se sentait agressée, on pénétrait dans son intimité, on la dérangeait. Elle ne savait pas très bien comment se défendre sans devenir brutale.

– Pourquoi me raconter tout cela, Miss...

– Hammond.

L'Anglaise était agitée elle aussi.

– Selon la femme de ménage qui colporte les potins, vous avez l'intention d'installer votre fille au sixième étage?

Liliane s'exclama :

– Ça ne regarde personne. Je fais ce que je veux. J'ai saisi l'occasion d'acheter un appartement avec une chambre indépendante parce que les jeunes aiment être loin des parents, tout en restant proches.

– Mais vous devez accepter l'évidence que le sixième étage n'est pas sûr. Il y a un va-et-vient détestable, on ne sait jamais qui pénètre dans la maison. Des inconnus circulent.

– Mais, Miss Hammond, la porte d'entrée est fermée à partir de 20 heures.

– Fermée à qui? demanda l'Anglaise. Le fils a fait circuler des copies des clefs, l'étage en haut était devenu un repaire de drogués, ils venaient chercher la marchandise. Personne n'osait rien dire. La peur de la vengeance. Ces gosses devaient être manipulés mais ils étaient dangereux. Pourquoi croyez-vous que Torrent a fait changer tout le système électrique à ses frais, hein? Ce n'est pas le bon Samaritain, mais tout simplement un père incriminé par les agissements de son fils... Il est responsable de la sécurité de l'immeuble. S'il n'était pas fonctionnaire, estimé paraît-il dans son ministère, on l'aurait peut-être moins épargné. Vous voyez ce que je veux dire... La chambre, la nôtre, nous l'utilisons comme débarras. Il y a un invraisemblable bric-à-brac dedans. On n'y va plus. Ou très rarement. Mais installer votre fille à côté de la chambre du type assassiné, vous en avez envie, vous?

La paupière droite de Liliane tremblait.

– Je vous suis reconnaissante de votre gentillesse mais, décidément, j'aimerais que vous partiez!

54

– La politique de l'autruche n'est pas forcément la bonne solution, dit Miss Hammond. Il vaut mieux que vous soyez au courant. L'immeuble a son histoire. Il y a quelques années, il y avait deux clans : les partisans et les adversaires de l'ascenseur. J'ai connu Didier superficiellement à l'époque où l'on ne comptait plus les réunions de copropriétaires. Un jeune homme plutôt agréable. Lui et son père, et vous ne me croirez pas, pourtant c'est vrai, étaient tenus d'une main de fer par Lucie. Quand on la voit, cette femme, paraît anodine, effacée. Elle ne l'est pas. Non, loin de là... Un matin, en descendant du cinquième étage, j'ai été témoin d'une scène. Sur le palier, elle venait d'envoyer à son fils une de ces gifles! Elle s'est affolée quand elle m'a aperçue et le fils, tout blanc, est parti honteux. J'étais bouleversée, je ne supporte aucune manifestation de violence.

– Vous n'avez pas d'enfant? demanda machinalement Liliane.

Miss Hammond plissa les yeux.

– Moi? Non. Et alors?

– Alors vous ne savez pas.

– Qu'est-ce que je ne sais pas?

– Qu'on ne peut pas incriminer une mère à cause d'une gifle. Il est tellement facile d'accuser les parents.

Miss Hammond trouvait ridicules les femmes qui se vantaient d'être mères, elle les appelait les « femmes fœtales », des donneuses de leçons qui croyaient savoir tout mieux que les autres femmes.

Liliane mima un bâillement.

– Si vous vouliez me laisser! Je voudrais bien me recoucher. Merci pour vos conseils, mais, je vous le répète, ces vieilles histoires ne me regardent pas.

Elle se leva. Miss Hammond la suivit.

– Madame...

– Guérin. Je m'appelle Liliane Guérin.

– Je crois que vous interprétez mal ma visite. Que vous n'avez pas compris l'utilité de mes explications.

Ses cheveux raides sur le front, ses yeux brillants, son

agressivité, tant elle voulait convaincre, la faisaient paraître désagréable.

— Je ne suis pas une femme indiscrète, continua-t-elle, j'essaie de vous rendre service. Vous vivez seule?

— Avec ma fille.

— Je veux dire sans compagnon? Vous avez, je crois, perdu votre mari?

— Dans les bras d'une Italienne de vingt ans. Vous êtes contente, vous le savez, cela aussi...

Le visage de Miss Hammond s'éclaira.

— Sans blague, dit-elle, une aussi belle femme que vous peut être trompée? Les hommes, ajouta-t-elle, sont des ingrats...

Soudain, parce qu'elle était fatiguée et sentait que Miss Hammond pouvait être une complice inattendue, Liliane lança :

— Mon mari est le champion des ingrats. Il m'a plaquée avec un rare sang-froid. Je suis une femme plaquée.

Miss Hammond hocha la tête.

— Quel mufle... Vous êtes resplendissante. Mais vous n'allez pas rester longtemps seule.

— Vous êtes gentille, dit Liliane, un compliment fait du bien à n'importe quelle heure. Mais je peux être laide et difficile à vivre. Quand j'ai trop de travail au bureau...

— Une femme comme vous devrait être choyée et entre-tenue, surenchérit Miss Hammond.

— C'est moi qui ai toujours choyé et entretenu les autres. A l'université, j'ai bossé pour un copain auquel me liait une amitié platonique, et je m'accusais des échecs de mon mari. J'ai une sale nature, je me culpabilise dès que j'ai du succès. Dès que mes affaires marchent, j'imagine que je dois tout à tout le monde...

Miss Hammond dégustait le récit.

— Les hommes, dit-elle, sur un ton confidentiel, sont dans leur majorité des lâches.

— Pas tous, dit Liliane, pas tous. Heureusement!

L'Anglaise était heureuse de se venger de l'humanité.

— Mon amie Delphine et moi, nous vivons ensemble

depuis une bonne quinzaine d'années. On se connaît à la perfection. Je l'ai enlevée à un type bien médiocre, je l'ai sauvée et je lui ai révélé sa vraie nature. Je reconnais qu'il y a aussi des hommes bien. Mais ceux-ci sont souvent des victimes de quelqu'un ou de quelque chose. Regardez donc le père du drogué, ce M. Torrent. Il aurait mérité bien mieux que sa pénible famille. Bel homme, belle situation, et dans quel nœud d'embrouilles il vit! A cause de son fils. Sa femme n'est pas un cadeau non plus.

Satisfaite de la rencontre, comblée des confidences échangées, elle prit congé de Liliane et rentra chez elle. Elle n'avait que le palier à traverser. Delphine l'attendait : elle lui avait préparé un thé à la menthe.

— Il est trop fort ton thé, il faut rajouter de l'eau bouillante, dit Miss Hammond, et, bien installée, elle raconta sa visite chez Liliane.

Delphine l'écoutait, religieusement. Elle adorait Miss Hammond, sa Cooky chérie, qui lui assurait une existence harmonieuse et protégée.

— Regarde, trésor, ce que je t'apporte, susurra Delphine.

Elle montrait, posée sur une assiette, une tranche de cake recouverte de crème fraîche épaisse.

— A cette heure? Comment le digérer?

Miss Hammond protestait pour la forme.

Elle était gourmande et dotée d'un puissant appétit. Elle pouvait dévorer une choucroute garnie arrosée de bières sans avoir l'ombre d'un problème de digestion. « Je suis une vraie autruche », aimait-elle dire.

Delphine faisait des desserts avec passion et gourmandise. Les deux femmes dégustaient lentement leur tranche de cake.

— Alors, elle est bien, cette Mme Guérin?

Delphine se gardait bien de brusquer Miss Hammond. Elle allait raconter sa visite à son heure, à son rythme.

— Butée, répondit l'autre. Elle a peur d'avoir fait une bêtise en achetant l'appartement. Elle fait partie de ces femmes dont la vie est rendue bien difficile par les hommes. Mais elle n'a pas encore assez d'ennuis. On dirait même qu'elle en redemande.

– Tu l'as vite percée à jour, n'est-ce pas? ronronnait Delphine. Tu as une connaissance des gens, personne ne pourrait te tromper, te mentir.

Elles parlaient un anglais délicat, légèrement teinté d'accent écossais, un vrai délice pour l'oreille musicale, une mélodie désaccordée, entre le biniou et Mozart.

– J'ai fait ce que j'ai pu et ce que j'ai dû faire, conclut Cooky. Pour le reste, si elle n'est pas assez grande pour comprendre, tant pis pour elle.

Delphine remit une autre tranche de cake sur l'assiette de Miss Hammond, qui entama, distraite, la nouvelle portion.

– Tu sais ce qui m'arrive, Cooky? demanda Delphine. Je voulais déjà t'en parler plus tôt.

Elle se donnait de l'importance.

– Qu'est-ce qui t'arrive?

– J'ai décidé de changer de nature. Je ne veux plus être altruiste. Je suis bourrée de pensées immorales. Je me fiche des gens. Je vois des femmes et des hommes qui fabriquent leur propre malheur. Et quand on les prévient, ils se fâchent. Cooky, si on avait de l'argent, ce que j'appelle vraiment de l'argent, la fortune cossue qui permet de dépenser sans trop compter les sous, on pourrait fermer la boutique à Paris et rentrer chez nous.

Cooky arrosa le reste de la tranche de gâteau avec une cuillerée de crème fraîche.

– Oui, dit-elle, rentrer. Se promener là-bas, humer l'air de la mer, flâner, musarder. Mais attention, la maison bouffe l'argent. L'installation du chauffage central va coûter une fortune. Il faut tenir encore ici quelques années et puis se tirer avec la préretraite. J'ai signé le devis de la clôture. Je te demande une chose, Delphie, freine tes achats, domine tes envies d'anges sculptés. Nous avons trop d'objets, beaucoup trop d'objets.

– Tu as raison, dit Delphine.

Elle fit sa moue de sage petite fille.

58

– Cooky... Cet été on va emporter là-bas le coffre, et la pendule aussi. Sais-tu que je l'ai remontée la semaine passée, et elle a marché pendant quelques heures? Elle s'est arrêtée ensuite. Tu n'as même pas vu qu'elle marchait, j'attendais un petit compliment.

– Je ne m'en suis pas aperçue, reconnut Miss Hammond, qui écouta alors Delphine énumérer les objets qui devaient réintégrer leur vieille maison d'Écosse.

– Heureusement que nous avons Greenwood, dit Delphine, on ne va pas être deux pauvres dans un asile, on va vivre dans notre maison. Tu veux un petit cognac, Cooky?

– Non.

– Juste pour ôter le goût de la crème.

– Et après, tu me donneras de quoi ôter le goût du cognac?

Cooky fit semblant de vouloir la gronder, juste pour se donner une contenance et affirmer sa sobriété.

– Sais-tu ce qu'on a oublié dans nos projets? Mais complètement oublié?

– Quoi?

– L'Égypte. Il faudrait aussi aller en Égypte.

– Oui, dit Delphine, mais l'argent? Le voyage, les prospectus, Néfertiti et la vallée des Rois! Ne rêvons pas trop, on n'aura jamais assez d'argent.

– On ne peut pas tout avoir, conclut Miss Hammond. On est en bonne santé et la chance, la vraie, la grande chance est rare... Si on pense à tous ces crétins qui sont riches de naissance et toutes les bonnes femmes qui épousent des fortunes... Ça m'horripile quand on déguise ces histoires de sexe en romances.

Un lampadaire flanqué d'un abat-jour à la couleur de citrouille mûre les enfermait dans un filet de lumière. Bientôt elles entameraient leur traversée de la nuit.

Delphine était devenue une insomniaque involontaire, elle buvait du café à l'heure des tisanes pour pouvoir accompagner Cooky dans un monde d'angoisse où il n'est pas bon d'être seul.

– Delphie?

Avec une vieille liseuse rose tricotée sur le dos, dans un fauteuil, aspergée de lumière, Cooky guettait l'arrivée des spectres.

– Avais-tu l'habitude de préparer ce genre de dessert à Charlie aussi?

Elle aurait aimé fustiger Charlie, vitrioler le seul homme qui eût joué un rôle certain dans la vie de Delphine.

Delphine rougit.

– C'est pour toi que j'invente des desserts. A Charlie, je n'ai jamais fait de gâteries. Jamais ni un gratin aux framboises, ni une meringue à la mousse au citron.

Elle se tut.

– Delphie, tu me caches quelque chose.

– Je lui ai juste inventé un flan aux mangues. Tu ne m'en veux pas? Non... c'est le passé. Et le flan n'était pas si bon que ça. Une mangue n'est pas comparable à un citron. Le citron a sa personnalité, son goût varie, tandis que la mangue, c'est toujours la même chose.

– Bien, dit Miss Hammond. Bien.

Elle se recroquevilla sur elle-même.

– Tu vois, j'ai sommeil, et dès que je serai au lit, c'est fini. Alerte et énervée, je continue à faire des comptes.

Delphine la regardait. Cooky semblait vieillir. Surtout ses yeux. « Si quelque chose arrivait à Cooky, je mourrais avec elle », pensa-t-elle.

Le soupir métallique de l'ascenseur s'infiltra dans les murs puis s'éteignit. Miss Hammond s'extirpa du fauteuil, se leva et se dirigea vers l'entrée pour jeter un coup d'œil sur le palier. Teresa venait de quitter l'ascenseur. Elle chercha longuement sa clef dans son sac en bandoulière; elle finit par ouvrir la porte et entra chez elle.

– Sa fille est revenue, chuchota Miss Hammond en jetant un coup d'œil sur son bracelet-montre, puis elle ajouta : il est 23 h 37. Elle est revenue avant minuit.

La minuterie du palier s'éteignit, la cage d'escalier sombrait dans l'obscurité, l'ascenseur restait à l'étage.

– J'ai une petite surprise pour toi, dit Delphine. J'ai pris

une cassette, regarde! Juste une image. Un couteau ensan-
glanté et plus loin, en filigrane, le visage d'une femme
déformé par la peur.

– Tu es vraiment gentille, dit Cooky.

– On peut en regarder un bout.

– Si tu veux...

Delphine fit glisser la cassette dans le magnétoscope.
Elle prit place sur le canapé à côté de Cooky. La main dans
la main, elles regardaient une femme qui hurlait, suivie
par un tueur fou, dévaler les marches étroites d'un escalier
de service. Le générique passait sur le corps de la victime
massacrée. L'image devenait aimable : une cuisine américaine ensoleillée où une femme prépare le petit déjeuner.
Dehors, un rôdeur-voyeur, caché derrière les bosquets,
attend que la villa se vide... Le mari part, il emmène les
enfants avec lui. La femme en fredonnant s'occupe de sa
maison.

– Et si on se couchait? proposa Cooky.

***

La visite de l'Anglaise avait bouleversé Liliane. Elle était
angoissée; elle espérait l'arrivée de sa fille chaque fois que
l'ascenseur montait. Enfin, après le dernier sifflement, elle
entendit la porte d'entrée de l'appartement s'ouvrir.

– Teresa? cria-t-elle. C'est toi, Teresa? Viens vite, ma
chérie, tout va mal.

– Oui, Maman, j'arrive. Tu n'es pas malade, non?

Elle jeta son sac sur une chaise dans l'entrée et courut
vers la chambre.

– Qu'est-ce qui se passe? Tu m'affoles.

Elle trouva sa mère en mauvais état, le visage gonflé de
nervosité, les traits crispés.

– Qu'est-ce qui t'arrive, Maman?

– Viens près de moi, dit-elle, et elle prit sa fille par la
main.

Elle voulait qu'elle s'assît sur le lit.

– J'ai besoin d'être consolée. J'ai fait une erreur épou-
vantable.

– Quelle erreur, Maman?

– L'appartement, dit-elle. L'appartement et, avec tous ces drames, je ne pourrai même pas le revendre.

Il fallait entamer la longue marche des raisonnements, consoler, analyser, rassurer, conclure. Teresa, compatissante, s'installa sur le lit. Vêtue d'un pantalon de cuir, le buste serré dans une veste un peu étriquée, avec ses cheveux noirs courts et bouclés, elle ressemblait à une jeune guerrière. Liliane découvrait tous les jours la beauté de sa fille, elle en parlait, elle l'analysait.

– Raconte, Maman.

Liliane était persuadée d'avoir mauvaise mine. Elle passa sa main droite dans ses cheveux pour les raviver, le geste même la rassurait.

– Écoute, j'ai reçu une visite odieuse. L'Anglaise d'en face a presque forcé la porte. Elle m'a raconté des horreurs. J'avais cru avoir acheté ici un havre de paix, la province dans Paris, mais non, je me suis endettée pour un nœud d'embrouilles.

– Mais Maman, tu ne vas pas t'en faire à cause des ragots d'une vieille fille! Il ne faut plus la laisser entrer ici. Fiche-la dehors si elle revient...

– Elle m'a raconté aussi la « guerre » entre copropriétaires au sujet de l'ascenseur. Elle m'a bourré le crâne avec des histoires de clefs. Selon elle des éléments, incontrôlables, comme on dit, circulent dans la maison. Le sixième étage était squattérisé par des fantômes qui y vendaient de la drogue.

Elle pleurait maintenant.

– Fantômes, c'est une manière de parler.

– Quelle bêtise j'ai faite avec cet achat! Quelle bêtise!

– Maman, calme-toi!

Mais Liliane continuait, excitée.

– Tu imagines, si on essaie de vendre... Je ne récupérerai jamais la fortune que j'ai mise dans les travaux! Il faudrait trouver un acheteur fou! Aussi fou que j'ai été folle d'acheter cet appartement! L'agent immobilier m'a bien dit : « C'est spécial, ici, on aime ou on n'aime pas. Mais quand on aime... »

Le sentiment de sa propre insécurité l'énervait.

– Il n'y a que des gens riches qui ont droit à l'erreur, expliqua-t-elle, mais pas ceux qui empruntent... Teresa, je ne t'ai jamais parlé des difficultés de cet achat, je ne voulais pas te charger de soucis, mais c'était vraiment très dur. Tout le monde profitait de ma passion pour cet endroit. Ils étaient tous condescendants, presque méchants. Je le voulais tellement...

Malgré l'indifférence qu'elle ressentait d'habitude à l'égard des affaires de sa mère, Teresa n'aimait pas la voir aussi émue.

– L'immeuble est superbe, Maman. Les gens qui y habitent sont difficiles à supporter, mais la mort de ce garçon n'a pas diminué la valeur de l'appartement... Tous ces remous vont se tasser et tu...

Elle changea sa phrase :

– Et nous profiterons bien de l'appartement.

Liliane ne se dominait plus.

– L'atmosphère est mauvaise. Je suis trop sensible à ce qu'on me dit. J'ai peur d'avoir emprunté trop d'argent pour une chose invendable. Et tout repose sur ma santé, sur ma productivité, on me donne pratiquement tout ce que je veux, si j'ai bonne mine, si j'abats le travail de trois personnes, mais si je tombe malade...

– Tu ne vas pas tomber malade et tu ne vas pas vendre l'appartement. Tout va bien de ton côté, Maman. Avec un peu de chance, les Torrent s'en iront d'ici. Ce sont eux qui devraient partir. Tout le monde en a marre de leur drame. Essaie de t'apaiser maintenant. Tu veux du lait? Ou de l'eau?

– Non, ma chérie, non, merci. Je veux toi. Fais du bruit. Va d'une pièce à l'autre, qu'importe, que je sente ta présence.

Teresa l'embrassa et elle écouta les pas de sa fille. Elle n'était donc plus seule, elle se détendit peu à peu; plus sa fille claquait, même involontairement les portes, plus elle était contente. Tard dans la nuit, Teresa revint.

– Ça va, Maman? Tu vas mieux? Tu aurais dû prendre un calmant.

– Non, dit-elle. Je ne veux pas de l'engrenage des décontractants. Chaque incident au bureau me ferait prendre un comprimé. Ta présence m'aide...

– Je suis là, Maman.

Teresa referma doucement la porte. Ce n'était vraiment pas le jour de parler de son départ pour l'Italie.

Liliane se tournait et retournait dans son lit. A l'époque où elle avait découvert cet appartement, un autre client voulait l'acheter. Liliane avait, la première, réussi à signer sa promesse de vente accompagnée d'un chèque. Elle se souvenait de cette période où elle vivait la gorge serrée d'angoisse, couverte de dettes. Elle avait proposé au grand patron de son entreprise l'extension de son domaine commercial.

Pourtant, avant d'obtenir l'arrangement, elle avait dû subir un véritable examen de passage.

– Alors, madame, vous croyez pouvoir assumer des responsabilités doubles?

Lors d'une entrevue de cette importance avec le président-directeur général, elle avait dû répondre très calmement aux questions qu'il lui avait posées. Il se méfiait de ce genre de femme de tête. Il était aussi jaloux qu'admiratif. « Elles ont une force herculéenne », pensait-il. Cette femme séduisante de quarante ans affichait une puissance de travail enviable. Il avait lu quelque part, peu de temps auparavant, des statistiques défavorables aux hommes. L'espérance de vie des femmes était plus longue que celle des hommes. Il avait voulu éprouver un peu Liliane, juste pour le plaisir.

– Je ne pourrai pas vous accorder une deuxième secrétaire. Pouvez-vous suffire à votre tâche avec une seule? La même?

– Sans doute, avait-elle répondu. Mais si j'ai le double de la correspondance actuelle, il faudra voir.

Il croisait les jambes pour cacher sa nervosité purement épidermique.

– Les femmes comme vous m'impressionnent, avait-il dit. Vous êtes comme des extraterrestres. Pourtant, si je ne me trompe pas, vous avez une famille. Famille veut dire soucis. Pourtant vous semblez si détendue.

– Des soucis? avait-elle répété.

Sa bouche était sèche.

– Des soucis? Tout le monde en a, monsieur. Vous aussi. Mais le travail doit passer avant les problèmes familiaux.

Elle mentait mais des phrases de ce genre étaient indispensables.

– Vous êtes seule, actuellement...

Il connaissait l'histoire du divorce de Liliane. Il s'était demandé la vraie raison du départ du mari. « Elle doit être dure, autoritaire. » Il aimait plutôt les femmes rudes. En présence d'une femme dans le genre de Liliane, il avait l'impression de redevenir un petit garçon et se promener, accroché à la main d'une robuste nounou, et la supplier d'acheter une barbe à papa. La vilaine refusait. Il était maintenant fébrile d'excitation.

– Je suis content d'avoir pris une décision favorable. Je ne vous le cache pas, au début de cette opération, j'étais plutôt inquiet. Il est rare que l'atout majeur d'une femme soit la mobilité, la disponibilité. J'ai remarqué que vous n'avez pas été effrayée lorsque je vous ai parlé d'un stage éventuel en Californie. Nous serons obligés de nous adapter à l'informatique. Si vous y allez, vous ne ferez pas là-bas un travail purement technique, je vous confierai la conception des nouvelles bases d'organisation.

Plongée dans l'angoisse à l'idée qu'elle devrait se séparer pour quelques semaines de Teresa, elle s'était mise à sourire.

– Je suis libre, avait-elle dit, d'aller où vous voulez en fonction de l'intérêt de l'entreprise.

Elle avait senti le regard du patron sur ses jambes. Le regard avait glissé ensuite, avec la souplesse huileuse d'un habitué, sur ses chaussures. Dans un moment de faiblesse, il avait avoué un jour à Liliane sa passion pour les escarpins italiens... « Vous en avez de superbes », avait-il dit, puis il avait ajouté : « Ma directrice vit sur un petit pied, pourtant je la paie bien. »

Il s'était trouvé drôle.

Lors de l'entrevue capitale, où elle devait obtenir une garantie pour son emprunt, Liliane, enfoncée dans le fauteuil, la tête posée sur le dossier, lui avait permis d'admirer son cou impeccable. Il lui fallait séduire ce type. C'était un homme qui ne supportait l'intelligence d'une femme qu'accompagnée d'un joli corps.

Liliane avait obtenu une augmentation de vingt pour cent de son salaire et réussi à arracher la garantie pour une partie du crédit dont elle avait besoin. L'appartement allait être hypothéqué à soixante pour cent de sa valeur.

– Je vous préviens, avait-il dit, si un jour vous ne payez pas, je m'installe chez vous. N'est-ce pas?

Il ne savait pas très bien plaisanter. Elle avait souri poliment et l'avait rassuré sur sa bonne santé.

– Vous n'avez rien à craindre, avait-elle ajouté. Et j'ai une assurance-vie confortable.

Mais plus elle prenait du travail, plus l'angoisse l'empêchait de dormir. Et si elle ne dormait pas, elle n'était plus apte à fournir l'effort nécessaire. Il fallait dormir pour pouvoir travailler et payer, payer, payer. Payer tout et tout le temps. En dehors de ses soucis d'emprunt, elle dépérissait du manque d'interlocuteur. Elle ne pouvait rien dire à Philippe qui, à la moindre difficulté à partager, aurait fui.

Au lieu de se tourmenter dans le noir, elle se leva pour chercher son transistor. Elle le trouva par terre près de la porte de la salle de bains. Elle l'emporta au lit et se mit à écouter une émission tardive, une voix d'homme qui susurrait des conseils adressés aux âmes seules. Ses pensées s'égaraient, elle revit comme sur une diapositive l'homme qui habitait au quatrième étage : il était grand, il avait les yeux bleus, le visage marqué par le chagrin. Il était sympathique. « Il y a des hommes bien, se dit-elle, mais ils sont tous mariés. Et plus leur femme est difficile à supporter, plus ils sont agréables et patients. »

Elle pensait à ses principes, et surtout à la règle absolue qu'elle s'était imposée : Pas d'homme marié dans sa vie.

Depuis qu'elle était officiellement une « femme seule », les nostalgiques de l'aventure extraconjugale la contournaient. Les amateurs d'amour du lundi au vendredi se réservaient tous, et à l'avance, pour leur famille pendant le week-end et les fêtes. Au début, elle les écoutait, juste pour mieux les étudier. Ils venaient vers elle avec l'espoir de grappiller un peu de bonheur interdit, le péché sans frais et surtout sans conséquence juridique. Une liaison avec une femme libre n'était pas un luxe, il suffisait d'avoir un budget de restaurant et de fleuriste. Coucher avec elle, puis réintégrer le lit conjugal. Dès les premiers mois de sa liberté involontaire, elle les avait prudemment écartés. Elle se tournait vers les femmes. Solidaire, et fidèle à ses principes de rigueur, elle découvrait le monde de celles qu'on voulait tromper avec elle. Elle installa à côté de son bureau une pièce, une petite salle de conférence : grâce à cet endroit, elle pouvait éviter le plus souvent possible des déjeuners d'affaires au restaurant.

Mais, quand elle ne pouvait couper à certains déjeuners, elle découvrait avec étonnement, lors de confidences qui se glissaient toujours dans la conversation, qu'aucun homme n'admettait l'idée d'être trompé. « Ma femme s'occupe de la maison, des enfants, de son foyer, de ses œuvres, de la bibliothèque, du quartier, de la paroisse, des enfants malades ou des enfants pas encore malades. Elle n'aurait pas, même si elle en avait envie, et ce n'est pas le cas, de temps pour penser à quelqu'un d'autre que moi. »

Le monde qui entourait une femme seule était peuplé de maris en quête de consolation. Leur baratin était toujours le même : « Je ne voudrais pas faire de mal à ma femme. Si elle n'est pas au courant, elle n'aura pas mal. » Toutes les femmes à tromper étaient vertueuses, vouées aux hommes, aux bonnes causes et aux maisons à la campagne. Pourtant ces femmes idéales, robustes, abonnées à la culture physique ou à la culture tout court, ces joueuses de tennis, ces championnes de la cuisine diététique auraient été, selon leurs maris, les proies de tourments extrêmes et d'envies de suicide en cas d'abandon. Ces amazones du bonheur conjugal, ces créatures de rêve pour hommes rangés suivaient parfois des cours à l'école pour pouvoir aider leur progéniture à travailler. « Vous comprenez, expliquait-on à Liliane, ma femme est avant tout une mère, d'où mon désarroi. » Et si Liliane répondait : « Je suis aussi, et avant tout, une mère », on la regardait, penaud. Puis l'homme se plaignait. « Nous, on ne nous aidait pas à l'école, hein ? » Ils répétaient tous qu'ils étaient fiers de leurs foyers, de leurs femmes exceptionnelles, mais qui, sans aucune exception, se jetteraient par la fenêtre en cas de divorce. « Elle ne pourrait pas survivre sans moi. » « Vous comprenez, dit un jour l'un de ces Don Juan, elle mourrait sans moi. »

On racontait à Liliane les difficultés des rentrées scolaires, elle ingurgitait des prénoms de mômes qu'elle ne connaîtrait jamais, dont elle se fichait éperdument. Elle fut prise, au début de sa vie libre, d'une grande curiosité à l'égard de ces épouses greffées sur leurs maris. Elle inventait des occasions pour faire leur connaissance. Elle découvrait des femmes joyeuses, équilibrées, dont la plupart avaient aménagé depuis longtemps leur indépendance. Elles étaient fidèles, consciencieuses, avec des heures troubles dont elles étaient les seules maîtresses.

En parlant de leurs maris, elles disaient : « Le pauvre est bouffé par son travail, dévoué à sa famille, un peu embêtant tant il est surmené, mais ne faut-il pas être tolérant avec les hommes ? » « Vous savez, pour lui, aucune autre femme n'existe. Il est honnête mais, surtout, fatigué, épuisé. Si on ne donne rien à une maîtresse, ni son nom, ni son argent, ni une situation sociale, il faut lui donner au moins des plaisirs physiques. Et mon pauvre mari, vous comprenez, avec les soucis qu'il a... »

Liliane se découvrait innocente, naïve, bêtement idéaliste. A force d'écouter des hommes et des femmes, elle comprit qu'ils s'arrangeaient entre eux. Qu'ils vivaient d'accords tacites et d'eau fraîche. Chacun voulait s'assurer de la présence de l'autre. Le monde était peuplé d'hommes et de femmes qui se considéraient comme faisant partie d'une assurance-vieillesse réciproque. « Au moins, pensa Liliane, Albert était sincère. Il a osé partir. » « Tu es trop parfaite, ma chérie. Je me sens organisé, structuré, encadré. Tout ce que tu as bâti autour de nous m'empêche d'exister. C'est la vérité. Avec Maria, ses vingt-deux ans et son désordre, j'ai retrouvé ma puissance physique. Donc je vis. »

Elle n'écoutait plus la radio et admettait que son amant – Philippe – était une trouvaille unique. Elle avait la chance d'avoir dans sa vie, même provisoirement, un homme libre et intéressant. « Il fait l'amour admirablement et je n'ai pas à connaître le prénom de ses enfants. Il n'en a pas. »

Liliane s'endormit. Demain c'était dimanche, elle pourrait rester un peu au lit.

Ce dimanche semblait paisible. Un vrai armistice. On quittait tard la maison pour faire des petites courses. Le pain, le journal. Mme Weiss revint vers midi avec un gâteau au chocolat et attendit, en faisant semblant de chercher sa clef, un interlocuteur. Lucie parla à Marc de l'Américaine qu'elle connaîtrait lundi, vers midi. Ils partirent en voiture juste pour faire un tour, peut-être à Rambouillet. La fille anorexique était allée au cinéma accompagnée de ses parents, pour la première séance. Ils allaient revenir à pied, en se promenant. Et Liliane termina, toujours aidée par Teresa, le déballage des caisses.

Lundi, Lucie avait rendez-vous, dans un hôtel de grand luxe. Elle se prépara très tôt, il ne fallait pas être trop en avance. Elle essayait de se calmer. Elle réfléchissait dans son bain, elle ne savait pas très bien comment elle devait s'habiller. Elle opta pour une jupe plissée et un chemisier. Il faisait frais dehors, elle porterait sur ses épaules le manteau en cachemire léger que Marc lui avait rapporté de Londres. Elle se maquilla avec attention, elle savait qu'elle devait jouer et prendre le masque d'une femme équilibrée.

Elle arriva à 10 h 45 à l'hôtel. Elle hésita quelques secondes avant d'entrer puis se décida et franchit le seuil. Toujours cette timidité! Elle avait l'impression que tout le monde la regardait, qu'on la montrait du doigt, qu'on parlait d'elle. Elle chercha à s'encourager, elle découvrit le bastion impressionnant du concierge; l'homme aimable et plutôt corpulent répondait à tour de rôle à tous ceux qui s'agglutinaient devant lui, il évoluait avec grâce et surtout avec une grande habitude des gens. Le hall était peuplé d'hommes et de femmes plutôt élégants. Un bagagiste le traversait, il poussait un chariot chargé de valises assorties et marquées de la même initiale. Un jeune employé de l'hôtel tenait en laisse un chien affublé d'une petite cape en ciré rouge. Fier de son imperméable miniature, le caniche marchait la tête haute.

Lucie avait peur des endroits publics. Une fois, parce qu'elle était mal habillée, une camarade de classe l'avait renvoyée de la fête qu'elle donnait pour son anniversaire. « Mets un pull qui n'a pas de taches », lui avait-elle dit. Elle en ressentait encore l'humiliation.

En se mordillant les lèvres, elle s'approcha du fief du concierge, tenta de l'interpeller, mais elle n'osait pas. Elle attendait. Elle le fixait et disait parfois : « Monsieur, monsieur, s'il vous plaît », mais sa voix était inaudible. Le concierge déversait en anglais des renseignements à l'intention d'un couple visiblement à son aise dans la vie et soucieux du moindre détail. Le concierge leur expliquait l'emplacement d'un magasin près de la place Saint-Philippe-du-Roule et répétait plusieurs fois l'itinéraire à suivre à pied. Le couple partit enfin. Alors le concierge se tourna vers Lucie.

– Madame? Vous désirez?

– J'ai rendez-vous avec Mme Atkinson. Voulez-vous lui dire que je suis là?

Elle se sentait étrangère à l'endroit, placée dans un univers qu'elle imaginait hostile.

Le portier la dévisageait. Il aurait examiné de la même manière un objet inconnu.

– Mme Atkinson vous attend?

– A 11 heures.

– Il est 11 heures moins cinq.

Elle rougit.

– Vous en êtes sûre?

– De quoi, monsieur?

– Qu'elle vous attend?

Elle fit oui de la tête.

– Bien.

Le concierge appela l'appartement de Mme Atkinson. L'écouteur coincé entre l'oreille et l'épaule, il servait simultanément une dame qui voulait une enveloppe et un Allemand qui souhaitait avoir la monnaie – pour ses pourboires –, des billets de deux cents francs.

– Bonjour, madame, c'est le concierge à l'appareil, dit-il enfin. Une dame vous demande. Il paraît qu'elle a rendez-vous. Je la laisse monter?

Lucie supportait mal l'examen. « Il paraît qu'elle a rendez-vous »! Oserait-on douter de sa parole? Elle se voyait comme un animal malade. Le museau couvert d'écume, le poil suspect, les yeux injectés de sang, condamnée à la quarantaine. Elle tourna le dos au concierge et fit semblant de contempler la place de la Concorde baignée à cette heure dans la lumière fade d'un soleil indifférent. Paris s'étendait ce matin, inerte, comme un nu peint par un maître de la fin du XVIIIe siècle. L'employé revenait avec le caniche, fier de sa touffe sur la tête, le petit chien projetait ses pattes comme un cheval d'apparat de Vienne. Lucie entendit le concierge dire : « Je ne sais pas, madame, indéfinissable. » Lucie avait la certitude qu'il parlait de son âge. Ses quarante ans pesaient donc des tonnes. Elle allait devenir agressive.

Elle lança :

– Je ne désire plus attendre, je m'en vais si Mme Atkinson a oublié notre rendez-vous.

– Vous pouvez monter, madame. Sixième étage, appartement 628. L'ascenseur est au milieu du hall.

Pourquoi diable avait-il besoin d'indiquer l'endroit où se trouvait l'ascenseur? Avait-elle l'air aussi paumée? Elle alla d'un pas rapide vers la cabine dorée, elle y entra et monta, entourée d'autres personnes. Puis au sixième elle avança rapidement, la moquette épaisse avalait le bruit de ses pas, elle chercha le numéro, le regard fixé sur l'enfilade des portes. Devant le 628, elle frappa timidement et elle attendit : personne ne répondit. En appuyant sur la poignée, elle découvrit qu'elle avait frappé sur une double porte.

– Je peux entrer? demanda-t-elle en entrouvrant le deuxième battant.

Une voix énergique répondit :

– Mais, entrez! Entrez donc...

Lucie se trouvait dans une pièce obscure : guidée par une légère odeur de parfum, elle continua.

– Entrez, madame, par ici. Par ici...

L'accent de l'Américaine était léger, plutôt une manière de poser la voix.

Lucie entra dans un salon gris comme l'intérieur d'une huître. Les rideaux étaient en satin lourd, et l'insonorisation parfaite transformait la vie de la place en une scène de film muet.

L'Américaine vint à sa rencontre.

– Enfin! J'ai cru que vous n'arriveriez pas jusqu'ici. Bonjour. Je suis Cecile Atkinson. Et vous? Prenez place.

Elle s'assit et désigna l'autre fauteuil.

– Là... Quel est votre nom?

– Lucie.

– Lucie quoi?

– Pour le moment, si vous voulez bien, juste Lucie.

Mme Atkinson fut irritée.

– Pourquoi ne pas me le dire? Vous connaissez bien mon nom à moi...

– Je m'appelle Torrent. Lucie Torrent.

Cecile Atkinson l'observait. Elle savait déjà qu'elle ne voulait pas cette femme anxieuse et complexée auprès d'elle. Elle prit un ton mondain.

– Vous vous êtes déplacée pour venir me voir. Je suis tout à fait touchée par votre gentillesse. Je vous en remercie. Je risque de vous choquer, mais autant vous le dire tout de suite, je souhaiterais une présence plus jeune. Je crains n'avoir pas précisé ce détail important dans l'annonce. Voulez-vous boire quelque chose? Un porto? Un jus de fruits?

Lucie était énervée et triste. Elle pressentait le refus.

– Non, merci, rien. Si je vous déçois à ce point, je m'en vais tout de suite. Voulez-vous connaître mon âge?

– Quelle importance, dit Cecile. C'est votre attitude...

– J'ai quarante ans, dit Lucie.

L'Américaine s'exclama :

– Seulement! Vous avez dû avoir une vie pénible.

– J'ai mauvaise mine, dit Lucie. Je viens de me guérir d'une méchante grippe. J'ai pris des antibiotiques. J'étais allergique...

– D'accord, d'accord, l'interrompit Mme Atkinson. Voyez-vous, avec mes quarante ans, j'aurais mauvaise grâce de faire des reproches sur son âge à une femme de ma génération, mais – et vous me pardonnerez la remarque – vous êtes triste. Je ne supporte pas la tristesse.

– Je ne suis pas triste, s'entendit dire Lucie.

Elle ajouta rapidement :

– Vous m'avez dit au téléphone que vous aimeriez parler littérature, cinéma, et trouver quelqu'un qui vous accompagne aux spectacles. J'espérais convenir.

Elle hésita :

– Je suis parisienne depuis plusieurs générations. Mon père était professeur de littérature dans un lycée, j'ai toujours vécu dans une ambiance plutôt intellectuelle. J'ai passé aussi une année à la Sorbonne. Ensuite, j'ai pris des cours de sociologie. Je suis devenue secrétaire, plutôt collaboratrice d'un professeur d'université.

Tant de perfection ennuyait Cecile.

– Et vous avez élevé vos enfants, dit-elle. Ils sont partis de la maison et vous ne savez pas quoi faire de votre temps libre? C'est ça? Vous êtes le cas classique... Vous vous trouvez dans le rôle de la mère abandonnée. Comment avez-vous pu faire tellement de choses?

– En me levant tôt, dit Lucie.

– Mettons de côté ces boutades, l'interrompit l'Américaine. Vous avez aussi un mari? N'est-ce pas?

– Oui. Il est fonctionnaire. Il est très occupé. Moi, j'ai du temps libre.

Le visage adouci d'un petit sourire mécanique, Mme Atkinson l'observait. Pourquoi attendre? Elle aurait dû renvoyer cette femme tout de suite. Souffrant de son incapacité à ne pouvoir dire « non », elle s'était embarquée dans une conversation inutile.

A quoi bon connaître le passé fragile de cette femme dont elle ne voulait pas? Elle était un peu gauche, agaçante, une timide, avec des élans d'agressivité. Cecile essaya de se dégager :

– Vous êtes sympathique, madame, mais... comment vous dire... Je ne cherche pas une dame de compagnie dans le sens traditionnel du mot.

Elle s'arrêta et reprit :

– Je suis fautive, j'aurais dû vous demander plus de renseignements par téléphone.

Elle ne put se retenir d'ajouter :

– Vous avez l'air éprouvée.

Lucie se défendit :

– Éprouvée? Je ne crois pas. Un peu crispée, peut-être. Vous êtes intimidante.

Mme Atkinson refusa la remarque :

– Je ne suis pas intimidante, du moins je ne désire pas l'être. Il ne faut pas me prendre, moi, comme justification de mon propre refus. Je suis prête à compenser votre fatigue, vous dédommager pour votre déplacement, je vous paie votre taxi de retour et nous en resterons là...

– Je ne veux pas de pourboire, protesta Lucie. Je n'aurais même pas voulu que vous me payiez le temps que j'aurais passé avec vous. Je n'ai pas besoin d'argent, mon mari me donne tout ce qu'il me faut. Je suis là parce que moi aussi j'ai besoin de compagnie.

– Ma petite, dit Cecile Atkinson, si vous vous ennuyez chez vous, je n'y peux rien. Même si je voulais vous aider, je ne le pourrais pas. Je ne suis pas quelqu'un qui tient à s'occuper de ses proches...

– Je pourrais me rendre utile, dit Lucie. Je sais tout faire et j'aime bien m'occuper des affaires des autres.

– Vous avez la chance d'avoir un mari. Organisez sa vie à lui! Si j'étais à votre place, je m'en occuperais, moi. Si vous saviez comme c'est difficile de rencontrer un homme de bonne qualité. Et le garder... Vous avez de la chance. Beaucoup de chance.

– Je connais bien Paris, insista Lucie. J'étais une gosse parisienne. J'aime Paris. Je pourrais vous amuser en vous racontant des histoires drôles. Vous êtes seule, n'est-ce pas?

– Je n'ai pas de mari, dit Cecile, en plissant légèrement les yeux.

– Les Américains se marient et divorcent facilement, constata Lucie. C'est bien...

– Oh! n'allez pas plus loin dans vos conclusions, dit Cecile, et elle posa son regard bleu sur Lucie. Je suis trois fois veuve. Oui, trois fois. Vous avez bien entendu.

Elle prit un ton de confidence, sa voix tamisée suggérait des secrets :

– Dès que je me lie légalement à un homme, il meurt. Pourtant les amateurs ne manquent pas. Les hommes n'ont peur de rien. Une fois – pour tester mon destin – j'ai essayé le concubinage; au bout de trois mois l'homme avec qui je cohabitais s'est cassé quelques vertèbres. C'était un avertissement. Je l'ai vite quitté.

– Vous avez de l'humour, madame. Heureusement pour vous.

D'une carafe en cristal, l'Américaine se versa du jus d'orange dans un verre lourd, ciselé.

– Vous en voulez?

– Non, merci.

Cecile éprouvait une envie inattendue de parler à cette femme ni charmante ni méchante, portant des traces d'autres vies, d'autres climats.

– Je ne cesse de traverser des drames. D'un décès à l'autre, j'hérite, je suis devenue riche. Pour ne pas tuer un homme de plus, je me suis condamnée à la solitude. Dès que je rencontre un homme sympathique, je le fuis. C'est ça, l'altruisme.

Lucie ne put s'empêcher de rire. Elle fit un geste en guise d'excuse.

Gênée, se trouvant vraiment indélicate, elle se leva; elle marchait de long en large dans le salon, en étouffant de rire.

Elle se cachait derrière son mouchoir.

– Je suis impardonnable, je le sais, dit-elle. Comprenez-moi, c'est un rire nerveux. Je m'en vais tout de suite. Au revoir, madame.

Elle allait sortir du salon en riant quand Mme Atkinson se leva, s'approcha d'elle et lui tapota le dos :

– Là, là... Ne vous étranglez pas... Essayez de respirer profondément. En général, ajouta-t-elle, les gens prennent un air tragique quand je raconte ma vie, pas vous... C'est sympathique.

– Tout ce que vous racontez est très triste, dit Lucie, en riant.

– Savez-vous qu'on peut mourir d'un fou rire? lui demanda Cecile.

Et elle fixait Lucie avec ses yeux bleu Delft. Puis elle prononça avec une douceur redoutable :

– Vous allez trouver plus irrésistible encore le fait que moi, femme apparemment frêle, moi, j'ai été opérée plusieurs fois et sauvée de justesse, mais sauvée! Hein? Qu'en dites-vous? Tandis que les maris, les costauds, les râblés, les musclés, les intelligents, ceux sur qui, selon le dicton populaire, l'âge n'a pas de prise meurent. Et le plus beau dans l'affaire, c'est qu'avant de m'épouser, je les avertis : ils prennent connaissance à la fois de la dimension

76

de ma fortune et de celle de la poisse que je porte. Rien ne les arrête. Chacun croit que le destin qui a frappé cruellement le prédécesseur l'épargnera, lui. Ils manquent d'intuition à un point tel qu'ils en oublient d'être superstitieux.

Lucie s'essuya les yeux et se calma.

Cecile la contemplait.

– Pour vous prouver que je ne vous en veux pas, je vous invite à déjeuner au grill. Voulez-vous?

– Je suis libre...

Les deux femmes se regardaient. L'atmosphère feutrée du salon baroque plut à Lucie. Elle avait envie de rester.

Mme Atkinson prit un poudrier dans son sac et passa sur son nez une houppette légère.

– Mon nez brille. Si vous voulez vous rafraîchir le visage, la salle de bains est à côté.

– Non, dit Lucie, ça va. De toute façon, moi, personne ne me regarde.

– En déjeunant, on va se découvrir un peu, voulez-vous? demanda Cecile. Vous savez rire, c'est un atout aux yeux d'une femme habituée à choisir des cercueils. Allons-y...

Elle était de taille moyenne et vêtue d'une robe en tricot faufilée ici et là d'un fil d'or ou d'argent. Elle passait souvent ses doigts agiles dans ses colliers : plusieurs fines chaînes en or jaune et gris mélangées et attachées avec un lourd fermoir. Elle prit dans la penderie de l'entrée un léger manteau en tricot.

– Quel joli ensemble, dit Lucie.

– Je l'aime bien. On trouve de temps en temps des numéros comme ça, pas tellement chers, au rez-de-chaussée, chez Sachs, Fifth Avenue. Vous connaissez Sachs? Oui? De nom?

– Un peu.

Lucie ajouta dans le couloir :

– Je n'ai jamais été aux États-Unis. Il y a eu une époque dans ma vie où j'aurais eu peur de déséquilibrer ma famille en m'éloignant, question d'argent aussi.

Elles arrivèrent devant l'ascenseur. Cecile appuya sur le bouton d'appel.

— Il faut y aller modérément avec les passions, dit-elle. Et savoir que le temps défait la famille. A un moment donné, chacun doit apprendre à marcher seul. Les vieux et les jeunes. Tout le monde.

— Marcher seul? répéta Lucie.

Son chagrin reprenait le dessus, elle baissa la tête et fit semblant de chercher quelque chose dans son sac. Il fallait retrouver son mouchoir et mimer un éternuement pour pouvoir essuyer ses yeux.

— Vous êtes trop émotive, constata Mme Atkinson. N'oubliez pas : je n'ai pris aucune décision. On déjeune, c'est tout. Vous aussi, vous pourriez changer d'avis et découvrir que je ne suis pas si facile que cela. Je peux même être odieuse. Mais je sais quand je suis odieuse.

— Je n'ai pas peur, dit Lucie.

Elles entrèrent dans l'ascenseur. Un couple de Japonais les salua en s'inclinant. Ils affichaient tous les deux le sourire mécanique de ces Orientaux qui se moquent délicatement des Occidentaux envahissants et peu efficaces. Arrivées au rez-de-chaussée, les deux femmes se dirigèrent vers le bar.

— Vous habitez New York?

— Oui, répondit Cecile. Près du Palais des Nations. Vous savez ce que c'est, le Palais des Nations?

— Vous me prenez pour une analphabète?

— Ne soyez pas susceptible. Les Européens ne savent pas grand-chose de l'Amérique. Et souvent les Américains leur donnent la réplique en croyant que la Grèce est à côté de la France. C'est l'égalité dans l'ignorance. Je vous préviens, je ne supporte guère les susceptibles. Un susceptible bloque toute possibilité de plaisanterie, il est vite insupportable. Si j'étais susceptible, moi, croyez-vous que j'aurais supporté votre rire... hein? que nous serions ici?

Au seuil du grill, le maître d'hôtel les accueillit avec solennité. La plupart des tables étaient déjà occupées. Elles furent invitées à prendre place à la dernière table libre.

– C'est beau ici, constata Lucie, encombrée par son manteau.

– Vous ne connaissiez pas cet hôtel?

– Quand on est originaire d'une ville, quand on y habite, on connaît mal ses hôtels. Vous, vous connaissez les hôtels de New York?

– Moi, oui, dit Mme Atkinson, mais je suis un cas particulier. Je n'ai pas toujours vécu à New York, mes maris étaient originaires d'endroits différents des États-Unis. Nous venions à New York à l'occasion de voyages d'affaires. Après mon troisième mariage, j'y ai acheté un appartement, qu'on vient d'ailleurs de cambrioler. On m'a pris un petit Chagall. Vous aimez Chagall?

– J'en ai vu, dans des musées, des Chagall. C'est tellement merveilleux de s'arrêter devant des chefs-d'œuvre et de les contempler...

Dans l'atmosphère ouatée du restaurant, elles se détendaient petit à petit.

– J'aimerais me débarrasser de mon manteau.

Le maître d'hôtel vint les rejoindre. Il fit signe à la dame du vestiaire qui emporta le manteau avec la délicatesse d'une sage-femme qui tient dans ses bras un nouveau-né. Cecile chercha dans son sac.

– Mes lunettes, dit-elle. Pendant des années je n'ai commandé que des grillades et des salades pour ne pas être obligée d'utiliser mes lunettes. Maintenant, c'est fini. Je choisis. Ils ont un cocktail de langouste très agréable et la mousse de crevettes est délicieuse.

– Qu'est-ce que c'est qu'un « caprice Concorde »?

Le maître d'hôtel se pencha avec condescendance vers la novice :

– Juste un croque-monsieur, madame.

Mme Atkinson commanda du foie de canard avec des toasts « pas tièdes, chauds ». Le maître d'hôtel la rassura.

– Ils seront chauds, madame.

– Ensuite, un cocktail de homard frais. Et une salade de fruits. Et vous, Lucie?

– La même chose.

– Vous prenez du vin?

– Comme vous...

– Deux jus de pomme, dit Cecile.

Elles laissaient planer un peu de silence et acceptaient l'armistice. Le garçon apporta les premiers plats et Lucie fut envahie par un sentiment de bien-être. Les mets étaient raffinés, les portions toutes petites, une extrême sophistication transforma les assiettes en aquarelles. L'Américaine écarta délicatement une feuille de salade au bord ondulé.

– Vous pouvez m'appeler Cecile, si vous voulez. Ce n'est pas obligatoire, c'est américain...

Avec ses mains fines aux doigts longs, aux ongles parfaitement entretenus, elle cassa un toast.

– Vous regardez mes ongles? Ils sont d'une résistance! En acier. Quand je subis un choc, au lieu de me vider de mon calcium et de me promener avec des loques effilochées au bout des doigts, mes griffes poussent. Le reste marche aussi. Je deviens combative, acharnée. Je suis comme un avion qui, criblé de balles, traverse des zones de feu et vole quand même.

– Je suis de moins bonne qualité que vous, moins dure, moins résistante, dit Lucie.

– Dure? J'espère que vous n'utilisez pas le mot « dure » dans un sens péjoratif?

– Oh! non, pas du tout! protesta Lucie.

– Je supporte la franchise, dit Cecile, je la désire même, mais je refuse les interprétations fausses. Je vous signale aussi, à tout hasard, que ceux qu'on appelle les « écorchés vifs » m'embêtent plus encore que les timides et les susceptibles.

– Vous êtes difficile, Cecile. Tout le monde n'a pas votre force! Que de tares de mon côté. Je n'ai pas vingt ans et je ne sais pas ce qu'est un « caprice Concorde ». Qu'est-ce qu'il me reste comme atout?

Lucie devait se dominer; comme d'habitude, dès qu'elle sentait le pouvoir de l'argent, son agressivité se réveillait.

Cecile se mit à sourire.

– Il faut apprendre à cacher ses sentiments, ma petite. Dès qu'on vous classe comme « vulnérable », vous êtes à la merci de n'importe qui... Vous inspirez même chez les plus bêtes et les plus primaires le désir de vous faire mal. Les gosses épinglent les papillons et observent les convulsions des insectes. On vous épinglerait... Une collection de papillons, c'est beaucoup de sadisme et de faiblesse à la fois.

Le garçon leur versa le jus de pomme.

– Tchin-tchin, dit Cecile en levant son verre.

– Tchin-tchin.

Lucie but avec plaisir.

Comme c'est agréable!

– Vous découvrez le jus de pomme?

– Non, dit Lucie. Je l'aime bien, mais en France...

Cecile s'énervait dès qu'on tentait de lui expliquer « la France ».

– Je sais, le vin est important. Mais une femme doit faire un choix. Un homme peut se permettre de s'abîmer : plus il sera ravagé, plus on le respectera, plus vite on l'enterrera. Voyez-vous, la bonne nature, le jus de pomme et l'eau pure m'ont évité jusqu'à aujourd'hui le lifting. Enfin, c'est une question secondaire.

Soudain, elle attaqua :

– Pourquoi avoir répondu à mon annonce?

Lucie choisit la franchise.

– Pour m'obliger à affronter l'inconnu. Entrer dans un hôtel, parler à un portier, me présenter à un examen où tout mon être va passer sous une loupe. Je voulais m'éprouver, m'aguerrir.

Cecile soupira :

– Ça y est! Vous aussi! Depuis mon adolescence, j'attire les gens qui ont des problèmes. Les psychopathes m'adorent. La femme de ménage de l'école où j'étais élève m'empêchait de sortir pendant la récréation, elle me coinçait pour me raconter sa vie.

Lucie se sentait tarabustée, mais il fallait durer, supporter, répondre.

– Je ne raconte rien de particulier, je réponds à vos questions. Je vous dis la vérité. Tant pis si elle vous déplaît. En tout cas, je suis heureuse d'avoir fait votre connaissance, et je vous suis reconnaissante de m'avoir invitée au grill.

Elle remit prudemment sur la table sa serviette qu'elle venait de repêcher par terre.

– Je n'ai jamais rencontré une femme comme vous, riche et indépendante. Je ne crois pas que vous puissiez trouver quelqu'un qui réponde exactement au portrait de la femme que vous souhaitez rencontrer.

Le garçon déposait devant elles les cocktails de homard.

– Le seul homme costaud que j'ai connu, dit Cecile, était un Français.

– Un Français?

– Le seul qui était assez solide pour me survivre. Je crois...

– Vous l'avez rencontré à Paris?

Lucie était follement curieuse. Elle se laissait porter par l'histoire qu'elle entendait.

– Nous avons même vécu ensemble pendant deux ans, raconta Cecile. J'avais vingt ans, lui trente. On était très bien ensemble, j'imaginais même le mariage. Et puis il m'a quittée. Je ne l'ai plus revu.

– Et vous auriez envie de le revoir? demanda Lucie.

– Je ne sais pas. J'hésite. Un jour, il est parti pendant que je dormais, il n'avait pas osé me dire, la veille, qu'il allait me quitter. Il était plein de charme, mais pas très courageux.

Elle racontait des bribes de souvenirs en s'attendrissant un peu. Un garçon apporta les coupes de salade de fruits.

Tout en l'écoutant, Lucie pensait à son avenir. Si elle pouvait être engagée... Cecile piqua délicatement sa fourchette dans des lamelles de kiwi.

– J'aime les kiwis, dit-elle. Il y a quelque chose de très pernicieux dans le kiwi.

– Pernicieux? répéta Lucie. Vous trouvez? Qu'entendez-vous par « pernicieux »?

– Ce sont des fruits chargés de sous-entendus. De nos jours, Eve tenterait Adam avec un kiwi. Ou le serpent, qu'importe...

– Je suis curieuse, insista Lucie, j'aimerais connaître votre histoire avec ce Français. Vous pouvez m'en dire plus?

– Nous avons passé des moments merveilleux au lit. Lui rêvait de créer une maison d'édition. Il cherchait des capitaux. Il n'a pas voulu des miens. J'avais déjà un peu d'argent de mes parents.

– L'indépendance est importante pour un homme, remarqua Lucie. Moi, à sa place...

– Vous n'étiez pas à sa place, interrompit Cecile.

Lucie supportait mal le ton cassant de l'Américaine. Elle décida de mettre fin à l'entrevue.

– Je crois qu'il vaut mieux que je m'en aille, se décida-t-elle crispée. J'ai l'impression de vous agacer. Je ne peux pas me soumettre perpétuellement à un examen, m'inquiéter de savoir si j'ai bien répondu, si vous êtes satisfaite de mon comportement, etc.

– Ah! vous avez raison, s'exclama Cecile. Je devrais me modérer. Je suis trop impatiente. C'est vrai. Mais ne partez pas. Voulez-vous un café? Je vais être plus sage... Pardonnez-moi.

– Si vous en prenez...

Une série d'images se télescopaient dans l'esprit de Lucie, elle s'imaginait avec Cecile dans un Boeing. Ensuite, elle se retrouvait à New York. « Ce matin, on va aller chez Sachs », entendait-elle. « Un voyage à Hawaii... Pourquoi ne pas songer à un voyage à Hawaii? »

– On va prendre le café au salon. Je me sens dans la peau d'une future vieille dame quand je regarde les gens.

Lucie voulut protester pour la forme : « Non, non, vous ne serez jamais une vraie vieille dame », mais elle se tut. Les deux femmes s'installèrent dans la galerie. Cecile fit un signe à un garçon qui se promenait parmi les tables avec son chariot chargé de pâtisseries. Elle se tourna vers son invitée :

— Vous en voulez?

— Non, merci.

L'Américaine choisit une « forêt noire », signa la fiche, puis relança la conversation sur son ancien amant.

— Alors, mon Français, il vous intrigue toujours?

— Je n'osais pas insister, dit Lucie, vous m'en parlez si vous voulez, tout m'intéresse, tout ce qui vous concerne.

Elle faisait un effort immense pour être sociable, prévenante. Cecile la trouvait presque jolie, elle découvrait les grands yeux foncés de Lucie, son visage régulier, ses superbes cheveux dont la qualité et la couleur souffraient de la manière maladroite dont elle les avait ramenés en chignon.

Cecile lui dit :

— Vous avez des cheveux magnifiques, il faudrait les mettre en valeur.

Puis, elle ajouta :

— Le grand, le vrai sujet de conversation entre femmes, ce sont les hommes. Vous ne trouvez pas? Mon Français? Il s'appelait Jacques. Il n'était pas beau, il avait un charme désarmant. Un de ces hommes qui mentent dès le début d'une rencontre, mais vous avez quand même envie d'être dans leurs bras. Il m'a quittée.

— On peut vous quitter? Vous?

Cecile acquiesça.

— La preuve! Pourtant, j'étais une jolie blonde aux yeux bleus. Genre Grace Kelly. Croyez-moi, un Français dans la vie d'une étrangère comme moi marque une existence.

Puis, Mme Atkinson fit l'esquisse de la jeune Américaine qu'elle était vingt ans plus tôt. Pour se décrire, elle utilisait des couleurs tendres, des nuances subtiles. Certains détails étaient juste suggérés.

— J'étais très réservée, peu confiante en moi-même. Jacques était mon premier amant. Puis il décida de laisser pousser sa barbe. Je ne savais pas que c'était le signe d'un trouble psychologique.

En repassant devant elles, le garçon remplit encore une fois leurs tasses de café. Cecile attendait qu'il s'éloignât pour continuer son récit. Son silence était peuplé de réminiscences. Elle paraissait presque triste dans ce no man's land de l'argent, de l'insouciance et du succès glacé. Le garçon repartit.

– Oui, mon cher Jacques, comme je l'appelais, décida de laisser pousser sa barbe. Je crois qu'il voulait se cacher, se camoufler.

– Vous faites jouer un bien grand rôle à une barbe, l'interrompit Lucie. Croyez-vous que cette malheureuse barbe avait une telle importance?

– Certainement, insista Cecile. Vous allez voir, écoutez la suite... Nous habitions ensemble dans mon joli appartement. Au fur et à mesure que sa barbe poussait, il s'éloignait. Il m'habituait à la rupture. Il partait de ma vie par petites doses. Il emportait ses affaires, ses chemises, ses dossiers. J'étais candide; j'espérais que ce petit déménagement était provisoire, mais non! Un jour, je l'ai surpris en train d'ouvrir les tiroirs, il vérifiait s'il n'avait rien oublié. Il m'a quittée un peu comme on abandonne une chambre d'hôtel.

– Pourquoi? demanda Lucie, intéressée. Savez-vous pourquoi?

– Il a eu tout simplement assez de notre liaison. Romantique, je ne cessais de répéter qu'il était l'homme de ma vie, l'unique. Pour mieux m'assurer de sa présence, je lui expliquais que sans lui je serais comme une infirme. Je lui ai même proposé de m'installer pour de bon à Paris. Plus j'organisais dans ma tête une vie à deux avec l'idée d'un avenir commun, plus il se méfiait.

– Et vous ne lui avez jamais demandé pourquoi il a agi comme ça?

– Quand on a une barbe, quand on mesure un mètre quatre-vingt-douze et qu'on pèse au bas mot quatre-vingts kilos, il est difficile d'admettre d'avoir eu peur d'une frêle blonde.

Elle se leva.

– Je m'en vais pour quelques instants. C'est-à-dire je dois monter chez moi, pour téléphoner. Si vous voulez m'attendre dans le hall, nous pourrions faire ensuite des courses ensemble. C'est l'heure où New York m'appelle. Je vais revenir. Vous m'attendez?...

– Oui, dit Lucie, désorientée.

L'Américaine la quitta et d'un pas rapide se dirigea vers l'ascenseur. Lucie demeura encore quelques minutes près de la table, l'autre tasse vide rappelait la présence évanouie de Mme Atkinson. A cause de cette interruption brusque, la rencontre prit dans l'esprit de Lucie l'aspect d'un rêve. Elle se sentait à la fois comblée et rejetée, choyée et égratignée. Lucie se mit à détester l'Américaine. Elle décida de partir. Dans le hall, elle rencontra pour la troisième fois le caniche, cette fois-ci sans son imperméable mais toujours dédaigneux. L'Américaine n'avait pas voulu être vraiment méchante. Elle était juste un peu abrupte, la justifiait Lucie et elle décida de l'attendre. Elle acheta un journal au kiosque de l'hôtel et prit place dans l'un des fauteuils du hall puis fit semblant de lire. Il était 14 h 30 : elle accorda à Cecile dix minutes de plus. Au bout d'un quart d'heure, elle alla chercher son manteau au restaurant. La dame du vestiaire lui dit qu'elle se souvenait que « madame était venue avec Mme Atkinson », puis Lucie retourna dans le hall et reprit sa place. Il était 14 h 37.

Cecile, installée devant sa coiffeuse, corrigeait son maquillage. Ses yeux brillaient, ses joues étaient roses et l'ovale de son visage presque juvénile. « Cette petite Française me transformerait rapidement en une garce, marmonna-t-elle, elle est trop maniable, trop vulnérable. Je ferais avec elle ce que je veux. Et dès que je fais ce que je veux, je deviens impossible. Comment me débarrasser d'elle sans la blesser? » Elle n'aurait pas dû l'inviter à déjeuner. « Toujours cette faiblesse avec les faibles », pensa-t-elle. Elle luttait contre l'énervement et, avec une certaine gêne, découvrit qu'elle était attirée par Lucie. « Ce serait un passe-temps superbe que tenter de la transformer. La rendre plus moderne, plus séduisante. La débarrasser de son allure de gosse malheureuse. Une esthéticienne, un coiffeur, une boutique avec une vendeuse expérimentée, quelques cadeaux. La combler et la laisser tomber ? Ça va être moche. Non. Il faut qu'elle s'en aille maintenant. »

Il était 14 h 42. Elle déposa sa brosse à cheveux sur le marbre de la coiffeuse, quitta la chambre et dans le petit salon gris huître prit le téléphone. Elle avait, plus tard dans l'après-midi, deux rendez-vous. Elle devait rencontrer deux jeunes femmes qui avaient aussi répondu à son annonce. Elle appela le standard.

– Bonjour, Mme Atkinson à l'appareil.

– Oui, madame.

– Je voudrais parler à une jeune femme qui doit, j'imagine, attendre encore dans le hall. Je voudrais lui parler, au téléphone.

– Quel est son nom, s'il vous plaît ?

– Mme Torrent. J'attends.

– Tout de suite, madame. On vous la cherche...

Cecile allait expliquer à Lucie qu'elle devait repartir pour New York très rapidement, qu'à son prochain voyage à Paris elle lui ferait signe.

– Allô ?...

La voix de Lucie était faible, traversant des années-lumière de distance.

– Lucie ?

– Oui, c'est moi. J'ai cru que vous m'aviez oubliée...

– Du tout, s'entendit dire Cecile. Du tout. Je vous ai quittée un peu rapidement, c'est vrai, et la conversation avec New York était longue. Vous devez penser que je suis l'être le plus mal élevé que vous ayez rencontré. Voyez-vous...

Lucie l'interrompit :

– Madame Atkinson...

– Vous pouvez m'appeler par mon prénom.

– Justement je ne peux pas. Pas encore. Dites-moi très simplement si vous désirez ma compagnie ou non.

— C'est-à-dire...

— Je reste ou je m'en vais?

— Écoutez...

Lucie se mit à parler.

— Je crois que vous êtes dans la même situation avec moi que votre ami français avec vous dans le passé. Vous ne voulez pas me dire la vérité. Je crois que je ne peux pas vous convenir. Je ne sais pas bien mentir, je m'habille mal, je ne trouve pas les kiwis « pernicieux ». J'ai assez peu l'expérience des hommes, moins que n'importe quelle fille de vingt ans d'aujourd'hui. Je le sais. Donc, pour parler d'eux, je ne suis pas tellement documentée. En tout cas, je vous remercie de votre invitation, je suis contente de vous avoir connue. Vous m'avez fait mesurer le poids de mon innocence et de mon ignorance.

Elle se faisait mal, exprès.

— Attendez! s'écria Cecile. Vous allez trop fort. Quelle passion! Il s'agit d'une simple rencontre, ne la transformez pas en drame. Les relations humaines ne sont jamais faciles. J'allais vous proposer un essai. Juste un essai.

La cabine téléphonique sentait le tabac refroidi. Lucie tenait le combiné près de son visage.

— Vous dites ça parce que je suis triste.

— Non. D'ailleurs je vous ai prévenue : je n'aime pas les gens tristes. Écoutez, je ne vous garantis rien, mais si vous voulez, essayons. Téléphonez-moi demain matin. Avant 10 heures. Et si je voulais vous appeler, moi, quel est le moment qui vous convient?

— N'importe quel moment. Je suis toujours disponible.

— Bien. Soyez sûre d'une chose : moi aussi, j'ai été contente de vous connaître! Mais n'oubliez pas, l'existence est faite de rencontres fugitives. Tout n'est pas forcément conflit ou drame.

— Madame Atkinson...

— Oui...

— J'ai une nature assez pénible mais je peux m'améliorer. Je vous le promets.

— Nous avons toutes les deux un progrès à faire sur le plan de la tolérance. Alors, à bientôt.

– Vous allez m'oublier, dit Lucie. Dès que j'aurai raccroché, vous m'oublierez...

– Non. Je ne vais pas vous oublier. A demain.

Cecile coupa la conversation et resta près du téléphone. Pourquoi avait-elle dit à cette Française exactement le contraire de ce qu'elle avait voulu lui annoncer? « Tant pis! » pensa-t-elle et elle regarda sa montre. Il était 15 heures. Et si elle sortait pour flâner un peu dans ce quartier qu'elle aimait depuis toujours?

Chaque jour depuis sa déchéance officielle, Vladimir Orlov prenait son poste de mendiant dans la rue du Faubourg-Saint-Honoré. Les gens qui y passaient préféraient se débarrasser rapidement des quémandeurs, dont l'humilité insistante les gênait. Ils donnaient. En dehors de son pain quotidien à gagner, Orlov cherchait une victime ; il rêvait avec ferveur d'un meurtre. S'il pouvait un jour supprimer une femme, il se calmerait. N'importe laquelle, en tuer une, juste pour satisfaire son amour-propre et se consoler avec l'idée qu'il avait contribué à diminuer sur terre le nombre des femelles malfaisantes. Il avait conscience, avec tristesse, que son projet n'était qu'une théorie, mais, lorsqu'il se nourrissait de projets d'assassinats imaginaires, il s'apaisait.

Il rôdait aussi autour des hôtels de luxe. Peu à peu, le portrait de la victime idéale se dessinait dans son esprit. Elle était riche (juste pour le plaisir de constater que l'argent ne sauve personne d'un coup aveugle du destin), assez placide pour se laisser exécuter sans pousser des hurlements déplaisants. Elle ne devait pas être grande (il est malaisé de paralyser une femme d'un regard méprisant si elle dépasse l'agresseur d'une tête). Il fallait trouver la victime sur mesure. En choisissant de se poser en étranger, Orlov attisait sa haine des Françaises. Exploitant depuis son adolescence ses vagues ascendances russes, découvertes grâce aux vieux documents que lui avait laissés une grand-mère originaire de Leningrad, il avait décidé, à dix-sept ans, qu'il était prince de sang. Le destin lui devait donc une situation sociale digne de lui. Doué d'une intelligence remarquable et d'une mémoire qui lui avaient permis de passer ses examens avec facilité, il n'avait pas hésité une seconde à renier ses parents, les cacher, les effacer de sa vie. A l'âge de vingt ans, Vladimir avait déjà des ambitions folles. Il passa brillamment son baccalauréat et il obtint une bourse pour Cambridge. Là-bas, il fut conquis par l'Angleterre et ses nobles. A vingt-cinq ans, il épousa une richissime héritière de quinze ans son aînée, qui devint plus tard – à la suite d'un héritage – l'impératrice d'une marque de whisky. Ils vécurent ensemble de longues années dans une harmonie parfaite. Vladimir servait son épouse d'une manière irréprochable et le fait d'appartenir à la noblesse anglaise ainsi que d'avoir sa place dans une Rolls le consolait de ses éventuelles frustrations physiques. La crise cardiaque qui emporta l'Anglaise, fluette et apparemment calme, fit de lui un veuf éploré. Lors de la lecture du testament, il apprit, dans un état de rage déguisé, que la femme de sa vie avait légué les deux tiers de sa fortune à une fondation pour les alcooliques anonymes. Malgré la volonté inattaquable de l'épouse défunte, Orlov put ramasser assez de magot pour vivre comme un rentier toute une vie. Certes, sans Rolls, mais dans la quiétude. A peine sorti de son veuvage, installé à Paris, il rencontre Annie, une Française délicate aux hanches étroites, aux petits seins frileux et au cerveau admirablement organisé. Une jolie joueuse de golf, inséparable de ses petits gants qu'elle porte aussi bien sur le terrain recouvert de gazon vert tendre qu'à l'église où Orlov l'accompagne chaque dimanche pour assister à la messe. Avec une adresse chirurgicale, elle dépouille, en quelques années, son élégant mari de tous ses biens.

Souvent, lorsque Orlov mendiait, il tapait délicatement sur les vitres des voitures immobilisées dans les embouteillages de la rue du Faubourg-Saint-Honoré. Au moment où il

tendait la main (soignée le jour où il sortait d'un héberge-
ment nocturne pourvu de douche), Orlov pensait à sa
Porsche qu'Annie avait si rapidement fait vendre. « Je t'aime
trop pour t'imaginer dans une bombe pareille. » Oui, elle
l'aimait trop aussi pour le voir dans l'appartement dont la
terrasse dominait le Champ-de-Mars, oui, elle ne supportait
pas l'idée d'une éventuelle agression dans leur chaumière
somptueuse de Normandie. Tout en le cajolant, en l'appelant
« mon cher prince », elle liquidait, avec précaution, avec
délicatesse, mais elle liquidait. Puis elle rachetait des biens,
un appartement et une propriété à son nom.

    – Ce qui est à toi est à moi, disait-elle, mais n'oublie pas
que nous vivons dans un pays matérialiste. S'il t'arrivait
quelque chose, je me trouverais sans défense dans la vie...
Je te donne mes plus belles années.

    Elle en avait quinze de moins que lui. Pourquoi avait-il
obéi à Annie? Il avait cédé. Pourquoi avait-il été la proie
d'une faiblesse si redoutable? Pourquoi l'avait-il presque
admirée lorsqu'elle avançait, en manifestant une forme de
génie, sur l'échiquier de leur vie conjugale? Il n'avait
jamais pu répondre à cette question. Intéressée au plus
haut degré, jamais à court d'arguments, Annie le désarmait. Il avait cru, avec une candeur infinie, qu'au moment
où elle posséderait tout, elle l'aimerait sans faille, toute la
vie. Bientôt sa fortune mobile avait été transformée en bons
anonymes. Lors de ces opérations délicates à mener, ils
habitaient déjà dans un appartement qui avait été acheté au
nom d'Annie. Elle avait aussi négocié l'acquisition d'un
mas sur la Côte.

    Les scènes de ménage n'avaient pas tardé à éclater.

    – Si tu crois que c'est gai de vivre avec un homme qui ne
fait rien! Avec ton ex-femme, tu as pris l'habitude de te
laisser vivre, moi, j'ai besoin de bouger, d'être auprès d'un
homme actif, je suis jeune encore, moi. On ne peut rester
avec un vieux que s'il est riche est généreux.

    – Mais tout ce que j'avais est maintenant à toi!

    – Ce n'étaient que des preuves d'amour. Il faut que tu
continues à me donner, tout ce que tu as... Tu as dû cacher
des capitaux.

– Mon doux trésor, je n'ai plus rien.

Au bout de deux ans de pénibles discussions quotidiennes, Annie avait rencontré un hôtelier de province, veuf depuis quelques mois; il cherchait gîte et tendresse à Paris. En vingt-quatre heures, Annie avait expulsé Orlov du domicile conjugal et installé le veuf ravi.

– Un étranger, surtout un Russe, est dur à supporter, avait-elle déclaré. Ces gens-là ne sont pas comme nous. Ils rient d'un œil et pleurent de l'autre. Je suis heureuse de m'apaiser enfin auprès d'un compatriote.

A cinquante-cinq ans, possédé jusqu'à la moelle, Orlov s'était retrouvé dans la rue et avait dû apprendre à s'intégrer à la société des pauvres. Il se consolait en caressant l'idée d'un meurtre – mais que c'était difficile de supprimer une femme... Il ne connaissait ni ne prévoyait la nature véritable de ses propres réactions. Pourrait-il serrer le cou de l'une d'elles jusqu'à ce que mort s'ensuive? Il le saurait à la première occasion.

Un conducteur a remonté rapidement la vitre d'une Bentley. Orlov a failli se faire coincer les doigts. Il retient une injure. « L'unique atout que je possède encore, c'est ma distinction », pense-t-il.

Il revient sur le trottoir et tend sa main aux doigts raffinés, malgré des ongles, ce jour-là, légèrement en deuil.

– Madame, auriez-vous cinq francs?

Il n'a jamais voulu descendre au-dessous de cette somme, surtout pas dans ce quartier.

– Oui, répond la femme, j'ai cinq francs.

Puis elle continua son chemin pour entrer dans l'un des royaumes des chiffons de luxe. Et parce que sa haine contre Annie s'était transformée en un état passionnel, en soif de vengeance, il imagina aussitôt l'impertinente étranglée. Après la rupture avec Annie, il s'était longtemps déplacé avec un fil de fer roulé dans sa poche. La victime idéale aurait été Annie. Mais celle-ci, lors de l'hiver particulièrement rude qui suivit leur séparation, avait glissé sur une plaque de verglas de la rue élégante où elle habitait et était décédée sur-le-champ. Orlov devenait malade à l'idée qu'un autre héritât de tout ce qu'il avait eu, lui, jadis, en sa possession. Pendant quelques semaines, il avait surveillé les va-et-vient du veuf. Un jour, fou de colère, il l'avait vu apparaître avec une jolie fille qui, accrochée à son bras, l'interpellait bruyamment et lui disait « Papi-Amour ».

Orlov accepta difficilement l'échec total de sa vie. Il tremblait intérieurement. Tout de suite, maintenant, il aurait pu tuer, pensa-t-il. Il serait tout à fait normal ensuite d'aller en prison, y apprendre un métier, devenir si possible, au bout de quelques années de sage conduite, bibliothécaire, et ne jamais cesser de savourer l'idée qu'il y avait, grâce à lui, une de ces bêtes en moins, une de celles qui font payer si cher quelques instants de plaisir et, encore plus, l'illusion de leur amour.

– Cinq francs, madame?

Une Japonaise, hilare parce que gênée, le contourna et pressa le pas pour s'éloigner.

– Vous n'auriez pas cinq francs, madame?...

Cecile s'arrêta et le regarda bien en face.

– Si vous saviez comme c'est désagréable d'être tout le temps sollicitée! Vous valez plus que cinq francs, non? Pourquoi mendier? Vous n'êtes pas vieux encore...

Orlov, glacé, se mit à sourire.

– Je mendie dans l'espoir que quelqu'un comme vous me fera un beau discours!

– Je vous trouve déplaisant.

– Vous avez raison, répliqua Orlov.

Cecile prit un billet de vingt francs froissé de son sac et le mit dans la main d'Orlov, tout en évitant le contact de sa main.

– Merci, dit Orlov, et il constata avec intérêt que la femme accostée avait un accent. Merci, madame, je ne vous oublierai pas...

Le feu venait de virer au vert pour les passants. Cecile traversa la rue du Faubourg-Saint-Honoré. En gardant une certaine distance, le clochard la suivit.

Elle se retourna une fois et l'aperçut non loin d'elle. Aussitôt elle renonça à sa promenade aux Tuileries. Elle craignait d'être importunée. Elle se dirigea vers son hôtel, demanda la clef, puis remonta chez elle. Elle déposa son léger manteau dans l'entrée, alla dans sa chambre et prit un plaisir certain à déballer le flacon de parfum qu'elle venait d'acheter. Nerveuse, impatiente, elle aurait aimé parler à quelqu'un. A travers ses fenêtres la place de la Concorde parut s'éloigner, se rapprocher, un vrai jeu de mirages. Elle jeta un coup d'œil sur l'espace qui s'étendait devant l'entrée principale de l'hôtel. En face, à côté du trottoir, à la station, trois taxis attendaient. Elle découvrit avec étonnement, comme un souvenir de rêve glissé dans la vie quotidienne, le clochard. L'homme, la tête tournée vers l'hôtel, semblait chercher du regard. Scrutait-il la façade, fenêtre par fenêtre? Tout en ressentant une impression assez désagréable, Cecile recula. De loin, l'homme paraissait presque élégant. Il était mince et grand. Cecile se souvint de son regard qui démentait ses intonations onctueuses. « Quel gaspillage, pensa Cecile. Un type comme ça... qui mendie. Bien baigné, habillé, muni d'argent de poche, il pourrait être un homme de compagnie. » Elle aurait aimé connaître les origines de cette épave et les raisons qui l'avaient fait tomber si bas. Elle allait bientôt recevoir les jeunes femmes qui avaient répondu à son annonce et peut-être, pour une fois, allait-elle se décider à téléphoner à son ex-amant. Intriguée, attirée, elle revint vers la fenêtre.

En bas, sur le trottoir, planté derrière les taxis, l'homme attendait. Elle hocha la tête et commanda un thé au room-service. On le lui apporta rapidement. D'ici quelques minutes, les personnes attendues allaient arriver. Elle appela le portier :

– Deux jeunes femmes viendront me demander. Laissez-les monter, chacune à son tour.

– Entendu, madame.

Elle ressentait un léger remords : allait-elle avouer un jour à Lucie qu'elle n'avait pas refusé d'emblée la visite de deux autres candidates?

Un quart d'heure plus tard, le concierge la prévint.

– La première dame monte. Je lui ai donné le numéro de votre appartement, je ne connais pas son nom...

– Comment est-elle?

– Jeune. Quelconque, mais jeune.

– Merci.

Bientôt on frappa à la porte.

– Entrez!

La fille était vêtue d'un duffle-coat. Elle semblait sortir d'un film en noir et blanc de Jacques Becker. Elle traînait avec elle un vieux parfum de Saint-Germain-des-Prés. Elle était violemment démodée. Cecile alla à sa rencontre, lui tendit la main.

– Je suis madame Atkinson. Et vous?

– Je m'appelle Jeannine...

– Vous venez d'où, ma petite?

– Du XVIe arrondissement.

Cecile fut prise par son impatience habituelle.

– Non. Pas le quartier. Quel milieu? Asseyez-vous.

La fille se laissa glisser dans un fauteuil bas et tourna la tête à gauche et à droite comme un oiseau qui grappille des grains.

– Mon père est expert auprès des tribunaux et ma mère s'occupe de la maison. J'ai été fille au pair pendant un an à Londres.

Cecile essayait de capter son regard.

– Et vous voulez gagner de l'argent?

– Oui, madame. J'aimerais surtout aller aux États-Unis et travailler là-bas. Faire n'importe quoi, mais y rester. C'est très difficile. J'ai pensé que, peut-être, parce que vous êtes américaine... Enfin, je ne sais pas...

Cecile la contemplait. La fille n'avait pas de passé. Elle installait à peine sa silhouette dans le présent... Ses cheveux filasses tombaient sur ses épaules. Son regard était vide.

– J'ai besoin de quelqu'un de très alerte, de très gai, quelqu'un qui bavarde, qui sait tout de Paris, je veux entendre les potins...

– Quels potins?

– Mais je ne sais pas! Je voudrais entendre le grouillement de la vie dans votre conversation. Une vraie petite Parisienne.

– Je suis parisienne, prononça-t-elle.

Elle s'était tue, fatiguée de l'effort. Elle contemplait avec une frayeur à peine déguisée l'étrangère aux paroles vives et à l'attitude sévère.

– Je peux vous accompagner où vous voulez. Sauf deux jours dans la semaine où je ne peux pas, parce que...

Cecile l'interrompit :

– Pas la peine. Je ne m'occupe pas des horaires des autres. Ni de leur emploi du temps. Voilà. Merci de votre visite. J'ai votre adresse, votre numéro de téléphone, et si je décide de vous proposer ce travail temporaire, je vous appellerai. D'accord?

– Oui, d'accord, dit-elle, un peu plus animée. Je serais contente de travailler pour vous. J'aimerais gagner de l'argent et, surtout, parler anglais. Vous avez un joli accent.

Aussitôt elle eut l'impression d'avoir dit une bêtise.

L'Américaine n'aimait peut-être pas qu'on critique son accent. Elle ajouta :

– Vraiment joli. Votre voix.

Cecile hocha la tête. La voilà, vache à lait, utilité publique, porteuse d'accent «joli», tante américaine qui, en plus de l'argent, devait offrir son savoir et son temps pour affranchir cette petite gourde, pour lui être utile...

– Je crois, ma petite, que vous commettez une erreur. Vous n'avez peut-être pas bien lu l'annonce : « Américaine voudrait parler français élégant avec jeune femme intelligente, cultivée, disponible. »

– C'est vrai, dit-elle. Mais j'imagine qu'au bout d'un certain temps vous aimez retrouver votre langue maternelle.

Cecile se leva.

– Voilà... Je vous remercie de votre visite.

– Vous m'engagez?

– Je vous écrirai. Si vous ne recevez pas de lettre dans les deux jours à venir, ne l'attendez plus.

Puis, avant de sortir de la pièce, la jeune fille se tourna vers Cecile.

– Vous croyez que vous allez m'écrire?

– Je ne sais pas. A votre âge, on n'est pas patiente...

Une demi-heure plus tard, le concierge annonça la deuxième visite. Et bientôt arriva une jolie fille épaisse. Elle avait une grande bouche, de grandes dents, un grand sourire, de grosses joues... L'un de ses rires permit d'apercevoir sa glotte.

– Merci de votre visite, lui dit Cecile. Je garde votre adresse, votre numéro de téléphone et, si je me décide, je vous appellerai.

Elle avait maintenant la certitude que la présence et surtout la personnalité même complexe de Lucie lui convenaient. « C'est aussi bien », pensa-t-elle. Elle le savait depuis le début. Puis elle jeta par la fenêtre de son salon un coup d'œil dans la rue. Le clochard n'était plus là. Elle fut soulagée.

Lucie rentrait chez elle en métro. La rencontre assez rude avec l'Américaine l'avait secouée. Pour la première fois depuis longtemps, elle était confrontée à quelqu'un qui ne la prenait ni pour une malade ni pour une convalescente. Il fallait se bagarrer dès la première minute. Dans le compartiment du métro qui avançait dans un grand bruit de ferraille vers l'avenue Mac-Mahon, elle s'imaginait épiée. Pourtant elle ne voyait autour d'elle que des visages fermés, une indifférence totale à son égard.

Debout, elle contrôlait à travers la vitre les noms des stations qui défilaient. Elle s'était mal engagée dans le métro dès le début, elle faisait un grand détour mais descendrait à Étoile-Charles-de-Gaulle pour retrouver l'avenue Mac-Mahon.

En se tournant légèrement, elle surveillait le compartiment. Au fond, deux femmes assises côte à côte, un peu plus près, un homme d'aspect sévère plongé dans un journal sportif, et, près de la porte du wagon, un loubard à l'attention concentrée sur un sandwich. Les tympans résonnant du cliquetis de ferraille, elle descendit à l'Étoile et se retrouva bientôt dans l'avenue de Wagram, puis, après avoir emprunté la rue de Tilsit, elle s'engagea dans l'avenue Mac-Mahon.

Elle marchait rapidement. La présence d'une foule légère la rassura, les passants, pas vraiment pressés, semblaient anodins; au bord du trottoir, un homme attendait pour traverser. Les voitures déferlaient à une allure de compétition et s'arrêtaient lors du changement des feux dans un effrayant grincement de freins. Distraite, elle se cogna contre une femme. Celle-ci s'écria :

– Vous pourriez faire mal en marchant comme ça sans regarder devant vous... Attention!

Lucie voulut se disculper, inventa des arguments.

– Mon enfant est malade, il est seul à la maison, je cherche une pharmacie.

– Qu'est-ce qu'il a? demanda la dame aussitôt cordiale, prête à s'installer dans ce drame rencontré par hasard.

– Je n'ai pas le temps de vous expliquer.

Elle précipita le pas et pensa à son fils mort. Ses larmes l'isolaient de l'avenue, elle avançait dans un univers flou, puis elle se rendit à l'évidence. Non, elle n'avait pas la manie de la persécution, quelqu'un marchait près d'elle. Des pas accordés sur son rythme à elle, sur sa respiration saccadée.

– Ne vous arrêtez pas, chuchota une voix d'homme. Continuez, et traversez au prochain feu.

Elle faillit trébucher sur un jouet en plastique traîné par un enfant. L'objet était aussi bruyant qu'encombrant.

– Laissez-moi tranquille, dit-elle.

Une femme qui venait en face d'elle fut étonnée de la voir parler toute seule.

– N'essayez pas de filer. Depuis ce matin vous êtes de nouveau sur une table d'écoute, je ne peux plus vous appeler. On a un compte à régler, ma petite dame, inutile de jouer l'innocente.

Elle continuait à avancer. Elle aperçut dans l'avenue, plus bas, un car de police. Si elle s'arrêtait pour leur demander de l'aide?

– Regardez devant, toujours devant. La tête haute, ma petite dame. Pas de mouvements inutiles devant le car, vous le paieriez aussi cher que fiston.

Le cou raide, les jambes engourdies, elle passa devant le car de police : l'un des agents se tenait sur le trottoir et

100

exposait son visage au soleil. Il appréciait les premiers rayons chauds du printemps.

– Au prochain feu, vous traversez. De l'autre côté, un peu à gauche en remontant, il y a un café. Vous y entrerez. Vous resterez au comptoir, vous demanderez à boire, je m'installerai auprès de vous, on engagera la conversation comme si je vous avais draguée sur place. Hein, compris?

– Je ne sais rien, protesta-t-elle.

– Allez, plus de baratin. A gauche, au feu vert.

Elle s'arrêta au bord du trottoir. Les voitures passaient, armée de cafards au dos brillant. Le feu virait au vert pour elle. Elle traversa devant les véhicules vrombissants et jeta un coup d'œil sur le visage fermé des conducteurs. Pas d'espoir d'aide de leur côté. A peine atteignait-elle l'autre côté que la meute rebondit. Elle se dirigea vers le café, y entra et s'approcha du zinc.

– Un café, demanda-t-elle.

Il y avait peu de monde dans le bistrot. Quelques secondes plus tard, l'employé au tablier maculé de taches marron posait une tasse devant elle.

Elle sentit bientôt près d'elle la présence de l'homme qui l'avait interpellée.

– Pour moi aussi, un café... Il fait beau, n'est-ce pas?

Elle se retourna légèrement. Un profil brut, des lèvres minces, un regard fouineur, comme un insecte qui se colle sur l'épiderme.

– Vous vous promenez dans de beaux quartiers. Vous entrez dans des hôtels de luxe, dit-il. Vous avez de belles relations.

Il examinait le ticket sous la soucoupe.

– Je ne sais pas ce que vous voulez de moi... J'ai perdu mon fils...

– Hé! Vous allez me faire pleurer! Le seul problème, c'est que fiston chéri s'est fait liquider avant de remettre à son destinataire un colis dont la valeur dépasse largement deux millions de francs. Lourds, évidemment. La marchandise est donc quelque part.

– Ce sera tout? demanda le garçon. Je termine mon service. Je dois encaisser.

Lucie, muette, paya.

– Je ne suis qu'un intermédiaire, continua l'homme. Ceux qui devaient recevoir la marchandise se sont évaporés dans la nature, le démantèlement prématuré du réseau de ces jeunes a bouleversé les projets et les plans établis. La marchandise qui n'a pas été livrée est donc chez vous.

– Je ne sais rien.

– Votre fils était un débutant, comme tous ceux de son groupe. On lui a confié le paquet justement parce qu'il n'était pas encore fiché, mais qu'en a-t-il fait?

– Aucune idée. Il faut me laisser tranquille.

– Faites attention, insista l'homme. Il s'agit de votre peau. Nous avons fouillé la chambre de votre fils. Avant qu'on les passe au peigne fin, vous avez évacué ses affaires.

– J'ai tout donné, jeté, je ne sais pas.

– C'est vous qui avez emballé ses affaires?

– Non. Mon mari, aidé de la femme de ménage.

– Et dans votre appartement?

– Il avait sa chambre mais il n'y venait plus.

– Connaissez-vous des relations parisiennes de votre fils?

– Non.

Un autre garçon vint vers eux, la relève.

– Voulez-vous quelque chose?

– Non, dit Lucie, non.

Elle s'éloigna du comptoir. En traversant l'espace très réduit qui séparait le zinc de la rue, elle aperçut à une table un jeune couple d'étudiants. Ils buvaient, ils bavardaient. Un autre monde.

L'homme près d'elle parlait très rapidement.

– Un kilo et trois cents grammes d'héroïne pure, ma petite dame, de quoi vous assurer une jolie retraite, au cimetière, je veux dire. Le produit est bien quelque part... Réfléchissez, vous imaginez l'effet de nos révélations au ministère si distingué de votre mari? Un fils victime, ça va encore, mais un trafiquant de drogue futé qui a « vendu » ses employeurs! Avoir « ça » comme fils, quel beau scandale en perspective, non? Vous resterez suspects pour toute votre existence, qui peut être limitée dans le temps. Cherchez, ma petite dame, ou vous allez crever. Nous allons nous manifester bientôt... Allez maintenant. Rentrez chez vous et réfléchissez.

Lucie sortit du café, retraversa l'avenue et s'engagea dans la rue. Elle avait envie de courir. Elle marchait lentement. Elle tremblait. Elle devait à n'importe quel prix quitter Paris.

Ce même lundi matin, au moment où Lucie arrivait à l'hôtel de Mme Atkinson, son mari, appelé d'urgence, quitta son bureau pour retrouver le commissaire Legrand, qui s'occupait depuis le début de l'affaire. Il se leva et vint à la rencontre de Marc.

– Je vous ai dérangé, monsieur, mais à titre privé pour le moment. Je n'ai pas pu vous éviter ce dérangement. Merci de vous être déplacé.

– Je suis à votre disposition à n'importe quel moment, répondit Marc. Je vous écoute, monsieur.

– Asseyez-vous...

Le commissaire se comportait d'une manière délicate. Il manifestait autant qu'il le pouvait sa compassion à l'égard de Torrent. Il s'accouda sur son bureau :

– Vous avez des fonctions importantes, monsieur. Nous avons évité, comme nous le pouvions, de donner une trop grande importance à l'affaire dans la presse. Nous avons volontairement laissé un flou pour vous épargner.

– J'ai infiniment apprécié votre délicatesse, acquiesça Marc.

– Mais vous ne nous aidez pas, fit le commissaire soudain agacé. Vous ne nous aidez pas, ni vous ni votre femme. Vous n'êtes pas suffisamment, ou pas du tout, coopératifs. Vous vous taisez tous les deux et votre silence va à l'encontre des intérêts de la justice. Je veux bien vous être utile, mais soyez un peu plus accommodants.

– Nous ne sommes pas responsables de notre fils, se défendit Marc. J'ai tout fait. Je me suis donné un mal pour que ma femme accepte un psychiatre, le docteur Chavat!...

– Selon Chavat, qui a gardé évidemment le secret médical total, votre femme est une simulatrice née, expliqua Legrand. Même à moi, elle a raconté des versions différentes des événements. Au début, votre fils apparaissait comme un petit dealer, non fiché encore, issu d'une bonne famille. Un père connu, l'argent confortable. Mère dévouée. Plus tard, l'image se dégrada. Vous vous trouvez dans une situation difficile, monsieur Torrent.

– Je sais, reconnut Marc. Mais une affaire de drogue peut frapper n'importe quels parents à n'importe quel moment. C'est comme un accident. Ça arrive brutalement... Ma femme et moi, nous sommes des victimes aussi. Une rupture s'est établie entre Didier et nous. Nous ne connaissions plus ses relations. C'était un gamin impressionnable et assez complexé. On pouvait le manipuler comme on le voulait à notre insu.

– Complexé de quoi?

– Il y a eu des erreurs d'interprétation des deux côtés. Moi j'étais dépassé, et je n'avais pas envie de faire des efforts pour devenir un père modèle. Ma femme, elle, en faisait trop.

Le commissaire ouvrit le tiroir devant lui. Il y prit un paquet de photos, les déploya en corolle, comme un joueur professionnel fait avec ses cartes. Il saisit une photo et la posa sur un dossier.

– Ce type, l'avez-vous vu?

Marc contemplait une photo d'identité agrandie, trop contrastée, trop noire, trop figée.

Il hocha la tête.

– Vous m'avez déjà montré beaucoup de photos, monsieur le commissaire. Dans mes souvenirs vagues, tous ces jeunes rencontrés par hasard se ressemblent.

– Regardez attentivement, s'il vous plaît.

Marc tenta d'analyser les traits du visage qui lui paraissait inconnu.

– Je l'ai peut-être vu... Je ne sais pas. Les amis de Didier allaient directement en haut, dans sa chambre. Je les ai croisés une ou deux fois dans la cage d'escalier... Par hasard...

Le commissaire prit une clef dans le tiroir, la fit sauter de sa main puis la rattrapa.

– Les clefs de l'immeuble. Un tas de clefs circulent.

– J'ai accepté de prendre à ma charge les frais de changement du système électrique de la porte d'entrée. Ce sera fait cette semaine.

– C'est très bien de votre part, dit le commissaire.

Sa voix était douce.

– Il y a quelques jours, les douaniers à la frontière belge ont arrêté deux jeunes hommes. Ils avaient la clef de votre immeuble. Et l'adresse.

– Je ne sais pas ce qu'ils auraient fait chez nous !

– Justement, c'est ce que nous aimerions nous aussi savoir.

Marc décida de se montrer disponible, coopératif :

– Il y avait, du vivant de Didier, un regrettable va-et-vient chez nous, c'est vrai. Mais il était difficile de reprendre la clef, de déménager Didier, le faire revenir dans l'appartement ou l'expulser de l'immeuble et l'envoyer au diable. Nous étions pris dans l'engrenage. Nous n'osions pas faire marche arrière. Nous ne pouvions pas. On ne voulait pas non plus perdre le contact avec Didier.

Le commissaire se leva et marcha de long en large dans le bureau étroit.

– Pourquoi avez-vous refusé une deuxième rencontre avec les parents d'Annlise, l'autre victime ?

– Nous les avions rencontrés à la morgue d'Amsterdam. A notre place, vous auriez eu, vous, le courage de les revoir ? Que voulez-vous qu'on leur dise ? Que nous sommes compatissants ? Échange de condoléances ?

– Toutes les affaires de drogue sont tragiques, dit le commissaire. La plupart du temps, paraît-il, Annlise s'approvisionnait chez votre fils. Ils étaient liés sur un plan affectif aussi. Tout ce joli monde se retrouvait à Amsterdam. Revenons en arrière... voulez-vous? Un jour, le groupe a décidé de passer une nuit à la belle étoile à Vondel Park. Au petit matin, votre fils découvre sa cliente et néanmoins amie morte à côté de lui. Immobile et refroidie dans son sac de couchage. Il annonce le drame aux parents d'Annlise et disparaît. Trois mois plus tard, on le repêche dans un canal, défiguré. L'affaire n'est pas claire, loin de là. La police hollandaise, surchargée comme nous, n'avait pas assez de mobiles ni de temps pour continuer l'enquête. Les parents d'Annlise connaissent peut-être des éléments que nous ignorons. Et qu'on s'avouerait entre parents. Ils vous parleraient peut-être, à vous. Pas à nous.

– Je ne sais pas ce qu'ils pourraient nous dire. En tout cas, nous ne sommes pas des mouchards, protesta Marc.

– Il ne s'agit pas d'être mouchard, comme vous dites... Il faudrait aussi canaliser les divagations de votre femme. Un jour elle est poursuivie, l'autre elle n'a vu personne. Elle raconte aussi, à qui veut l'entendre, que l'étage, le sixième, est visité, qu'on y cherche quelque chose. Je n'ai pas assez d'hommes pour faire garder la maison. Un tiers des immeubles de Paris devrait être sous surveillance constante. Je ne peux pas le faire.

– Il faut traiter ma femme délicatement. Elle est vulnérable.

Il poussa un soupir.

– Vous permettez que je m'en aille? Je vous ai tout dit.

Le commissaire passa une main dans ses cheveux gris. Son regard était fatigué.

– Je vous préviens cordialement que depuis l'arrestation des deux types, vous êtes de nouveau sur table d'écoute. Simple précaution.

– Nous n'avons pas de secrets, ça ne nous gêne pas. Faites comme vous voulez. Mais je n'aime pas le procédé.

Le commissaire lui tendit la main.

– Au revoir, monsieur. Si vous décidez de nous aider...

– Je n'hésiterai pas, dit Marc.

Il sortit du commissariat, retrouva sa voiture et démarra sans accorder le moindre regard à son rétroviseur; en déboîtant, il faillit emboutir une voiture qui voulait le dépasser. Quelques injures. Il n'avait pas le courage de retourner à son bureau et affronter ses secrétaires, recevoir ses visiteurs. Il fallait parler à Lucie. Il aperçut un café, ralentit et s'arrêta au bord du trottoir. Il ne ferma pas la portière à clef, fonça dans le bistrot qui sentait le vin blanc et la bière refroidie.

– Je peux téléphoner? demanda-t-il au patron.

L'homme haussa les épaules et lança :

– En bas, à gauche...

– Merci. Vous me donnerez un express.

Le patron tourna le dos au comptoir et serra sur l'appareil le filtre rempli de café.

Marc descendit dans l'étroite cage d'escalier, aperçut le téléphone automatique, y glissa une pièce et composa le numéro de la maison. Il était 11 h 47. Il entendit la sonnerie retentir. Le son se répercutait d'une pièce à l'autre, il flairait le living-room opaque, il se cognait aux murs de la chambre à coucher et glissait sur les couvre-lits rose fade pour s'évanouir sur les tables de chevet. Un homme dont l'haleine dégageait l'odeur du vin fraîchement avalé venait de se planter derrière Marc.

– Vous en avez encore pour longtemps?

– Non, dit Marc, et il raccrocha.

La pièce de monnaie retomba dans la cupule. Il la reprit, la mit dans sa poche et remonta dans le bistrot. La fumée froide collait sur lui en fine pellicule. Au comptoir, il but son café machinalement.

– Je vous dois combien?

– Pas de croissant?

– Non.

Marc paya, sortit du café et s'installa dans sa voiture. Il décida d'aller chez lui. Il abandonna le véhicule avenue

108

Mac-Mahon, il s'engagea dans la petite rue et arriva rapidement à l'immeuble. Dans la journée la porte était ouverte. Pressé, il monta à pied ; quelqu'un descendait. Il se trouva face à Liliane, qu'il salua avec un plaisir certain.

– Bonjour, madame. Comment allez-vous ce matin? Elle se mit à sourire.

– Ça va un peu mieux. Quelle journée, hier!

Il se montra aimable :

– Alors, vous avez fini votre déménagement. Une bonne chose de faite, non?

Elle esquissa un mouvement, elle voulut continuer à descendre. Marc eût aimé prolonger la rencontre inespérée.

– Si vous avez besoin de quelque chose, ma femme et moi sommes à votre disposition.

– Merci, je n'hésiterai pas à m'adresser à vous.

– N'êtes-vous pas trop ennuyée par les problèmes de parking? s'enquit Marc. Vous n'arriverez jamais à laisser votre voiture dans notre rue, sauf le 15 août, et encore...

– On ne peut pas tout avoir, dit-elle, une rue de province, pleine de charme, et une chaussée large. J'ai découvert le grand garage près de l'avenue Mac-Mahon.

– Je vous conseille de louer votre place à l'année.

– C'est ce que je vais faire. Dites, monsieur, la chambre juste à côté de la nôtre est à vous, n'est-ce pas? Elle est inoccupée, je crois?

Elle allait à la chasse aux ombres, elle voulait que les problèmes soient posés, qu'on parle de tout et clairement. Elle constata avec regret que l'homme aimable perdit aussitôt son assurance. Elle enchaîna rapidement pour se montrer innocente, ou ignarde, n'importe quoi, mais surtout pas malveillante.

– Rien n'est plus pratique que d'avoir une chambre de ce genre, libre.

Elle allait s'embourber dans des explications.

– On peut inviter des parents de province, des amis étrangers... Les hôtels sont hors de prix à Paris et souvent complets.

Marc monta une marche, dépassa Liliane.

– Ma femme sera vraiment heureuse de vous rencontrer. Faites-nous signe quand vous serez tout à fait installée.

– Je n'y manquerai pas.

Marc, arrivé au palier du quatrième étage, s'apprêta à ouvrir la porte au moment où Mme Weiss allait sortir de chez elle avec son chien, un petit diable noir aux oreilles pointues. Comme le personnage d'une horloge décorative lorsque l'heure est l'heure (pour le chien), Mme Weiss quittait l'appartement avec l'exactitude d'un automate. Entré chez lui, Marc jeta un coup d'œil par le judas. La porte d'en face s'ouvrit et Mme Weiss apparut. Elle fit « tchuitt » à son chien, puis appela l'ascenseur.

Marc fit le tour de l'appartement vide, il se sentait presque indiscret. Dans la chambre à coucher, il s'approcha de la fenêtre légèrement entrouverte. Bleus et gris, les toits de Paris occupaient l'horizon, le paysage céleste était strié d'antennes de télévision. Marc appela son bureau au ministère.

– Je serai de retour dans une heure. Merci de déplacer mes rendez-vous. Je passerai l'après-midi sans bouger du bureau. A tout à l'heure.

Il aurait aimé avoir des nouvelles du rendez-vous de Lucie avec l'Américaine. Sa femme avait décidé de changer de vie, c'était un bon signe. Lui, Marc, issue d'une famille socialement ordonnée, puritaine, habituée aux bonheurs modestes et aux malheurs camouflés, ne cessait de considérer le mariage comme une mission à accomplir.

Dans un tiroir de la cuisine, il prit la clef de la chambre du sixième étage et décida d'y monter. Il gravit les marches et son souffle s'accéléra. « Il faut que je me remette au tennis », pensa-t-il. Mais les courts semblaient aussi lointains que des espaces lunaires.

La mort de Didier leur avait fait perdre leurs rares amis. Tout le monde les fatiguait : ceux qui débitaient des doléances et commentaient les difficultés d'être des parents ; les autres, qui leur tapaient sur l'épaule et épiloguaient sur le désastre que crée le manque de dialogue entre les générations. Il valait mieux ne plus les voir.

Marc avança dans le couloir du sixième étage, s'arrêta devant la porte numéro 5. Il tourna la clef, entra dans la pièce qui sentait le renfermé. Il tira la porte derrière lui, se dirigea vers la porte-fenêtre pour l'ouvrir. Les posters, le lit pliant, le petit réfrigérateur débranché, une plaque électrique. Un placard vide.

Les camarades de son fils étaient venus nombreux ici. Ils couchaient là. Marc imaginait, sur les couvertures étalées par terre, des corps endormis. Ces inconnus entassés sur douze mètres carrés leur avaient préparé un drame. Il entendit frapper à la porte. Il sursauta et ouvrit avec difficulté.

– Oui?

La fille au teint clair et aux yeux noirs, au corps de jeune garçon et au profil de médaillon, se tenait devant lui.

– Je ne vous dérange pas trop, monsieur? Ma mère et moi, nous venons d'emménager au cinquième étage, ajouta-t-elle en guise d'explications. On s'est vus il y a quelques jours.

– Je ne vous ai pas oubliée, je viens de rencontrer votre mère.

– J'ai quelque chose à vous demander.

Elle hésitait.

– Mais je ne voudrais pas vous faire de mal...

– Vous avez entendu parler de la disparition de mon fils...

– Oui, un peu. La dame anglaise, l'une des deux qui habitent en face de chez nous, a fait peur hier soir à ma mère. Elle a raconté des horreurs.

– Mon fils est mort.

– Je suis vraiment triste pour vous, continua-t-elle. Mais si vous pouviez m'aider... Ma mère a une idée fixe, elle voudrait que je vienne habiter ici, à côté, dans la chambre voisine. Si vous pouviez lui dire un mot. Depuis ce drame, personne n'habite l'étage. L'endroit est vraiment peu accueillant...

Affable, calme, elle parlait avec confiance, comme si leur rencontre avait été prévue depuis longtemps.

– Voyez-vous, monsieur, je préfère que nous nous servions de cette pièce, qu'on en fasse une chambre d'ami. Nous avons des relations italiennes, on pourrait loger ici une flopée de gens.

– Si je la rencontre et si elle m'en parle, j'essaierai...

Teresa se mit à sourire.

– Merci, vous êtes vraiment aimable. On ne vous a pas trop dérangés hier? Nous avons tiré des meubles, on marchait sans cesse. On s'est presque battues avec un tapis.

– Il est normal de faire du bruit lors d'un emménagement, dit Marc.

Elle se pencha légèrement vers lui.

– Et la musique, vous l'avez entendue très fort aussi?

– C'est tout à fait normal, répéta-t-il. Une maison est faite pour y vivre.

– Vous êtes très conciliant, constata Teresa.

Elle ajouta :

– Il est assez difficile de discuter avec ma mère, et mon père ne s'intéresse pas du tout aux détails pratiques de ma vie. Il est installé en Italie. Papa est acteur. Maman a souffert du divorce. Enfin, c'est fait. Mon père s'est marié avec Maria, une Italienne. Ils ont un petit garçon. Il s'appelle Alberto. Mon demi-frère, très demi parce que moi-même je suis adoptée. Vous êtes terrible, commenta-t-elle, vous suscitez l'envie de se confesser. Et tout cela doit être, pour vous, totalement dépourvu d'intérêt... Je suis bavarde, mais vous écoutez si bien...

– Je suis un père.

Puis, la gorge serrée :

– J'ai été... Vous ne souffrez pas d'être séparée de votre père?

– Oui et non. Mon père n'avait pas beaucoup de succès à Paris, et puis, en Italie, ça a démarré. Il a eu une chance et je suis heureuse pour lui... Il fallait qu'il parte.

– Il parle bien l'italien?

– Avec un fort accent. Mais ils adorent ça là-bas.

Marc sortit dans le couloir, referma la porte derrière lui.

– A bientôt, monsieur, dit Teresa, et merci pour votre patience. Si nous faisons beaucoup de bruit dans l'avenir, prenez un balai et cognez. Au revoir!

Elle disparut dans l'escalier.

Marc revint vers la porte de la chambre de Didier et manœuvra la poignée. Oui, il l'avait bien fermée. Il descendit lentement. Il s'arrêta sur le palier du cinquième étage. Le silence était total. Puis soudain une vague de musique.

Ce lundi matin, Philippe, l'ami de Liliane, quitta son hôtel et se fit conduire à l'aéroport de Lyon. Les cheveux encore mouillés de sa longue douche, les joues légèrement irritées – il avait oublié à Paris sa crème after-shave –, le cou serré dans le col d'une chemise blanche presque raide tant elle était neuve, il se sentait heureux de vivre. Le déménagement de Liliane avait été une occasion confortable à saisir pour s'organiser une soirée agréable à Lyon et passer une partie de la nuit avec une jolie femme taciturne, draguée dans le hall. Elle était partie comme elle était venue, la grande clef de sa chambre serrée dans sa main, un petit sourire affolé et juste une remarque : « C'était pour me venger. » « Quelle importance, la raison! » pensa-t-il. Philippe n'était pas romantique, ou, du moins, il ne l'était plus.

A dix-huit ans, à cause d'une fille, il avait fait une tentative de suicide; il fut transporté à l'hôpital et sauvé grâce à plusieurs lavages d'estomac. Il avait été vacciné pour toute sa vie contre les chagrins d'amour. Ce suicide raté était devenu son garde-fou, il lui avait appris à séparer les sensations physiques et les états d'âme. Il avait rapidement compris le bonheur d'une existence libre. Ingénieur aéronautique dans une entreprise nationale, plutôt séduisant, il plaisait, et, par son métier, sa position dans l'entreprise, il était souvent la cible des espionnes de l'industrie ainsi que des autres femmes. Susciter d'éventuelles confidences commerciales de ce Français à l'aspect sportif était une mission qui tentait les femmes. Elles n'apprenaient aucun secret, car c'était Philippe qui les écoutait. Il aimait ces aventures internationales; lors d'un voyage d'affaires, il tomba amoureux des pays de l'Est, où il se rendit compte du goût immodéré qu'il avait de la fête. Son large sourire, son regard franc, ses lèvres régulières, son front légèrement sillonné par quelques rides, ses yeux clairs et pleins d'une sombre gaieté constituaient un ensemble d'impressions accueillant comme une maison de campagne bien organisée. Il avait interdit sa porte aux femmes : il les emmenait dans les auberges autour de Paris. Son appartement, situé dans la cour intérieure d'un paisible et élégant immeuble du XIVe arrondissement, était transformé en forteresse. Composé d'une chambre à coucher, d'un living-room et d'une pièce qu'il utilisait pour s'y constituer une bibliothèque technique, l'appartement était fermé aux intrus. Une seule fois il avait cédé et avait accepté la présence d'une Allemande. Au bout de quarante-huit heures il était devenu fou de nervosité à l'idée que Hilda pouvait venir au living-room à n'importe quel moment et bouleverser ses moments d'intimité avec Mahler ou Ray Charles, qu'elle pouvait entrer dans « sa » chambre et utiliser « sa » salle de bains, qu'elle aurait pu oser déranger la pile de livres qu'il engrangeait sur sa table de chevet, essayer ses appareils ménagers. Dans sa cuisine modèle trônaient une machine à laver le linge et une à laver la vaisselle électroniques. L'intérieur des placards était bourré d'appareils de toute sorte et sur la table dite « de travail », une machine à faire le café, style espresso, attendait ses mains expertes pour cracher aussitôt vapeur et saveur. Il se rendait, dès qu'il avait un peu de temps pour lui-même, dans son magasin favori et convainquait les vendeurs d'échanger avec peu de supplément ces objets à peine utilisés contre les derniers modèles sortis. Pauvre dans sa jeunesse, il avait besoin maintenant de se récompenser, de marquer son indépendance. Il vivait dans une

débauche d'appareils. Aucune femme n'aurait pu lui dire :
« Je vais prendre soin de vous. » Les machines étaient là
pour cela. Et avec elles, toujours silencieuses et garanties, il
n'y avait pas de mariage à la clef...

De retour de Lyon ce matin-là, il ouvrit avec une
profonde satisfaction la porte blindée de son appartement.
La clef tourna dans la serrure pourtant compliquée avec
une lourdeur feutrée. Il huma l'air de son salon, puis alla
écouter les messages enregistrés sur le répondeur. L'un
venait du bureau, l'autre d'une Eurasienne rencontrée
quinze jours plus tôt à Paris. « Avez-vous perdu mon
numéro de téléphone? Vous ne m'avez pas appelée! Je
serais contente de vous revoir avant mon départ pour
Tokyo. Ce lundi soir peut-être? Je suis chez moi jusqu'à
midi. Je répète mon numéro... »

Il écouta avec satisfaction le message zozotant de Yoko.
Il se souvint du dos étroit de la jeune femme et de la
cascade de cheveux noirs déversés sur les omoplates. Il
haussa les épaules. Il savait qu'il n'aurait pas le temps de
l'appeler. Ce soir, il voulait manger légèrement, bien
dormir et récupérer. Il voulait aussi envoyer des fleurs à
Liliane, accompagnées d'un texte habile : « Bienvenue chez
toi, chérie. » Il composa le numéro du fleuriste, un répondeur le rappela à l'ordre : « Le lundi, nous n'ouvrons qu'à
partir de 14 heures. »

Philippe avait l'habitude de retrouver Liliane chez elle.
Il avait connu le premier appartement où elle avait vécu
avec sa fille, après son divorce. A l'époque de ses recherches, Liliane avait insisté pour avoir l'avis de Philippe sur
le nouvel appartement qu'elle voulait acheter : « L'immeuble est situé dans une rue étroite derrière l'Arc de Triomphe. J'aimerais ton avis... – Tu es la seule à savoir si tu
peux l'acheter. S'il te plaît vraiment, si ça vaut la peine... »
Il n'aimait pas intervenir lorsqu'il s'agissait d'une fortune à
dépenser au prix d'un effort qu'il trouvait pénible et
inutile. Liliane avait réussi à le traîner là-bas, il avait
musardé dans l'appartement, regardé chaque coin. « Épatant! » avait-il déclaré, sans vouloir troubler le plaisir de

Liliane à qui il n'aurait même pas donné un clou comme cadeau. Elle – candide – était heureuse de la rencontre bien réussie entre l'homme de sa vie et son futur appartement; elle allait payer seule tout en demandant le consentement de Philippe, comme s'il avait été le chef de famille.

A sa manière, Philippe tenait à garder Liliane. Elle était une partenaire docile et élégante, quelqu'un qui ne parlait jamais de ses soucis, qui ne devait pas avoir trop de problèmes matériels : elle était solide aussi, elle pouvait abattre un travail monstre sans se plaindre; elle était disponible pour sortir et tout à fait d'accord aussi pour passer des soirées à la maison. Dans un de ses rares moments de faiblesse, Philippe voulut lui expliquer les problèmes de son métier à lui, mais Liliane l'interrompit d'une manière très nette : « Non, si tu évoques tes difficultés, je parlerai des miennes, nous nous transformerons en un vrai couple et nous passerons nos soirées à établir des bilans. Restons fidèles à nos accords, veux-tu? »

Après avoir encaissé cette leçon dont il avait été l'initiateur, il était devenu taciturne, ne parlait jamais de l'Est et se considérait privilégié d'être lié à une femme forte qui ne lui tendrait aucun piège. « C'est le Pérou », répétait Philippe.

Un bouquet de fleurs multicolores dans un coin du salon, dans le grand vase en cristal par terre. Un vase que Liliane a pu sauver des déplacements, des scènes de ménage, des déménagements, des maladresses, des colères, des hasards. La seule chose fragile que son mariage a laissée intacte.

– Les jolies fleurs! s'exclama Teresa.

– Philippe veut venir mercredi, expliqua Liliane. Le mercredi ne m'arrange pas du tout. D'abord, c'est ma journée d'ananas. Je voulais me débarrasser de deux kilos, mercredi. Ensuite, mes réunions vont se succéder. Je vais juste avoir le temps de dévorer mes tranches d'ananas entre deux réunions. Je serai surmenée et crevée en rentrant, parce que j'aurai faim. Je vais l'appeler et lui proposer un autre jour.

– Ne le décourage pas, dit Teresa, je t'aiderai. Ne t'en fais pas, je m'occuperai des courses, je ferai tout. Tu feras l'ananas jeudi.

– Tu es gentille, mais, quoi que tu fasses, je serai fatiguée.

– Mais non, Maman, si je prépare tout! Philippe va te détendre. Si tu travailles sans cesse, si tu ne te laisses pas vivre, tu vas le lasser.

– Oh! je ne sais pas, répondit Liliane. Tu sais comme il est maniaque! Il va vouloir tout regarder. Il croit, lui, que c'est facile, un déménagement. On ne peut pas être en ordre pour mercredi.

118

– On a deux jours encore devant nous, on rangera, je t'aiderai. Et tu feras l'ananas à un autre moment.

– C'est toujours l'ananas qui attend, s'exclama Liliane. Tout en admirant ma ligne, tout le monde veut me faire bouffer au restaurant. Le jour de l'ananas doit être celui des activités incessantes, pour ne pas penser aux poulets pannés et au bœuf Strogonoff.

Teresa appréciait la volonté de fer de sa mère qui devait être à la fois une femme d'affaires redoutable, une femme au foyer, un chef de famille, une femme fatale aux hanches étroites. Homme, on l'accepterait gras, bourru et de mauvaise humeur. Mais, chef d'entreprise et femme de surcroît, elle devait sourire ultra-blanc, avoir des ongles de princesse chinoise. Le jour elle devait impressionner en tailleur et le soir s'emballer de soie. Elle aurait peut-être pu convaincre sans beauté, mais pas vaincre.

– Bon, d'accord pour Philippe mercredi. Tu veux être mignonne et m'apporter mon agenda?

Teresa revint avec le grand carnet.

– Je vais faire l'ananas vendredi, dit-elle en ouvrant le semainier.

Elle barra le vendredi suivant d'un grand A. « N'importe quoi mais pas une vie comme celle de ma mère, pensa Teresa. Elle se décarcasse pour tout. Moi je veux vivre entretenue par un mec. Je veux être paresseuse et bouffer. »

– Tu crois qu'on va réussir à tout arranger pour mercredi?

– Mais oui, Maman! Tu tiens un peu à Philippe, il me semble? Il faut faire quelques efforts pour le soigner.

– Peut-être, reconnut-elle. En dehors de mes relations d'affaires, c'est le seul homme que je voie depuis que j'ai officiellement et définitivement mis à la porte, je veux dire, moralement, tous les hommes mariés. Philippe est gentil, d'un égoïsme monstrueux, mais gentil.

– Maman, j'aimerais te parler, on n'a pas tellement d'occasions...

– Je t'écoute.

– Je suis montée au sixième pour revoir la chambre. J'ai rencontré l'homme triste du quatrième étage. Tu sais qu'il n'est pas mal du tout! Il est même très sympa. Il m'a dit que nous pouvions leur demander aide si nous avions besoin de quelque chose. Dommage qu'il soit marié.

– Tout le monde est marié, dit Liliane. Tout le monde. Ils se marient quand ils sont vieux, ou ils vivent ensemble quand ils sont jeunes, les gens sont collés, soudés. La peur de la solitude. Parfois j'ai l'impression qu'ils vivraient même avec un ennemi en s'entre-déchirant pour ne pas être seuls. Si j'ai pleuré lors du départ de ton père, c'est parce que je l'aimais... Pas par peur...

– Pourtant ça revient au même.

– Non, ça ne revient pas au même. Non. Quand on a les yeux pour voir et les jambes pour marcher, on peut être seul de temps en temps.

– Il vaudrait quand même mieux te trouver quelqu'un de définitif. Ou que tu apprivoises Philippe.

– Pour que tu sois plus libre? lança Liliane.

– Maman...

Elle ajouta, en glissant dans l'espace qu'avait ouvert la remarque :

– J'irais bien passer quelques mois en Italie...

– Tiens donc! dit Liliane. Quelques mois? C'est plus que les vacances prévues.

Elle semblait détachée et parlait vite. Mais ses traits se creusaient, elle pâlit. Teresa fit vite marche arrière. Elle n'en sortirait jamais, pensa-t-elle. Elle dit :

– J'ai dit ça comme ça. Tu veux que je lave une deuxième salade? Je n'en ai préparé qu'une seule.

Liliane respirait mal tant elle avait eu peur.

– Il suffit d'une seule salade pour nous deux... (Pendant combien de temps pourrait-elle encore dire « pour nous deux »?)

Marc allait bientôt rentrer à la maison. Lucie, distraite par sa journée mouvementée, préparait le repas du soir. Elle avait laissé traîner sur la table de la salle à manger une lettre arrivée d'Amsterdam. Elle l'avait mise bien en évidence. Chaque jour, les heures qui s'étiraient vers le crépuscule la fatiguaient. Elle fut contente d'entendre la sonnette de la porte d'entrée et alla ouvrir.

C'était Mme Weiss, corpulente et aimable.

– Vous permettez que je vous dise un mot? Juste quelques minutes. Vous faites la cuisine, non? Je sens les bonnes odeurs.

– Entrez, entrez.

Lucie l'invita, plutôt heureuse de la visite. Elle la conduisit au salon. Mme Weiss poussa un soupir et s'assit.

– Ouf! La journée a été longue. Je suis partie avec Raoul chez le dentiste et j'ai dû sortir le chien deux fois en plus de mes promenades. Il a un problème d'intestin.

Lucie l'écoutait et s'efforçait de sourire. Mme Weiss devait être là pour une raison plus proche des centres d'intérêt de Lucie que l'histoire du chien et sa diarrhée ou les dents de M. Herzog. Elle l'invita à rester au salon.

– Voilà, dit Mme Weiss. Je connais un étudiant qui dort chez des amis de ses parents, dans leur salle à manger, sur un canapé qu'on ouvre pour la nuit. Si vous vouliez lui louer la chambre du sixième, ça l'arrangerait. Les parents ont de quoi payer, même cher. Et puis, pour vous, ce serait mieux si quelqu'un habitait au sixième.

– Mieux pour moi? s'exclama Lucie. Non. Je vous dis tout de suite non. Personne ne doit occuper cette chambre, personne.

Mme Weiss hocha la tête.

– Madame Torrent, je sais, j'imagine ce que vous ressentez, je sais ce qu'est le chagrin, j'en connais un bout. Mais il faut en sortir.

– Quelle que soit l'étendue de votre expérience dans ce domaine, vous ne savez rien de ce que j'ai vécu. Rien. Alors, il vaut mieux me laisser.

Mme Weiss accusa ce rappel à l'ordre. Elle s'exclama :

– Vous avez décidé de transformer la chambre du haut en tombeau égyptien? C'est de la folie!

– A quoi bon faire des commentaires, madame?

Lucie s'impatientait. Mme Weiss tenta de l'apaiser.

– J'ai été un peu brusque. Ne vous emballez pas. Il faut me pardonner et surtout me comprendre. Je suis une miraculée de l'Histoire. Nous avancions déjà vers les chambres à gaz au moment où les Américains pénétrèrent dans le camp. Ils ont pu nous sauver parce que nos bourreaux avaient du retard. Alors, j'ai un droit, minuscule mais un droit quand même, de parler de la vie et de la mort. Si vous acceptiez de louer la chambre, l'atmosphère de l'immeuble pourrait changer. Et ce serait utile pour tout le monde.

Lucie prononça le nom de son fils, elle pouvait en parler les yeux secs. Le progrès sur la douleur était considérable.

– Il est mort, mon fils, et sa chambre restera vide.

Mme Weiss se leva.

– Vous êtes têtue, vous vous faites du mal. C'est votre dernier mot? Il faudrait peut-être consulter votre mari?

– Non. Vous êtes très aimable, madame, mais ne venez plus jamais me parler de Didier. Jamais. Ni de lui ni de sa chambre.

122

Mme Weiss était triste. En partant elle s'arrêta encore dans le couloir pour bavarder. Elle voulait s'en aller sur une note aimable et ne pas avoir le sentiment qu'on la mettait à la porte.

Fatiguée par l'émotion, Lucie retourna à la cuisine. Elle souleva les couvercles et regarda dans les casseroles. « Un repas de vieux », pensa-t-elle. Il y avait une époque où elle était la championne des tartes aux pommes, des flans aux différents parfums, la reine des ragoûts succulents. « Ça fait famille, disait-elle, quand on fait la cuisine. Puis elle guettait le visage de son mari et de son fils en espérant des compliments.

Bientôt, elle entendit la serrure de la porte d'entrée, le bruit habituel de la clef. Elle vint à la rencontre de Marc. Elle l'inonda aussitôt de paroles.

– Bonjour, j'ai plein de nouvelles à te raconter : je suis pratiquement engagée par l'Américaine, ce n'est pas encore tout à fait sûr, mais ça devrait marcher... Il y a aussi une lettre de Hollande, je n'ai pas eu le courage de l'ouvrir, tu la liras si tu veux. Mme Weiss est venue, je l'ai mise à la porte.

Marc embrassa sa femme.

– Du calme, tout va bien. Je suis là. La lettre d'abord. Où est-elle ?

Il défit l'enveloppe et parcourut la lettre.

– La mère d'Annlise veut qu'on l'appelle. Nous sommes sur table d'écoute. Il faut rester prudents. J'ai vu le commissaire aujourd'hui. Il voudrait localiser les appels dont tu lui as parlé...

– L'affaire n'est pas terminée, dit Lucie. En moi elle ne sera jamais terminée.

Elle dévisagea Marc.

– Tu veux m'écouter avant ou après le repas ?

Il ferma une seconde les yeux. Tout recommençait, les règlements de compte, les fatigues, les discussions à l'infini.

– Dis ce que tu as à dire...

– Pour la première fois, on m'a accostée dans la rue...

– Je t'écoute, dit Marc. Je prends quelque chose à boire et je te suis au salon.

Il la rejoignit, un verre de whisky à la main. Ils se retrouvèrent assis sur le canapé. Deux rescapés. Lucie parlait calmement.

– Si nous avions deux millions de francs, lourds, dit-elle, que ferais-tu? Mais réponds, vraiment, sans raconter des histoires de moralité, de justice...

– Je ne vois pas ce que tu veux dire...

– Je veux savoir ce que tu en ferais.

– Je te proposerais le divorce, dit-il. Je te laisserais l'argent jusqu'au dernier centime et je divorcerais. Libre, je recommencerais une autre vie...

« C'était donc si simple! pensa Lucie. Le divorce pourrait être une simple question de fric? »

– Notre vie commune n'est qu'une question d'argent?

– Je dois assurer ta sécurité matérielle.

– C'est tout? On s'est aimés aussi.

– Il ne faut pas se leurrer. Nous n'avons jamais vécu un amour très passionné. Une grande affection, oui. Que veux-tu dire?

– On cherche deux millions que nous aurions cachés en étant les complices de Didier.

– Sottise! D'où sors-tu cette chose aberrante? Il faut être lucide. Didier n'aurait pas eu l'envergure de monter une affaire pareille. C'est absurde.

– Pourtant, on cherche deux millions. Un type m'a accostée. Ne me regarde pas comme si j'avais la fièvre, et si tu touches ma main, je vais hurler.

Marc tenta de la calmer.

– Ne recommence pas! Personne ne nous persécute.

Elle réfléchit.

– Peut-être les Van Haag ont eu cet argent? S'ils l'avaient caché, eux, l'argent? Pourquoi voudraient-ils nous parler? Ils devraient se terrer et en profiter.

– Lucie, qu'est-ce que tu racontes?

– Didier a volé, dit-elle, comme en le défendant, de l'héroïne, pour une valeur de deux millions de francs. Si nous la trouvions, nous, la marchandise, il n'y aurait aucune raison de la leur rendre, n'est-ce pas? Ni parler à la police...

– Tu es folle ou quoi? Tu deviens mythomane? Qu'est-ce qui t'arrive?

– Non, fit-elle. Je me demande tout simplement ce qu'il a pu faire avec l'héroïne. Il s'agit d'une montagne de fric qu'on cherche.

Marc la rabroua.

– Nous n'avons rien et nous ne savons rien de tout cela. Tu vas te taire, tu ne broncheras pas, tu ne raconteras rien au commissaire. Le silence. Il suffirait de quelques articles, même condescendants, dans les journaux, et je perds ma situation, mon honneur, auquel, ridiculement, je sais, je tiens. Il faut que nous restions en dehors de tout cela. Ni vu, ni connu. Il suffit d'admettre une supposition, on devient aussitôt suspect. J'ai survécu au scandale à moitié étouffé, je serais cassé en deux pour le restant de mon existence si on commençait à parler de nous.

« Où a-t-il pu la cacher? » se demandait Lucie.

Elle n'avait pas écouté son mari. Ses raisonnements ne l'intéressaient pas.

– Nulle part. Je t'en supplie, parlons d'autre chose. Nous ne savons rien.

– Alors pourquoi nous harcèle-t-on?

– Ce n'est pas notre affaire! cria Marc.

– Et si c'était la nôtre, s'exclama-t-elle, hein? On ne va pas rester comme des autruches, en attendant que tout cela passe...

– Mais il n'y a rien d'autre à faire.

– Si, dit-elle, chercher. L'immeuble est plein de coins et de recoins.

Elle jubilait, elle devenait enfin l'élément perturbateur de cette société détestée. On lui avait escamoté sa jeunesse, on l'avait brimée jusqu'à la moelle; plus tard elle avait voulu s'exprimer à travers l'existence de son fils, mais il l'avait refusée. Elle voulait saisir une dernière chance inespérée de vivre une aventure; se libérer enfin, même de son chagrin.

— Au lieu de me faire des sermons, Marc, réfléchissons ensemble. As-tu idée de ce qu'il y a dans les caisses censées être remplies des jouets de Didier?

— Des soldats, des chars en plastique et quelques volumes de bandes dessinées.

— En es-tu sûr? insista-t-elle.

Ses yeux étaient cernés et brillants.

— As-tu bien fouillé chaque caisse?

— Oui, dit-il, résigné. Je le crois.

— Marc, si nous trouvions cette « marchandise »?

— Laisse tomber ce genre de divagation! s'exclama-t-il.

— Marc, et si on pouvait trouver la liberté? Chacun de nous, sa liberté? En tout cas, dit-elle, argent ou pas argent, je vais m'en aller.

— T'en aller où?

Elle se mit à crier :

— Je ne pleure pas, je fais des projets et tu me regardes d'une manière hostile. Qu'est-ce qu'il te faut alors, hein?

Marc la saisit par les épaules.

— Je t'interdis de te mêler de tout ça...

— On me mêle « à ça », comme tu dis... Tu es tenté... Ce serait fabuleux, un fric pareil.

— Je n'utiliserai jamais de l'argent qui ne m'appartient pas. L'idée même de l'argent malhonnête me répugne.

— Tiens donc, fit-elle. A qui le donnerais-tu? A la police? Aux truands? Tout père vertueux que tu es, tu devrais avoir quand même un peu de sens pratique, non?

— Ne te moque pas de moi. Tu n'en serais pas capable non plus.

— Et comment donc! Je me gênerais? Ta conscience à toi, c'est ton problème, pas le mien. Je ne dois rien à cette société. Elle a enlevé notre fils. Je veux me venger.

— Cette société est la mienne, dit-il. J'ai vécu conformément aux habitudes, aux lois.

— Et le résultat? demanda-t-elle, le résultat te convient? Ne sois pas hypocrite, Marc.

Marc se leva et alla à son bureau pour téléphoner en Hollande. Lucie le suivit. Il s'assit derrière sa table, composa le numéro d'Amsterdam. Lucie prit l'écouteur. Une petite sonnerie guillerette, en zigzag, entre les deux pays. Puis on décrocha le combiné à Amsterdam.

– C'est Marc Torrent à l'appareil. J'aimerais parler à Mme Van Haag.

Une voix de femme :

– Vous pouvez parler en français. Je vous ai dit à l'époque que j'étais d'origine strasbourgeoise.

– Oui, madame. Peut-être. C'est vrai. Nous sommes deux sur la ligne. Ma femme a l'écouteur. Vous avez désiré qu'on vous appelle...

– Accepteriez-vous de venir à Amsterdam pour nous rencontrer?

Lucie fit non de la tête.

– Pas pour le moment, madame. Dites-moi de quoi il s'agit.

– Nous devons nous voir, répétait la femme. Si vous ne venez pas, je viendrai à Paris avec mon mari.

– Vous tenez à cette rencontre?

– Oui, j'y tiens.

Elle se tut.

– S'agit-il d'Annlise? insista Marc.

– Ne nous torturons pas, monsieur Torrent.

– Je vous appellerai.

– C'est l'heure où vous nous trouvez à la maison, indiqua la femme. Marquez à tout hasard le numéro de téléphone de mon bureau.

Marc nota le numéro sur le bloc de son bureau. Après un rapide au revoir, Mme Van Haag coupa la communication.

Lucie se tourna vers lui :

– On va rencontrer les Van Haag, secrètement. S'ils ont l'argent, on pourra arriver à un accord.

– Tu perds la tête! s'exclama Marc. Tu oublies notre fils.

– L'oublier?

Lucie fut prise par une colère violente.

– Oublier qu'il nous a massacrés? Mais s'il avait laissé

un cadeau, un drôle de cadeau? Ce serait une compensation...

– Demain tu feras une déposition. Tu raconteras tout à Legrand.

– Je ne dirai rien à personne. Et si tu parlais, je jouerais à la mytho. Tu ne m'auras plus, Marc.

– Tu finiras en prison si tu continues comme ça...

– Non, fit-elle. Je partirai pour l'Amérique. J'ai vu la femme qui a mis l'annonce. Elle n'est pas agréable mais pour moi, elle est essentielle. Je vais me rendre utile. Je vais la servir. C'est une femme dure et intelligente. Forte.

Elle courut vers la salle de bains. Penchée sur le lavabo, elle vomit. L'émotion s'était transformée en nausée. Le rimmel s'amassait sous ses yeux, elle dut frotter ces cernes pour ne pas ressembler à un clown. Puis elle se dirigea vers sa chambre à coucher et prit un calmant dans un tiroir bourré de médicaments.

De loin elle entendit la sonnette de l'entrée.

Marc, son verre à la main, ouvrit la porte et se trouva face à Teresa.

– Bonsoir, monsieur. Je vous dérange? Vous nous avez proposé gentiment votre aide en cas de problème. C'est le moment, les plombs ont sauté. On est dans le noir.

L'appel au secours de Teresa était comme une délivrance.

– Je viens, dit-il, je viens.

Teresa l'observait : « Si Philippe claquait entre les doigts de Maman, celui-ci pourrait être un bon dépannage. Dommage que Maman ait ses principes absurdes concernant les hommes mariés. Un homme est à prendre, sa femme n'a qu'à le défendre. Se défendre. »

– Je monte tout de suite avec des fusibles, la rassura-t-il. J'arrive. Voulez-vous des bougies en attendant?

– Nous en avons. Merci! Je vais dire à Maman que vous arrivez.

Marc prévint Lucie qu'il montait pour dépanner les nouvelles voisines. Il enjamba les marches, au cinquième la porte était entrouverte. Liliane l'accueillit.

Tout en s'activant autour du tableau des fusibles, il se sentait joyeux, il appréciait l'attention extrême que les deux femmes attachaient à ses gestes, il apparaissait comme le sauveur : l'ambiance était effervescente, on le fêtait, il faisait son métier d'homme, il bricolait. Il était fort.

Plus tard, il se trouva à la cuisine avec cette jolie femme blonde qui était aussi grande que lui. Il pouvait la regarder en face sans se pencher, c'était inhabituel.

– Je ne sais pas si le compteur est suffisant pour tous vos appareils.

– Quand j'ai commandé les travaux, j'ai dit que je voulais brancher simultanément mes machines. J'ai tout branché et tout a sauté. Vous ne pouvez pas imaginer ce que c'est qu'appeler une entreprise, attendre qu'on vienne, rester à la maison – quand on peut – pour les guetter. Si j'étais un homme, je me marierais avec quelqu'un qui s'occuperait de ma maison.

– En tout cas, il vous faut un compteur plus puissant. On aurait dû vous changer cette vieille machine.

Elle n'osa pas avouer qu'elle avait voulu faire des économies.

Elle lui proposa un whisky. Il accepta et ils s'installèrent à la cuisine.

Ils se sentaient bien face à face. Un plat rempli de fruits occupait le milieu de la table.

– Je trouve votre fille très sympathique.

– Elle est sublime, dit simplement Liliane. Tout simplement sublime. N'empêche, parfois elle me tue, mais c'est son âge. Le père manque, l'autorité du père!

– Parce que vous croyez que le père a toujours une autorité? demanda-t-il.

– Pour élever un enfant, il faut être deux.

– Je suis d'accord, fit-il. La vérité, c'est le couple. Quand ça marche, il n'y a rien de mieux. Quand c'est raté, c'est horrible.

– J'ai toujours respecté le mariage, heureux ou malheureux des autres, dit Liliane, comme pour l'avertir.

Il ne fallait pas que le voisin s'égarât dans des confessions qui l'auraient, elle, encombrée.

– C'est beau d'avoir des principes, c'est beau! Si tout le monde était comme vous...

Il ajouta avec un grand rire qui le surprit lui-même :

– Les gens seraient encore plus malheureux.

– J'aime bien avoir la conscience tranquille, conclut Liliane, et je ne ferai jamais de mal à une femme.

– Vous ne laissez donc aucune chance au hasard.

– Il n'y a pas de hasard, dit Liliane. Tout est prévu.

– Ça aussi?

Il aurait aimé se comporter comme un personnage de film, conquérant, sûr de lui. Prendre la main de Liliane pour l'embrasser. Dans son élan, il renversa son verre de whisky. Liliane se mit à éponger la table.

– Ce n'est rien, dit-elle. On croit toujours qu'une femme seule est disponible d'office et qu'elle passe son temps à allumer les maris désabusés. Ce n'est pas vrai.

Il s'exclama :

– Évidemment, ce n'est pas vrai. Moi, par exemple, tout en étant ravi de profiter de votre présence, j'aime ma femme. Je le proclame. Pourtant je me sens bien avec vous. Ce n'est pas un crime.

Elle le regarda, pensive. Il les avait dépannées, décemment elle ne pouvait pas se montrer impatiente. Elle était plutôt contente d'être avec lui, elle désirait même qu'il reste encore. Juste pour se raconter des bribes de vie.

– J'ai une bouteille de champagne dans le réfrigérateur. Si vous voulez l'ouvrir...

– C'est peut-être dommage?

– On dit toujours ça... Il y a des moments où il faut ouvrir une bouteille de champagne.

Il se laissa vite convaincre. Il apprécia l'étiquette de la bouteille, il demanda une serviette et nettoya le goulot avec des gestes experts. Le bouchon ôté, Marc versa prudemment le champagne, attendit que la mousse se tasse un peu, puis remplit chaque verre. Il oubliait sa vie. Il devenait léger comme ceux à qui « ça n'arrive jamais ». Un homme comme un autre, avec une existence sans heurts, des années découpées en travail-vacances-amis, à peine quelques complications ici et là.

Il se trouvait dans un univers doux. Il savourait le champagne et le goût de la paix. « Il faudrait plusieurs femmes... Lucie à mes côtés pour éviter les remords et Liliane pour respirer. »

– Vous êtes perdu dans vos pensées... Si vous voulez manger quelque chose...

Elle mit sur la table une coupe remplie de noisettes. Il parlait, mais, derrière ses phrases, ses pensées s'entrechoquaient. Il faudrait deux femmes : une pour la semaine et l'autre pour le week-end. User l'une et entamer l'autre, ne plus rien vouloir de la première – mais la garder – et recommencer un itinéraire neuf avec la seconde. Les habituer à se rencontrer, les encourager à cultiver entre elles une complicité. Devenir leur unique sujet de conversation. Qu'elles s'occupent de lui exclusivement, de son corps, de ses états d'âme, de ses chemises. Il éprouvait un immense besoin de tendresse et de douceur. Il se voyait auprès de superbes mères maquerelles; il étoufferait, le nez aplati contre leurs poitrines volumineuses.

– Vous êtes distrait, remarqua Liliane.

– Je rêve un peu.

– Vous avez dû passer par des horreurs, dit-elle. Si je pouvais vous aider...

– Juste m'accepter. Je vous promets de ne pas vous importuner. D'aucune manière. Pourtant mon intérêt, c'est de vous voir le moins possible, je pourrais tomber amoureux de vous, ce serait une catastrophe.

– Moi? Pourquoi moi? Parce que je me trouve sur votre chemin?

– Oh! non, fit-il, je suis sûr que vous me plaisez. Vous, votre douceur, votre finesse, votre compréhension des choses et des êtres.

– Nous nous voyons pour la deuxième fois, fit-elle à peine troublée.

– Troisième fois. J'ai tout pour vous déplaire. Je suis marié à une femme psychiquement perturbée, père d'un fils mort dans des circonstances plus que pénibles, fonctionnaire honnête jusqu'à ce jour. Quelle dérision, n'est-ce pas? Une femme comme vous a le choix. Tous les hommes sont à votre disposition : les riches, les mystérieux, les sûrs d'eux-mêmes.

— Vous n'êtes pas dans votre état normal, l'interrompit-elle.

— Ah bon, dit-il, parce que vous, vous savez ce qui est « normal »?

— Monsieur Torrent...

— Marc, pour les intimes...

— On se reverra quand vous irez mieux.

— « Jetez-le à la porte », a dit un jour un homme riche à qui on annonçait la présence d'un pauvre type. « Jetez-le dehors avant qu'il ne me fende le cœur. »

— Vous vous faites mal.

— Mon fils s'en est chargé pendant un certain temps.

Puis il partit. Il rentra chez lui. Les femmes devenaient impossibles. Toutes. Petites ou grandes, indépendantes ou tenaces comme un lierre, rieuses ou larmoyantes, entre une crise d'hystérie ou de bonheur, elles jouaient toutes la comédie. Elles savaient trop bien ce qu'elles voulaient et ce qu'elles valaient. Elles avaient défini de nouvelles règles d'existence. Où étaient donc disparues les vulnérables, les délicieuses apeurées, les frustrées entourées du cercle magique de leur abstinence forcée? Où étaient les fugitives, les menteuses sublimes, les frissonnantes coupables d'adultère? Celles qui ne cessaient de lever sur le monde un regard candide, celles qui se défendaient, celles qui s'abandonnaient, où étaient les victimes inoubliables des amours fous, les passantes de Back Street, où étaient disparues les femmes qui étaient la source de tant de remords et de passions?

Il se sentit obligé de rejoindre la chambre conjugale. Lucie lisait. Il lui dit quelques mots, il ressortit de la chambre, tira violemment la porte. Enfin seul au salon, l'idée de la drogue cachée, cette hypothèse absurde lui traversa l'esprit. Quelle que fût la cruauté du destin, il fallait tuer le temps avant de vouloir se supprimer, pensa-t-il. Il s'attaqua aux tiroirs des deux commodes du salon, il se mit à genoux et plongea le regard dans le premier tiroir. Des masses de photos. Les photos de Didier enfant. Certaines, retournées, juste leur dos cartonné visible et le support des cadres. D'autres photos, et des visages. Didier. Il regardait la photo de son fils souriant, lors d'une promenade à Sarlat. Didier avait voulu manger des crêpes, puis il avait expliqué quelque chose et Marc l'avait photographié pendant qu'il parlait. Il n'était que promesses et avenir. D'autres photos meurtrières surgissaient. La Bretagne, une procession, le regard étonné de son fils. Il est petit sur la photo, de l'adulte qui lui donne la main on ne voit que le bras. Un bras de femme, Lucie, folle d'amour pour son fils. Il y avait aussi des photos de Lucie. Tellement jeune, l'éternelle gamine en état de révolte. Pourquoi ne l'avait-il pas laissée à quelqu'un d'autre? A côté d'un marginal, elle serait peut-être devenue bourgeoise rangée, avide d'ordre. L'évocation du passé à travers les photos l'épuisait. Il aurait eu envie de les brûler, ces photos, de les anéantir une par une, de regarder les flammes dévorer le visage de Didier et le transformer en papier dont le bord recourbé se serait carbonisé. Pourquoi n'avait-il jamais rien dit pour les prévenir? Pour les mettre en garde... Juste pour leur assurer une survie décente.

Marc s'attaqua à un meuble anglais, dont la vitrine contenait des vieilleries précieuses. De petites boîtes, des minaudières en argent, des éventails incrustés de nacre... Des messages posthumes, palpables et souvent goguenards de tantes et d'oncles et de cousines. Des testaments, des codicilles, des brisures de vies, échoués chez eux sous forme d'objets, juste pour dégager les défunts d'éventuels remords dans l'antichambre de l'au-delà. Les partants pour le grand néant, ceux qui découvraient au seuil de l'éternité qu'on n'y emportait rien, leur laissaient des miettes. Lucie et Marc avaient ainsi collectionné – de force – pendant des années des théières de toutes formes, des cafetières de toutes tailles, des tasses chinoises de toutes les époques, souvent en nombre impair. Il traînait aussi dans l'appartement un plateau de cuivre, cadeau d'un oncle qui avait jadis « fait » l'Indochine.

Vers minuit, Marc alla s'allonger à côté de Lucie. Il se surprit à imaginer l'argent de la drogue à sa disposition. « Je donnerai tout le paquet à Legrand. » Que ferait Legrand avec l'argent? La police doit avoir des œuvres, l'État aussi. Avant de s'endormir, il pensa qu'on ne le féliciterait même pas pour son acte de civisme.

*
* *

Liliane rangeait les verres dans la machine, puis les ressortait; autant les laver à la main. Teresa devait déjà dormir. Combien de temps leur existence commune et fragile pourrait-elle se prolonger encore? Ce voisin, ce Marc, imaginait qu'elle avait le choix entre les hommes, que tous étaient à sa disposition. Depuis le départ de son mari, sa confiance en elle-même était profondément ébranlée. Albert l'avait prévenue plutôt sèchement. Il lui avait lancé du haut de son mètre quatre-vingt-six :

– Ah! oui, j'aurais voulu te parler, j'attendais le meilleur moment : je vais te quitter. Tu devais sentir depuis un certain temps que ça ne marchait pas entre nous. J'ai rencontré une fille.

– Quelle fille?

– Une Italienne. Elle a vingt-deux ans. Je lui ai fait un enfant, elle est enceinte de six mois.

Liliane avait eu soudain le souffle coupé. Avec l'Italienne il allait avoir son enfant... Et pas adopté. L'annonce de cette future naissance lui avait fait plus de mal que celle du divorce.

– Je viens de signer un contrat pour une télé privée, je tente ma chance en Italie, avait-il ajouté.

– Et tu m'annonces cela comme ça?

– Comment voudrais-tu que je te l'annonce? Accompagné d'un orchestre, avec un chœur de pleureuses? Tu es une femme solide, bien organisée, très nordique. Je ne me sens bien qu'avec des gens qui rient, qui font du bruit et de grands gestes, qui ont de grands yeux, qui ont de grands sourires, qui parlent vite et qui mentent bien. Tu es trop bien pour moi. Trop parfaite. Trop ordonnée. J'ai besoin des petites choses de la vie, le linge qu'on sèche aux fenêtres et les gosses qui hurlent. Je suis un prolétaire.

– Teresa va souffrir.

– Je le sais, mais je n'ai aucune solution de rechange à te proposer. Je ne peux plus rester avec toi. Maria est une fille simple, mais elle sait aimer, rire, crier, faire l'amour et la cuisine. A ses yeux je suis le plus grand acteur du monde.

– Et moi dans tout cela? avait-elle demandé, éteinte. Moi?

– Tu vas élever Teresa très bien et tu me prêteras ma fille pour les vacances.

– Tu veux t'installer définitivement en Italie?

– Oui. Si tu as l'immense gentillesse de m'accorder le divorce le plus rapidement possible, je n'aurai pas trop de difficultés avec les papiers. Dès que j'aurai épousé Maria, je vais demander la nationalité italienne. Comme je te l'ai dit, je viens d'être engagé pour tourner un feuilleton : l'histoire d'un détective privé français. Le rôle de ma vie, tu comprends? Je pourrais devenir un personnage populaire. Il faut que tu m'aides, en me libérant.

– Et tu diras quoi à ta fille?

– La vérité. Nous avons adopté un enfant, mais nous n'avons pas juré de rester ses prisonniers.

– Tu l'as rencontrée quand, ta conquête?

– Lors du tournage de mon western spaghetti.

– Où tu étais le shérif?

– Non, où j'étais le troisième, celui qu'on voulait pendre.

– Le fugitif, avait-elle dit, le fugitif...

– Tu n'es pas faite pour un homme aussi simple que moi, avait-il conclu et, comme pour l'achever, il l'avait embrassée sur le front.

Après le départ d'Albert, plus de tendresse, de fantaisie, de mouvements d'humeur et d'amour, de rencontres imprévues. La vie parfaitement morne.

Tard dans la nuit, elle errait encore dans son appartement. « Il faudra rappeler l'électricien, pensa-t-elle. Et refaire une vraie installation. »

Elle avait envie de pleurer.

D'habitude, Cecile Atkinson prenait son petit déjeuner vers 9 heures. L'acte rituel consistait à déguster le café, enduire de beurre frais les croissants et les toasts chauds. En savourant un petit gâteau tiède, elle pensait à Lucie, une femme en état de dépendance, traînant derrière elle des drames. Elle prit une cuillerée de miel, elle le dégusta lentement. Lucie? La garder provisoirement, se dit-elle en entamant par pure gourmandise le dernier toast. Lorsque le téléphone se mit à grésiller sur la table de chevet, elle repoussa délicatement son plateau, s'étira, tendit le bras, prit le combiné et prononça un « allô » étouffé.

– Madame Atkinson?

– Oui. C'est moi.

– C'est Lucie à l'appareil.

– Bonjour, Lucie.

L'autre gardait un silence embarrassé.

– Je voulais juste vous dire, si vous avez besoin de moi, je peux venir à n'importe quelle heure. Mon mari est ravi de notre rencontre.

– Vous êtes trop aimable de m'appeler, mais j'ai déjà un programme chargé aujourd'hui. On verra demain...

– A quelle heure dois-je téléphoner?

– Vous n'avez aucune obligation. Nous sommes juste au début d'une relation amicale. Il ne faut pas attacher trop d'importance à tout cela.

– Pour moi, tout cela est très important, dit Lucie.

Cecile fut irritée.

– Je ne connais pas ma journée de demain. Je vous appellerai...

– Et si vous m'oubliez?

– Je ne vais pas vous oublier.

Il faisait beau dehors, le soleil coulait sur la place de la Concorde, les voitures s'agglutinaient sur le pont. La Seine, gros serpent paresseux aux écailles ternies, somnolait.

– Ne changez rien de votre vie à cause de moi... Improvisons. A bientôt! Si je ne vous trouve pas, alors tant pis...

« Il ne faut pas qu'elle exagère », pensa-t-elle, puis elle repoussa son plateau, se leva, s'approcha de la fenêtre. Elle cherchait du regard le clochard. Il n'était pas là. « Tant mieux », se dit-elle. Il valait mieux ne plus revoir ce type glacé, furieux contre la société, peut-être même dangereux. De nouveau, l'idée d'une rencontre avec Jacques Duverger l'effleura. Elle avait si souvent résisté à la tentation de le revoir. Elle décrocha le téléphone.

– Vous voulez bien me chercher, demanda-t-elle à la standardiste, le numéro de téléphone d'une maison d'édition? Les Portes d'or.

– Vous avez l'annuaire dans votre chambre, madame.

– Si vous aviez l'amabilité de me le donner, ce numéro...

La standardiste était surchargée, ses collègues aussi. Mais Mme Atkinson était réputée pour sa politesse.

– Ne quittez pas...

Puis, quelques secondes plus tard :

– J'ai l'annuaire des professions. Une maison d'édition? Les Portes d'or?

– Oui.

– J'ai deux numéros. Vous voulez le bureau ou le dépôt?

– Le bureau.

– Je l'ai. C'est le...

La standardiste lui communiqua le numéro, Cecile le marqua sur le bloc.

– Merci, mademoiselle. Vous êtes très aimable, merci.

Elle sonna pour qu'on la débarrasse du plateau, elle le fit enlever rapidement et composa ensuite le numéro de Jacques Duverger. Elle dut laisser retentir longtemps la sonnerie, elle allait raccrocher quand enfin une voix de femme répondit :

– Les Éditions des Portes d'or.

– Bonjour, dit Cecile. J'aimerais parler à M. Duverger.

– Il est trop tôt, dit la standardiste. M. Duverger sera là vers 11 heures. Voulez-vous sa secrétaire?

– Non. Êtes-vous sûre qu'il sera là aujourd'hui?

– M. Duverger est là tous les jours.

– Donnez-moi, s'il vous plaît, son numéro privé pour que je puisse l'appeler chez lui.

– Nous n'avons pas le droit de communiquer un numéro privé, madame. Voulez-vous rappeler vers 11 heures? Merci, madame. Au revoir, madame.

Cecile alla à la salle de bains, tourna le commutateur et affronta son image. « Quarante ans! Je devrais plier bagages et aller vivre pour de bon au bord d'une mer chaude. Balancer tout, l'appartement de New York, les voyages en Europe, le souvenir de Duverger... M'installer à Harbor Island, aux Bahamas. Quand on a une maison au bord d'une mer à vingt-huit degrés, on se découvre une foule d'amis. Vivre le reste de mon existence avec légèreté. Effacer les chocs vécus, me détacher des souvenirs, des drames bruyants, boire du lait de coco, laisser glisser sur moi les derniers regards des hommes, être désirée mais ne plus désirer quiconque. Être en sécurité. M'abreuver de compliments, donc croire aux mensonges. »

Elle songea avec satisfaction à son absence d'instinct maternel – de ce côté-là, elle n'avait pas eu à souffrir. Une cascade d'images. Les scènes de mariages mêlées aux scènes d'enterrements, parfois, juste l'apparition d'un cercueil et des gens qui s'accumulent autour d'elle pour lui serrer la main ou l'embrasser. Condoléances ou félicitations. Elle pensa à Atkinson : toujours essoufflé et aimable.

Elle quitta la salle de bains, passa un moment à lire les journaux, puis reprit le téléphone pour appeler la maison d'édition.

La standardiste la reconnut :

– Vous êtes la dame qui a appelé à 9 heures?

– Oui.

– Je reconnais votre voix. Votre nom, s'il vous plaît?

– Dites à M. Duverger que c'est une amie américaine de passage à Paris.

– Votre nom? insista la standardiste.

– Pas d'importance.

– Voulez-vous que je vous passe la secrétaire, madame?

– Si vous voulez...

Cecile fut prise en charge par une voix confidentielle.

– Je suis la secrétaire de M. Duverger. En quoi puis-je vous être utile?

– J'aimerais lui parler, enfin. Il me semble que c'est bien difficile de l'avoir au bout du fil.

– Non, madame, pas du tout, mais il est très occupé, il a souvent des réunions... De la part de qui, s'il vous plaît?

Cecile rendit les armes.

– Mme Atkinson. Je suis arrivée il y a peu de temps de New York.

– Ne quittez pas, je vais voir s'il peut vous parler.

Elle attendait, combiné près du visage, crispée.

– Allô?

– Jacques?

– Duverger à l'appareil.

– C'est moi, Jacques.

– Qui, moi? demanda Duverger.

– Jacques...

Duverger adopta un ton plus doux.

– Cecile?

La voix de Duverger semblait venir de loin.

– Que fais-tu à Paris?

Elle aurait désiré une intonation plus chaude. Il était parti de sa vie comme un voleur... ne pouvait-il pas au moins lui donner l'impression d'avoir été un voleur amoureux?

– Ce que je fais? Je regarde la place de la Concorde et j'aperçois les arbres des Tuileries.

– Mais en dehors de ça? fit-il.

– Je te dis bonjour.

– C'est très gentil. Hélas, je suis un peu pressé, on m'attend pour une réunion. Mais on peut parler encore. On s'est quittés un peu rapidement. Cecile, je le sais. Si je ne t'ai pas écrit, il ne faut pas m'en vouloir. La vie à Paris est harassante. Dès qu'on n'est pas lié par des affaires professionnelles, on se perd de vue. Et je ne me suis pas souvenu du nom de ton mari non plus. Atkinson... Comment va-t-il?

– Il est mort.

– Pardonne-moi, je suis tout à fait navré.

– Voudrais-tu qu'on se revoie?

– Tu ne me reconnaîtrais pas! s'exclama-t-il. J'ai changé.

– Le temps n'épargne personne, Jacques.

– J'ai pris un peu de poids, lui confia-t-il. Et ma femme m'a quitté...

Cecile ressentit une satisfaction inespérée.

– Elle t'a quitté? Est-ce possible?

– En me laissant trois mômes.

– Trois? Dis donc!

– Si je te racontais ce que j'ai vécu depuis qu'on s'est quittés...

– Tu dis gentiment « on s'est quittés »... C'est toi qui es parti...

– Crois-tu? Il me semble que nous étions d'accord.

– Mais non...

– Vous, les femmes, dit-il, vous êtes rusées, tellement rusées. Toujours le dernier mot. Quel bon vent t'amène à Paris? Et tu restes combien de temps?

Elle suggéra un dîner.

– Si tu veux, ça dépend de toi, fit-il, malheureux.

– Je n'ai pas peur d'une rencontre, moi..., insista Cecile.

- C'est que j'ai beaucoup d'obligations.
- Nous pourrions nous voir ce soir, Jacques.
Combien de fois avaient-ils improvisé! Ils parcouraient la rive gauche à pied, ils peuplaient la nuit de projets, de fantômes d'enfants. Maintenant, au téléphone, elle l'avait pris en flagrant délit de manque d'imagination. Il aurait pu mentir pour éviter une rencontre le lendemain ou la semaine prochaine. L'immédiat le désarmait. Elle eut envie de le surprendre, de l'éblouir aussi.
- Tu ne dois pas être au courant, mais depuis qu'on s'est quittés, je me suis mariée trois fois. Et ils sont tous morts, mes maris.
- Tous morts? Les trois? s'exclama-t-il. S'ils n'étaient pas des pauvres types, tu dois posséder un paquet!
- Comme tu dis...
Elle devenait scalpel, bistouri, pic à glace. Un vrai délice pour ce soir.
- A côté de moi on meurt, mais toi, on te quitte.
- Moi, déclara Duverger, je construis mes échecs. Comme si je les préméditais.
- Mais trois enfants, Jacques, c'est beaucoup. A notre époque...
- Je n'ai pas réfléchi « en époque », je voulais une famille, j'ai cru que les enfants étaient des antidotes à la solitude et qu'ils me rendraient casanier.
- Si on se voit ce soir, tu me raconteras tout, l'encouragea Cecile. Libère-toi.
Duverger acquiesça.
- Je regarde mon agenda. Si tu veux, vers 21 heures? Je te signale que je ne bois plus de champagne ni de vin blanc. On m'a enlevé la vésicule biliaire.
Elle écoutait avec plaisir les difficultés de Jacques, elle ronronnait. La grosse souris toute prête à être mangée allait venir au rendez-vous.
- Où m'emmènes-tu?
- Écoute, je te dis même sans réfléchir... un petit restaurant de la rive gauche, j'en suis un des piliers. Tu les aimais, ces bistrots?

Elle faillit commettre la maladresse de dire : « Quand j'étais jeune. »

– Oui, je les aime toujours. Tu me donnes l'adresse?

– Je viens te chercher, proposa-t-il, c'est la moindre des choses.

– Non, merci. Je préfère te retrouver là-bas...

Il ne fallait pas manquer la rencontre. Dans le taxi, elle perdrait le bénéfice de son élégance, de son charme. Il serait capable de parler d'embouteillages et de politique.

– Cecile, je ne sais pas comment tu as évolué, avec tant de maris riches... Le bistrot ne paie pas de mine. La patronne, une Normande, fait une cuisine familiale. J'ai découvert l'endroit quand ma femme est partie.

– Ah bon, dit-elle, tu avais besoin d'être consolé! Tu étais si triste que ça?...

– Ma vie s'est cassée en l'espace d'une heure.

– A cause d'une seule femme, voyez-vous ça!

– Elle m'a laissé les gosses, le ménage et tout le bazar.

– Et la Normande t'a consolé? Quelle chance... J'espère qu'elle n'attrapera pas une crise de jalousie en me voyant ce soir.

– Mais non, dit Duverger, depuis le temps... Je vais manger chez elle avec mes filles aussi, parfois le dimanche. Je te montrerai les photos de mes filles.

La seule idée d'être obligée de contempler des photos d'adolescentes inconnues plongea Cecile dans l'ennui.

– Tu sais, les photos...

– L'aînée a dix-neuf ans, raconta Duverger. Les deux autres sont aussi tirées d'affaire, elles ont seize et dix-sept ans. Trois filles assez gentilles.

« Dieu m'a vengée, pensa-t-elle, il est resté seul avec trois filles. Et comme il n'était pas beau, si les filles lui ressemblent, elles vont être difficiles à caser. »

– Elles sont certainement intelligentes si elles te ressemblent, insinua-t-elle.

– C'est vrai. Comment le sais-tu?

– Les filles ressemblent souvent à leur père.

– Ça pourrait être une malchance aussi, acquiesça-t-il. Tu as de quoi écrire? Je te donne l'adresse.

– Je t'écoute.

– Alors, à 21 heures...

Ils se quittèrent sur quelques paroles aimables.

*
* *

A l'époque de leur liaison, Duverger était un délicieux menteur, un coureur charmant, un type désordonné et précis à la fois, un hobereau de banlieue, un Don Juan de quartier, un fou d'amour des terres françaises. Il avait montré à Cecile la campagne de son enfance, des collines et des plaines douces, de grandes forêts et la paix bleue.

– Pourquoi une maison d'édition? Pourquoi rêver de la conquête de Paris? Pourquoi ne pas rester ici? avait-elle demandé.

– J'aime l'arbre et les feuilles imprimées. Le livre. Je veux ma maison d'édition.

Cecile avait perdu avec lui une vie d'aventures qu'elle n'avait plus retrouvée ailleurs. Pour Cecile, Duverger aurait été un passe-vie, pour lui, elle n'avait été qu'un passe-temps. Il lui avait menti jusqu'à la dernière seconde, puis était parti pendant qu'elle dormait. Elle n'avait jamais pu comprendre cet échec. Peut-être ce soir dirait-il la vérité. Pourquoi avait-il fui, pourquoi avait-il préféré une autre femme?

Ravie de ce programme, Cecile quitta l'hôtel vers midi et décida de manger quelque chose dans une brasserie. Elle remonta la rue du Faubourg-Saint-Honoré, elle regardait les vitrines.

– Auriez-vous cinq francs?

Le mendiant distingué qui l'avait accostée ne la reconnut qu'au moment où elle se tourna vers lui. Orlov étouffa une esquisse de juron. Il détestait cette femme qui l'avait humilié hier par son arrogance; elle était la dernière personne qu'il aurait souhaité voir. Il allait partir.

– Encore vous! Hier je vous ai donné vingt francs.

– Je ne trie pas mes clients, dit Orlov. Dans ce métier, on ne choisit pas. Je suis distrait aussi. Je ne regarde pas ceux à qui je m'adresse. Ici, ça va, ça vient. C'est un métier comme un autre.

– Vous appelez ça un métier?

– Pourquoi pas? Je fais ce que je peux. Je suis un homme libre.

– Dans la limite des cinq francs. Ça ne mène pas loin...

Ils gênaient le flot des passants. Orlov la dévisageait. Il fallait dire quelque chose à cette femme, la moucher. Elle semblait riche et plaisante, pas encore livrée aux hommes à entretenir.

Cecile lança :

– Vous n'avez pas honte?

– Honte? Non. Je me trouve à la rue à cause d'une femme, alors, avoir honte devant une autre? Non.

– Oh là! dit Cecile, je vais vous plaindre. Il est facile de renvoyer les responsabilités sur le dos de quelqu'un. Quand on veut vraiment travailler...

Ils avançaient, ils marchaient côte à côte.

– Je n'aime pas travailler, expliqua doucement le clochard. Le travail est un enchaînement d'efforts inutiles.

– Votre femme vous a fichu à la porte?

– Elle m'a tout pris. Au début, c'est moi qui avais l'argent. Un tas...

Ils s'arrêtèrent au coin de la rue d'Anjou.

– Je viens souvent ici quand je suis à Paris. Nous risquons de nous rencontrer dans l'avenir.

– La rue est à tout le monde. Et puis, j'oublie les gens.

Cecile avait le soleil dans les yeux.

– Je descends d'une lignée de princes russes, déclara Orlov.

– Vous êtes amusant, dit-elle. Chez nous, aux États-Unis, on racontait ce genre d'histoire... Mais il y a longtemps...

– Ma lignée a plus de passé que toute l'Amérique. Ce que vous pensez de moi m'est égal.

– Quel âge avez-vous? demanda Cecile.

– Ça ne vous regarde pas.

– C'est vrai. Mais en Amérique on est moins hypocrite qu'ici. Là-bas on parle de l'âge et de l'argent librement.

– Vous êtes curieuse.

– Non, pas curieuse. J'ai juste horreur du gaspillage. Vous êtes un homme gaspillé.

– Qui vous autorise à me parler de cette manière-là?

– Vous... Vous m'écoutez.

– C'est vrai, dit-il, avec un sourire de crocodile. C'est vrai, je vous écoute, je vous donne même raison.

– Où habitez-vous? demanda-t-elle.

– C'est selon, fit Orlov. Il existe une multitude de solutions provisoires. Des refuges, des abris, des dortoirs collectifs et, par beau temps, les ponts. Si je volais, je pourrais me faire enfermer en prison et être logé et nourri. Mais je tente d'éviter le casier judiciaire...

Il la regarda avec convoitise et ajouta :

– Pour rien... Un casier judiciaire un jour, d'accord, mais alors pour quelque chose qui vaut la peine. Supposons : un beau crime. Pourquoi pas?

– C'est de l'humour malsain, dit Cecile. Voulez-vous prendre un café avec moi? Je vous invite.

Elle connaissait un café dans la rue d'Anjou.

Orlov refusa :

– J'ai horreur des discours sur la moralité et l'analyse poussée de mon comportement éveillerait en moi des instincts meurtriers.

Grâce au mot « meurtrier », il se sentait plus proche de ses fantasmes. Elle pourrait être la victime idéale. Seule à Paris, et riche. Il se mit à sourire et s'efforça d'être aimable.

– J'ai peut-être un travail à vous proposer, dit-elle. Il faut voir...

– Je me méfie du mot « travail », répondit Orlov. Je peux vous écouter.

– Parfait. Allons-y.

Elle le précéda sur le trottoir étroit, puis ils entrèrent

dans le petit café. Derrière le comptoir, le patron confectionnait des sandwiches : une couche de beurre, une tranche de jambon, il y avait aussi des baguettes chargées de rillettes.

– Appétissant..., dit Orlov.

– Vous en voulez?

– Je ne suis pas un chien qu'on fait manger, madame. Et je peux m'offrir encore un sandwich. Même payer votre café.

– Non. C'est moi qui vous ai invité.

Et elle demanda deux express.

Alors, pas de sandwich?

– Si, dit Orlov. Je me laisse tenter parce que vous le proposez avec réserve et courtoisie.

Cecile commanda deux sandwiches au jambon et aux rillettes. Un garçon les servit rapidement.

– Alors, vous ne cherchez même pas de travail? Ne vous offusquez pas, je me renseigne.

– Comme toutes les femmes, vous êtes curieuse et roublarde. Vous tournerez n'importe quel renseignement à votre profit.

Orlov mangeait délicatement, comme un chat prêt à déserter son plat au moindre bruit. Il se fit aimable :

– Je suis un peu brusque, la haine m'a rendu méchant. Je souffre de la rancune comme d'une maladie. Je vous préviens, continua-t-il, je pourrais même devenir dangereux. Vous ne me croyez pas?

– C'est de l'humour russe? demanda Cecile.

Puis elle consulta la carte.

– On pourrait déjeuner si vous voulez. Le plat du jour est fort sympathique : des côtelettes d'agneau avec des haricots blancs. Ça vous tente?

Il fit une moue :

– Des haricots blancs? Je préfère nettement les verts. Je me méfie des conserves, j'aime les petits haricots verts extra-fins, juste saisis dans l'eau bouillante et servis tièdes avec du citron et quelques gouttes d'huile de maïs pressée à froid.

146

De plus en plus remplie d'une gaieté vivifiante, enchantée par sa trouvaille qu'elle appelait en elle-même « l'homme dangereux », Cecile fit signe au patron et commanda le repas.

– Un petit coup de rouge?

– Ça dépend de leur cave, dit Orlov. Je me demande ce qu'ils peuvent avoir comme vin de qualité, mais vraiment de qualité.

– Qu'avez-vous comme vin? répéta Cecile au garçon. Orlov intervint :

– Avec de l'agneau et des haricots blancs, il faudrait servir un bordeaux assez sévère, presque âpre...

Cecile, aiguillonnée par le rire, continua à interroger le garçon.

– Apre? répéta celui-ci. Je vais demander au patron. Celui-ci les avait jaugés; il s'approcha de leur table.

– Quel vin voulez-vous? Le garçon n'a pas compris.

– Un bordeaux un peu corsé, dit Cecile rapidement.

– En bouteille?

– En bouteille.

Le patron s'occupa lui-même de leur service. Même pas un vague coup d'œil sur le vêtement défraîchi d'Orlov. Il avait déjà tout vu, le patron. Le clochard goûta longuement le vin. Ses narines se pinçaient, sa lèvre supérieure se tendait, sa langue flattait le liquide, ses papilles enregistraient. Il donna son accord.

Ils savourèrent le premier verre en silence. Cecile risqua une remarque :

– Vous valez quand même mieux que ces balades sur le trottoir.

– Encore faut-il connaître les critères qui définissent à vos yeux la notion de « valoir » ou « ne pas valoir ». La conjoncture est mauvaise. Les femmes ne sont plus des femmes mais des combattantes. Avant, elles ne savaient rien, aujourd'hui elles savent tout, elles sont si averties qu'il n'y a guère de chances de tricher. Il n'y a que les truands qui peuvent les dominer. Les menteurs.

Et il ajouta :

147

– Les tueurs aussi.

– Toujours la même plaisanterie, répliqua Cecile.

Ils terminaient leurs sandwiches au moment où le plat chaud arrivait.

– Bon appétit, monsieur!

– Orlov. Je vous l'ai déjà dit.

Et il prit aussitôt ses précautions.

– Ma mère a commis la maladresse d'épouser un Français de la classe moyenne. Selon mon état civil, je porte un nom français. Mais mon sang, mon tempérament, mon éducation me lient à une classe supérieure, décimée pour la première fois par une révolution et entamée pour la seconde par un mariage médiocre.

– Donc votre père était français?

– Je ne voudrais pas porter atteinte à l'honneur de ma mère, mais ai-je l'air de quelqu'un qui aurait eu un père français? Je suis cartésien sans doute, mais pas bourgeois. Et même en supposant la fidélité de ma mère, sans doute irréprochable sur beaucoup de plans, aucune intervention française n'a pu abîmer ma lignée.

Cecile se mit à sourire. L'homme assis en face d'elle était mince, ses mains élégantes aux articulations raffinées, ses yeux foncés, son front bombé, ses cheveux bien plantés. « Le prince des poubelles », pensa-t-elle.

Orlov entama les côtelettes d'agneau.

– Plat populaire mais excellent. J'étais plutôt habitué à du Beluga, première qualité.

– Vous pourriez vous nourrir de caviar tous les jours?

– Oui. Du caviar, je ne m'en lasserais jamais. Avec de l'argent, du vrai, je serais sans doute « caviaromane ».

Cecile l'observait. Orlov tenait les couverts avec élégance.

– Racontez-moi votre théorie sur les « caviaromanes ».

– Ils en consomment parce qu'ils ont de l'argent, dit Orlov. Ils en ont assez pour s'empiffrer tous les jours.

Elle avait envie de pousser plus loin ses investigations. Elle se prenait à songer à une présence dans sa solitude, celle d'un homme-décor-élégant. Et si elle entretenait un jour un figurant mondain? Elle avait envie de l'intéresser.

148

– Hier, vous m'avez suivie et vous attendiez derrière les taxis, dit-elle en dégustant sa côtelette d'agneau.

– Si vous le savez, c'est que vous l'espériez, non? Je suis allé dans la même direction.

Cecile se mit à parler en anglais pour tester les connaissances d'Orlov. Son accent était parfait.

– Vous parlez admirablement anglais.

– C'est Cambridge.

– N'avez-vous jamais songé à devenir le secrétaire de quelqu'un?

– De qui?

– Je ne sais pas... De moi...

– Horrible tâche pour un homme distingué, déclara Orlov. Il faut si peu pour se transformer en homme à tout faire.

– Pourtant, répliqua Cecile, c'est peut-être plus intéressant que d'habiter sous les ponts.

– Pas forcément. J'ai découvert l'immense dignité humaine des errants. J'ai adopté leurs codes, leurs lois, leurs exigences même. Je me sens bien avec eux. Parfois il y a des heurts, c'est évident, mais dans les salons aussi. Je n'ai pas à me plaindre.

Elle le contemplait avec intérêt. Les grandes mains d'Orlov étaient fines, sa cage thoracique étroite lui permettait sans doute de porter élégamment le smoking.

– J'ai l'impression désagréable, fit-il, que vous m'analysez, me jaugez. Les femmes seules comme vous sont redoutables. Elles se présentent en victimes. Elles sont des mantes religieuses, elles mangent les hommes.

– J'ai eu trois maris. Je les ai dévorés.

– Vous voyez, dit-il, très doux. Et vous n'avez plus personne. Vous m'avez repéré, vous voudriez m'utiliser. N'y comptez pas, sauf si vous me proposez des conditions mirifiques...

– Mirifiques, c'est peut-être beaucoup dire. Parlez-vous d'autres langues étrangères?

– Je suis, sur ce plan-là, assura-t-il, en désossant délicatement une des côtelettes, assez fabuleux. Le russe, parfaitement, et je m'exprime facilement en allemand. Si je n'avais pas été volé par la seule femme que j'ai cru aimer, j'aurais appris l'italien, comme on se met à découvrir un instrument de musique.

– De quelle manière avez-vous été volé?

– Vous permettez?

Orlov versa du vin blanc dans leurs verres. Aucun grand cru n'aurait pu être manipulé avec un raffinement plus appuyé.

« J'aurais un succès fou avec ce type-là à Houston », pensa Cecile. Elle l'imaginait en smoking blanc, à côté d'un barbecue.

– Il m'est difficile d'admettre, monsieur Orlov, qu'on ait pu vous déposséder de vos biens.

– C'est ainsi.

Pourrait-elle le tenter, le corrompre, l'améliorer peut-être, l'acheter, à la rigueur? Devenir le destin de cette épave raffinée? Se laisserait-il sauver ou s'enfoncerait-il davantage dans son marasme? Le transformer en serviteur de luxe, se promener avec lui à New York où, d'ailleurs, dans les quartiers chics, les hommes-décors européens étaient nombreux.

Orlov l'écoutait, sur ses gardes. Il la considérait néfaste, et peut-être plus rouée encore qu'Annie, la voleuse.

– Un de ces jours on va parler sérieusement, voulez-vous? demanda Cecile. Il faudrait encore que vous me donniez une adresse où je puisse vous trouver.

– Je ne sais pas si j'ai vraiment envie de vous écouter.

– Faites-moi confiance, je vous donnerai des envies.

Elle suscitait les situations absurdes, elle les cherchait, les provoquait. Elle ressentait la haine d'Orlov.

– Vous jouez la comédie, déclara-t-il. Vous êtes tout simplement une femme seule. Et vous avez besoin de quelqu'un. Achetez un chien! Vous ne le ferez pas. Il ne descend pas seul dans la rue. Tandis qu'un homme en laisse ne vous crée pas d'obligations.

– Vous êtes très loin de la vérité! s'exclama Cecile. J'ai tout ce qu'il me faut.

– Ah bon?

Il se mit à sourire.

– Alors, que faites-vous dans un bistrot en compagnie d'un clochard? Vous m'avez invité parce que vous êtes seule et que je suis un homme à prendre. C'est ce que vous croyez... Si j'avais été une vieille femme puant le vin, qui aurait tendu vers vous une main crasseuse, je ne serais pas là avec vous. Vous avez besoin de la présence d'un homme.

– Ne tirez pas de conclusion trop rapide. Je n'aurais invité personne puant le vin, ni homme ni femme. Si vous êtes là, c'est la preuve que j'aime me confronter à mon époque. Connaître les mœurs européennes, uniquement sur le plan sociologique...

Orlov l'arrêta d'un geste.

– Ne vous fatiguez pas. Ça ne prend pas. Vous ne me considérez pas du tout comme un « cas ». Vous cherchez un alibi pour vous. Premièrement, vous ne comprenez pas mes raisons profondes de vivre comme je vis, ensuite, curieuse, vous aimeriez fouiller dans mon passé. Deuxièmement, grâce à votre fortune, vous avez l'habitude de tout acheter. Et vous voudriez que je sois dans le lot de vos biens. Je ne le serai jamais. Je suis plus fort que vous. J'ai des ressources, insoupçonnables.

– Pourquoi seriez-vous plus fort que moi?

Orlov s'appuyait contre le dossier de sa chaise.

– Parce que la solitude ne me gêne pas. Dès que vous supportez la solitude, vous avez gagné la partie contre l'humanité.

– Vous racontez des histoires, lui rétorqua Cecile. Voulez-vous du fromage?

– Si leur plateau est bien, pourquoi pas.

– Il n'y a pas de plateau ici, dit le garçon. Mais si vous voulez une portion de camembert ou de gruyère...

– Gruyère, dit Orlov.

Cecile le guettait, le jaugeait mentalement. Fallait-il déployer des efforts et l'amadouer? Orlov dégustait son fromage. Il ne s'occupait plus de l'Américaine. Cecile tendit une carte de visite au clochard.

– Au moins, vous saurez avec qui vous avez déjeuné.

– Vous êtes présidente de plusieurs sociétés, constata-t-il et il reposa la carte sur le vieux marbre de la table.

– J'ai hérité d'une multitude d'affaires. Je les connais bien.

Orlov prit le dernier morceau de fromage, un petit carré.

– Vous êtes une femme riche, mais seule.

– Ce n'est pas parce que je ne me promène pas avec mes amants que je suis seule, dit-elle, agacée. Voulez-vous la ranger, cette carte? Je n'aime pas laisser traîner mon identité, mes adresses.

Il reprit le petit carton et le glissa dans sa poche.

– Vous avez peur. De tout et tout le temps.

– C'est faux, protesta-t-elle. C'est faux.

Et, reprise par l'angoisse, elle ajouta :

– Je suis bien gardée. J'ai une amie française qui m'accompagne lors de mes déplacements.

– Vous êtes seule dans vos pensées, affirma Orlov. Dans votre conscience.

Cecile le trouvait agressif.

Elle réclama l'addition. Elle en avait assez d'Orlov. Le garçon griffonna des chiffres sur une feuille de bloc. Orlov regarda Cecile payer.

– Ne croyez pas que ça me bouleverse de voir payer une femme, j'ai toujours été entretenu. J'étais infiniment correct, j'ai toujours eu un compte en banque alimenté par ma première femme et je l'ai rendue heureuse. Jusqu'à son dernier souffle.

Il venait de changer d'avis. L'Américaine allait partir, il ne fallait pas complètement la rejeter. Il se fit aimable.

– Je suis un compagnon parfait, d'humeur égale, élégant, d'une hygiène maniaque, très représentatif en smoking.

Elle le regardait comme on détaille un objet dans une vitrine. Le faire baigner, le livrer à un coiffeur, à une manucure, au meilleur des tailleurs, et utiliser son titre, vrai ou faux. S'il était vraiment prince, elle pourrait l'épouser, à condition qu'elle pût se débarrasser de lui à n'importe quel moment. Elle repoussa sa chaise.

– Voilà, monsieur Orlov, il est temps que je parte. Je vous dis au revoir.

Il se leva aussi.

– Je vous remercie très vivement pour votre aimable invitation, madame. Je garde votre carte.

– Si vous êtes certain de ne pas m'appeler, autant me la rendre.

Il jeta un coup d'œil sur le carton étroit.

– Cecile Atkinson.

Elle le trouvait insupportable.

– J'ai pensé vaguement à une situation que j'aurais créée pour vous, mais je supporte mal vos interprétations. Vos déductions. Vous avez l'esprit vicieux.

– La situation éventuelle m'intéresse, si l'emploi concerne les USA. Parfois je me trouve en manque de New York. Paris m'ennuie. Il n'y a pas assez de verdure.

– Vous vous payez ma tête, monsieur Orlov.

– Du tout, madame. La réaction des Slaves face au malheur est différente de celle des autres peuples.

Dehors, dans la foule des hommes et des femmes qui se précipitaient vers leurs bureaux, elle lui dit :

– Appelez-moi si vous voulez et nous verrons ce qu'on fait. D'accord ?

Elle ajouta :

– Je vous préviens, ne vous égarez pas dans une erreur d'interprétation. Les liens éventuels entre nous ne pourraient être que neutres.

– Neutres..., répéta Orlov.

Il la voyait par terre, le visage convulsé, les yeux exorbités, l'implorant. Et lui, il serrait autour du cou de plus en plus le fil de fer.

– C'est évident, madame.

– Peut-être au revoir, monsieur Orlov ?

– Peut-être, madame.

Il esquissa le plus délicat, le plus harmonieux baisemain, son visage s'arrêta à quelques centimètres au-dessus de l'épiderme de Cecile.

– A bientôt, dit-elle, en regrettant aussitôt sa remarque.

Elle le vit s'éloigner. Il tourna au coin, s'engagea dans la rue du Faubourg-Saint-Honoré et se planta sur le trottoir encombré.

– Auriez-vous cinq francs, madame? Auriez-vous cinq francs, monsieur? »

*
* *

Le crépuscule inquiétait Cecile. Elle supportait difficilement ce moment où la journée bascule vers la nuit. Le rendez-vous avec Duverger était inutile. Elle n'aurait pas dû réveiller ces souvenirs. Elle n'était pas bourrée de bonnes intentions non plus : elle sentait qu'elle allait lui lancer à la figure sa beauté blonde et sophistiquée, son élégance, son argent. Elle n'était pas enthousiaste non plus à l'idée d'écouter les histoires de famille de l'éditeur. Et si elle renonçait au rendez-vous? Il était 18 h 45. Elle appela la maison d'édition. Plus personne. Une des standardistes de l'hôtel chercha pour elle le numéro personnel de l'éditeur. Il y avait une liste impressionnante de Duverger dans l'annuaire. Il était pratiquement impossible de retrouver « le sien ». Elle devait donc s'habiller et affronter la soirée.

Ses angoisses diffuses l'incitaient à revoir son passé. Depuis son adolescence, elle traversait des périodes d'épreuves. La bonne nature et l'argent l'aidaient, elle avait un moral de fer et une silhouette impeccable. Elle s'approcha de la glace et affronta son visage. Des rides autour des yeux. Les cernes plus foncés qu'ils ne l'étaient dans le passé. Elle allait offrir un visage nu à Duverger. La fatigue de la soirée transformerait le fond de teint en masque. Elle ne maquillerait que ses cils blonds que, allergique, elle n'avait jamais pu faire teindre. Elle effleura ses joues d'un soupçon de fard rose. Elle choisit un ensemble en coton noir, simple, chic, cher. Elle se trouva en beauté.

A 20 heures, elle descendit et traversa le hall d'un pas alerte. Elle s'aperçut dans un miroir. Sa silhouette était soulignée par le temps. L'évanescence et la douceur de la première jeunesse font des êtres des photos floues. Plus

tard, pour bien les estampiller, le temps creuse les traits.
Elle haussa les épaules et sortit. Le portier, dehors sur le
trottoir, la salua.
- Un taxi, madame Atkinson?
- Oui, s'il vous plaît.
Juste un sifflement aigu et le taxi arriva. Cecile s'enfonça
sur le siège arrière, la voiture était bleue de fumée.
- Si vous vouliez éteindre votre cigarette? Merci.
Muet, le chauffeur écrasa le mégot dans le cendrier.
Cecile baissa une vitre pour aérer la voiture. A ce moment,
juste avant le démarrage, le concierge du soir sortit de
l'hôtel et se précipita vers elle.
- Madame Atkinson, une seconde. Je vous dérange.
Peut-être pour rien. J'ai un message, il est pour vous, je
crois, mais ce n'est pas sûr.
Elle ouvrit la portière.
- Message?
- S'il est pour vous... Un monsieur est venu, il y a à peu
près une heure. Il ne connaissait que le prénom d'une
dame américaine avec qui il avait rendez-vous.
Cecile rougit, elle avait presque honte.
Elle descendit de la voiture et demanda un peu de
patience au conducteur.
- Je ne connais pas encore très bien la clientèle de
l'hôtel, continua le concierge. Je n'osais pas vous envoyer
le message : il y a actuellement deux dames américaines à
l'hôtel dont le prénom commence par C.
- Où est le message?
L'homme était perplexe.
- Je nc sais pas s'il est pour vous.
- C'est probable.
Le concierge lui donna une petite enveloppe. Cecile
l'ouvrit. Une carte de Duverger. Deux lignes écrites à la main,
les mots si grands qu'elle peut les déchiffrer sans lunettes.

Trop gros, trop chauve et trop orgueilleux pour te revoir.
Pardon. Je ne peux pas te rencontrer.

Jacques.

La rue devint silencieuse et déserte autour d'elle.
- C'était pour vous, madame?
- Oui.
Elle était fatiguée, vaincue.
- Il y a aussi un envoi de fleurs, dit le concierge. Qu'est-ce que je dois en faire?
- Faites-les porter dans mon appartement. Demandez, s'il vous plaît, à la femme de chambre de les mettre dans de l'eau.
- Je suis navré d'être en retard pour le message, expliqua le concierge, mais entre C. et C., je ne savais pas à qui m'adresser. L'autre dame américaine qui est là avec son mari est partie de l'hôtel tôt dans l'après-midi. Vous, vous avez demandé au standard qu'on ne vous dérange pas, alors j'attendais, j'ai pensé que je m'adresserais à la première dame C. qui passerait. C'était vous...
- Ne vous inquiétez pas. La lettre m'était adressée par un ami. Il est distrait. Il n'a pas signalé mon nom de famille sur l'enveloppe.
Elle reprit sa place dans le taxi et lança au chauffeur :
- Remontons les Champs-Élysées, s'il vous plaît. Je voudrais voir un film.
- Quel cinéma?
- Je ne sais pas, fit-elle. Je cherche. Je vais choisir au hasard.
Ses yeux étaient brûlants, elle était encore entièrement habitée par ce deuxième échec.
Vers le milieu des Champs-Élysées, Cecile paya la course, sortit du taxi et se dirigea vers un cinéma. Elle prit un ticket et entra dans une salle chaude qui sentait la sueur. Elle s'installa dans un rang au sol jonché de papiers d'emballage de sucreries. Elle allait regarder un film américain sous-titré en français. Peu à peu, elle ressentit une légère pression sur son coude. Elle libéra aussitôt l'accoudoir. Puis un attouchement sur sa jambe gauche. L'homme assis à côté d'elle lui faisait des avances. C'était trop pour ce soir. Elle n'en pouvait plus.
- Son of a bitch! s'exclama-t-elle en américain. Son of a bitch!

156

Puis elle quitta, furieuse, la salle et rentra à pied à l'hôtel.

Il n'était que 22 h 15. Des roses l'attendaient au salon. Des roses roses! Plus tard, son homme d'affaires new-yorkais l'appela pour la tenir au courant des problèmes d'assurance concernant le cambriolage de son appartement et le petit Chagall volé. Elle l'écouta, donna son avis, mais ce soir elle attachait bien peu d'importance à ses biens terrestres. « Duverger est un lâche, pensa-t-elle, un lâche. » Au lit elle pensa à lui. Plus jamais elle ne ferait de tentative pour le revoir.

**

Jacques Duverger, la pipe à la bouche, la main sur la télécommande de sa chaîne haute fidélité, noyait son désarroi dans une bouteille de rosé bien frais. Ce soir-là, il avait eu les mêmes craintes que vingt ans plus tôt, lorsqu'il s'était enfui. Pour ne plus être exposé aux ambitions de Cecile. Il n'était pas ambitieux ni désireux de faire une « grande carrière ». Elle n'aimait pas boire. Elle l'aurait empêché de voir ses copains. Elle était contre les amitiés bavardes.

L'une de ses filles l'appela :

– Tu es là, Papa?

– Oui, répondit-il. Où veux-tu que je sois?

Caroline, l'aînée, venait d'entrer au salon.

– Tu fais un tel chahut avec ta musique, Papa! J'ai un examen demain. Il faut que je travaille.

Il baissa aussitôt le son. Ces maussades demi-adultes – ses enfants – le tyrannisaient. Caroline, précise et glacée, se comportait comme un juge. Elle l'analysait, le critiquait. Elle voyait régulièrement sa mère. Les deux femmes échangeaient certainement des confidences à son sujet. N'avait-il pas entendu dire une fois, et il en était resté éberlué :

– Maman a eu raison de divorcer. Je la comprends. Il est difficile de vivre avec toi, Papa.

Il s'était rebiffé.

— Fiche le camp, va chez elle!

— Il faut laisser Maman vivre sa vie, elle a perdu assez de temps avec toi.

On lui avait expliqué que les injures légères, entre parents et enfants, étaient à la mode. A l'époque de son adolescence, il avait vouvoyé ses parents. Il ne leur avait jamais manqué de respect. Tandis qu'à lui, on lançait : « Tu racontes des bêtises, Papa, ton comportement est idiot. » Ça faisait moderne d'encaisser tout cela... « Et encore, je suis obligé de les entretenir! pensa-t-il. Elles me disent à peine bonjour et je leur demande humblement si elles ont besoin d'argent! »

Martine, la plus jeune, était une bohème, désordonnée et vouée à l'échec, mais gentille, la seule qui fût aimable avec lui. Au milieu des deux sœurs évoluait Jeanne, nette, froide, secrète. A dix-sept ans. Elle « vivait sa vie ». Elle considérait l'appartement familial comme un hôtel, elle avait ramené d'un voyage un carton marqué : « Ne pas déranger, SVP », qu'elle accrochait sur la poignée de sa porte quand elle sortait. Elle avait demandé à son père si elle devait contribuer aux frais de la maison. Il avait balbutié un « non » gêné. « Tu es ma fille. » L'autre l'observait, amusée. « Mais oui, Papa. »

La musique classique en sourdine, l'âme en berne et la bouteille laissée vide par terre, Duverger regagna sa chambre. Il avait envie de se révolter contre les femmes, qu'elles fussent maîtresses attitrées, filles élevées dans le coton, femmes légitimes ou fantasmes. Il pensait avec nostalgie aux homosexuels, qui avaient la chance de vivre entre hommes. Il s'imaginait parfois sur une île peuplée d'hommes où arrivait un canot de sauvetage chargé de femmes. « Il faut les noyer avant qu'elles atteignent la rive. »

Duverger sombra dans un sommeil vaseux. « J'ai trop bu. » Cette pensée parcourut son subconscient; comme un enfant qui cherche sa mère, le petit Jacques, peureux, répétait à qui voulait l'entendre : « Je ne veux pas grandir. »

Teresa observait sa mère. Était-ce enfin le moment d'agir ? Si elle attendait encore, d'autres événements interviendraient, il y aurait toujours un chagrin, un bonheur, un surmenage ou un état de stress pour l'empêcher de parler.

Elles discutaient des raisons probables du malheur de Marc et Lucie Torrent. Elles venaient de compatir, d'épiloguer sur une grande douleur. Teresa voulut saisir le moment propice. En comparaison avec la mort du jeune homme, son départ ne serait qu'un tout petit événement.

— Maman, je voulais juste te dire... Ne saute pas au plafond, s'il te plaît, ne crie pas...

— Quoi, Teresa ?

— Je voudrais partir chez mon père.

Liliane s'immobilisa. Ses lèvres étaient soudain engourdies.

— Je ne savais pas que j'avais l'habitude de sauter au plafond ou de crier... Tu pars chez lui pour les grandes vacances. C'est prévu.

Teresa insistait.

— Si tu le permettais, si tu étais d'accord, j'aimerais m'installer chez eux. Pour bien apprendre l'italien...

— Vivre là-bas ? prononça Liliane.

Elle paraissait calme. Elle déposa les livres qu'elle tenait et s'assit sur le canapé.

– Vous avez comploté tout cela quand?

– Comploté? Non. Nous en parlons depuis assez longtemps avec Papa, mais je ne savais pas comment te le dire.
Ni lui. Il préférait que je m'en charge.

Liliane jeta un coup d'œil sur sa montre-bracelet.

– Et tu m'annonces cela à 8 heures du soir?

– Il ne s'agit pas de partir pour la vie, Maman. Juste un
peu. Une année ou deux.

Liliane se dominait.

– Écoute, Teresa : pour acheter cet appartement, je me
suis mis sur le dos des frais considérables. Dans deux ou
trois mois, j'allais t'acheter une voiture. Tu aurais eu ta
chambre, j'imaginais augmenter ton argent de poche... Je
pensais faire de mon mieux. Je ne demandais rien en
échange que de la franchise et un peu d'amitié.

– Mais j'ai les deux pour toi, Maman! s'écria Teresa. Je
t'aime et je t'estime très fort. Tu es seule dans la vie, tu fais
de belles choses, tu en fais même trop.

– Comment trop? rétorqua Liliane. Pourquoi dis-tu
« trop »?

– Tu as acheté cet appartement, c'est ta liberté aussi. Je
ne t'ai jamais demandé de voiture. Je me suis renseignée,
les leçons de conduite coûtent cher.

– Je connais les prix. Le permis t'aurait rendue autono-
me, et l'école d'interprètes de Genève aussi.

– Maman, tu veux tout me donner! Une voiture et
ensuite Genève. Une chambre au sixième et ton amour. Tu
aurais supporté Genève, mais tu souffres de Rome. Parce
que je serai là-bas avec mon père. Ici, je ne me sens pas
capable de remplacer toute une famille.

Liliane alla vers la porte-fenêtre. Le ciel était noir.

– Je ne peux pas remplacer Papa. Toi, tu es faite pour
vivre en famille, pour être entourée...

– Je ne demande rien, fit Liliane. Rien.

– Mais si. Tu ne devrais pas vivre seule. Tu aimes faire
des petits paquets à Noël, tu es adorable, Maman. Tu es
une femme au foyer qui travaille au bureau. L'idéal pour
toi serait de rencontrer un homme qui ait une grande
maison et encore des enfants à élever...

160

– Et toi? dit Liliane. Et toi? Tu es quoi pour moi?

– Ta fille qui t'aime, mais qui voudrait respirer un peu. Ailleurs.

Les mots de Teresa la lapidaient. Elle gagnait sa vie et celle de Teresa, mais de quel droit aurait-elle pu exiger qu'on l'aimât aussi? Teresa vint et l'embrassa.

– Je t'adore, ma petite Maman, mais j'aimerais vivre avec Papa, à Rome. J'ai demandé à Papa de venir à Paris et de te parler, mais à cause d'un film qu'il tourne pour la télévision, il n'a pas la possibilité de venir. Et il n'ose pas tellement t'affronter non plus.

« Heureusement, pensa Liliane, heureusement qu'il ne s'est pas déplacé pour contempler ma défaite.» Elle observait avec une attention douloureuse les toits qui s'étendaient devant elle, la forêt d'antennes et la petite lune. La pastille argentée basculerait bientôt derrière les toits. L'annonce de Teresa la bouleversait. On parlait d'Albert, on parlait de Maria, celle qui avait pris son mari. On l'appelait familièrement par son prénom, elle était entrée dans le vocabulaire, dans le décor, dans les projets. Elle n'était plus l'intruse qui avait cassé la vie de Liliane, mais une femme présente qui donnait son avis, qui pouvait dire oui ou non et accepter ou non de vivre avec la fille de son mari.

– La femme actuelle de ton père a vingt-deux ans, et toi dix-huit et demi! Comment pouvez-vous...

– Tu plaisantes! Le temps passe pour elle aussi. Elle a trente et un ans. Mais ça marche très bien quand même, dit Teresa. Nous nous entendons bien.

Liliane, choquée, cherchait ses mots.

– Cette fille... tu veux vivre avec cette fille qui a détourné ton père...

– Elle ne l'a pas « détourné »! Et, franchement, je ne sais pas si c'est un si grand cadeau que ça de vivre avec Papa. Il est beau, d'accord, mais un tel égoïste! Souvent déprimé aussi. Un bon acteur qui n'a pas eu la carrière qu'il mérite. Ça commence juste à aller mieux maintenant. Et Maman, si tu veux être sincère, tu sais que mon départ, pour un temps limité, est moins grave que ce qui est arrivé aux gens du dessous. Eux, ils ont perdu un fils. Moi, en bonne santé, je voudrais juste partir un peu. Tu as de la chance, je ne me drogue pas et je ne drague pas. Que veux-tu de plus?

En effet, que pouvait-elle demander de plus? Elle se sentait perdue, dépassée, vieillie.

– Ma petite Maman...

Elle détestait ce « petite », mais elle n'avait plus d'énergie pour protester. Sa fille ne se droguait pas, elle n'avait qu'à la boucler et se féliciter.

– Maman, poursuivit Teresa, il faut te rééduquer. Tu ne peux pas bâtir ta vie sur celle des autres. Le jour où Papa t'a dit qu'il s'en allait, ta vie a craqué. Si tu avais été plus indépendante – je veux dire, dans la tête –, le départ de Papa t'aurait moins secouée. Maman, tu as un métier, tu diriges un bureau, tu peux lancer un produit. Tu ne vas pas vivre suspendue à nous... Tu pleures Papa qui est parti avec une femme parce qu'elle est italienne et parce que, lui, il aime aussi l'Italie.

– Toi, souligna Liliane, tu aimes aussi l'Italie.

– Je suis italienne, abandonnée par des parents italiens. Vous êtes venus me chercher à Rome. Si vous étiez allés en Colombie, vous auriez ramené une Colombienne, mais ce n'était pas encore à la mode! Quand j'avais deux ou trois ans, les gens allaient en Italie. Les gens comme vous... Vous êtes venus me trouver. L'orphelinat était mon père, les bonnes sœurs mes mères. Vous connaissez peut-être même mes origines...

– Non, répondit sa mère, absolument pas. Je te l'ai répété cent mille fois. Ton père et moi, nous avons voulu avoir une famille. Son attirance pour l'Italie, les relations que nous avions – surtout lui – en Italie nous ont conduits vers un orphelinat où nous avons pu te découvrir. Tu étais un magnifique bébé.

– Merci, fit Teresa.

Le corps et l'âme vidés, Liliane s'écoutait.

– Si tu t'en vas, qu'est-ce que je vais faire avec cet appartement? Cent quarante mètres carrés plus la chambre au sixième!

162

— Je ne sais pas, Maman, je sais une seule chose, c'est que je voudrais être là-bas... Là-bas, tu comprends...

Liliane l'interrompit :

— C'est lors de tes dernières vacances que vous avez décidé ça?

— Non et oui. Tout cela est venu assez lentement. Je n'osais rien te dire. Papa a été très honnête. Il n'a pas voulu me « détourner », Maria non plus. Ce sont des gens très bien. Papa a eu même de gros remords et d'ailleurs il demande souvent de tes nouvelles. Si tu n'es pas trop triste...

— Parce qu'il croit que je vais être triste à cause de lui jusqu'à la fin de ma vie? s'exclama Liliane.

— Non! Il est juste conscient que tu as eu très mal. Il me répète souvent que tu étais parfaite, qu'en ta présence il se sentait humble, maladroit même. « Je suis un homme d'instinct, dit-il, et Liliane une femme de réflexion. »

— Un homme d'instinct! J'aime bien l'expression. Vous avez donc décidé que tu irais vivre là-bas?

Teresa s'emballait, elle pouvait enfin parler de ses projets.

— Ils ont maintenant un grand appartement. Et, ce qui est important, je m'entends bien avec Maria. Elle a gardé ses amies de son âge, la maison est pleine... Souvent, quand mon père rentre, il n'est même pas démaquillé, après son tournage. Il se précipite pour être le plus tôt possible avec nous. Quand il arrive maquillé, il fait marrer tout le monde. Il gagne assez d'argent pour entretenir Maria, moi et roi Alberto. Si je pouvais m'installer chez eux, j'apprendrais l'italien en quelques mois. Ce serait facile grâce à Maria et ses copains.

— Et moi dans tout ça? demanda Liliane avec un creux dans l'estomac, et moi? Je ne fais plus du tout partie de tes projets?

— Mais si, Maman! Je reviendrai pour les vacances. J'aurai de l'argent pour le train. L'année prochaine, je pourrai passer une partie des vacances avec toi...

« Me voilà devenue objet, pensa Liliane, la femme à

consoler, celle qu'il faut retrouver pour avoir l'âme tranquille, la femme-obligation. » Elle se sentait malade d'humiliation. Il fallait digérer l'événement rapidement, se dominer et surtout sauver la face. Elle valait mieux que la pitié familiale. Elle sourit.

– Heureusement, je n'ai pas encore commandé les rideaux pour la chambre du sixième.

Teresa la regardait. Était-elle donc aveugle ou tenace à ce point ? Avait-elle pu s'occuper des rideaux de cette chambre que Teresa avait toujours refusée ?

– Je ne veux pas te faire de mal, Maman, tu vas voir, ça va aller. Ce sera mieux aussi pour toi, il faut t'habituer à vivre seule. Un peu...

Liliane dit très doucement :

– Je n'ai pas de leçon à recevoir. Détrompe-toi, ma chérie, je ne vais pas passer mes vacances avec toi l'année prochaine, même pas en partie, comme tu le proposes. Je vais aller en Floride. Je vais faire un stage. Si je n'ai plus de fille, tout devient facile. Mon emploi du temps se libère.

Elle eut si mal qu'elle se tut.

Teresa l'embrassa. Mais Liliane laissa ses bras inertes le long de son corps.

– C'est une très bonne idée, Maman, que d'aller aux États-Unis pour un stage.

– J'irai peut-être à Londres, continua Liliane. Si je suis seule, je vais être libre. En dehors de mes dettes, je n'aurai plus aucun souci, pas de poids.

– Tu dis poids ? J'étais un poids ? Maman... quand même...

Teresa retourna la situation. Elle se mit à se plaindre. Elle avait souffert, elle, on l'avait abandonnée, puis elle avait eu un autre choc quand ses parents adoptifs avaient décidé de se séparer. N'importe qui à sa place serait une droguée, une traînée, une psychopathe, une pauvre épave, une victime des adultes inconscients.

– Ne fais pas de comédie, dit Liliane. N'exagère pas. Tu n'es sensible que quand il s'agit de toi. Si on veut survivre, il faut être armé. La preuve : regarde-moi !

Elle se mit à sourire. Teresa était désorientée.

Peu à peu Liliane reprenait pied. Elle n'allait pas pleurer ni chercher des mouchoirs parce qu'on voulait se débarrasser d'elle.

– Si on se couchait? suggéra Teresa. Je meurs de sommeil.

– Écoute, tu es robuste, égoïste et belle. Ne dis pas que tu meurs... J'ai cru avoir eu très mal avec ton père, tu as réussi à me blesser davantage. L'entraînement est efficace. A ce rythme-là, bientôt je serai adaptée aux règles de ce siècle.

– Tu n'aurais jamais dû épouser un acteur! lança Teresa.

– Qu'en sais-tu?

– Quand on a ta nature, Maman, on épouse un homme qui a des terres, de beaux sentiments et un chien. Un gentleman-farmer. Il t'aurait fait des enfants et toi, des repas de fête.

Elle eût aimé la gifler. Elle se retint. Sa fille avait peut-être raison. Elle était reléguée parmi les objets étranges, exposée dans une vitrine. Un spécimen de jadis. La voilà ridiculisée parce que, dans un moment de faiblesse, elle avait avoué ses rêves. Elle eût voulu aimer et être aimée. « Teresa va être heureuse à Rome. Elle aura une foule d'amis autour d'elle. De temps en temps, elle s'adressera à son père : " Si j'appelais Maman? " Et Albert répondra : " Mais appelle-la. " Et puis quelqu'un arrivera et Teresa oubliera de téléphoner. Plus tard elle dira : " Je n'ai pas appelé Maman. – Tu as tort ", répondra Albert. Et puis ils parleront d'autre chose. »

– Si on allait dormir? répéta Teresa. Tu as besoin de la salle de bains?

– Non, mais ne fais plus trop de bruit maintenant. Il ne faut pas gêner les voisins.

– A Rome on peut faire du bruit.

– A Rome, pas ici. Ne serait-ce que par égard pour ce couple qui a tant souffert.

– Maman, tu ne peux pas prendre sur toi les drames des autres. Papa ne fait pas un drame de tout. Il est drôle! Il est d'un optimisme! Il est heureux de vivre.

Elle renvoyait Liliane dans le secteur des gens difficiles, parmi ceux qui vivent de drames, de moments mémorables et qui prononcent des phrases éternelles. Tout ce qui était pesant, tout ce qui était définitif, c'était donc elle. Tandis qu'Albert apparaissait comme un astronaute évoluant en état d'apesanteur. Elle était jalouse d'Albert. Lui, il savait plaire.

— Maintenant que la décision est prise, j'aimerais bien que tu partes le plus rapidement possible, déclarait-elle.

— Tu veux que je m'en aille, déjà?

Teresa jouait l'indignée.

— Tout de suite? Maintenant? Que je fasse ma valise, que je prenne un train demain dans la journée?

— Si tu as décidé de t'installer là-bas, il ne faut pas trop hésiter. Plus tôt tu y seras, plus vite tu commenceras ta vie créative...

Teresa l'observait.

— Ils ne m'attendent pas tout de suite. La chambre que je dois avoir n'est pas encore libre.

— Tu leur feras une bonne surprise, fit Liliane. Pourquoi serait-ce toujours à moi de m'accommoder de tout?

Teresa était moins pressée qu'une demi-heure plus tôt. Elle imaginait pouvoir distiller goutte à goutte, heure par heure, la grâce de sa présence. Si on ne pouvait plus faire souffrir une mère pour mieux l'aimer après, la récompense en quelque sorte, que resterait-il de la vie?

— Voilà, dit Liliane, terminons cette agréable soirée.

— J'espère que tu vas dormir, Maman.

— J'ai une forte personnalité, sais-tu? Je suis une femme de fer et d'acier. Donc je vais me coucher et dormir. Comme une souche. Un sommeil de béton, digne d'une femme costaude.

— Et moi, Maman?

— Va dans la chambre si tu veux, ou au salon, tu es libre...

Teresa allait devenir une boule de tristesse. Elle irait au lit et se blottirait contre ses coussins. Elle avait besoin d'une dose de tendresse. Juste pour la réconforter et l'envoyer délicatement vers la nuit.

166

– Tu m'aimes, Maman? Tu m'embrasses?

« Elle me découpe en petits morceaux et elle ose avoir besoin d'amour!» se dit Liliane. Elle avait envie de la prendre dans ses bras, de pleurer, de crier de chagrin : « Je t'aime, ne t'en va pas, tu es la raison de ma vie. » Mais elle resta calme, sévère, assez lointaine et effleura d'un petit baiser froid le front lisse de Teresa.

– Va, ma petite, il est temps que tu dormes. Tu n'as pas de travail demain, toi. Tandis que moi j'ai une dure journée devant moi.

La mère qui donne des ordres. Il lui fallait maintenir l'apparence de la dureté, c'était une question de survie. Cacher son amour et se montrer insensible aux doléances de Teresa. Elle pensait à certains enfants martyrs qui, sortis de leur placard, courent après leurs parents pour quémander un peu d'amour. Elle, on la rejetait.

– Embrasse-moi encore une fois, Maman.

– Tu crois qu'on a besoin de ce genre de démonstration? On est entre adultes, n'est-ce pas? A demain.

Au cours des jours qui précédaient son départ pour l'Italie, Teresa allait consommer sa mère, comme un oursin qu'on vide avec une petite cuillère, délicatement, en savourant chaque bouchée. « Et tu m'achètes ceci, et tu m'achètes cela », dirait Teresa. Elle la tiendrait au courant de ses projets, de sa future vie heureuse et turbulente. Elle se jetterait dans les bras de Liliane et lui susurrerait : « Dis-moi que tu m'aimes. » « Mais qu'est-ce qu'elle veut encore! penserait Liliane, mais qu'est-ce qu'elle veut! Elle me tue, et elle veut que je l'aime de plus en plus! » Sa fille fugitive, sa fille trouvée, son petit canard sauvage, ce curieux oiseau aux cheveux noirs, elle l'aimait avec passion. Liliane se tairait, elle ne prononcerait pas de phrases cruelles ni de remarques blessantes. Elle camouflerait sa souffrance grâce à son travail. Elle irait d'un rendez-vous à l'autre, de plus en plus lisse et élégante. Elle rentrerait chez elle, fatiguée et disciplinée, pour revoir discrètement ses comptes. C'était l'avenir.

Mais ce soir, Teresa était encore dans sa chambre. Teresa? Que de souvenirs. Déjà des souvenirs.

A l'époque de l'adoption, les religieuses avaient présenté au couple français le bébé doux. Liliane l'aimait peut-être plus qu'un enfant qu'elle aurait mis au monde.

« Cinq ans de démarches pour me constituer ce dossier de douleurs », se dit-elle.

Liliane alla dans le couloir. Quelques fines traces de musique traînaient dans l'air. Ce soir sa fille était encore là.

*
* *

Il était tard, la rue somnolait. Miss Hammond comptait les faisceaux lumineux qui balayaient le plafond. La guerre avec les heures était engagée. Une bouteille d'eau minérale soigneusement rebouchée après chaque verre rempli, ses lunettes près du pied de la lampe, elle se sentait fatiguée.

A côté d'elle Delphine remuait.

– Tu devrais dormir.

– J'essaie, mais je ne peux pas. J'ai cru qu'en faisant semblant ça marcherait, mais non. Cooky, j'ai quelque chose à te dire.

Elle s'assit dans le lit, chercha en tâtonnant l'interrupteur et alluma la lampe de chevet.

– Tu as de tout petits yeux, Delphie. Rendors-toi.

– Je ne peux pas.

– Tu es trop nerveuse, dit Cooky.

– Voilà, enchaîna Delphine. J'ai acheté un ange, doré. Je voulais le cacher. Je suis montée au débarras.

– Je te désapprouve.

Delphine se leva et se mit à circuler dans la chambre. Puis elle s'approcha du lit, côté Cooky.

– Non. Ne t'assois pas! s'exclama Miss Hammond.

Elle ne supportait pas qu'on la transforme en prisonnière d'une couverture bien bordée.

– Qu'as-tu donc fait?

– Écoute-moi bien et ne t'emballe pas. J'ai acheté aussi un pichet poinçonné, avoua Delphine. L'ange et le pichet sont en haut. Mais c'est loin d'être tout, Cooky. Veux-tu un thé?

Miss Hammond venait de se lever.

– Viens à la cuisine.

Les deux femmes y allèrent, sans échanger un mot. Delphine brancha la bouilloire électrique puis s'assit face à Cooky et, sûre de ses effets, de sa soudaine importance, elle dosa les nouvelles à raconter.

– Je suis revenue avec le pichet et l'ange.

– Et tout cela t'empêche de dormir?

– Ces achats ont des conséquences importantes.

– Quelles conséquences? Tu as dépensé tout l'argent du mois? Qu'as-tu fait?

Delphine ménagea ses effets. Elle quittait le bureau tous les jours à 16 heures. Tandis que Cooky restait souvent après l'heure de la fermeture, elle revenait seule et passait devant la boutique d'un brocanteur. L'homme se plantait sur le seuil du magasin dès 16 heures et espérait attirer l'Anglaise chez lui. Il avait l'habitude de lui susurrer : « J'ai quelque chose pour vous, tout à fait rare. Venez, entrez donc... »

– Le brocanteur t'a eue?

– Ça n'a pas d'importance.

– Tu les as payés combien?

– Je te dis Cooky, ça n'a plus d'importance.

– Tu m'énerves.

– Grâce à ces objets, je suis montée au débarras. Pour les cacher. J'ai pensé que je ferais des économies sur l'argent du ménage et que je ne te parlerais pas du tout de mes achats.

– Tu m'aurais menti?

Delphine poussa un soupir.

– Se taire n'est pas forcément mentir. Mais attends, tu comprendras...

Elle quitta la cuisine, puis revint avec une grosse soupière en étain. Elle la posa sur la table de la cuisine.

– Tu te souviens de ça?

– Mais oui, fit Cooky. On nous a suffisamment escroquées avec cet objet hideux pour que je ne l'oublie pas.

– Hideux, mais grand, souligna Delphine.

Elle déposa la soupière sur la table de la cuisine.

– Enlève le couvercle. Enlève-le toi-même.

– Je n'aime pas ce genre de farce, grommela Miss Hammond. Il y a une tête coupée dedans?

– Non.

– Quoi, alors?

– Ouvre!

– Rien ne me sautera au visage?

– Non.

– Pourquoi tu ne l'ouvres pas, toi?

– Parce que...

– Ce n'est pas une réponse. Si tu as mis un pétard dedans, je peux mourir d'une crise cardiaque...

Delphine hocha la tête.

– Non.

– Un gâteau! Tu m'as fait un Christmas pudding et tu me l'offres en mai? Et dans cette horrible chose?

– Ouvre!

Miss Hammond ôta délicatement le couvercle en étain et reçut le choc de son existence. La soupière contenait d'épaisses liasses de billets de banque. Elle qui manipulait des fortunes sur papier, et vivait d'un salaire confortable, n'avait jamais vu autant d'argent palpable.

– Un million trois cent cinquante-trois mille francs, dit Delphine.

Puis, rapide, elle apporta un sac marocain en cuir brut décoré de pièces anciennes. Un souvenir de voyage.

– Ouvre...

Il y avait d'autres liasses dans le sac.

– Huit cent mille francs, déclara Delphine. En tout, j'ai trouvé deux millions cent cinquante-trois mille francs.

Miss Hammond garda le silence, puis demanda – c'était un réflexe :

– Tu les as bien comptés?

– Je crois. Mais on peut recommencer, c'est un vrai plaisir...

Miss Hammond prit l'une des liasses de la soupière.

– Des beaux billets, bien craquants, peut-être repérés...
Ça dépend d'où ils viennent...

– Je les ai trouvés dans notre débarras, déclara Delphine, victorieuse. On ne doit rien dire à personne. Cet argent, on l'a caché chez nous. Il est à nous.

– Attends, attends, attends, fit Miss Hammond en bégayant. Quand as-tu vu cette soupière pour la dernière fois? Et le sac?

– Aujourd'hui, au moment de cacher l'ange au fond du coffre d'église, j'ai heurté le sac marocain. Il était lourd et bossu. Je l'ai ouvert. J'ai failli avoir un arrêt du cœur. Ensuite, j'ai découvert la soupière emballée dans des vieux journaux, sous la couverture de chameau achetée à Jérusalem. Je l'ai ouverte. Plein de fric. Le voilà...

Miss Hammond porta l'une des liasses à son nez et la renifla...

– Ça sent l'argent frais, tout frais.

Elle prit une expression sévère :

– Il faudrait déclarer tout cela.

– Quoi?

– L'argent.

– A qui? Non! Ah non, alors! s'exclama Delphine. A qui voudrais-tu faire un cadeau pareil? Tu ne comprends donc pas? L'argent était caché chez nous, dans notre débarras, donc il est à nous. Tu vois les conséquences? On va pouvoir retourner en Angleterre, refaire le chauffage à Greenwood, acheter même un pied-à-terre à Londres, derrière Piccadilly Circus. On s'y installera pour se faire des cures de cinéma.

– Cet argent doit être clandestin, réfléchit Miss Hammond. Donc, la femme de Torrent ne divague pas. Et la vérité, c'est que si des gens circulent dans la maison, c'est qu'ils cherchent le fric. Évidemment, c'est difficile d'imaginer qu'il était caché dans la chambre voisine, dans une soupière et dans un sac marocain, sous une couverture de chameau. Fais un thé, Delphie, vite, je vais m'évanouir.

Elle s'était mise à trembler.

– Je vais m'évanouir, Delphie...

L'autre lui donna un verre d'eau.

– Bois, chérie.

Puis elle ajouta :

– Cet argent est à nous.

Elle continua, en branchant la bouilloire électrique.

– Ce Didier Torrent était un trafiquant. Il a pu doubler ses « employeurs ». Il a dû cacher l'argent chez nous. Il n'a pas eu le temps de le reprendre ou de le rendre parce qu'on l'a tué.

– Il est mort. Heureusement, il est mort, répéta Miss Hammond.

Delphine ajouta :

– Je voulais te dire aussi : Mme Reisen a distribué les nouvelles clefs de l'immeuble. Il fallait signer un reçu.

– Quand?

– Cet après-midi.

– Cet après-midi? Attention, dit Miss Hammond, nous n'aurons plus d'alibi, si personne ne peut entrer ici... Je veux dire, dans l'immeuble.

– Quel alibi?

– Le thé, s'il te plaît. Je ne peux pas réfléchir sans thé.

– Une seconde...

Leurs tasses remplies de thé au lait, les deux Anglaises analysaient la situation.

Didier est mort, paix à son âme. La plus grande paix possible. L'argent malhonnête nous arrange. Ce n'est pas nous qui l'avons volé. Le destin nous en fait cadeau. On va en profiter. Tu imagines? Au lieu de peiner pour gagner des petites sommes, au lieu de nous décarcasser au bureau, on va refaire le chauffage central de Greenwood, on va commander une belle salle de bains, on achète un logement à Londres et on s'offre même l'Égypte! Si on a assez...

Miss Hammond tenait la tasse dans ses deux mains.

– Il faudrait partir d'ici le plus rapidement possible. Il faut sortir l'argent de l'immeuble. De chez nous. Il faut que nous partions, ou toi seule, en voyage, avec le fric. Ensuite, un mois plus tard, on aménagera notre retour en Angleterre. Nous abandonnons le bail sous prétexte d'avoir trop souffert de la tension qui règne dans l'immeuble.

– Au bureau, il faut profiter de tous nos droits, il ne faut pas abandonner un centime à l'État français.

Miss Hammond la regardait avec douceur.

– Je peux prendre ma préretraite et toi, mon petit lapin, tu vas te décider à m'accompagner pour ne pas me laisser seule. L'essentiel, c'est d'organiser le transport de l'argent de Paris à Londres.

Delphine, consciente de sa propre importance, intervint :

– Tu m'as dit souvent que j'ai l'air innocente. C'est moi qui dois faire le voyage.

– Petit à petit, se demanda Miss Hammond rêveuse, ou en un seul coup?

Elle prit une liasse et la caressa.

– J'ai beaucoup réfléchi, dit Delphine. Je pourrais partir pour la Bretagne, histoire de me promener. Ensuite, je m'intégrerais dans un groupe de touristes qui irait en excursion à Guernesey. Puis là-bas, sur l'île, je déciderais soudain de faire un saut sur notre terre natale. Crois-moi, je peux remplir seule la mission.

– Si l'argent vient d'une affaire de drogue, les billets ne sont peut-être pas numérotés, réfléchit Miss Hammond.

– Tu sais, continua Delphine, je pourrais même me rendre chez un agent immobilier sur l'île et faire semblant de chercher une maison à louer pour l'été?

– Très bonne idée, admit Miss Hammond.

Delphine jubilait :

– Nous sommes riches et nous allons profiter de la vie. Plus de bureau. Des promenades, du luxe, de bons hôtels, des voyages.

Miss Hammond réfléchit :

– Il ne faudrait pas que le garçon ressuscite. Ce serait très embêtant.

– Tu plaisantes? dit Delphine. Il est mort.

– J'énumère des dangers éventuels. Et si on démolissait

les parents à cause de cet argent, hein? Si on les détruisait, nous serions responsables de leur malheur.

– Du tout, fit Delphine, je ne suis pas d'accord. Si je n'avais pas acheté un ange et un pichet, on n'aurait rien su avant des années. Et un jour, à Greenwood, en déballant notre bric-à-brac, on l'aurait trouvé.

– J'ai peur pour eux, dit Cooky.

– Il y a des risques quand on met des enfants au monde. Il faut partir de Paris et vivre libres.

– Tu es très en forme, Delphine, constata Miss Hammond, perplexe.

– C'est que je me sens différente depuis que nous sommes riches. Et j'ai envie de partir dès demain pour Guernesey.

Miss Hammond réfléchit.

– Selon la logique des autres, il vaut mieux attendre samedi. Nous sommes déjà mercredi, tu pourrais t'en aller vendredi en prenant Air-Inter pour la Bretagne et, là-bas, faire semblant d'improviser l'excursion. Nous allons bâtir l'affaire en nous basant sur Guernesey. Mais, avant tout, nous déclarerons un sinistre. J'appellerai demain le syndic et lui dirai que la porte de notre débarras a été forcée. On a tenté une effraction, juste la veille du changement de la serrure de la porte d'entrée de l'immeuble. Nous avons découvert aujourd'hui la tentative de vol, mais trop tard pour les alerter. Nous allons déposer une plainte à la police contre X.

– Il faudra laisser des traces d'effraction sur la porte, chuchota Delphine.

Miss Hammond se mit à sourire.

– Nous en laisserons. Nous allons monter maintenant. Je t'assure que je peux grignoter le bois de la porte autour de la serrure sans trop de bruit.

– Je t'admire, Cooky, déclara Delphine. Tu es inspirée.

Miss Hammond planait.

– C'est l'argent, c'est l'argent. Je n'en ai jamais eu. Pour une fois la chance sourit aux justes comme nous.

Elles montèrent au sixième étage. Miss Hammond avait délicatement forcé la porte de la petite chambre.

– Il y a de quoi voler ici, dit Delphine, et si...

– Si quelqu'un nous volait, ce serait épatant, renchérit Miss Hammond.

Elles contemplèrent leur trésor puis elles redescendirent chez elles. Miss Hammond étala les billets de banque au salon, sur le tapis par terre. Elles comptèrent.

– J'adore la vie, dit Delphine.

– Et moi donc! ajouta Miss Hammond.

Cecile se leva vers 3 heures, elle avait soif. Paris dormait. De temps à autre, une voiture traversait la place de la Concorde. Elle savourait un verre d'eau glacée, tout en faisant des reproches injustes à ses parents. Elle aurait désiré une famille nombreuse. Elle avait une sœur dont la présence était réduite à la dimension des cartes postales occasionnelles. Une sœur de trente-six ans qui vivait avec un fermier, une espèce de géant au comportement imprévisible. Tantôt il avait un grand cœur, tantôt il ouvrait une grande gueule. Un jour, voulant leur faire une surprise, Cecile leur avait rendu visite, chargée de cadeaux. Le bon fermier était de méchante humeur. Il craignait l'influence de la belle-sœur brillante sur sa femme paisible. Il lui lança à peine un : « Hello ! » Et sa sœur s'était terrée, paniquée à la pensée que son maître après Dieu pouvait se fâcher. Cecile était repartie comme elle était venue, l'âme vide.

Elle n'avait plus envie de se coucher. En passant d'une pièce à l'autre, elle aperçut son visage chiffonné par la nuit difficile... Plaire encore ? A qui ? Cecile décida de rentrer en Amérique. Fallait-il emmener Lucie là-bas ? Ses amis devenaient souvent des adversaires qui désiraient l'assujettir, la dominer, la rendre dépendante d'une affection. Le *New Yorker* à la main, elle s'endormit.

Le téléphone la réveilla, elle espérait encore un appel de Duverger.

– Allô? Oui?

– C'est Lucie à l'appareil.

– Vous me réveillez, dit-elle d'une voix chargée de reproches.

– J'avais peur que vous partiez...

– Que voulez-vous, Lucie?

– Vous parler.

– Je n'ai pas encore pris mon café.

– Madame, il faut que je vous parle.

– Ne me forcez pas à vous écouter.

– Ne me dites pas non, s'il vous plaît. Je voudrais partir avec vous, à n'importe quel prix, aux États-Unis. Je sais tout faire, la cuisine diététique, le ménage, le secrétariat aussi. L'anglais, je l'apprendrai très vite. Je vous en supplie, sortez-moi d'ici.

– Et le mari dans tout cela? demanda Cecile. Vous en avez un et vous le jetez? Je ne supporte pas les crises de nerfs.

– S'il vous plaît, écoutez-moi.

– Non! cria Cecile, pas de secret à me raconter avant mon petit déjeuner. Non! Quelle heure est-il?

– 9 heures.

– Appelez-moi à 10 heures.

– Vous ne serez plus là.

– Je vous promets d'être ici. A tout à l'heure. Si vous insistez, je raccroche et je ne vous écouterai plus.

Dans cet hôtel au service admirable, elle obtint rapidement son petit déjeuner. Elle but deux tasses de café avant même d'entamer les croissants. Elle supportait mal l'intrusion agressive de Lucie. Que voulait-elle? Bien calée sur ses oreillers, Cecile décrocha à 10 heures le téléphone pour lui parler. L'Américaine n'eut même pas le temps de se fâcher. Lucie se mit à parler.

– Je voulais vous dire la vérité. Mon fils est mort. Il y a quelque temps, j'étais une loque, au bord du suicide. J'ai répondu à votre annonce. J'ai voulu changer d'air, de vie. Aidez-moi à sortir de tout cela.

– Je regrette que vous ayez eu des épreuves pareilles à traverser. Votre fils a eu un accident?

– Il a été assassiné. On a retrouvé son corps dans un canal d'Amsterdam. Il allait souvent en Hollande à cause d'une fille. Une histoire de drogue. La fille est morte aussi. Je dois oublier. Essayer d'oublier. Une fois en Amérique, vous n'aurez pas à vous plaindre de moi.

– Venez me voir, dit Cecile.

– Quand?

– Dès que vous voulez. Le temps que je m'habille.

– Merci! Dans une heure je serai chez vous. Merci.

Elle était si heureuse de retrouver Cecile qu'en sortant elle faillit renverser dans la cage d'escalier Miss Hammond accompagnée de Delphine, qui portait une petite valise et, sur l'épaule, un sac en bandoulière.

– Pardon, je courais, sans même regarder devant moi.

Lucie se confondait en excuses.

Miss Hammond reprit son souffle.

– Ce n'est rien. Ne dégringolez quand même pas. A Paris tout le monde court, comme des dingues.

– Vous partez en voyage?

– Non, fit Miss Hammond. Non, mon amie va nous trouver une maison pour l'été. Il vaut mieux aller la voir. On n'a pas de surprise désagréable ensuite.

Delphine ronronnait presque.

– J'espère que mes recherches vont être utiles.

– J'ai cru que vous aviez une maison en Écosse? dit Lucie.

– Quelle mémoire! C'est bien vrai. Mais la vie est trop courte pour aller toujours au même endroit. Delphine va prendre l'avion à Orly, mais, avant, nous devons passer au commissariat. La porte de notre débarras au sixième étage a été forcée, disons fracturée. Nous l'avons trouvée entre-bâillée. Quelle époque! N'est-ce pas?

Delphine souriait aussi et hocha la tête pour acquiescer.

– Quelle époque! N'est-ce pas?

– Des choses étranges arrivent coup sur coup dans cet immeuble, conclut Miss Hammond.

Delphine plissa les yeux:

– Nous ne savons même pas ce qui manque. Nous avons entassé des vieilleries en haut, mais sans inventaire. On ne peut pas vérifier tout, tout le temps... Jusqu'à hier, cette maison était une vraie passoire. Nous allons déposer une plainte contre X.

– Mais, insista Lucie en s'adressant à Miss Hammond, quand nous nous sommes rencontrées là-haut, la nuit où vous avez eu la gentillesse de m'inviter à prendre un thé, vous n'avez pas vu votre porte endommagée? Je crois qu'on était juste à côté?

– Je m'occupais de vous et pas de ma porte. D'ailleurs, vous avez dû entendre du bruit ce matin? Nous avons cloué une vieille planche sur la porte. Si la police veut se déranger pour une petite affaire, j'aimerais un constat. Ensuite nous nous occuperons du serrurier.

Les deux femmes, rayonnantes de gentillesse, regardaient Lucie.

Delphine ajouta, timide :

– A Londres aussi, l'insécurité règne. Je me demande comment tout cela va se terminer...

– Hier, la serrure de l'entrée a été remplacée. Vous avez dû recevoir les nouvelles clefs.

– Mais bien sûr, acquiesça Miss Hammond.

Mme Weiss, qui les écoutait derrière sa porte, sortit sur le palier.

– Bonjour, mesdames. Je vous entends causer... Ça va?

– Un petit cambriolage chez nous, au sixième, dit Miss Hammond.

Mme Weiss hocha la tête.

– Mon Dieu, on est partout persécutés! Si Mme Torrent acceptait de louer sa chambre, l'étage du haut serait plus sûr. La présence d'un gentil étudiant arrangerait tout le monde.

– Je ne loue rien du tout. Il n'y a eu qu'une seule porte forcée? demanda Lucie.

– Je ne sais pas, dit Miss Hammond. Je me suis occupée de la nôtre. Le reste ne me regarde pas.

– La police ne se dérangera pas pour une si petite affaire, insista Lucie.

– Petite? Qu'en savez-vous? répondit Miss Hammond. Avertir la police, c'est un devoir. Au revoir, mesdames. A bientôt.

Elles abandonnèrent Lucie et Mme Weiss sur le palier.

– Prenez l'ascenseur, leur dit Mme Weiss.

– Il vaut mieux utiliser nos jambes tant qu'elles sont encore valides, lança Miss Hammond.

Pour retenir Lucie, Mme Weiss raconta des histoires de chats et les dangers que représentait le balcon étroit pour leur animal.

– S'il tombait, je sauterais pour le rejoindre, et le chien et Raoul deviendraient orphelins.

Lucie s'échappa enfin. Ce matin elle ne supportait plus l'emprise aimable de Mme Weiss.

Elle marcha rapidement vers la station de métro où elle choisit la ligne qui traversait la place de la Concorde. Le compartiment était anodin et les gens transparents. C'était peut-être la fin du cauchemar. Impatiente, elle se précipita vers l'hôtel.

Elle traversa le hall, s'engouffra dans l'ascenseur, et, arrivée au sixième étage, se précipita vers l'appartement de Cecile. Elle frappa et entra en s'écriant presque :

– Me voilà!

– Je viens, fit Cecile, dans une autre pièce.

Elle apparut, calme, sereine.

– J'ai du café pour vous. Asseyez-vous.

Impatiente, fébrile, Lucie l'inondait de paroles.

– Je ne veux plus vous mentir. J'ai cru que c'était la solution. Mais non. Pas à vous. Emmenez-moi avec vous et si vous me trouvez inutile, vous me renverrez. J'ai de quoi payer le billet. J'ai la certitude que vous profiterez de ma présence.

Cecile réfléchissait. Derrière la frêle silhouette de cette jeune femme, un drame familial, la drogue, un meurtre. Ce visage jeune masquait l'enfer. Lucie racontait maintenant son enfance austère, son adolescence impatiente.

– Mon fils mentait, continua-t-elle. Je croyais ses mensonges. Il a dû me trouver rigolote, je marchais si bien. Moi, j'étais franche avec lui, je lui ai avoué mes faiblesses. Plus je me livrais, plus il se payait ma tête. Il a projeté un voyage en Autriche avec ses amis. Il avait besoin d'argent. J'aurais tout donné. Mes économies... Il m'a demandé des traveller's checks. J'ai tout fait, j'ai rempli des feuilles, j'ai changé des devises, j'ai compté, je lui ai inscrit les numéros à part : « Si jamais tu perdais un traveller's, mon chéri, on te le remplacerait. » Je le servais avec un amour fou. Je n'ai su que quelques semaines plus tard la vérité. C'est avec mes traveller's checks qu'il a dû acheter les premières doses de drogue à revendre. Revenu dans la chambre, je l'ai félicité de ses désirs de voyage et j'ai demandé des détails sur Vienne.

– Pourquoi avez-vous accepté tout cela? demanda Cecile.

– L'engrenage. J'attendais de l'amour en retour. D'ailleurs on ne comprend pas tout de suite pourquoi on est rejeté. On n'a pas encore trop mal. Il y avait aussi la fille, Annlise. Il l'amenait à la maison, nous étions heureux de ces rencontres. Nous considérions les apparitions d'Annlise comme un signe de confiance de la part de Didier. Annlise est morte d'une overdose. Mon fils est le coupable présumé. Il lui aurait fourni l'héroïne.

– Nous reprendrons cette conversation plus tard, dit Cecile, embarrassée par ces confidences. Il faut maintenant que je règle certains points avec mes hommes d'affaires. Si vous voulez m'attendre un moment, il y a des magazines sur la petite table.

Lucie se mit à parcourir les revues et les journaux américains. Elle ressentait une envie profonde de confier sa vie à Cecile. L'Américaine revint plus tard.

– Vous êtes encore là? Quelle patience...

– Je lisais, j'étais bien.

Elles se regardaient. L'une voulait changer de vie, l'autre consoler la sienne, l'aménager grâce à une présence, même fausse, même intéressée, mais une présence tout de même.

– Je voudrais rencontrer votre mari. Je ne veux pas qu'il imagine un jour que je vous ai détournée de ce qui restait de votre foyer.

– Je ne suis pas sous tutelle, répliqua Lucie.

– Vous avez l'âme révoltée, insinua Cecile.

« Il vaut mieux, pensa-t-elle, crever l'abcès ici, à Paris, et ne pas se trouver en tête-à-tête à New York avec une femme désaxée. »

Lucie fut désorientée.

– Je n'ai pas de comptes à rendre. Je suis libre. Je sais ce que je veux. Je veux changer de vie, avec vous ou sans vous.

Sa voix était douce.

– Ne prenez pas ma politesse vis-à-vis de votre mari pour une agression.

Un mot de trop d'un côté, un geste d'énervement de l'autre auraient compromis l'équilibre fragile entre elles. L'Américaine se mit à sourire puis pensa qu'il serait agréable de la renvoyer sans la brusquer.

– On se voit demain, si vous voulez. Je dois réfléchir.

Lucie partit, nerveuse. Cecile, heureuse de se retrouver seule, s'allongea sur le lit. Elle était à Paris depuis trois semaines. On la tenait au courant des affaires de ses trois maris défunts – chacun lui avait laissé un royaume prospère.

Il y avait vingt ans, après la rupture avec Duverger, elle était repartie pour les États-Unis et, lors d'un séjour à Sun Valley, elle avait fait la connaissance d'un homme charmant aux tempes argentées, au nez proéminent et aux lunettes à double foyer. Pourquoi ne pas essayer la sécurité? Avec Duverger, elle avait dévoré la vie, elle désirait la sérénité riche.

Le myope sage s'appelait Armstrong et avait la voix nasillarde. Cecile écoutait avec respect les sons un peu étouffés qui sortaient de sa gorge. « Vous êtes le trésor de ma vie, avait-il déclaré. Notre différence d'âge est considérable, mais je prendrai soin de vous. J'ai deux fils, ils seront ravis de vous connaître. Je vous le promets. » Ils s'étaient mariés à Las Vegas en une heure. Le temps de prendre une licence de mariage et de se présenter dans l'une des innombrables wedding chapels, on les avait unis pour le meilleur. Armstrong lui avait promis d'assurer son avenir.

Le soir de leur mariage, dans leur hôtel résonnant des bruits des slots machines, Armstrong avait franchi le seuil de la chambre conjugale vêtu d'un kimono, les mains croisées sur la poitrine. Cecile, parfumée, lisse, était vraiment trop jeune pour lui. Armstrong, secoué d'émotion, s'était mis à sangloter. Une de ses larmes, suspendue au bout du menton, n'était retombée qu'après une certaine hésitation. Armstrong avait levé les bras.

– Il faut que je vous avoue quelque chose.

– Qu'avez-vous à me dire?

Il s'était exclamé :

– Ma chérie, j'ai bombardé Dresde.

– Quoi? Qu'avez-vous fait?

– J'étais pilote de guerre, je devais obéir. Si je pense aux ruines, j'en suis malade.

Cecile avait voulu l'apaiser.

– C'était il y a longtemps. La guerre est finie. Vous ne devez plus y penser.

– Les ruines m'obsèdent.

– Venez.

Cecile l'avait accueilli dans le grand lit où ils avaient passé la nuit côte à côte.

Deux ans après, l'avion d'Armstrong, un petit jouet rouge à deux places, dans lequel il faisait des loopings en l'air, s'était écrasé en bordure d'un terrain d'aviation privé, près de Miami. Armstrong fut enterré d'une manière simple. Ses fils étaient sincèrement bouleversés. La passion tardive de leur père leur avait fait perdre beaucoup d'argent. Cecile avait hérité de plusieurs fabriques de coton hydrophile. Elle était entrée solennellement dans l'univers des femmes seules, parmi les divorcées têtues et les veuves amoureuses de leur confort.

Elle avait rencontré son deuxième mari, Stevenson, au

golf. D'origine italienne, il était petit et noiraud. On lui prêtait des relations avec la Mafia. Cecile, séduite par les pouvoirs occultes de Stevenson, avait accepté le mariage. L'amour n'avait plus d'importance. Ceux qui avaient autant d'argent qu'elle étaient plus efficaces dans leur entreprise qu'au lit. Elle aurait transformé un paumé en révolutionnaire.

Mais, avant de s'engager dans ce deuxième contrat pour la vie, pour retrouver un peu de goût à l'existence, elle avait décidé de prendre quelques vacances sous un nom d'emprunt. Elle s'était engagée comme monitrice de ski dans une des stations à la mode de Sun Valley. Jolie monitrice visiblement disponible, elle avait collectionné pendant deux mois les aventures physiques. Affaiblie de plaisir, elle avait fait une vilaine chute et s'était retrouvée immobilisée avec une jambe plâtrée.

Elle s'était donc remariée avec Stevenson, dont l'anxiété devenait légendaire dans son milieu. Tout en la prévenant de ses investigations à venir, il avait décortiqué le passé de Cecile, il était allé à Paris pour repérer les endroits où elle avait vécu. Il aurait voulu acheter l'immeuble où Cecile avait habité avec Duverger. Jaloux et orgueilleux, il avait exigé, dès le début, une situation nette. Il chassait les ombres comme d'autres les moustiques. Il tenait aux matins régénérateurs. Il frappait à la porte de Cecile pour l'appeler : « Il faut me réconforter, la journée va être difficile. » Pendant le petit déjeuner, Cecile l'incitait à la patience, à la sagesse, elle lui administrait des rations d'optimisme. Stevenson l'adorait, la comblait de cadeaux. Lors d'un éboulement dans une mine de diamant d'Afrique du Sud, une mine dont il avait la majorité des actions, il était resté sous les décombres. Cecile avait eu un vrai chagrin.

Elle avait pris l'habitude de se rendre chez les notaires chics. Assise au premier rang, elle écoutait les dernières volontés du défunt. Derrière elle, sur les rangées de chaises étroites, attendaient des neveux, des nièces, des gouvernantes, des valets, des chauffeurs, même des doormen. Plus paresseuse qu'économe, elle gardait les mêmes vêtements d'un homme à l'autre, d'un enterrement à l'autre. Pendant ses veuvages, elle passait son temps avec des professeurs de yoga, de japonais, de cuisine diététique, de gymnastique, de piano. Puis un jour, à Harbour Island, l'une des petites îles bourrées des charmes innocents des Bahamas, alors qu'elle se promenait sur la plage de sable rose, elle avait été gentiment accostée par Atkinson, un homme robuste et jovial. Il se consolait là-bas de la perte d'une Péruvienne. Installé dans le même hôtel, il avait posé, lors d'un dîner, sa grande patte de Texan sur la main de Cecile :

– Vous êtes la femme que je désire épouser. Je pensais à tout sauf à vous rencontrer ici. Sous le même toit.

– Et si nous restions juste bons amis? avait-elle répondu.

Elle avait voulu l'épargner, il était si aimable.

Atkinson, fabricant de machines agricoles, était fier de ses origines.

– Je ne suis pas un homme raffiné, répétait-il. Vous n'aurez pas droit à des discours intellectuels. Mais je vais vous gâter, vous cajoler. Je suis souvent maladroit, mais je ne donne mon cœur qu'une seule fois. J'ai failli me marier il y a dix ans, ça n'a pas marché. Je suis un vrai orphelin. Vous, vous savez beaucoup de choses de la vie.

Cecile s'était méfiée aussitôt. Qu'allait-il avouer et à quel moment?

L'acte d'amour avec Atkinson était rapide et sans surprise. Souvent, au milieu de la nuit, Atkinson prononçait des phrases claires, comme s'il donnait un ordre. Au début, Cecile fut surprise.

Puis elle s'habitua à ses monologues.

En dehors de ses discours nocturnes, Atkinson n'avait pas de défaut. Sauf peut-être sa passion pour le danger. Alpiniste, il aurait bivouaqué sur n'importe quelle plateforme dominant des hautes montagnes. Il aurait été un parfait spéléologue aussi, il aimait les cordes, les haches, les pioches, il aimait les précipices, les ponts suspendus. Lors d'un de ses voyages d'affaires à Caracas, il était mort brutalement dans un restaurant où avait explosé une bombe destinée à un homme politique qui dînait à la table voisine.

Cecile avait assisté en habituée à l'ouverture du testament. Elle ne pleurait même plus pour les apparences. Elle avait décidé de ne plus jamais se lier à personne. Elle allait vivre comme une nomade, elle irait souvent à Paris, à Milan, à Londres. Elle n'avait cessé de vouloir rencontrer Duverger. Elle avait attendu vingt ans pour l'appeler. Et lui, hier soir, il n'était pas venu.

*
* *

Le lendemain de sa soirée manquée, de sa défaite, de sa fuite, Duverger commença mal sa journée. A jeun, il supportait mal ses filles. Avant de les affronter, il lui fallait boire un café.

« Des femmes, des femmes, partout. Ou il y en a trop, ou pas assez. Toujours un problème de nombre avec elles. » Il entrouvrit la porte de sa chambre, le terrain était encore libre. Il se précipita à la cuisine et se mit à lutter avec la cafetière. Dévisser, remplir, revisser, attendre. Et enfin, boire ce café si précieux. Après le départ de sa femme, il s'était improvisé père à tout faire. Il avait circulé pendant des mois avec des manuscrits sous un bras et des provisions sous l'autre. Il avait été aidé par des secrétaires compréhensives, des femmes de ménage héroïques. Il avait rapidement découvert le monde des baby-sitters aux jambes longues et aux porte-jarretelles roses. Même avec trois filles, il était l'homme à sauver. Mais à quel prix! Des femmes s'installaient dans sa vie, créaient des habitudes, le plongeaient dans la quiétude et préparaient les menottes. Les débuts étaient toujours délicieux. Tout allait de pair, l'amour et la cuisine mijotée, le ragoût et les bonnes paroles. Il n'était pourtant pas facile à piéger. Ni plus bête qu'un autre.

Le temps passait, il restait célibataire; de plus en plus asphyxié par la présence de ses trois filles, à la fois roublardes et aimables, futées et puériles, agressives et émotives.

Après avoir bu deux tasses de café, il s'enferma dans la salle de bains et se regarda attentivement dans le miroir. A l'intérieur de l'étroite armoire à pharmacie, on lui avait accordé une étagère.

– Papa?

Sa paix était compromise. Il poussa un grognement.

– Que veux-tu?

– C'est encore long?

– Quoi?

Il avait envie de jurer.

– La salle de bains... Tu en as encore pour longtemps?

– Je vous ai fait installer une douche!

Un silence penaud de l'autre côté, puis un ton d'infirmière d'asile de luxe.

– Tu vas bien, Papa?

Dès qu'il changeait de registre, il devenait suspect.

– Tu vas bien, Papa?

– Je vais bien! cria-t-il.

Dehors, la lutte fratricide pour la douche s'était engagée. Il se rasait en réfléchissant. Le visage rajeuni, il regarda le couloir. Ses filles étaient parties et la femme de ménage n'était pas encore arrivée. Il alla à la cuisine et but un autre café. Il sifflotait. Et s'il allait surprendre Cecile à son hôtel? L'aventure était à tenter. Il n'avait soudain plus peur d'elle.

Il appela son bureau et annonça à sa secrétaire qu'il viendrait plus tard que prévu. Il trouva un costume convenable et offrit bientôt ses joues lisses au vent tiède du matin. Presque heureux, il humait Paris. Il traversa le pont du Carrousel, les jardins des Tuileries, et arriva place de la Concorde. Cecile? De la fragilité, de la blondeur, le mythe américain traîné dans son sillage, l'insolite. Personne ne pourrait leur voler le souvenir de leurs fêtes à deux. Ils allaient au lit comme vers la terre promise. Mais le lendemain, ils dégrisaient. Vivre avec Cecile la tempête perpétuelle de la création et de la recréation, ou se caser avec une compagne sans risque. Il n'avait pas voulu du risque. Le résultat de sa prudence n'était guère brillant. Quelques lumières sur la Seine, des éclats d'eau et de soleil. Une péniche. Il se traitait de lâche. Il se souvint d'un fleuriste de la rue Royale. Et si pour se faire pardonner il arrivait avec des roses chez Cecile? Quelques minutes plus tard, il entra dans une boutique élégante, il errait parmi les arrangements savants de fleurs.

— Je peux vous aider?

Une vendeuse venait vers lui. Les hommes se perdaient facilement ici.

— Je ne sais pas très bien, dit-il. Je regarde, j'hésite.

— Vous m'appellerez quand vous aurez choisi...

Il se promenait parmi les fleurs sophistiquées, aux branches fragiles, il contemplait les lilas mauves. Il fit signe à la vendeuse et lui demanda dix-sept roses jaunes. Elle les prenait délicatement et, en les ajoutant les unes aux autres, elle s'arrêtait parfois et regardait l'effet du bouquet à composer.

« De la folie, pensa Duverger. Cette femme riche ne se rendra même pas compte de la fortune que je dépense pour elle. »

— J'aimerais téléphoner, demanda-t-il à la vendeuse.

Il avait noté hier à la première page de son carnet le numéro de téléphone de l'hôtel de Cecile.

— Mme Atkinson, s'il vous plaît.

— Je vous la passe, dit la standardiste.

Et, presque simultanément :

— Qui est à l'appareil? susurra Cecile.

— Jacques. Allô, tu m'écoutes? Je t'envoie d'autres fleurs. Hier je n'ai mis sur l'enveloppe que ton prénom. J'étais troublé. Aujourd'hui arrivera un autre bouquet dûment adressé à Mme Atkinson.

Il retint son souffle puis lança :

— Cecile?

— Je t'écoute, fit-elle. Je t'écoute, Jacques.

Elle n'avait pas la force de se fâcher.

Près du comptoir, il osait parler.

188

– Cecile...
– Oui, dit-elle.
– Cecile, pardon, pour hier. Je n'ai pas osé venir. Je me sentais gros et moche.
– Le temps passe pour tout le monde. Je crois que moi aussi je n'étais pas à mon aise, hier.
Sa voix traînante, son accent léger hypnotisaient Duverger. La vendeuse finissait de composer le bouquet.
– Et si je venais maintenant? Je vais avoir l'air ridicule avec des fleurs dans les bras.
– Viens, dit Cecile. Viens, je t'attends.
Elle ne sentait plus sa main gauche tant elle serrait le combiné. Elle l'aimait, juste maintenant, violemment.
La vendeuse demanda s'il fallait porter les fleurs quelque part, le coursier allait quitter le magasin.
Duverger protesta, énervé :
– Une seconde, une seconde.
La vendeuse détourna la tête.
Duverger débita rapidement un :
– Je t'aime encore. J'arrive.
Il entendit la voix de Cecile, qui semblait venir de loin :
– Si tu me fais faux bond...
– Non. J'arrive...
Quelques minutes plus tard, en payant il dit à la vendeuse :
– Je vous donne la carte, j'écrirai l'adresse sur l'enveloppe.
– Oui, monsieur.
Il se retourna, bêtement, son stylo à la main. Il avait envie de pleurer de rage, mais il écrivait de jolies lettres rondes sur le carton blanc.

Cecile,

J'ai trop d'angoisse,
je suis fou de trac, je ne vais pas venir.

En sortant du magasin, il était léger et profondément triste.

*
* *

En attendant Duverger, Cecile passait d'une pièce à l'autre. Elle évitait de se regarder. « Je suis dans mon état naturel », pensa-t-elle. Quelque temps plus tard, la femme de chambre lui apporta des roses. Elle comprit aussitôt que Duverger n'allait pas venir. « Terminée, dit-elle, l'affaire est terminée. »

Elle se dominait. Elle demanda au concierge une place d'orchestre pour le soir même à l'Opéra. Il lui indiqua une agence de spectacles. Elle haussa les épaules et, impatiente, décida de sortir. Il fallait parler à quelqu'un. Orlov? Pourquoi pas Orlov? Ni psychopathe, ni complexé. Dur comme un silex. Elle traversa le hall puis revint sur ses pas et s'adressa au concierge.

— Je pourrais envoyer un télégramme? D'ici? De chez vous?

— Rien n'est impossible quand vous souhaitez quelque chose... Un télégramme pour New York?

— Non, pour Paris.

— Je m'en occuperai.

— Merci. Merci beaucoup.

Elle écrivit sur la feuille que glissa devant elle l'autre employé de la réception.

Si tu m'envoies encore des fleurs, j'explose.
J'ai eu une liaison avec un éditeur, ne le remplace pas par un jardinier. Je repars pour New York.

Cecile.

Elle marqua le nom et l'adresse du destinataire et laissa le message sur le comptoir.

Mme Reisen surveillait les techniciens qui étaient venus vérifier le fonctionnement du nouveau système électrique de la porte d'entrée. Ils allaient passer aussi dans les appartements pour faire des essais. Déplaçant chaque fois l'aspirateur, Mme Reisen les suivait d'un étage à l'autre. Ils étaient aimables, l'un d'eux se proposa même, à un moment où l'ascenseur était occupé, de l'aider. Ils sonnaient et patientaient devant les portes, expliquaient la raison de leur visite et attendaient qu'on les laissât entrer. Le plus âgé restait à l'étage, le jeune descendait et faisait l'essai avec les touches.

Au deuxième, Gabrielle, la fille malade, sortit, un cabas à la main. Sa maigreur contrastait avec sa gaieté. Elle salua Mme Reisen.

– Bonjour. Ça va bien, ce matin?

– C'est à vous, Gabrielle, qu'il faut demander ça... Il fait beau dehors, le monde est beau. Vous allez faire des courses? Votre maman est là? Ces messieurs vont contrôler l'interphone.

– Maman est là, ils peuvent venir chez nous quand ils veulent.

L'aîné des techniciens intervint.

– S'il y a un problème, on viendra chez vous. Vous restez dans l'escalier? On ne vous perd pas...

– J'ai du travail. Ce déménagement, quelle saleté! Ah

oui! Les deux dames anglaises du cinquième droite sont parties pour la journée, je n'ai pas leurs clefs.

— On va d'abord aller dans les appartements où il y a quelqu'un. Au besoin, on reviendra.

— Vous auriez dû prévenir, bougonna Mme Reisen. Le syndic aurait dû nous avertir.

— Ne vous inquiétez pas madame, on s'arrangera...

« Il y a encore des gens qui savent travailler, se dit Mme Reisen. Et qui sont polis. »

Il était assez tôt, à peine 11 heures et, pour une fois, Mme Weiss ne surveillait ni ne commentait le remue-ménage de l'immeuble, M. Herzog se débattait dans une crise d'angoisse. Assis en robe de chambre à la cuisine, il se réconfortait avec des petites gorgées de café. Il déclara avoir peur de l'extérieur.

— Je ne cesse de te répéter, Raoul, que la guerre est finie. Te souviens-tu de l'histoire du Japonais? Caché dans une forêt vierge, il croyait que la guerre durait encore, il ne voulait pas tomber dans les mains des Américains. Toi, tu vis derrière l'Arc de Triomphe, à Paris. N'aie pas peur. On sort, on va se promener. Sois raisonnable.

— A n'importe quel moment, tout peut recommencer, affirma Herzog. Nous sommes des otages. L'être humain est devenu une monnaie d'échange, personne n'est en sécurité.

Mme Weiss le regardait, pensive. Pourrait-il se guérir un jour du passé?

— Tout ira bien, Raoul...

— Il faut essayer de franchir la ligne de démarcation et descendre chez nous, à Juan-les-Pins, déclara-t-il en clignant des yeux.

Ses paupières tremblaient. Sa compagne ne savait jamais s'il plaisantait ou s'il était vraiment malade.

— Il n'y a plus de ligne de démarcation, dit-elle, puis, en criant, elle répéta la phrase, la décomposa en syllabes.

— Si, dit Herzog, il y en a même plusieurs, le monde est strié de lignes de démarcation.

Et il se mit à sourire. Il jouait avec ses fantasmes.

192

– Raoul, tu me tues.

– Je devance les autres! Nous sommes entourés d'apprentis assassins.

– Allons, allons, fit-elle, va te raser maintenant. Tu as oublié qu'on déjeune dehors.

Tous les mercredis, ils partaient et dégustaient un repas raffiné dans un bon restaurant. Puis ils allaient au cinéma et terminaient leur escapade par une petite promenade aux Tuileries ou au Bois.

– Il faut être optimiste, déclara Mme Weiss. Souvent je pense que si nous avions assez d'argent, nous pourrions même nous marier.

– Le mariage est un acte trop grave, professa M. Herzog du haut de ses soixante-douze ans, il ne faut pas se lancer dans des entreprises de ce genre sans avoir mûrement réfléchi.

Mme Weiss eut à nouveau l'impression désagréable que la perte de sa rente de veuve n'avait pas l'importance qu'elle croyait. Herzog avait tout simplement peur du mariage.

– Il faut être jeune pour se marier, répétait Herzog, très jeune. Ou très vieux. Nous ne sommes pas encore très vieux.

– Ça ne saurait tarder, dit Mme Weiss.

Paris aimait ce printemps. Un air d'insouciance se répandait; les indifférents, de loin, se saluaient. Un homme gardait la porte de la teinturerie ouverte pour laisser passer une cliente, les bras chargés de vêtements. Elle était désorientée et se confondait en remerciements. Chez le boucher, le commis sifflait.

Sur le trottoir, un gros pigeon se promenait, il s'écartait à peine lorsqu'on passait à côté de lui. Il se sentait aujourd'hui en confiance.

Les absences de Marc étaient ressenties au bureau. Personne ne lui faisait de reproches, mais l'atmosphère était tendue. Il essayait de parer au plus pressé. Il décida de revenir le samedi matin suivant pour analyser le contenu des dossiers en attente.

Ce jour-là, vers midi, la standardiste l'appela :

— Monsieur Torrent? Je crois avoir reconnu la voix du commissaire Legrand. Un appel personnel. Je ne suis pas sûre, je le dis pour vous prévenir...

La standardiste, une femme chaleureuse et amicale, l'aidait comme elle le pouvait dans les épreuves à traverser.

— Merci, Mireille. Passez-le-moi.

L'interlocuteur semblait très proche.

— Monsieur Torrent? Je vous dérange? Legrand à l'appareil. J'ai quelques problèmes. Je vous ai prévenu de la table d'écoute, c'était plus loyal, plus gentil, disons, si on peut utiliser ce mot dans nos relations, mais vous vous attendiez que je découvre tout seul, selon les rapports transmis, l'appel d'Amsterdam. Me prévenir aurait été un acte poli...

— J'imaginais qu'on vous tenait automatiquement au courant, monsieur. Si vous avez écouté la bande, vous savez qu'elle ne m'a pas dit grand-chose. Elle veut me rencontrer. Je dirais même qu'elle insiste.

– Je voudrais être tenu au courant de chaque détail de cette rencontre hypothétique.

– Si nous les voyons, ce sera juste un acte de loyauté. Pour ma femme et moi, c'est une épreuve.

– Écoutez-les et vous m'en parlerez ensuite.

– Demandez à assister à l'entretien, suggéra Marc. On verra ce qu'ils diront.

– Ils se tairont, l'interrompit Legrand. Monsieur Torrent, n'oubliez pas que votre affaire est la nôtre aussi. Je vous signale à tout hasard que la porte d'une des chambres du sixième a été ouverte.

– Quelle chambre?

– Celle de Miss Hammond. Elle a déposé une plainte pour vol et effraction contre X. Cette chambre, paraît-il, est une sorte de débarras, elles y entassent des objets anciens. La compagne de Miss Hammond me parlait d'étains. Bref, elles ne savent pas ce qu'on a pu leur voler.

– Pourquoi me dites-vous tout cela, monsieur Legrand?

– Votre femme ne cessait de se plaindre, elle parlait d'inconnus qui seraient venus dans l'immeuble, nous ne l'avons pas prise au sérieux. L'incident de cette nuit pourrait confirmer ses obsessions. Il ne faut pas exclure l'hypothèse selon laquelle l'effraction pourrait être en relation avec le passé de votre fils. Et si on cherchait de la drogue...

– Chez les Anglaises?

– Ils auraient pu se tromper de cible... Une erreur de porte...

– La chambre de mon fils est vide. Il n'y a rien, même pas un poste de radio. Un lit pliant peut-être. Maintenant, la serrure de la porte de l'immeuble est changée. Je ne peux pas faire plus.

– Êtes-vous sûr que rien ne peut être camouflé dans votre appartement?

– Nous avons déjà cherché comme des fous. Partout. Mais, si vous voulez, faites passer l'appartement au peigne fin par vos hommes. S'ils croient pouvoir trouver quelque chose.

– Vous dites ça sérieusement? l'interrogea Legrand.

– Monsieur le commissaire, il faut que nous retrouvions la paix. Si vos hommes ne font pas de désordre, qu'ils cherchent, je ne peux pas vous prouver mieux ma bonne foi. Et s'il y a quoi que ce soit d'intéressant – je veux dire pour la police – dans la conversation avec les Van Haag, je vous préviendrai. J'ai l'impression qu'ils veulent nous voir parce que, même mêlés à une affaire aussi tragique, en parlant avec nous ils auront l'impression de faire revivre leur fille dans leurs pensées. Enfin, c'est une hypothèse des parents. Je ne sais pas...

– Merci pour votre coopération, monsieur, dit Legrand. Je viendrai vers 14 heures avec mes hommes, juste pour jeter un coup d'œil – disons – professionnel dans l'appartement. Et je présenterai mes excuses à Mme Torrent. A tout à l'heure, monsieur.

Une heure plus tard, Marc appela la standardiste.

– Oui, monsieur?

– Mireille, je dois appeler Amsterdam. Je voudrais que vous me passiez la communication au bureau de M. Gros, il est absent aujourd'hui.

– Sa femme vient d'être opérée.

– Mireille... J'aimerais que vous ne gardiez pas le numéro que je vous demande sur les registres.

Mireille se transforma en forteresse, en bastion. Elle allait aider Marc. Grâce à la standardiste complice, Marc obtint la communication rapidement.

Mme Van Haag semblait pressée.

– Je passe dans une autre pièce. Si on était coupés, rappelez-moi.

Elle reprit l'appareil quelques secondes plus tard.

– Il était temps de m'appeler. Il faut nous rencontrer le plus rapidement possible. Je vous propose le buffet de la gare du Midi, à Bruxelles, ce vendredi. Vers 9 heures du matin. Nous vous attendrons, mon mari et moi. S'il y a du retard, d'un côté ou de l'autre, nous attendrons, d'accord?

– Qu'avez-vous à nous dire?

– Inutile d'insister. Seulement si nous nous voyons. Pas un mot avant.

– Je vous assure, nous compatissons... Mais nous aussi...

– Pas la peine de faire des condoléances, monsieur Torrent. Attendez vendredi. Ne pas prévenir la police est votre intérêt. Pas le nôtre...

Elle se tut.

– Nous viendrons, dit Marc.

– Ne manquez pas le rendez-vous, l'avertit Mme Van Haag.

En discutant avec trois clients japonais qui attendaient ses propositions, le lancement à la française d'un jus de fruits, Liliane pensait au dîner. Philippe allait arriver détendu, ravi des perspectives de la soirée. Elle s'efforcerait de camoufler sa fatigue. Heureusement, Teresa l'aiderait à mettre la table.

Elle proposa le nom d'une chanteuse française aimée du public japonais.

– Si elle fredonnait les qualités du jus... ou son nom...

Le délégué du patron japonais analysait aussitôt, en anglais, les avantages et les difficultés de l'hypothèse émise.

Liliane écoutait, pensive : « Et si la tringle mal fixée au-dessus de la fenêtre de la chambre à coucher se détache ? » L'un des déménageurs lui avait expliqué ce qu'on aurait dû faire pour mieux fixer cette barre d'acier. « Elle ne tiendra pas, ma bonne dame. Que voulez-vous, on vous a mis juste des clous. »

– La boisson que nous désirons lancer avec votre aide précieuse devrait s'imposer à une clientèle jeune. La chanteuse que vous évoquez si aimablement appartient à une génération dépassée, remarqua M. Mashushi.

– Dès le début de nos entretiens, vous avez insisté sur l'importance d'une séduction à la française, répliqua

Liliane. Dans ce cas-là, il vaut peut-être mieux ne pas oublier nos critères.

Elle continuait à parler, elle s'écoutait, elle avait envie d'être ailleurs, sortir de la réunion. En souriant, mais sans explication, s'en aller.

– Il faudrait une chanteuse comme Madonna.

– Je vous comprends, fit-elle. Madonna n'est pas française...

Les Japonais discutaient entre eux, elle imaginait sa vie après le départ de Teresa, il faudrait peut-être rompre avec Philippe aussi. Faire le vide.

Vers midi et quart, ses interlocuteurs partis, elle s'enferma dans son bureau et déballa sa nourriture diététique. Le téléphone se mit à sonner. Elle déposa l'un des petits pots et sa fourchette.

– Oui?

– Maman? Je te dérange?

– Jamais, dit-elle. Qu'est-ce qui se passe, ma chérie?

– La police voudrait t'interroger, Maman.

– Moi?

Elle eut peur.

– Pourquoi moi?

– Il y a un monde fou dans l'immeuble. L'appartement des Torrent a été mis à sac et les voleurs ont ligoté Mme Reisen à une chaise...

– Tout cela ne nous regarde pas, répondit Liliane.

– La police veut interroger tous ceux qui ont confié leurs clefs à Mme Reisen.

« Si Mme Reisen a été faite prisonnière, pensa Liliane, elle n'a pas pu gratter les taches de peinture de la fenêtre de la cuisine. Et si l'immeuble est sens dessus dessous, il ne faut pas que Philippe vienne. Ce serait d'ailleurs la solution, la vraie, annuler la soirée, se coucher et dormir. »

– Pourquoi nous?

– Tout le monde, Maman.

– Et les techniciens?

– C'étaient des faux techniciens. Ils ne vérifiaient pas. Ils fouillaient. C'est toute une histoire. Si tu pouvais revenir...

198

– Peux-tu joindre Philippe quelque part? Il faut le décommander. Je n'ai pas mon carnet d'adresses avec moi.

– J'ai ses deux numéros.

– Appelle-le et laisse un message sur son répondeur. Je ne veux pas de lui ce soir.

– Qu'est-ce que je dis?

– En tout cas, pas un mot de la police. Invente! Si tu laisses juste un message, c'est mieux. Je n'aime pas mentir, et lui, il déteste les explications...

Il y a des jours défavorables aux personnes honnêtes. De temps à autre, les astres privilégient les vindicatifs, les truands, les tueurs. Orlov pensait à l'Américaine, la femme la plus provocante qu'il eût jamais rencontrée.

« Elle a osé m'inviter dans un bistrot! » A l'époque de ses fastes, il était reçu selon son rang dans les restaurants les plus chers de Paris et de New York. Jusqu'au jour de sa première rencontre avec Cecile, l'idée d'un meurtre l'avait hanté comme un fantasme. Le tempérament plutôt agressif de Cecile rendait maintenant plausible l'hypothèse d'un meurtre. Tout en réfléchissant, il élaborait peu à peu un plan d'attaque : il devrait s'introduire dans l'intimité de l'Américaine. Ensuite il agirait. Pousserait-elle l'audace jusqu'à le rejoindre dans la nuit sur les berges de la Seine?

Il ne voulait pas l'appeler. Installé sur l'un des trottoirs de la rue du Faubourg-Saint-Honoré, il misait – joueur dans l'âme – sur les caprices du hasard. Les affaires démarraient difficilement aujourd'hui, les gens étaient pingres, ils le contournaient, l'évitaient. Tout en tendant une main que les passants ignoraient, il se demandait si l'Américaine était vraiment intelligente ou si lui jouait bien son rôle. Pourrait-il passer pour un futur repenti? La veille au soir, il avait rôdé autour de l'hôtel, il avait guetté la façade et aperçu Cecile quitter l'hôtel; prendre un taxi.

Orlov avait vu aussi la scène avec le concierge. Il était agacé à l'idée qu'elle se rendait à un endroit où il ne pourrait pas la suivre. Il revint plus tard reprendre son poste d'observation. Il aurait pu être un simple passant qui traînait sa solitude.

*
* *

Cecile s'engagea dans la rue Boissy-d'Anglas. Elle était furieuse. Elle espérait rencontrer Orlov et se sentir provoquée. En apercevant une cabine téléphonique, elle décida d'obéir à une idée saugrenue, d'appeler son propre hôtel. Elle se fit réserver une chambre supplémentaire.
– Je donnerai des instructions plus tard, fit-elle.
Elle quitta la cabine et se dirigea vers la rue du Faubourg-Saint-Honoré. Orlov l'aperçut et l'accosta aussitôt.
– Je suis persuadé que vous n'avez pas cinq francs pour moi, dit-il.
Elle s'arrêta et le dévisagea.
– Pas cinq francs. Mais j'ai peut-être une situation à vous offrir.
Il leva sur elle un regard brillant.
– Qui dit que j'abandonnerais ma liberté?
Il la défiait. Ils parlaient rapidement, les passants les gênaient.
– Voulez-vous que nous discutions affaires en prenant un café?
Il constata que cette femme haïssable n'avait pas peur de lui ni des conséquences de cette rencontre. Ils furent légèrement bousculés par un homme-sandwich, qui avançait enfermé dans deux panneaux publicitaires. Il vantait par affiche interposée les mérites d'un restaurant du quartier. Le repas pour quatre-vingt-cinq francs, boisson comprise.
– Ne vous méprenez pas quant à nos situations réciproques. Je ne suis pas demandeur, dit Orlov.

– C'est embêtant de parler sur le trottoir.

– Ce ne serait pas la première grande affaire qui s'y traite.

Orlov ajouta :

– Aujourd'hui, c'est moi qui vous invite. Venez.

Elle le suivit dans la rue Boissy-d'Anglas.

– Nous allons prendre un café dans la boulangerie, leurs sandwiches aux rillettes sont fameux.

Il la prit par le bras; elle n'osa pas se dégager. Ils avançaient dans une rivière humaine qui s'écartait et se refermait sur leur passage. Ils entrèrent dans la boulangerie, l'odeur des pains encore chauds traînait dans l'air. Cecile avait faim. Orlov demanda des sandwiches aux rillettes et des cafés. Servi à un comptoir, il revint et posa le plateau sur l'une des tables rondes de la petite salle.

– Vous ne devez pas avoir l'habitude de manger debout. De quelle affaire vouliez-vous me parler?

Elle devait le manipuler avec habileté.

– Votre connaissance des langues permettrait de vous créer des fonctions sur mesure.

Orlov sourit. L'Américaine s'engageait dans la voie espérée.

– Je ressens une profonde répulsion pour la soumission, l'argent des autres m'humilie.

– Il n'est pas question de vous faire sentir ceci ou cela, dit Cecile la bouche pleine.

– Je devrais être convaincu de votre bonne volonté. Je refuse de sentir le poids de votre fortune. Je ne vous supporterais pas agressive.

– Moi, agressive?

Elle allait se lancer dans une tirade.

– Ne m'interrompez pas, fit Orlov. Ma proposition est à prendre ou à laisser. Je désirerais discuter les conditions de mon engagement dans un lieu que je choisirais. Si vous aviez l'amabilité de me retrouver sur les berges, ce soir. Juste avant le pont de la Concorde. On ne peut pas se tromper. Vous descendrez et vous verrez tout au long des péniches amarrées. Arrivée au bout de ce quai, vous verrez un arbre comme sorti de la Seine. Je vous attendrai juste à côté, sur une plate-forme qui se trouve au niveau même de l'eau. J'appelle l'endroit « ma plage ».

– Pourquoi voulez-vous que j'aille là-bas ? L'endroit me semble bizarre, s'inquiéta Cecile.

– Pas plus que votre appartement à l'hôtel. J'aime quand on vient chez moi... Si vous n'acceptez pas mon invitation, j'aurai l'impression d'être commandé par votre fortune. Ce rendez-vous est une question d'amour-propre. C'est à prendre ou à laisser.

Il se voyait déjà bibliothécaire dans une prison, manifestant une nette attirance pour la littérature russe. Il conseillerait aux détenus de se pencher sur le cas de Raskolnikov. Et de tout lire, et si possible Oblomov.

– Vous plaisantez. Je n'ai pas ce genre d'humour.

– Auriez-vous peur ?

Cecile haussa les épaules.

– Non. Pas de la mort. J'ai enterré beaucoup de monde. J'ai peur de la maladie, de la souffrance physique.

Orlov l'interrompit :

– N'en faites pas toute une thèse... Je suis un homme qu'on a dépouillé de ses biens et qui veut garder son standing moral. Si tout cela vous déplaît, séparons-nous.

Il n'était que désolation élégante, abnégation.

Ce « nous » fit céder Cecile. Ce « nous » au goût de complicité.

– C'est aussi un jeu, n'est-ce pas ?

– Tout est jeu, conclut Orlov. Nous jouons avec nos proches, la vie joue avec nous.

– Pourtant je me vois mal, le soir sur les berges, seule...

– Et assez tard, insista-t-il. Il faudrait venir tard. Je suis un nocturne. Mon amour-propre exige ce rendez-vous sur ma plage privée. Ne venez pas si vous avez peur. Je vous comprendrai.

– Expliquez-moi encore une fois le chemin à suivre.

Il détailla minutieusement l'itinéraire que Cecile devrait suivre.

– Je viendrai pour quelques minutes, fit-elle. Je ferai attendre le taxi.

– Pas besoin de taxi, le rendez-vous est si près de l'hôtel...

Elle promit d'être vers minuit près de la passerelle Solferino.

— Vous êtes imprudente, madame, dit le commissaire Legrand, dans l'appartement dévasté. Vous ne me dites pas tout...

Lucie se taisait. Le désordre suscitait en elle un sentiment de panique. Elle contemplait le contenu des tiroirs déversé au sol, le buffet anglais vidé, les théières des tantes défuntes balancées dans des coins, le chat en porcelaine chinoise cassé. Les tableaux par terre. Marc, revenu du bureau depuis quelques minutes à peine, venait de faire le tour de l'appartement. Les matelas étaient tailladés et les oreillers déchirés, le linge de maison jeté au milieu de la chambre. Marc se sentait presque soulagé; la brutalité de l'attaque les sortait de leur marasme, du chagrin immobile. Il entendait le bruit de pas rapides chez Liliane, dans l'appartement au-dessus.

De retour au salon, le commissaire déplaça délicatement des coussins éventrés et s'assit sur le canapé.

— Vous permettez?

— Faites comme chez vous...

Le sol était jonché de cadres démolis, quelques photos de Didier détachées de leurs supports.

— Vous avez passé, madame, votre matinée avec une dame américaine. Pourrais-je savoir son nom?

— Mme Atkinson. Cecile Atkinson. Il ne faut pas l'appeler. S'il vous plaît. Ce serait désastreux pour moi...

– Une vieille connaissance?

– Non, justement. Nous nous sommes rencontrées il y a trois jours. Je vais travailler pour elle. Si elle était dérangée à cause de moi, elle changerait d'avis.

– Que devrez-vous faire auprès d'elle?

– Je serai une sorte de dame de compagnie. Je l'accompagnerai peut-être même aux USA.

Elle aurait voulu ajouter « juste pour trois mois », mais elle choisit le silence.

Legrand se tourna vers Marc :

– Et vous êtes d'accord pour vous séparer de votre femme?

– Si c'est pour son bien..., fit Marc.

Legrand lissa ses rares cheveux. Il n'aimait pas Mme Torrent. Il la supportait mal. « Quelle comédienne! pensa-t-il. Mais pour qui joue-t-elle? »

– Cette Mme Atkinson est ici avec son mari?

– Elle est veuve.

Le commissaire Legrand était allergique aux veuves. Il imaginait Mme Atkinson petite, plutôt grosse, affublée de lunettes à monture en forme d'ailes de papillon. Legrand se méfiait des veuves. Il avait épousé la plus chétive, la plus anémique, la plus timide de toutes les femmes qu'il avait connues à l'époque. Il avait voulu se donner une chance de lui survivre.

– Ce matin, vous aviez déjà les clefs neuves de l'immeuble?

– C'est exact. Mais, juste pour cette nuit, la porte d'entrée devait rester ouverte. On avait peur des erreurs et il n'y a pas de concierge dans l'immeuble.

Legrand prononça :

– Miss Hammond, une dame du cinquième étage, a déposé une plainte contre X. Elle ou son amie, qu'importe, l'une d'elles a découvert la porte de leur chambre, au sixième étage, forcée.

Marc intervint.

– Ma femme est fatiguée...

Legrand se mit à sourire.

– Je vous assure. J'essaie de ménager madame.

Avec quel plaisir il aurait ajouté : « Madame est une petite crapule... »

Avec la pointe du pied, Marc repoussa une photo qui représentait Lucie tenant dans ses bras le petit Didier.

– Vous êtes donc revenue ce matin chez vous plutôt détendue, en pensant à vos projets de voyage...

– Et j'ai trouvé Mme Reisen ligotée et bâillonnée. Je l'ai libérée et je vous ai appelé.

– Encore aimable, dit Legrand en s'épongeant le front. Qu'avez-vous à ajouter ?

– Je crois qu'ils cherchent l'héroïne que mon fils aurait égarée. Il aurait « égaré », répéta-t-elle, plus d'un kilo d'héroïne.

Legrand devint rose de colère.

– Égaré ? Allons bon ! Et qui la cherche ?

– Un type m'a accostée hier dans la rue. On me menace.

– Je sais, la coupa Legrand. Ces histoires font partie de vos souffrances, je compatis. Mais reconnaissez quand même que pour un trafiquant amateur, votre fils voyait grand. Plus d'un kilo... Fichtre !

– Il en est mort.

– Il s'agit d'une fortune, madame. On tue pour beaucoup moins. Vous, vous avez une chance folle d'être encore là...

– Si j'avais trouvé la marchandise, moi, dit Lucie, je leur aurais rendue contre de l'argent. Ils auraient payé, comme les compagnies d'assurances quand elles veulent racheter des objets volés.

Marc intervint :

– Lucie...

Elle avait besoin de provoquer le commissaire.

– Lucie !

– N'essaie pas de me freiner. Je ne dois rien à cette société ! s'écria Lucie. Elle est pourrie.

– Ne raconte pas de bêtises...

Lucie se tut et tourna le dos au commissaire.

– Vous n'aurez pas à vous plaindre! Vous en avez profité, de cette société! Vous avez tout eu, un mari, un enfant, une situation sociale plutôt enviable.

– Tout cela ne me regarde plus.

– On a pris des gosses, dit Legrand, pour faire passer l'héroïne d'un pays à l'autre. Mais l'innocence et l'incompétence ne sont pas des garanties de réussite. Pour le moment, je vais faire garder l'immeuble et laisser deux hommes devant la porte de votre appartement.

– Je n'en veux pas! s'exclama Lucie. Pas du tout. Je le refuse. Vous mettez toujours des policiers en place après un drame. Je ne veux personne devant ma porte.

Sur le palier, le commissaire prit congé de Marc et l'avertit :

– Si vous voulez me jouer un tour avec les Hollandais, je deviendrai votre meilleur ennemi. On vous a épargné des vexations. Vous êtes un fonctionnaire, vous avez des qualités et un passé qui inspirent, exigent même du respect et de la compréhension... Qui pourrait vous reprocher d'être le père d'un voyou? En revanche, vous êtes responsable de votre propre attitude. Nous n'avons que des curiosités pour les Van Haag, même pas des suspicions. Pourtant, j'ai l'impression qu'ils savent quelque chose...

Il se fâcha soudain.

– Vous êtes tous au courant de quelque chose que nous ignorons.

– Nos enfants étaient des victimes...

– Mais oui, fit le commissaire. Des victimes. Je vous laisse maintenant, ajouta-t-il, maussade. Vous aurez du mal à remettre de l'ordre. Nous aurions fait un travail plus propre. Je vous ai trop épargnés.

– Je le sais, dit Marc. Et je vous en suis reconnaissant.

Le commissaire reparti, Marc revint dans l'appartement.

– Je vais t'emmener déjeuner quelque part, proposa-t-il à Lucie.

– Il faut ranger...

– On va en profiter pour jeter des choses, décida Marc. Nous faisons un premier pas vers l'épuration du passé. Tu veux? Sois moins hostile...

– Laisse-moi tranquille! cria-t-elle. Je ne supporte plus ton attitude conciliante. Quand il aurait fallu être paternel, tu ne l'as pas été... Tu ne t'es jamais occupé vraiment de Didier. Quelques musées, où tu le traînais, ou les Tuileries, où tu t'amusais plus que lui avec les petits bateaux téléguidés.

– Évidemment, je suis coupable de tout! s'exclama Marc. Je suis un faible, un ignare, un pauvre type à qui on peut raconter n'importe quoi. J'en ai marre de tout cela, Lucie. Fiche le camp et le plus rapidement possible. Je veux tout recommencer à zéro. Si tu trouves vraiment une poire qui veut s'encombrer de toi, vas-y, n'hésite pas...

Il se mit à empoigner les objets qui traînaient, il les lançait à terre pêle-mêle, les cadres brisés, les photos endommagées. Il projetait les tiroirs pour les casser. Il s'acharnait aussi sur les tableaux, il marchait sur les toiles. Il s'attaqua ensuite au meuble-bar, il prenait les bouteilles une par une et les lançait contre le mur. Bientôt l'odeur du whisky mélangé à la vodka empestait l'air.

Lucie se jeta contre lui.

– Arrête! Arrête! Sortons d'ici. Viens.

Il n'était donc pas si fort que ça. Il avait besoin d'aide. Elle lui parla doucement.

– Nous allons nous libérer. Et on va devenir des amis. Tu verras, dès que nous ne serons plus obligés de vivre ensemble, tout ira mieux. Il faut tenir encore un peu. Je ne sais pas exactement à quel moment Mme Atkinson rentre à New York.

– En tout cas, nous devons aller à Bruxelles vendredi. Nous avons rendez-vous avec les Van Haag. Il faut échapper à toute surveillance.

– On pourrait quitter Paris dès jeudi? suggéra-t-elle. Partir en direction de Lille, traverser la frontière à un endroit peu fréquenté...

— Mademoiselle Hammond?

Le commissaire s'inclina légèrement devant l'Anglaise au regard brillant.

— Monsieur? dit-elle, en passant sa main droite dans ses cheveux courts.

Elle contemplait l'homme qui faisait semblant de s'essuyer les pieds sur le paillasson.

— Je suis le commissaire de police. Mon nom est Legrand. J'aimerais vous parler. Ce matin, vous avez déposé une plainte concernant la porte fracturée de votre chambre de service. Ensuite, vers midi, il y a eu un grave incident chez les Torrent. Le couple qui habite au quatrième étage. Vous les connaissez?

— Mais oui... Entrez donc, dit-elle, aimable. Justement, à cause de l'incident, je suis revenue du bureau plus tôt que d'habitude.

Legrand émit un petit sifflement. Miss Hammond le regarda, amusée.

— Vous vous demandez comment on peut survivre dans un fouillis pareil? Quand on n'a pas d'enfants ni d'animaux, on collectionne. Venez au salon.

Le commissaire se heurta à une table aux pieds fragiles sur laquelle se trouvait un personnage, une poupée.

— C'est un boîte à musique, expliqua l'Anglaise.

Elle tourna une clef fixée au socle et la poupée esquissa

des pas de valse, s'éventant de petits gestes rapides avec un éventail-corolle en dentelle jaunie.

– Les automates, dit Miss Hammond, c'est mon point faible. Et cette danseuse danse! Mais le reste, on doit tout faire réparer. Dès qu'on aura un peu de temps et d'argent...

L'air était épais de poussière et de relents de vieux parfums.

– Une curieuse odeur. Vous avez des pommes quelque part? demanda le commissaire au salon.

– C'est une odeur de renfermé. Je peux vous servir un xérès?

– La dégustation d'un peu de xérès n'est pas forcément un acte répréhensible. Volontiers...

Miss Hammond s'approcha d'une petite armoire étroite aux portes sculptées.

– On y gardait les ciboires jadis, commenta-t-elle.

– Et vous y mettez votre xérès...

– Les verres aussi...

Le commissaire hocha la tête, perplexe. Les lavait-elle avant de les ranger? Il tenait en main un verre presque opaque.

– Attendez une seconde, dit l'Anglaise.

Elle sortit, revint avec un torchon de cuisine fraîchement déplié et essuya le verre.

– Ils se salissent dans l'armoire.

Elle versa le xérès, d'un flacon en vrai ou faux cristal. En accomplissant les gestes habituels d'un accueil aimable, elle imaginait le commissaire mort. Et sur son écran mental elle vit apparaître un cadavre assis, la tête appuyée sur la dentelle ronde fixée à l'aide d'une épingle au tissu rêche du canapé Napoléon III.

Elle secoua la tête. Il fallait chasser l'image.

– Que puis-je pour vous monsieur Legrand? Vous avez un nom bien français.

– Très courant aussi, surtout dans le nord de la France.

– Le Nord est une région minière, n'est-ce pas?

– Vous savez, les mines...

– Nous avons eu une grève en Angleterre, des mineurs...

Le commissaire savait qu'il pourrait passer des heures avec cette femme à parler de faits divers historiques, quotidiens ou récents, qu'elle s'adapterait avec une souplesse extrême à n'importe quel sujet. Il tenta de capter son regard.

– Mademoiselle Hammond, avez-vous une idée de ce qu'on a pu voler dans la chambre en haut, au sixième?

– Vous parlez de l'effraction? s'enquit-elle, presque étonnée, en repoussant une mèche de son front marqué de rides. Si vous voyiez ce qu'il y a d'entassé là-haut! Vous, les Français, vous avez des expressions bien définies pour certains lieux. Un jour, nous avons été obligées d'appeler un plombier, nous supposions une fuite dont l'origine était dans cette pièce. En entrant, il s'est exclamé : « Quel bordel! » Croyez-vous que cela pourrait correspondre à la définition?

– Quel genre d'objets avez-vous là-haut?

– Beaucoup de choses. Des étains, des meubles, une vieille couverture de chameau. Nous n'avons jamais eu le temps de dresser l'inventaire.

– Vous ne savez pas ce qu'il vous manque?

– Franchement, non. Ma compagne, Delphine, serait éventuellement plus à son aise pour vous le dire, mais elle n'est pas là aujourd'hui. Elle est partie pour visiter des locations à Guernesey.

– Vous vous y prenez tard, non? fit le commissaire. L'endroit est très demandé.

– Que voulez-vous? Le temps passe si vite.

– A quel moment êtes-vous montée dans la chambre pour la dernière fois avant l'effraction?

– Il y a peut-être trois jours. Je suis passée à côté de cette pièce, je n'ai rien vu d'anormal. Mais c'était la nuit et il faut dire que j'avais d'autres préoccupations.

– La nuit? répéta Legrand. Pouvez-vous me donner des détails.

– Volontiers, acquiesça Miss Hammond. La jeune femme du quatrième y était. Elle se trouvait dans la chambre de leur fils. La porte était entrouverte. J'ai vu qu'elle était sortie sur le balcon. Cette chambre est juste au-dessus de notre chambre à coucher. Nous étions gênées par le bruit de ses pas. Elle errait en haut comme une âme en peine.

– Vous lui avez parlé?

– Oui. Je lui ai proposé un thé, chez nous. Elle a accepté.

– Que vous a-t-elle dit?

– Quelques phrases décousues.

– Et la porte de votre chambre?

– Je n'en sais rien. Je crois que si elle avait été déjà endommagée je l'aurais vu. Mais j'étais préoccupée par le chagrin de Mme Torrent.

– Donc, conclut Legrand, dans l'état actuel des choses, vous n'avez rien à ajouter à votre déposition de ce matin?

– Non.

Elle sourit.

– Que désirez-vous savoir encore?

Il s'abattit sur elle comme un faucon.

– Pourquoi déserter votre maison en Écosse et aller à Guernesey?

Grâce à son sang-froid, elle réussit à cacher sa surprise. Elle s'exclama :

– Formidable! Elle est formidable, la police française! Vous connaissez l'existence de notre maison! Pourquoi attachez-vous une importance quelconque à notre existence?

– Des détails d'un dossier, dit Legrand.

Et il déposa son verre sur une petite table noire dont la surface était décorée. Un dragon en nacre.

– Jolie, constata-t-il. Jolie, votre table... Depuis douze ans que vous vivez en France... Il y a quelque temps, vous avez déposé une demande pour obtenir la nationalité française. Ensuite, vous avez retiré la demande. J'ai trouvé dans le dossier les renseignements au sujet de votre maison. C'est simple.

— En effet, répondit Miss Hammond. Au sujet de la nationalité, nous avons changé d'avis. Il nous semblait soudain que l'abandon du Royaume serait une sorte de désertion. Nous sommes esclaves de nos traditions. Mais nous adorons la France aussi.

— D'où votre résidence depuis de longues années.

— Delphine avait quelqu'un dans sa vie. Quelqu'un que je n'aimais pas. J'avais trouvé à l'époque un travail temporaire à Paris, juste pour l'été. Ensuite, on m'a demandé de rester.

— Pourquoi?

— Je suis devenue apparemment indispensable. Je le suis encore. J'aime mon importance. En dehors de la comptabilité, je m'occupe des marchés avec la Grande-Bretagne et les États-Unis. Delphine est très utile dans ce bureau...

Tout en l'écoutant, Legrand aperçut sur le mur, à côté du masque égyptien accroché près de la fenêtre, une tache noire. Il se leva, s'approcha et dit.

— Une araignée. Qu'est-ce qu'on en fait?

Miss Hammond vint voir l'insecte, ôta sa chaussure droite et écrasa l'araignée avec le talon. Legrand se trouvait maintenant près d'elle dans une curieuse intimité. Elle, la chaussure à la main, semblait détendue.

— Et quels sont vos projets d'avenir, Miss Hammond? Une question à titre privé...

— Nous n'avons pris aucune décision quant à notre avenir. Le seul problème, n'est-ce pas, c'est l'accumulation des désagréments de l'immeuble. Nous sommes des femmes sans défense, nous n'avons pas d'homme dans notre vie, un homme, ou même deux, qui nous défendrait. Nous avons l'impression d'être livrées ici aux événements imprévisibles, donc incontrôlables. Nous avons même songé à rentrer chez nous. Là-bas, c'est notre connaissance du français qui nous rendrait service. Dans l'état psychique où nous nous trouvons, il suffirait d'une étincelle pour que nous décidions de partir, à la grande tristesse de notre employeur.

– Vous n'avez pas l'âge de la retraite, mademoiselle.

– Nous avons l'âge de notre fatigue.

Puis elle ajouta en enlevant une brindille du revers du veston du commissaire :

– Et puis, le mal du pays, vous comprenez?... Vous faites partie, monsieur, de la police la plus intelligente d'Europe. Si vous pouviez ramener la paix dans l'immeuble! Nous ne sommes ni veuves ni orphelines, mais il faut nous défendre. Vous vous en chargerez, n'est-ce pas?

Legrand était découragé. Comment aurait-il pu résister à une maîtresse femme comme l'Anglaise? Il demanda à tout hasard :

– Si vous pouviez quand même nous dire ce que les voleurs ont pu prendre...

– On va essayer, monsieur le commissaire, on va essayer. A notre âge, la mémoire flanche... Mais oui... Merci en tout cas pour l'attention que vous nous portez.

La porte se referma bientôt derrière Legrand. Il avait l'impression d'avoir respiré des lambeaux d'air trempés dans du xérès.

***

Liliane avait appelé plusieurs fois son bureau. Elle devait annuler ses rendez-vous de l'après-midi. Il fallait rester chez elle. La maison grouillait d'agents, les voix résonnaient dans la cage d'escalier. On sonna une fois, c'était une erreur. Puis, pour la deuxième fois, quand elle se précipita vers la porte d'entrée, elle se trouva face à face avec un inconnu qui déclina aussitôt son identité.

– Je m'appelle Legrand. Je suis commissaire de police. Vous êtes Mme Guérin? Vous permettez que j'entre? Je ne vais pas vous déranger longtemps.

– Venez, monsieur le commissaire. J'ai dû rentrer de mon bureau à cause des événements regrettables qui secouent l'immeuble. Que désirez-vous?

– Juste quelques renseignements.

Il contemplait avec plaisir cette femme au regard limpide.

– Vous avez confié la clef de votre appartement à la femme de ménage. Elle est encore à l'hôpital. Elle a subi un choc. Mais elle rentre ce soir chez elle.

Liliane invita le commissaire à s'asseoir.

– J'habite l'immeuble depuis vendredi dernier, monsieur, et je suis sans cesse à la recherche d'une aide, comme toutes les femmes qui ont un métier. J'ai fait la connaissance de Mme Reisen et ai fait appel à ses services.

– Bien sûr, dit Legrand, et il ressentit une paternelle compréhension à l'égard de cette femme.

Quelques bruits violents leur parvenaient de l'appartement des Torrent.

– Ils sont agités, les Torrent, n'est-ce pas? demanda le commissaire.

– Pas lui. C'est un homme assez calme. Sa femme n'a pas encore pu dépasser le drame. Je la comprends tout à fait.

Teresa entra, bizarrement vêtue, mi-page, mi-loubard, avec une casquette en toile bicolore.

Liliane la présenta :

– Ma fille.

– Veux-tu que j'aille chercher le saumon? demanda-t-elle après un rapide bonjour au commissaire.

– J'ai d'autres choses à te demander aussi, dit Liliane. Attends, s'il te plaît.

– Bientôt, mademoiselle, c'est bientôt fini. Je pars tout de suite.

Il se tourna vers Liliane.

– Est-ce qu'il vous manque quelque chose?

– Apparemment rien.

– En êtes-vous sûre?

– Je n'ai pas d'objets de valeur. Je n'ai que des bijoux fantaisie. Quant à cet appartement, si je pouvais le vendre, je le ferais sans hésitation. J'ai trop de problèmes ici...

Legrand se leva.

– Vous n'avez rien à signaler concernant la chambre d'en haut?

– Elle est vide, et elle le restera. Ma fille, qui aurait dû l'occuper, s'en va vivre chez son père, en Italie.

Le commissaire s'attendrit :

– Un bien beau pays! J'ai fait mon voyage de noces à Venise.

Il aurait aimé lui raconter ses souvenirs de Venise, mais elle semblait pressée.

– Merci de votre aide, madame. Au moindre événement suspect, au moindre problème, voudriez-vous m'avertir?

Il lui tendit sa carte, elle la prit et la glissa dans la poche de la veste de son tailleur.

– Tout est suspect dans cette maison, ajouta Liliane. L'achat de cet appartement est l'erreur de ma vie.

Le commissaire s'approcha du balcon.

– Pourtant, c'est joli, ici. Comme on dit : un bon placement, n'est-ce pas? La rue est agréable. Centrale aussi. Si vous voulez revendre l'appartement, il y aura certainement un tas d'amateurs.

**

Aussitôt après le départ du commissaire, Liliane s'attaqua à la préparation de sa soirée.

– Essaie encore une fois, demanda-t-elle à Teresa. Si tu pouvais le trouver et le décommander... Je deviens folle à l'idée de cette soirée.

– Personne ne répond chez lui, Maman. Et il n'est pas au bureau. Personne ne sait où se trouve Philippe...

– Il est si susceptible, il va voir les policiers devant la porte d'entrée...

– Maman, tu lui expliqueras ce qui s'est passé.

Avant de partir faire des courses, Teresa aida sa mère à gratter les taches de peinture sur la vitre de la fenêtre de la cuisine. Elles décidèrent d'un commun accord de ne pas cirer le parquet de la salle à manger.

– Maman...

– Oui, ma chérie?

– Je pourrais demander à M. Torrent de venir fixer la tringle du rideau de ta chambre?

– Non. Il nous a déjà dépannées avec les fusibles, il ne faut pas l'ennuyer.

– Je ne crois pas que ça l'ennuie. Lui, il pourrait fixer la barre. Tu veux que je lui demande? Je suis sûre qu'il sera même content de venir.

– Non. Dans la chambre, on va tirer les rideaux et ne plus les toucher. Ils devraient tenir jusqu'à demain.

Teresa sortit. Elle devait acheter du saumon norvégien – Philippe le préférait au danois; elle devait prendre aussi chez l'épicier italien une variété de salades froides. Liliane les servirait comme si elle les avait préparées à la maison. Philippe soulignait souvent l'importance de la vie saine, une nourriture préparée de manière artisanale à la maison comptait pour lui. Il ne fallait pas non plus oublier les raviolis aux épinards. Treize minutes de cuisson, les raviolis. D'habitude, Liliane guettait l'arrivée de Philippe et, au moment où il sonnait, elle mettait en marche la plaque chauffante. Lorsque le premier whisky de Philippe n'était qu'un souvenir, elle s'éclipsait et plongeait les raviolis dans l'eau bouillante. «Comme tu es gentille d'avoir acheté des raviolis aux épinards! disait Philippe. Vraiment, tu débordes d'attention à mon égard.»

Elle voulait sans cesse prouver qu'elle était aussi une femme d'intérieur. Aujourd'hui, la soirée pesait sur elle, elle était fatiguée. Elle devait, comme d'habitude, tout prévoir, tout préparer et s'asseoir avec Philippe sur le grand canapé comme si elle était aussi invitée chez elle. Il fallait qu'elle soit légèrement maquillée et vêtue d'une manière originale. Il était assez éprouvant de travailler toute la journée et de se transformer en «femme fatale» pour le soir. A condition d'être accueilli dans une atmosphère de fête, d'excitation culinaire, épidermique, Philippe était un compagnon parfait. Il venait chez Liliane comme au théâtre. Il voulait s'asseoir, admirer et applaudir. D'habitude, il était reçu dans un appartement serein, à la lueur des bougies jaunes et ocre. Il disait à Liliane : «Tu es belle.» Elle proposait alors un whisky. Des glaçons, tac, tac, dans le grand verre. Selon le rituel établi, Teresa se présentait juste pour dire bonsoir. Puis : « Je m'en vais, Maman. Au revoir, Maman, au revoir, Philippe. » La question : « Tu rentres quand, chérie ? » La réponse : « Je serai là avant minuit. » Regard de Philippe. « Serai-je déjà parti à minuit ? » Et Liliane, qui annonçait d'une manière détachée : « Moi, je serai peut-être endormie. »

La morale et les apparences étaient sauves. Elle devait ensuite s'intéresser aux nouveaux succès de l'aéronautique. Souvent, au lieu d'envoyer des fleurs, Philippe les apportait. Elle devait les dégager de leur emballage en cellophane, dénouer la ficelle qui liait les tiges, scier presque les attaches légèrement renforcées avec du fil de fer et, surtout, trouver un vase. Elle y plaçait les fleurs à la cuisine et revenait au salon avec le vase. Elle prononçait alors, radieuse : « Merci, chéri, elles sont ravissantes. – Tu n'as pas oublié le sachet avec le produit vitaminé ? » Mais si ! Elle l'avait oublié. Elle avait osé jeter le sachet agrafé sur le papier d'emballage. Elle se précipitait alors à la cuisine, ouvrait le sac-poubelle, reprenait l'emballage, le dépliait, retrouvait le petit sachet qui y était fixé... et elle luttait pour l'ouvrir, à l'endroit où un triangle était délimité par des flèches rouges. Ses dents ne servaient à rien, il fallait des ciseaux. Où étaient les ciseaux ? Enfin, elle pouvait verser la poudre dans l'eau. Ça y est ! les fleurs étaient nourries. Alors Philippe se penchait sur elle et l'embrassait entre l'épaule et le côté saillant de la clavicule. « Tu es une femme parfaite. »

Combien de fois, épuisée, Liliane luttait-elle contre l'envie d'envoyer Philippe au diable, de liquider le saumon, les fleurs, les bougies, le soutien-gorge noir ! Tout. Si elle pouvait se calfeutrer avec un suspense à l'américaine dans sa chambre !

Aujourd'hui, la journée était longue. L'écoute des Japonais et l'attente à la maison l'avaient épuisée et il fallait tenir toute une soirée. Et si elle dormait un peu avant l'arrivée de Philippe... Il n'était que 16 heures. Elle prit sur une étagère de la salle de bains ses boules Quiès et griffonna un message pour Teresa. « Je n'en peux plus. Réveille-moi, s'il te plaît, à 18 heures. Maman. »

Elle s'effondra sur son lit et s'endormit aussitôt.

Elle fut tirée de son sommeil à 18 h 15. Hagarde, elle aurait aimé rester au lit, boire un thé, ne plus bouger et, aussitôt la tasse vidée, se rendormir.

– Si tu pouvais le trouver, répéta Liliane. Essaie encore. J'aimerais tant rester au lit et dormir...

Elle écoutait, remplie d'espoir, le grésillement du téléphone. Teresa appelait tous les numéros de Philippe, sans succès.

– Philippe s'est évaporé, Maman. Mais ne t'inquiète pas, j'ai tout préparé. J'ai lavé les endives et le cresson, et la sauce est déjà dans le saladier. J'ai acheté deux mousses au citron, elles ont l'air appétissantes. Si vous n'en voulez pas, je les mangerai demain. Les raviolis sont près de la casserole et le saumon sur un plateau. Heureusement, j'ai pu éviter d'aller à la cave, j'ai trouvé une bouteille de je ne sais quel vin, je l'ai mise sur la table.

– Merci, Teresa, tu es très gentille! C'est moi qui devrais préparer tes sorties et m'inquiéter de savoir si tu as tout ce qu'il te faut...

– Tu travailles trop, Maman.

– C'est vrai, reconnut Liliane. J'ai d'ailleurs cent ans ce soir.

– Non, tu es belle.

« Que va-t-elle faire seule dans la vie? se demanda Teresa. Elle a besoin d'aide. Et surtout d'être réconfortée sans cesse. »

Depuis leur grande explication, elles ne parlaient plus du tout du départ de Teresa.

– Je vais sortir avec Myriam, Maman, mais je t'aide jusqu'au bout. C'est dur maintenant, mais, quand il sera là, ça va aller mieux.

Liliane s'extirpa de son lit. Il fallait changer les draps.

– Tu veux que je fasse encore quelque chose, Maman?

– Non, va-t'en, et merci. A tout à l'heure.

– A tout à l'heure, Maman.

Teresa s'en alla, inquiète. Comment arriver à quitter sa mère? « On veut d'elle pour une liaison, mais pas pour une vie », se dit-elle.

Vers 19 h 30, après avoir pris un bain de mousse, Liliane s'habilla. Elle se vêtit d'un pyjama en soie multicolore, un peu style arlequin ; elle se coiffa, se maquilla, se trouva enfin à peu près plaisante. Elle éprouvait une grande reconnaissance à l'égard de Teresa ; sans elle, il n'y aurait pas eu de soirée. Elle s'installa au salon et attendit Philippe en écoutant de la musique et en parcourant un journal – elle devait avoir quand même ne fût-ce qu'une vague notion des événements du monde. Au salon, quelques piles de livres gisaient par terre à côté des caisses qui contenaient encore des objets de vitrine. Elle n'avait pas voulu que les déménageurs y touchent. Elle rangerait quand elle pourrait.

A 20 h 15, Philippe sonna. Liliane ouvrit la porte. Il se pencha vers elle pour l'embrasser.

– Bonsoir, chérie ! Comment vas-tu ? Sais-tu qu'un jour tu risques d'avoir des problèmes avec l'ascenseur ? Il semble trop volumineux pour la cage d'escalier. Il y a une disproportion entre l'engin installé presque de force – tu comprends – et les dimensions de l'immeuble.

Elle encaissa mal la remarque.

– Tu es venu pour constater l'état de l'ascenseur ?

– Non, répondit Philippe. Je n'aime pas tellement les immeubles anciens, mais je trouve que celui-ci est fascinant Tu te laisses embrasser quand même ?

– Mais oui, répondit-elle, et elle se fondit machinalement dans les bras de cette conquête que ses rares amies lui enviaient.

– C'est bien ici, déclara Philippe, plus tard au salon. C'est vraiment très bien. Vous n'avez pas encore réussi à ranger vos bouquins ?

– Ne dis pas « bouquins », le coupa Liliane, ne dis pas « bouquins », dis « livres ». Quand il s'agit d'un livre, appelle-le « livre ».

– Bouquin n'est pas un mot à bannir. Au XIVe siècle...

– Nous ne sommes pas au XIVe siècle. Dis : livres !

– Tu veux peut-être que je m'en aille ? demanda-t-il. Tu sembles irritable.

Pour limiter la conversation, il la serra dans ses bras.

– Viens près de moi.

Elle avait une envie fugitive de le mordre, légèrement. Si ce soir elle ne se pliait pas à une discipline de fer, elle risquait la rupture. Une seule phrase aurait pu provoquer une scène. Et puis, plus personne dans sa vie. Il fallait protéger sa liaison, par raison.

Philippe, pour lui plaire, prit une mine de circonstance.

– Comme tu dois être fatiguée, chérie! Mais l'effort est payant, tu vois! Tout est beau ici. Ton balcon est sympathique. Tu as une superbe vue sur tout Paris. Tu veux que je déplace les caisses pour entrouvrir la porte-fenêtre?

Liliane haussa les épaules :

– Non. Il est tard. Je ne supporte plus aucun rangement. Veux-tu voir la chambre de Teresa?

– Où est ta fille?

– Partie.

– Où?

– Avec une amie. Sortie. Je ne sais pas où.

Elle lui montra la chambre de Teresa, où manquaient encore les doubles rideaux.

– Ils vont être roses...

Philippe se mit à sourire.

– Tu m'épates. Tu penses aux rideaux roses de ta fille, mais tu ne sais pas avec qui elle passe sa soirée?

– Je fais confiance à ma fille. Et son absence n'est pas ton problème.

Elle l'avait renvoyé sur les plates-bandes de leur liaison. Il n'était ni père, ni beau-père. Il n'était qu'un incident, un épisode. Il n'avait pas à se soucier de Teresa. Liliane se dirigea vers la chambre à coucher. Philippe la suivit et s'approcha d'une des fenêtres.

– C'est beau... les toits de Paris...

Liliane était heureuse de cette remarque.

– Tu as eu raison d'acheter ici. L'endroit est sublime, c'est vrai. Il me semble que tes rideaux...

– Non! s'exclama-t-elle. Ne dis rien au sujet des rideaux.

Philippe la prit dans ses bras et l'embrassa. Liliane pensait maintenant qu'il n'était peut-être pas inutile d'avoir accompli la course d'obstacles de la journée pour arriver à ce moment.

– Tu vas me donner un bon whisky, dit Philippe. Et on va bavarder. Je n'ai pas tellement faim.

Ils allèrent au salon, il fit des remarques plutôt gentilles et il anima la conversation, il avait mauvaise conscience à cause de sa nuit infidèle à Lyon et voulait se racheter. Le verre à la main, il se mit à raconter des histoires.

– Est-ce que je t'ai parlé d'Arnoud?

Elle réfléchit.

– Je ne sais pas. Arnoud? Qui est-ce? Qu'est-ce qu'il fait?

– Un coureur. Un copain à moi.

– Coureur?

– Oui, coureur. Il aime les femmes. Il a raison. Il en profite.

– Tu racontes ça comme si c'était un métier. Il ne m'intéresse pas, ton type.

Elle ajouta, inquiète :

– Tu l'encourages à courir?

– Il n'a pas besoin d'être encouragé, il a la chance de vivre avec une femme qui accepte tout pour ne pas le perdre.

Liliane haussa les épaules.

– Les bonnes femmes sont trop conciliantes. Et alors?

– J'y viens, dit-il. Donc elle supporte tout, elle n'est pas comme toi. Tu pourrais rompre à n'importe quel moment, n'est-ce pas?

Il jouait avec le feu. Il aimait ça.

– Tu es...

– Comment suis-je?

Elle souligna le « suis-je ».

– Toi? Tu as une personnalité exceptionnelle, donc tu pourrais être sans pitié. Tu es forte.

Elle détestait l'idée d'être «forte», qu'on puisse lui dire tout, lui avouer les faiblesses... Elle, il ne fallait pas l'épargner. Elle le questionna, faussement paisible.

– Que fait donc Arnoud?

– Il reste avec sa femme, parce qu'elle est une virtuose du déménagement. Ils changent souvent de ville. Parfois, au bout d'un an, ils quittent un endroit pour un autre. Il a besoin d'une femme qui lui facilite la vie.

– Il est diplomate? demanda Liliane.

– Non. Il restructure certaines petites industries installées en province. Il déménage à l'intérieur de la France.

– Et quels sont les mérites de la femme parfaite?

– Trois jours avant le déménagement, elle le fait partir de la maison. Il s'installe dans un hôtel et, quand le nouvel appartement est en ordre, jusqu'au dernier clou, elle le prévient. Il rentre chez lui, plus aucune difficulté, tout est à sa place. Même l'étui à lunettes sur le bureau, à droite, à côté du presse-papiers. Tu comprends, une femme comme ça, on ne la quitte pas.

– C'est vrai, renchérit Liliane, en rage mais souriante. C'est vrai.

Et puis elle s'avoua à elle-même son besoin de tendresse. Un peu de tendresse. Albert était la douceur même. A l'époque où ils vivaient encore ensemble, il était gentil, poli, attentif. Et puis un jour il était parti pour être gentil, poli et attentif avec quelqu'un d'autre.

Philippe se promenait dans l'appartement. Il faisait la connaissance de la nouvelle cuisine. Il ouvrait les placards, il cherchait quelque chose. Liliane avait honte de s'énerver et s'accusait d'intolérance.

Philippe voulait se rendre utile. Il avait déplacé les caisses remplies de livres et se penchait maintenant sur les problèmes de l'ouverture et de la fermeture des portes-fenêtres du salon.

– Tu vois, chérie, ça grince, ça accroche. Tu as tout refait à neuf à l'intérieur, mais tu as oublié les volets, qui me semblent dans un état discutable.

A quel titre Philippe la critiquait-il? Il ne proposait pas de solution. Elle ne pouvait pas éviter de penser à Albert. A l'époque de son ex-mari, elle était l'intendance. Elle servait avec dévouement leur vie commune. Elle faisait à la maison de ravissantes petites réceptions. Un jour, un verre de cognac à la main, leur invité principal, un producteur, lui avait lancé :

– Et vous alors, belle Liliane, vous ne pensez pas faire du cinéma? Vous avez l'étoffe d'une vedette. Lauren Bacall.

– Vous êtes gentil de plaisanter de cette manière flatteuse, avait-elle répondu. Je n'ai aucun talent. Je m'occupe de publicité. J'ai fait deux ans de droit aussi, ça me permet d'aider à discuter les contrats de mon mari.

Albert, emballé dans la fumée bleue de sa cigarette, faisait semblant d'écouter, amusé, le bavardage de Relbach.

– Vous devez être très photogénique. Je me trompe rarement. Des yeux très clairs, le visage un peu carré, des traits réguliers. Savez-vous que les femmes qui crèvent l'écran ne sont pas toujours belles? Vous avez déjà vu Une Telle... (Et il cita un nom connu.) Elle ressemble à un plat de navets non assaisonné, mais aussitôt devant la caméra, c'est une déesse. Croyez à mon instinct, vous, c'est quelque chose...

– Monsieur Relbach, nous sommes là pour parler de mon mari. C'est lui qui a du talent, ce n'est pas moi.

– Vous avez de la personnalité, insista Relbach. Une fabuleuse personnalité.

Albert écoutait la conversation en affichant une indifférence plutôt aimable. De plus en plus inquiète, Liliane avait voulu détourner d'elle la conversation.

– Si vous persistez à vouloir passer à côté de votre chance, je m'incline, avait dit le producteur. Je ne peux pas vous traîner devant la caméra de force. Ne vous en faites pas pour votre mari. Il aura son rôle. Il n'a pas beaucoup de texte, mais déjà il peut émerger de la masse en faisant partie d'une production importante...

Liliane avait levé son regard « bacallien » sur Relbach.

– Pourquoi ne pas lui confier le premier rôle?

Ils parlaient d'Albert à la troisième personne et d'une manière inerte.

— Ma chère, avait répondu Relbach, ma chère, l'amour est aveugle, mais pas les producteurs...

*
* *

— A quoi penses-tu? demanda Philippe.
Il vint près d'elle et ajouta :
— C'est beau, chez toi, mais il y a des détails à peaufiner. Où vagabondent tes pensées?
— Assieds-toi, dit Liliane. Si nous partions le week-end prochain à Deauville? J'aimerais marcher sur la plage à marée basse, aller jusqu'à Villerville.

Il fallait aménager un programme sans sa fille, une évasion. Se prouver qu'elle n'était pas la prisonnière d'un bureau, ni seulement une machine à inventer des slogans.

Philippe devint évasif.
— On est bien là! Non? Tu ne vas pas déjà faire des infidélités à ton appartement.

Puis il se mit à l'embrasser, pour couper court à la discussion. Ils s'aimaient selon un rituel. Dès le début de leur liaison, ils avaient pris des habitudes. Après l'amour, sur le lit, ils bavardaient. Ce soir-là, Liliane avait vraiment sommeil, mais elle ne devait pas faire fuir Philippe. Il trouva que cette fois ils avaient trop parlé avant d'arriver au lit. Il jeta un coup d'œil sur sa montre-bracelet et camoufla habilement un bâillement. Elle pensait à sa douche, sa nouvelle crème de nuit à essayer. Elle dormirait couchée en diagonale, ou roulée en boule, qu'importe. Dans l'autre appartement, Philippe était resté une nuit avec elle. Il avait eu un problème de voiture. Il en avait été malheureux. Au petit matin, désemparé, il avait dû remettre la chemise de la veille. Il avait les joues bleuies, de la barbe naissante. Il errait dans l'appartement et il murmurait :
— Je n'ai pas de rasoir ici, je ne connais pas la place des choses... Je n'ai pas de sous-vêtements propres... Je ne trouve rien...

226

Elle était maussade. Elle ne méritait donc même pas un mot de tendresse ? Même pas un bonjour matinal ? Philippe était aussi impatient que l'aurait été un prisonnier qui espère trouver la porte de sa cellule ouverte.

Il était parti avec un petit : « Au revoir, je t'appellerai. » Depuis, il ne s'était plus jamais exposé à ce genre d'aventure.

– Je m'habille, dit Philippe, et, en se retournant vers elle, il déposa sur son front un baiser de bonne conscience. Je vais tirer la porte derrière moi, ce n'est pas la peine de te lever...

– Oui, dit-elle. Merci.

Elle resta immobile, puis entendit bientôt la porte se refermer. Elle avait tout à apprendre, pensa-t-elle. L'indépendance, même à l'intérieur d'une liaison. Créer un univers familier, sans famille. Tout devait naître d'elle. Le bonheur, la joie de vivre, la notion de respect du temps qui passe, l'appréciation des heures vécues et celles qui restaient à vivre. Les affronter seule. Comprendre enfin que c'en était fini, bien fini, de l'époque des confidences chuchotées à l'oreille d'Albert. « Il n'est plus là », se dit-elle. L'ancienne vie était finie. Terminée.

Ils ne savaient pas, Lucie et Marc, si la police s'occupait vraiment d'eux. Étaient-ils suivis, surveillés? Depuis le saccage de leur appartement, deux agents gardaient l'immeuble. De temps à autre ils partaient et ils revenaient après avoir été peut-être dans des endroits plus inquiétants.

– Il faut en passer par là, Marc, je ne voudrais pas que ces gens nous considèrent comme des lâches...

En quelques heures, Lucie, la frêle, la dépressive, avait changé de nature. Les yeux secs, elle organisait leur déplacement à Bruxelles. Elle échafauda plusieurs stratégies puis elle opta pour la plus simple. Ils allaient quitter l'immeuble vers 9 h 30 le soir, comme s'ils se rendaient à une dernière séance de cinéma. Bras dessus, bras dessous, en bavardant.

Marc adopta le projet. Legrand l'avait appelé plusieurs fois dans la journée du jeudi. Marc était resté évasif, demandant en quelque sorte l'armistice. « Nous attendons. On verra dans quelques semaines si on décide de rencontrer un jour les Van Haag. Nous n'avons plus aucune raison d'être pressés. Avec nos enfants au cimetière... »

Jeudi soir, en rentrant de son bureau, il avait grignoté comme d'habitude quelques feuilles de salade et laissé son assiette presque intacte. Il s'était retiré dans sa chambre, allongé sur le lit et s'était mis à lire. Lucie vint l'avertir.

– Marc, nous partons dans une petite heure. C'est l'occasion ou jamais de jeter un coup d'œil sur les caisses que Mme Reisen a remises dans notre cave.

Il hésitait. Lucie continua :

– Nous liquiderons le contentieux hollandais. Attaquons-nous aux caisses! Je voudrais avoir l'esprit dégagé, je veux être disponible pour Mme Atkinson. Au moindre obstacle, elle se séparera de moi. Elle est ma seule chance de me libérer d'ici.

– Libérer? questionna-t-il.

– Oui. Je ne veux plus être culpabilisée à cause de personne. Allons voir ce qu'il y a dans ces caisses.

Elle était vêtue d'un pull-over et d'un pantalon, et ses cheveux étaient attachés en chignon.

– Je bois juste un peu d'eau et j'arrive, dit-il. Je suis prêt.

Il prit les clefs à l'endroit où il les avait laissées. Ils sortirent silencieusement sur le palier et descendirent à pied au rez-de-chaussée, en passant à côté de l'ascenseur immobilisé au troisième étage. En bas, il ouvrit la porte qui séparait le petit hall du sous-sol et ils s'engagèrent dans l'escalier.

Ils passèrent à côté de la cave de Liliane, fermée par un cadenas tout neuf.

– Je n'aime pas cette femme, dit Lucie.

– Tu ne vas pas la détester parce qu'elle est épargnée par le destin.

– Je ne l'aime pas, répéta-t-elle.

Dans le couloir, la minuterie venait de s'éteindre.

– Quelle vieille baraque! s'exclama-t-elle. Quand je pense qu'on a gaspillé vingt ans de notre vie dans cet immeuble! Où est la lampe de poche?

Elle donna un coup de pied dans la porte de leur cave.

– Ne te fâche pas. Tu ne vas pas te mettre en colère contre une porte...

– Si ça dépendait de moi, je brûlerais tout cela. Si on trouvait du fric ici, je me barrerais avec. Tu garderais ta bonne conscience, et moi l'argent.

– Ne raconte pas de bêtises, dit Marc.

Il réussit à entrebâiller la porte en bois. Lucie tourna le commutateur fixé sur une paroi en plâtre écaillé, l'ampoule était grillée. Ils allaient ouvrir les caisses dans une demi-obscurité. La lampe de poche était faible, à peine la lueur d'une bougie. A genoux devant leur passé, ils découvraient des soldats en plastique aux membres articulés, un char d'assaut au capot enfoncé, un jeu de cartes éparpillé. Dans l'autre, en vrac, quelques paquets emballés. Comme un film muet, se déroule l'histoire d'un petit garçon gâté et pensif.

Le visage éclairé par la lampe de poche, Lucie dit :

– Si je pouvais arracher de moi jusqu'à la racine l'instinct maternel, je le ferais. Il n'aurait jamais dû me trahir. On peut ne plus aimer, mais pas trahir. S'il avait eu confiance en moi il serait peut-être encore vivant. Jetons tout cela...

Elle s'essuya le nez et envoya un violent coup de pied à l'un des cartons, contre le mur. Elle saisit le bras de son mari.

– Regarde, regarde!

Une crèche en carton fendu, et à côté, emballés séparément, des objets. Elle les déballait un par un. Une vierge paysanne, deux vaches, un berceau. Pas de petit Jésus. Mais les rois mages. Deux. Il manquait le troisième.

– Marc, dit-elle, et le chagrin lui coupa le souffle. Regarde, il tenait à sa crèche. Il ne l'a jamais dit. Regarde, je cherche de la drogue et je trouve une crèche. Ça ne vaut pas des millions?

Elle se courba en deux.

– Ça vaut plus...

– Tu te fais mal, Lucie, dit-il.

– J'aurai toujours mal, bégaya-t-elle. Il faut chasser Didier de nous jusqu'à la dernière image. Il faut l'arracher de nous. L'anéantir. Chavat a déclaré que la douleur d'un deuil s'apaise au bout de trois ans. Il croit à la crève chronométrée. Quel imbécile, n'est-ce pas? Alors, il faut que Didier disparaisse de nous, de notre corps, de notre âme.

Calme-toi, Lucie. On n'aurait pas dû venir voir ces caisses.

– Je voulais trouver de l'argent, murmura-t-elle en pleurant. Je voulais la vengeance qui s'appelle l'argent, le flouze, l'oseille, le fric, le blé, le magot, je la voulais! J'aurais revendu aux truands leur merde, et je trouve une crèche.

Elle se détacha de Marc et se mit à se battre avec les caisses, elle leur assenait des coups de pied. Soudain, un frêle chant de Noël les saisit, le grincement mélodieux d'une boîte à musique.

Ils revoyaient Didier élégamment vêtu, il avait même une petite cravate, une belle chemise. Tout petit, il était déjà habillé en adulte pour Noël. Il entrait, ébloui, au salon, en précédant sa mère et son père, et devait réciter la prière de Noël qu'accompagnait la musique grêle : *Silent night, holy night.*

Lucie s'attaqua à la dernière caisse, elle retrouva la petite cloche en cuivre qui chantait toute seule, dans l'obscurité. « Je vous salue, Marie pleine de grâces... », priait Didier.

Marc avait introduit cette habitude : « Noël est avant tout une fête religieuse. »

– Pas de drogue, prononça Lucie. Quelques santons, la Vierge et la cloche de l'arbre de Noël. Et tu n'as pas envie de tout brûler?

Il y avait quelques sacs-poubelles enroulés dans un coin. Ils en remplirent quatre. Il fallut serrer les bords de ces sacs pour pouvoir les étrangler avec une ficelle en les fermant. Puis, comme des voleurs de douleur, ils entassèrent les sacs dans la cave.

Tremblants d'émotion, ils sortirent enfin de l'immeuble. Sur le trottoir, un vieux monsieur promenait son chien. Au bout de quelques pas ils retrouvèrent la voiture au garage sans avoir rencontré qui que ce fût.

Ils traversèrent des banlieues mal éclairées, ici et là des zones tachetées de lumière.

– Tu nous vois au buffet de la gare? demanda-t-elle.

Face aux autres? Des revenants affublés de leurs mouchoirs, qui expient parce qu'ils ont aimé bêtement. Si j'avais abandonné Didier, pour une raison quelconque, je n'aurais pu ressentir davantage de remords. Je lui ai consacré ma vie, depuis sa naissance, et je crève. Pas juste. Tout cela n'est pas juste.

– Il existe des parents heureux, fit-il.

Lucie était grave :

– Je ne me console pas avec des statistiques.

Arrivés à Bruxelles à l'aube, ayant choisi au hasard un hôtel dont les néons bleus violents scintillaient sur la façade, Marc demanda une chambre. Un gardien de nuit somnolent décrocha une clef au hasard.

– Le 121, dit-il.

Lucie se fit préparer un bain, ensuite elle s'effondra sur le lit et s'endormit. Marc demanda à la réception qu'on les réveillât à 8 heures.

Lucie dormait si profondément qu'elle n'entendit pas le réveil du portier. Marc se leva, se rasa, il descendit au café d'en face et remonta à Lucie un gobelet de café brûlant. Ils se sentaient vieux.

– C'est l'heure, déjà? demanda Lucie.

Puis elle s'accouda.

– Pourquoi a-t-il gardé la crèche, hein? Pourquoi? Et s'il l'a eue, où a-t-il caché l'héroïne?

– Bois ton café, ne t'énerve pas. On s'en va... On écoutera les Van Haag et ensuite notre chemin de calvaire se terminera.

Ils quittèrent l'hôtel.

Marc dut tourner autour de la gare pour trouver une place de parking.

– Je ne sais pas si on va les reconnaître. Je me souviens de leurs attitudes, de leurs gestes, mais pas de leurs visages.

– Mon seul souvenir, c'est qu'ils se tenaient très droits, se remémora Lucie. Nous étions courbés sous la douleur, ils étaient droits... C'est mon seul souvenir...

Le petit matin gris, jaune et marron d'une gare. Des

traînées de fumée refroidie se mêlent à l'odeur de bière. Un homme avec un chapeau sur la tête lit un journal; un autre, le regard perdu, boit un café. Une serveuse circule et, avec son éponge mouillée, essuie les tables.

Assis, le dos appuyé contre le dossier de la banquette, Marc et sa femme espéraient attirer l'attention de l'autre serveuse, qui commençait sa journée et comptait avec une attention extrême quelques pièces de monnaie égarées – depuis hier – dans une des poches de son tablier. Puis elle s'arrêta près de Marc.

– Vous désirez?

– Deux cafés.

La serveuse, perdue dans ses pensées, s'en alla.

– Je ne sais pas, dit Lucie, pourquoi nous avons accepté ce rendez-vous. Nous ne sommes pas responsables de leur fille.

Ils attendaient. Le bruit des trains qui entraient en gare, de loin une faible musique. Ici et là, les voyageurs arrivaient. De l'autre côté de la salle, un groupe de jeunes touristes blonds enlevaient avec précaution, chacun son tour, leurs sacs à dos. Peut-être danois ou suédois, australiens même; parcourant le monde comme des oiseaux migrateurs.

La serveuse revint, déposa des tasses en faïence devant Marc et Lucie, quelques gouttes de café sur les soucoupes et un ticket. Une corbeille de métal chargée de croissants aussi...

– Non, merci, dit Marc.

La serveuse remporta la corbeille.

– La cruauté vis-à-vis des parents est un problème de génétique ou d'inconscience? demanda Lucie.

– Je ne sais pas.

Lucie continua :

– Didier avait six ans peut-être, je m'en souviens si bien, quand il a réussi à me faire pleurer. J'étais à genoux, je pleurais. Moi, pas lui. Il s'est approché de moi, il a touché mon visage, ensuite il a regardé ses doigts mouillés de larmes. Il découvrait les larmes.

– Ne fais pas le procès d'une enfance.

– Didier était un enfant méchant.

– Il n'y a pas d'enfant méchant.

– Monsieur Torrent? Madame?

– Oui.

Ils levèrent la tête en même temps.

Ils étaient là devant, eux, les Van Haag. Lui était mince, de taille moyenne. Il portait des lunettes – l'une des branches devait être mal ajustée, les verres lourds faisaient glisser légèrement la monture en avant –, ce déséquilibre prêtait à son visage éprouvé une touche de vulnérabilité. Plus grande que lui, elle semblait sévère. Le contact de sa main était rêche. Ils n'avaient pas l'air de souffrir, ni de vouloir se plaindre. Ils étaient là, un peu gauches, ni impatients ni fébriles, comme devant un guichet.

– Merci d'être venus, dit Mme Van Haag. J'espère que nous ne sommes pas en retard?

Lucie regarda l'autre femme. Combien de temps allaient-ils perdre dans ce simulacre de politesses?

– Vous permettez? dit M. Van Haag.

Il fit semblant d'attendre leur accord pour tirer une chaise et prendre place.

– Asseyez-vous, je vous prie, dit Marc.

Il y eut un tout petit remue-ménage, puis, enfin, ils se trouvèrent tous les quatre autour de la table.

– Vous n'avez pas eu trop de difficultés avec la police? demanda Mme Van Haag.

– La police? Nous ne la craignons plus. S'il fallait recommencer, sans doute, mon mari et moi, suivrions-nous le même chemin. Il faut être solide quand on est parents, n'est-ce pas? Nous sommes devenus très résistants.

Van Haag interpella la serveuse.

– Deux cafés, s'il vous plaît. Non, attendez... quatre, n'est-ce pas?

– Je vous ai poursuivis de mes appels, expliqua Louise Van Haag d'un ton presque aimable. Je me trouvais dans l'obligation de vous relancer. Dans votre intérêt même.

– De temps à autre, suivant les événements, nous sommes sur table d'écoute, dit Marc. Notre appartement a été fouillé, démoli, il y a quelques jours, d'une manière sauvage. Ils cherchent de la drogue, ou de l'argent, je n'en sais rien. Nous avons perdu notre fils, c'est notre seule certitude.

La voix de Marc se cassait.

Van Haag l'interrompit d'un geste.

– Nos enfants n'étaient que des petits rouages dans une affaire qui les dépassait.

Mme Van Haag chercha quelque chose dans son sac, bouscula des papiers, puis retrouva une pochette, la posa sur la table et se mit à sortir des photos une par une. Elle tendit la première à Marc.

– Elle était belle, Annlise... Je ne me lassais pas d'admirer ses traits, les proportions de son corps, ses cheveux presque platine. On n'a jamais compris pourquoi elle était aussi blonde, ni mon mari, ni moi...

Elle se tut.

– La veille de sa mort, elle attendait votre fils, elle était d'une impatience quasi insupportable...

– Je ne sais pas si vous avez une raison tout à fait particulière de nous parler de la beauté de votre fille. Je vous comprends, d'un côté, mais ma femme ne va pas supporter très longtemps ce supplice...

M. Van Haag prit la main de sa femme.

– Continue, Louise.

– Elle aurait pu avoir de la drogue, ce n'est pas ce qui manque à Amsterdam. Pour une raison quelconque, elle attendait votre fils et sa « marchandise » à lui. Le dernier jour où j'ai vu ma fille vivante, elle attendait votre fils, elle avait les yeux cernés, elle tremblait, elle avait froid. A 18 heures, nous avons entendu la sonnette de la porte d'entrée. Ma fille s'est jetée dans le couloir. « J'ouvre, Maman, j'ouvre. » Votre fils venait d'arriver de Paris. Quelques minutes plus tard, elle est partie avec lui pour retrouver leur groupe sur une péniche amarrée. Je le savais. Elle a dû avoir à la maison une dose intermédiaire. Juste pour la soulager et ne pas la faire souffrir de son état de manque. J'ai voulu la retenir. « Laisse-moi, Maman, laisse-moi », a-t-elle crié. Je n'ai rien osé dire.

Marc demanda avec douceur :

– Vous n'avez pas essayé de l'empêcher de sortir?

– L'empêcher de sortir! s'exclama Mme Van Haag. Impossible. Elle se serait plutôt jetée par la fenêtre que de rester à la maison. Votre fils n'était pas seulement son compagnon, mais son confident et son complice. Je lui en veux parce qu'il ne se droguait pas, lui.

– Il est mort, dit Lucie.

Que c'était étrange d'entendre parler de son fils, de l'imaginer dans un autre milieu, dans une autre famille!

– S'ils ne s'étaient pas rencontrés, ma fille serait encore en vie, continua Louise Van Haag. Il l'a bluffée avec Paris, elle a passé plusieurs jours dans l'immeuble où vous habitez, dans la chambre au sixième. Ça lui plaisait d'aller à Paris mais ensuite, pour avoir ce douteux « privilège », il fallait qu'elle transporte de la drogue de Paris à Amsterdam. C'est votre fils qui lui a fait rencontrer l'autre...

– Quel autre?

– L'intermédiaire entre le gros trafiquant et nos enfants. Ils voulaient faire passer quelques kilos d'héroïne en Hollande. Votre fils était payé en argent et, à son tour, « payait » ma fille en drogue. Pour pouvoir passer l'héroïne, un groupe de jeunes transporteurs non fichés à la police a été créé. Notre fille s'est vite habituée à la drogue. Surtout à en disposer en quantité. L'intermédiaire les payait en argent et en drogue.

– L'avez-vous vu, cet homme?

– Il était à moitié hollandais, à moitié français, dit Van Haag. Il fascinait nos enfants, qui lui faisaient confiance. Il était gentil, presque aimable. Il devait avoir une trentaine d'années.

– Il devait avoir? répéta Lucie en accentuant le mot « devait ».

M. Van Haag repoussa sa tasse vide et se pencha vers eux.

– Nous l'avons éliminé. Ma femme et moi. Nous l'avons

236

battu, nous l'avons défiguré. Ensuite, nous avons mis le foulard de notre fille autour de son cou et nous l'avons jeté dans le canal. Vous souvenez-vous d'un foulard vert pomme? Didier le portait souvent, et puis, un jour, il l'a offert à notre fille. Elle ne s'en séparait presque jamais. Sauf le jour de sa mort. Ce qui nous a permis de nous en servir et de le nouer autour du cou de l'homme que nous avons assassiné.

Marc prit Lucie par la main.

Mme Van Haag intervint :

– Nous n'avions jamais imaginé l'hypothèse que vous alliez « reconnaître » le corps de votre fils. Vous nous avez fourni un alibi extraordinaire. Vous avez reconnu son foulard, n'est-ce pas?

Lucie luttait contre la nausée.

– Je sais, dit Mme Van Haag, je sais, tout cela est difficile à supporter. Mais votre fils est vivant.

Vivant... Lucie et Marc essayaient d'absorber le mot et ce qu'il représentait.

– Vivant?

– Vivant.

– Il vit chez un cultivateur hollandais où il travaille comme manœuvre.

Il n'existait guère de possibilité de franchir la distance entre la vie et la mort que créaient les mots. Lucie se tourna vers Marc, comme si elle avait voulu vérifier le récit sur le visage de son mari.

– Tu as entendu?

Marc tentait de récapituler.

– Si nous retrouvons officiellement notre fils, l'affaire va être portée devant le tribunal et jugée. Vous serez arrêtés, inculpés de meurtre et condamnés.

Il voulait boire le reste du café mais ne réussit pas à tenir la tasse. Louise Van Haag leur parlait avec douceur :

– Nous avons décidé de vous soulager de votre chagrin. Votre fils alimentait Annlise en drogue, mais, apparemment, l'overdose a été provoquée par l'autre. Après la mort d'Annlise, il s'est caché. Le lendemain de votre visite à la morgue, où vous avez « reconnu » votre fils, nous avons commencé à le chercher. Nous avions l'impression d'être en dette envers vous. Vous nous avez fourni un alibi, on allait aider votre fils. Nous avons discuté avec lui. On a conclu un marché. Nous avions la possibilité de le faire oublier. Le fermier se doute bien que l'affaire n'est pas très propre, mais il s'en arrange.

– Didier pourrait sortir de sa clandestinité à n'importe quel moment! s'exclama Marc. Il n'a pas de raison de gâcher ainsi sa vie.

– Je n'en dirais pas tant, dit Mme Van Haag. Certainement pas. Une grande quantité d'héroïne a disparu. Sait-il quelque chose? Dès qu'il aura réapparu, la police et les trafiquants lui tomberont dessus.

– Je veux le voir, décréta Marc, et essayer de l'aider.

– Vous aurez des problèmes.

M. Van Haag reprit la parole :

– Pas seulement avec la police et les trafiquants qui cherchent leur marchandise volée, mais aussi sur le plan personnel...

– Que voulez-vous dire? demanda Lucie.

– Il ne veut pas de vous..., articula doucement Louise. L'affaire de la drogue vient de là... Il voulait avoir de l'argent rapidement pour se libérer de vous deux.

– De nous deux?

– Surtout de vous, madame. Il avait peur de vous...

– Peur de moi?

Lucie répéta :

– Peur de moi?

– Oui, dit Van Haag. Vos relations semblaient plutôt tendues. Il y a eu des moments où il nous considérait, nous, comme sa vraie famille.

– Vous, sa vraie famille? Et nous?

– Il est difficile de parler de tout cela sans vous faire du mal. La désaffection des enfants est un sentiment très stérilisant. Très frustrant. Il se sentait bien chez nous.

– Tout en détruisant votre fille...

– Tout cela n'est pas simple. Il semblait être un gentil

garçon. D'une visite à l'autre, il s'intégrait. Il aidait à mettre la table.

Une bouffée de colère envahit Lucie.

– Il vous aidait à mettre la table?

– D'ailleurs, ajouta Mme Van Haag, soyons francs. Au début, on vous croyait injuste avec lui. Et très dure. Il avait peur de vous, de vous deux. Il nous confia que vous vouliez que sa chambre soit en ordre, qu'il rentre à heure fixe... Que vous vous intéressiez à ses déplacements, que vous vouliez connaître ses amis...

Lucie la provoqua :

– Nous sommes des parents impossibles, n'est-ce pas?

– Bon Dieu de Bon Dieu! s'exclama Marc, on ne devient pas trafiquant de drogue parce qu'on trouve ses parents emmerdants! Non? Quand même pas!

– Il était plutôt entremetteur, un amateur habile et avide, un dealer improvisé. Il avait le sentiment qu'il pourrait toujours en sortir s'il le voulait. On le croyait timide, mais ça ne m'étonnerait pas qu'il soit pour quelque chose dans la disparition de la drogue. Il est si patient dans cette ferme. Pourquoi serait-il patient? L'attente ne l'effraie pas.

Lucie dit :

– J'aimerais que vous me croyiez. Pour moi, il est mort. Je voudrais ne plus jamais le voir. Il n'aura plus jamais peur de moi.

– Ne t'emballe pas, Lucie.

– Il est mort, répéta Lucie. Madame Van Haag, monsieur, vous n'irez pas en prison. Le cadavre repêché dans le canal restera toujours celui de mon fils...

– Comme je vous comprends! s'exclama Louise. A partir d'un certain moment, ils arrachent de vous, eux-mêmes, l'instinct maternel. On n'a plus envie de souffrir.

– Est-ce vrai? répliqua Lucie. Alors pourquoi vous promenez-vous avec les photos d'Annlise? Pour vous faire du mal? Sans relâche?

– Je ne sais pas, répondit Mme Van Haag, docile. Vous avez tout à fait raison...

Mme Van Haag prit de son sac son stylo et écrivit précautionneusement sur une feuille arrachée de son agenda l'adresse de Didier. Elle tendit le bout de papier à Marc.

– Le village est à peine à une heure de voiture d'Amsterdam. Si vous le ramenez, nous serons inculpés.

– Je ne sais pas, intervint Van Haag, en regardant la nappe sur la table, je ne sais pas si vous êtes plus heureux, si j'ose dire, qu'avant notre aveu. J'ai dit à ma femme que nous vous exposions à un choc redoutable. Vous avez vécu la mort de votre fils. On vous le rend vivant, mais il vous renie.

Il mangeait les miettes qu'il ramassait une par une sur la nappe, c'était nerveux.

– Nous, nous n'avons plus rien à perdre.

– La liberté, dit Lucie.

Et le ton monotone de sa voix ne trompa pas une seconde Marc.

– Votre fille vous a transformés en assassins, continua Marc. Et vous lui pardonnez?

– Elle ne mesurait pas le mal qu'elle nous faisait. Parfois, elle se jetait contre ma femme et disait : « Je t'aime, Maman. » Nous l'avons conduite dans un centre de désintoxication. Elle n'a pas accepté d'y rester plus de trois jours. Nous l'aimions, et quand on aime...

– Ne m'expliquez pas ce que c'est que d'aimer, prononça Lucie.

Marc l'interrompit.

– Nous allons partir. Ma femme est sous le choc. Mais soyez sûrs qu'elle va pardonner à son fils.

– Non! s'exclama-t-elle. Non. Tu n'as pas le droit de dire ça...

L'idée de ce pardon plongea Lucie dans la violence. Combien de fois s'était-elle trouvée face à un tribunal d'adultes qui distribuait ses sentences? Combien de fois avait-on « pardonné » ses révoltes, ses étourderies, combien de fois, forcée par les circonstances, avait-elle dû solliciter ce pardon, pour survivre dans un milieu familial qu'elle croyait hostile?

– Je ne pardonnerai jamais.

Elle parlait rapidement, la voix basse :

– J'ai été piégée dans mon ventre. Ce lâche que j'ai mis au monde restera là-bas, où il se trouve bien, dans le fumier de cette ferme.

Marc voulut la calmer.

– Ne me touche pas. Ton fils t'a fait souffrir à en crever. Et tu oublies? Cours donc et ouvre-lui les bras. Si tu n'as pas honte...

– Il faut prier, madame, conclut Louise Van Haag. Dieu...

– Non! l'interrompit Lucie, non! Vous avez massacré un type, vous l'avez jeté pour qu'il pourrisse mieux dans un canal, vous avez vengé votre fille. Je vous comprends, mais, de grâce, ne parlez pas de Dieu. Écoutez... De quoi parle-t-on? De meurtre, de trafic de drogue, de poursuites, de vie clandestine, de haine, et vous osez parler de Dieu? De pardon? D'amour? Mais enfin, rendons aux mots leur sens.

M. et Mme Van Haag la regardaient.

– Un jour..., hasarda Mme Van Haag.

– Non, ne me dites plus rien. Je n'ai jamais eu de fils. Je n'ai pas promené mon enfant au Jardin d'acclimatation pour le regarder, émerveillée, s'amuser. Non. Je n'ai jamais acheté à crédit un train électrique que mon gentil mari a monté sur une belle planche, se mettant à genoux pour lui montrer comment ça fonctionnait. Non. Je n'ai jamais eu de fils nommé Didier... Je suis une femme stérile et heureuse de l'être.

– Je ne sais pas ce que nous allons faire, répétait Marc. Je ne sais pas.

Les Van Haag les accompagnèrent jusqu'au parking, comme s'il s'était agi d'une curieuse fête de famille à laquelle ils auraient tous participé.

Assise à côté de Marc, Lucie attacha sa ceinture, un réflexe. Cette pression sur sa poitrine était rassurante.

Le paysage morne défilait devant eux. Des corons, des usines, fusaient parfois des échappées de fumée grise et ocre. Des maisons en briques rouges, bordées de jardins étriqués. Les toits frôlaient le ciel bas. Sur l'autoroute, elle se mit à parler.

– Tu te souviens, quand tu m'as serrée dans tes bras et tu m'as dit : « Ayons notre enfant? » J'ai voulu cet enfant, comme toi. Didier était un enfant voulu, c'est important! Et nous avons réussi quoi? En accordant notre corps et notre âme, à concevoir une source de malheur. Il n'était pas un enfant du hasard, d'une maladresse, non, il est né de notre amour. J'ai vidé le berceau, Marc. Terminé, le chagrin maternel.

– Un jour..., fit Marc.

– Un jour? Jamais. J'aurais tout fait pour lui, le ménage, la contrebande, la trahison. J'aurais continué à haïr la société ou faire semblant de l'aimer, qu'importe! Je fais un désaveu de maternité. Je m'en vais avec Mme Atkinson. Je serai enfin libre.

A cause de la mauvaise visibilité, ils roulaient coincés derrière un camion. Par la vitre baissée, le conducteur de l'engin fit de grands gestes pour les inciter à le dépasser. Marc, durant la manœuvre, frôla presque une voiture qui débouchait en sens contraire.

Il suggéra prudemment :

– Si tu voulais parler à Chavat...

– Ne me fais pas chier avec ton psychiatre, dit Lucie. C'est terminé. J'ai tout fait, j'ai été la bonne et la mauvaise mère, j'ai été la pseudo-psychopathe, j'ai été la persécutée d'office, on a tout raté, y compris notre mariage.

Marc regardait la route.

– Je n'imaginais pas que ce serait ça, le mariage, continua Lucie. J'ai cru aussi qu'un enfant aimait ses parents d'office. Je me suis trompée sur tous les plans. J'ai manqué mes vingt ans. Je vais les vivre maintenant. Je vais devenir « fille au pair », un peu défraîchie, mais au pair quand même. Voir le monde. Je vais vivre l'aventure. Je veux tout connaître, des hommes, des femmes, des pays, des paysages.

– Aurais-je manqué, moi aussi, mes meilleures années?

– C'est ton affaire, Marc. Il faut, dès qu'on peut, appeler ton ami avocat, maître je-ne-sais-pas-quoi... pour nous aider. Il faut divorcer très rapidement.

– Tu veux divorcer légalement? Ou vivre séparée...

– Oh! s'écria Lucie. Encore de l'hypocrisie! Vivre séparée pour plaire à qui? Ou ne pas déplaire à qui? Je veux être libre, légalement libre. Pour faire ce que je veux, où je veux. Je veux être célibataire et avoir du temps devant moi pour devenir une célibataire endurcie.

Elle articula le mot « en-dur-cie »...

– Je ne sais pas si tu as raison de vouloir faire le vide autour de toi...

– C'est fait, Marc. Je me bagarre avec le « vide » depuis la morgue d'Amsterdam.

Puis elle se tourna vers lui :

– Ne me dis pas que tu as peur de rester seul? Tu rencontreras un jour une gentille femme. Quelqu'un qui aime faire des confitures et de jolis paquets pour Noël. Tu as cinquante ans, c'est le Pérou. Un type de cinquante ans qui devient orphelin... Je ne parle pas de tes parents, tu raconteras, comme d'habitude, une belle histoire à ta mère, pour ne pas l'énerver... Pour ta future femme tu n'auras que l'embarras du choix. Tu te rends compte? Un appartement, un salaire de fonctionnaire, pas de dettes, pas de pension alimentaire à verser. C'est fabuleux.

– Ne t'occupe pas de mon avenir, lui rétorqua Marc. Et si l'Américaine changeait d'avis?

– Si elle me laissait tomber? Alors, je partirais avec un visa de touriste et je me perdrais là-bas. Je deviendrais une illégale. Avant tout, Marc, sois gentil, laisse-nous divorcer. Ne fais rien qui puisse réveiller l'affaire de Didier. Je ne veux pas de complications juridiques avant mon départ.

Ils roulaient dans la banlieue parisienne. Lucie dit :

– J'ai lu récemment un livre concernant les liens familiaux des Orientaux. Selon un vieux dicton chinois, les remords que peuvent ressentir les fils ou les filles indignes provoquent des douleurs physiques insupportables. L'auteur cite l'exemple d'un malade dans un hôpital psychia-

243

trique. Un type en camisole de force hurle. Il a l'impression qu'un rat introduit vivant dans son corps le dévore. « Il n'y a que ma mère qui pourrait arrêter le rat. Appelez ma mère!

– Je ne peux pas, répond le médecin. Vous l'avez tuée de chagrin. Vous serez dévoré chaque jour de votre vie. »

Elle se tourna vers Marc.

– Un jour, Didier aura son rat dans les viscères. Son indignité prendra la forme d'un rat qui le consumera tous les jours...

Ils arrivaient dans leur rue.

– Je te dépose devant la maison, déclara Marc, et je vais au garage.

Un taxi stationnait devant l'immeuble. L'une des Anglaises en descendit. Elle les salua d'un geste puis chercha de l'argent dans son sac pour payer le taxi.

– Il y a encore des gens aimables, remarqua Lucie.

Elle se dégagea et allait quitter la voiture.

– Je monte. Je te prépare quelque chose?

– Je ne sais pas. Je ne sais pas. Je vais appeler le bureau, ensuite on verra.

L'après-midi était opaque, avec quelques traces de jaune qu'aurait oubliées un soleil distrait.

– Ça va? dit l'Anglaise en se précipitant sur Lucie.

Elle l'inondait de paroles.

– J'ai fait un beau voyage. J'adore la Bretagne. Voyez-vous, quand on s'éloigne d'une ville comme Paris, on apprécie encore plus la nature.

Elles prirent l'ascenseur ensemble. Delphine avait une odeur de muguet, légèrement tournée...

Elles se séparèrent sur le palier.

Lucie entra chez elle. Elle serait obligée de vivre ici pendant quelques semaines encore. Elle jeta un coup d'œil indifférent sur la petite table qui lui faisait des bleus quand elle s'y heurtait. La table était éventrée, son tiroir à moitié fendu par les saccageurs.

Elle partit pour la chambre à coucher, s'assit sur le lit et appela Cecile Atkinson. Au bout de quelques minutes l'Américaine lui dit : « Allô ? » Sa voix semblait bizarre.

– Bonjour, Lucie, ajouta-t-elle.

– Vous avez mal à la gorge ?

Cecile se mit à rire.

– Non. Je parle la bouche pleine. J'avais très faim. Figurez-vous, j'ai un rendez-vous assez tard dans la soirée au bord de la Seine. Je trouve cela romantique. Je connais Paris, mais pas les berges.

– Les berges ? Où allez-vous ?

– C'est juste une blague. Pas plus. Je vais rencontrer quelqu'un qui aime plaisanter...

– Mais vous n'allez pas sur les berges ?

Cecile venait d'avaler un morceau de son pain de mie.

– Mon programme est amusant.

– Faites attention à vous, dit Lucie. Paris est une ville dangereuse.

– Ma pauvre chérie, dit Cecile. Je n'ai rien à craindre. La poisse, c'est pour les hommes que je fréquente, pas pour moi. Je vous vois quand ? ajouta-t-elle.

– Quand vous voulez... Même maintenant... Si vous voulez que je vous accompagne à votre rendez-vous ? Je vous assure qu'à votre place...

– Laissez tomber, ma petite, l'interrompit Cecile. Venez demain, en fin de matinée.

– Madame ?

– Oui...

– Je voulais juste vous le dire, je suis libre. J'aimerais aller vivre en Amérique.

– Vous n'êtes pas la seule, commenta Cecile en prenant un morceau de fromage, vous n'êtes pas la seule à vouloir vivre en Amérique. En principe, nous partons le 14 juillet. L'avion que je prends d'habitude quitte Paris à 10 heures. On est à New York à 13 heures locales.

– C'est long, jusqu'au 14 juillet, dit Lucie. C'est très long...

– Vous avez cette impression, vous aussi ? Vous avez peut-être raison... Il n'est pas exclu que nous partions plus tôt, et à trois...

– A trois? Vous allez engager une autre femme?

– Non, répondit Cecile. Non, mais il n'est pas exclu que j'engage un secrétaire.

– Un homme?

– Oui.

– Un Français?

– Oui.

– Et il connaît l'anglais suffisamment pour vous servir de secrétaire?

– Un anglais parfait, plus élégant que le mien. Le sien est *made in Oxford*.

Lucie camoufla sa jalousie et dit avec douceur :

– Je vous admire. Vous n'avez pas seulement l'envie mais aussi la possibilité d'emmener avec vous deux personnes... Payer deux voyages...

– Quand on est seule comme moi, il faut bien tenter de meubler le vide...

Lucie ne répondit pas. Elle se sentait reléguée au rang des cadeaux qu'une femme riche pouvait s'offrir, quelque chose entre un caniche toy et un must de Cartier.

– Ne vous en faites pas, dit Cecile. On va bien s'amuser à New York. Et vous rentrerez à Paris au début d'octobre. Ça vous va? Vous verrez encore l'été indien, Central Park roux et les New-Yorkais délicieux. Il y a deux périodes où ils sont agréables. Avant Noël et lors du dernier soleil d'automne. Vous pourriez rester jusqu'à la fin du mois d'octobre. Après, il commence à faire froid. Novembre est possible encore, mais quand les vents de décembre déferlent, je pars pour Palm Springs.

Ainsi, dessinait-elle le cadre et les limites de la future vie de Lucie. Celle-ci n'osait pas protester. Il fallait tout accepter pour arriver aux USA. Une fois sur place, elle tenterait de trouver une solution.

– Quoi qu'il arrive, je suis à votre disposition. Je serai libre. Je divorce...

– J'espère que votre divorce n'a rien à voir avec notre rencontre?

– Non. Du tout. Une vieille affaire qui se termine de cette

manière-là. Il fallait que je me libère. Depuis la mort de mon fils..., prononça-t-elle, juste pour essayer sa voix. Elle n'éprouvait pas la douleur habituelle. Plus rien que l'image d'une grotte étincelante, une grotte-cimetière. Et au sol le corps désarticulé d'une femme. Le sien... Mais l'âme était libérée.

– Pour votre visa, dit Cecile, en cas de besoin, vous pouvez m'indiquer comme référence. Je vous ai déjà donné mon adresse à New York?

– J'ai votre carte de visite.

– Vous pouvez aussi me faire appeler par l'ambassade. Ce sont des gens délicieux.

Les images se succédaient dans l'esprit de Lucie. Quatre hommes vêtus de blanc venaient de pénétrer dans sa grotte. Ils avaient ramassé la dépouille de la femme. « Encore une mère assassinée », annonça quelqu'un. Brancard. Tunnel. Lumière au bout. Libre, enfin libre.

– Je n'aurai qu'une valise, dit-elle.

Elle avait envie de sourire et d'ouvrir les bras à un inconnu. L'antimiracle s'était accompli. Elle avait pu se dégager de son amour. De sa maternité.

– Une valise? commenta Cecile. Vous pourrez prendre ce que vous voulez. Même deux grosses valises. C'est le nombre qui compte, pas le poids. Ça fait partie du confort de la TWA. Je voyage avec elle deux fois par an. Lors de mes grandes détresses, elle me servait de nounou. J'entrais dans la carlingue de la TWA et j'étais déjà dans le Nouveau Monde. Ou plutôt dans un monde nouveau. L'avion était devenu ma maison de campagne et les continents que je quittais ou que je retrouvais mes jardins.

En évoquant des fragments de son passé, elle tentait d'imaginer les relations futures entre Orlov et Lucie. Il était assez excitant de les confronter. Se toléreraient-ils? Se chamailleraient-ils? S'arrangeraient-ils pour qu'elle ne les renvoie pas dans un moment d'agacement?

– Nous devrions aussi discuter de votre salaire, dit Cecile.

– Je n'ai besoin de rien, un peu d'argent de poche, si

247

vous voulez... Vous verrez en fonction des services que je vous rendrai.

Elle plongeait dans la soumission qu'elle haïssait, mais il fallait avoir tous les atouts de son côté.

— Je vous offre cinq cents dollars par mois, proposa Cecile. C'est peu. Mais vous serez logée et nourrie et, parce que nous avons à peu près la même taille, habillée aussi... Je change de vêtements très souvent.

— Merci pour l'argent, dit Lucie prudemment.

Puis elle ajouta :

— Je n'ai pas besoin de vêtements. J'ai tout ce qu'il me faut.

Elle refusait l'idée de se faire habiller. Du fric, oui, mais pas de fringues.

« Plus ils sont pauvres, plus ils sont orgueilleux », pensa Cecile.

— A quelle heure voulez-vous que je vienne demain ?

— Je vous appellerai entre 9 et 10 heures. Ça vous va ?

— Parfait. A demain, madame.

— Je vous ai dit de m'appeler Cecile.

— Vous m'intimidez...

Lucie eut soudain peur d'en avoir trop fait, son numéro d'employée soumise devenait grinçant.

— Au revoir et bonne soirée, Cecile.

Les deux femmes se quittèrent.

***

Ce soir-là, Cecile se maquilla d'une manière assez agressive. Elle s'habilla d'un ensemble pantalon en shantung noir, avec une fleur rouge à la boutonnière. « Me déguiser en rat d'hôtel, c'est de circonstance, et ne pas oublier mes papiers d'identité... »

Plus tard, elle se contempla et se trouva intéressante. Heureusement, le séjour parisien réservait quelques surprises. En revenant au salon, elle ôta la fleur artificielle du revers de sa veste et piqua une des roses jaunes de Duverger à la boutonnière.

Marc voulait éviter de rester longtemps avec Lucie. Il jeta un coup d'œil dans la chambre, elle préparait soigneusement l'une de ses valises.

– Déjà? fit-il.

– Ça me passionne, ma valise pour l'Amérique.

Il revint au salon. Et s'il montait chez Liliane? Elle lui offrirait peut-être un verre... S'asseoir et se taire avec un verre de whisky à la main. Être tout simplement en présence de quelqu'un qui ne fait pas de reproches. Quelqu'un qui ne fait pas sa valise, un mois avant un hypothétique départ...

Il sortit de chez lui, monta les marches deux à deux, reprit son souffle devant la porte de Liliane et sonna.

Elle nouait la ceinture de son peignoir lorsqu'elle ouvrit. Elle oublia un peu son sourire poli.

– Monsieur Torrent! Bonsoir.

Il se sentait maladroit. Pourquoi une telle femme s'intéressait-elle à lui?

– Si je vous dérange...

– Je ne suis pas habillée. Mais entrez donc!

Ce « donc » était un vrai bloc de béton attaché à ses pieds. Il aurait dû partir, mais il ne pouvait pas résister à l'envie de rester avec elle. En la suivant vers le salon, il se sentait étrangement chez lui dans l'appartement identique au sien, meublé différemment.

– Je suis seule, dit-elle. Ma fille est sortie.

Il hésita et saisit l'occasion.

– Je voudrais vous demander la permission de téléphoner. C'est pour l'étranger. Je vais payer la communication.

– Je ne comprends pas : ce n'est pas un bureau de poste, ici. On ne paie pas chez moi.

Puis elle se reprit :

– Je suis agacée, mais vous n'êtes pas en cause. Je suis harassée. Il ne faut pas m'en vouloir.

– Je m'en vais tout de suite. Je ne vais même pas téléphoner. Pardonnez mon intrusion, s'il vous plaît.

– Ne perdons pas notre temps, téléphonez! Là, l'appareil est dans la pièce, à droite.

– Vous croyez? Merci.

Il n'était plus du tout pressé.

Liliane fit un effort et devint plus aimable.

– Voulez-vous un whisky?

– Oui. Merci. Je serai ravi si vous m'offrez un whisky. Et je téléphonerai après... à mon fils.

Il attendait la réaction de Liliane.

– Vous en avez deux? l'interrogea-t-elle. Où est l'autre?

– Non. J'ai un seul fils, dit-il.

Il allait déverser l'amertume accumulée en lui sur cette femme.

– Je n'ose pas trop plaisanter avec vous, dit Liliane, mais, depuis que j'ai eu le malheur d'emménager ici, on dévalorise mon appartement que je paierai pendant quinze ans; on me persécute, on me prévient, on m'annonce des catastrophes à cause de votre fils mort. Et vous voulez l'appeler... Où?

– Le corps que nous avons vu à la morgue n'était pas le sien. Lui, il est vivant.

– Comment le savez-vous?

– Ceux qui ont tué l'autre nous ont tout dit ce matin.

– Je vais boire un whisky moi aussi. Et le plus tôt possible. Allez téléphoner, on s'expliquera après.

– Vous avez le Bottin?

– Un tas. Des miniatures. Par terre, à côté de la table du téléphone.

Elle se mit à sourire.

– Mais si votre fils est vivant, il pourrait revenir et nous cesserions d'être l'immeuble à scandale. Et pourquoi ne l'appelez-vous pas de chez vous?

– Nous sommes sur table d'écoute.

– Téléphonez. Je prépare les whiskies.

A la cuisine, face au placard où étaient rangés les verres, elle réfléchissait. Elle prit deux verres en faux cristal solide, brutalement ciselé. Elle versa directement dans chaque verre sur les glaçons entassés une bonne rasade de whisky.

Elle s'assit sur le canapé et attendit. De loin, comme un écho, la voix de Marc. Les mêmes phrases en anglais, en français.

Marc, en proie au trac, transpirait. Son premier interlocuteur, en Hollande, était un homme qui ne comprenait pas un mot de français. Puis une femme vint au téléphone, elle parla ensuite à son mari. Un dialogue entre le couple, en hollandais. Une voix qui dit en français :

– Allô, qui est à l'appareil?

– Didier?

Un silence.

– Didier?... C'est moi.

Que dire à un trafiquant de drogue supposé meurtrier par maladresse ou inconscience? Lui dire : « Ton papa à l'appareil? »

– C'est toi, Papa? D'où parles-tu?

Il semblait plutôt ennuyé de l'appel.

– D'un appartement d'amis. Tu nous as fait beaucoup de mal, Didier.

Un silence de l'autre côté.

Il osa à peine ajouter :

– Allô? Ta mère a souffert. Beaucoup.

Didier parlait soudain très rapidement.

– Ne raconte pas d'histoires! Vous m'avez reconnu,

mort. Le fameux instinct maternel n'a pas fonctionné. Ça ne m'étonne pas de ma mère, elle ne m'a jamais aimé. Elle m'a terrorisé depuis toujours. Puis elle m'a enterré. Officiellement.

— Tu es injuste, la défendit Marc. Ta mère va partir pour les États-Unis, elle veut divorcer. Notre appartement a été mis à sac hier, on cherche de la drogue. En dehors du chagrin, tu nous as causé de graves ennuis...

— Je fais le mort, que voulez-vous de plus?

— Didier, il faut revenir. Je t'accompagnerai à la police. Tu vas faire une déposition. Les Van Haag répondront de leur acte devant la justice. Tu vas être jugé à ton tour, mais tu t'en tireras assez rapidement. Et alors, tu recommenceras une autre vie.

— Que c'est beau! s'exclama Didier. Décidément, tu ne changeras jamais, Papa. Je t'aime bien, mais ne compte pas sur moi. Tes belles histoires, je n'ai rien à en faire. Garde-les pour Grand-Mère, parce qu'elle a le cœur fragile.

— Didier, pense à ta mère...

— Justement. Je pense à elle, et je veux rester éloigné. Je n'en veux pas...

— Pourquoi? Dis-le!

— Elle m'a nargué... Elle ne m'a pas vraiment aimé.

— Ce n'est pas vrai. Tu es d'une injustice...

— N'insiste pas, intervint Didier. N'insiste pas... Si vous me vendez à la police, je vais tout nier, il n'y a aucune preuve contre moi, d'aucune sorte.

— On cherche de la drogue que tu aurais cachée...

— Des bêtises. Je n'ai rien fait. Ils comprendront.

— Qui? Ils?

— Ce n'est pas ton problème, Papa. Il faut vous rendre à l'évidence : entre nous, c'est raté. Vous avez voulu que je sois parfait : le meilleur élève, le fils le plus affectueux, le plus ordonné. J'en avais marre de tout cela. N'insistez plus...

— Mais qu'est-ce que tu veux faire de ta vie?

— Tout d'abord, pour le moment, je suis mort. J'attends.

– Pourquoi la drogue?

– Je n'y ai jamais touché, à la drogue. Je voulais tout simplement l'argent, la liberté. On est paumé sans argent.

– On t'en aurait donné.

– Tu plaisantes? Je parle d'argent et pas d'aumônes. Papa, il ne faut plus m'appeler.

– Qu'attends-tu?

– C'est mon affaire. J'ai dix-huit ans. Même si j'attends dix ans pour le fric...

– Quel fric?

– Je parle en général, Papa. Ne m'appelle plus...

Il raccrocha. Marc resta le combiné à la main, il perçut des bruits lointains, et puis le poste sonna occupé.

Marc sortit de la pièce.

– Le whisky...

– Vous parlez seul? demanda Liliane. Votre verre est préparé.

Il approcha, hagard.

– Prenez place.

Il s'assit auprès d'elle. Elle lui mit le verre à la main et il but quelques gorgées.

Il était reconnaissant, on s'occupait de lui, on le soignait, il avait une spectatrice, donc sa souffrance devenait plus vraie, plus « réelle ».

– Perdre un fils, ce n'est pas forcément le savoir mort physiquement. Il suffit qu'il ne veuille plus de sa famille...

– Si j'ai bien compris, vous avez parlé avec votre fils que vous croyiez mort il y a encore quelques jours?

– C'est exact. Mais il n'était pas content de mon appel. Il m'a jeté dans la grande poubelle où se retrouvent les parents encombrants. Il est inutile que vous soyez au courant des détails.

– Votre femme a dû avoir un choc, mais plutôt positif, non?

– Ma femme a une conception très particulière de la douleur. Elle est persuadée qu'il y a des douleurs pour les hommes et des douleurs pour les femmes. Selon elle, une mère souffre plus qu'un père.

Liliane se leva et alla chercher un plat rempli d'amandes. Elle aurait aimé l'aider. L'homme sur le canapé, tout grand et tout blond, portait encore son chagrin comme un alpiniste son sac à dos. Il avançait en se cramponnant d'un rocher à l'autre, il n'y avait en face de lui qu'une paroi lisse de montagne indifférente.

— Si vous en voulez...

Il prit quelques amandes par politesse.

— Un peu de whisky encore, peut-être...

— Avec beaucoup de glaçons. Merci.

Elle alla à la cuisine. Les cubes, à moitié fondus, pouvaient encore servir. Elle empila les glaçons et versa le whisky. Elle lui tendit le verre.

— Voilà. Le cadavre n'était pas celui de votre fils. Qui était-ce ?

— Celui qui avait embarqué Annlise dans la drogue. Annlise, c'est la fille hollandaise.

— Et qui a tué le fournisseur ?

— Les parents d'Annlise.

— Et vous avez appris cela ce matin ?

— Oui.

— Vous vous portez encore très bien, constata Liliane. Vous êtes d'une belle constitution.

L'alcool aidant, il reprit :

— Nous avons fait transporter, à l'époque, le corps présumé de Didier à Paris. Nous avons réussi à acheter une place au cimetière de Passy. Très chère et très difficile à trouver. Nous avons commandé une belle plaque gravée. Nous y apportions des fleurs. Et nous avons découvert aujourd'hui que l'objet de notre culte était un truand assassiné par des parents fous de douleur. A la Toussaint, nous avons fleuri la tombe, et nous nous sommes prosternés devant la dépouille présumée de notre fils. Le chagrin de ma femme était difficile à supporter. Et elle a embrassé la pierre tombale qui recouvrait un assassin.

— Heureusement qu'il vous reste un peu d'humour.

– Il faudrait l'exhumer et le mettre ailleurs, poursuivit Marc. Mais le ressuscité, notre Didier, ne veut ni de nous ni de son ancienne identité. Sa mère ne l'intéresse pas; il la rejette.

– Mais pourquoi? s'exclama Liliane. Mais pourquoi tant de haine?

– Didier était un garçon velléitaire et complexé. Sa mère, qu'il considérait plus faible, a joué un rôle bien précis : il avait, lui aussi, à son tour quelqu'un à sa merci.

Marc appuya sa tête contre le dossier du canapé, les bruits des avenues proches arrivaient vers eux par vagues. Il y avait la vie quelque part. La vie normale.

– Pourquoi se sont-ils manifestés? Pourquoi?

– Le remords.

– Et vous croyez que c'est vrai?

– Certainement.

– Alors, qu'allez-vous faire maintenant?

– Je ne sais pas très bien, répondit Marc. Ma femme désire divorcer et partir pour les États-Unis avec une Américaine. J'ignorais..., ajouta-t-il.

– Quoi?

– Que mon fils me détestait aussi.

– Vous devez être fatigué, monsieur Torrent.

– Épuisé, avoua-t-il. Depuis l'aube nous sommes en route. Un aller retour Paris-Bruxelles plus la confession que nous avons entendue. Parler avec un fils qui vous tue. Et maintenant, je devrais rentrer chez moi comme un prisonnier qui regagne sa cellule. Je n'en ai pas envie. Je préférerais aller à l'hôtel.

– Vous mesurez combien, monsieur Torrent? demanda Liliane.

– A peu près un mètre quatre-vingt-deux.

– Ce canapé fait deux mètres de long. Vous pourriez y dormir. Je vais vous donner des draps et des couvertures. Il faudrait peut-être prévenir votre femme, qu'elle ne s'inquiète pas.

– Il m'est difficile de lui annoncer que je vais dormir chez vous.

– Vous m'avez dit qu'elle voulait divorcer.

– Ma femme est très versatile. Elle peut changer d'avis. Tandis que vous, vous êtes différente. Vous êtes une femme forte. Elle pourrait se suicider.

– Allez, ne croyez pas trop à ce genre d'histoire. Celle qui promet sans cesse de se flanquer par la fenêtre ne le fera pas...

– Qu'en savez-vous?

– J'aurais aussi des choses à raconter, dit-elle. Mais j'ai pris l'habitude d'écouter et de ne jamais parler de moi.

– J'aimerais dormir ici, avoua Marc. Comment faire?

Il ne suffisait donc pas de l'inviter, il fallait aussi l'aider à mentir.

– Appelez-la au téléphone et dites-lui que vous êtes retenu quelque part.

– Non. J'ai peur de la réveiller. Si elle est couchée, elle a dû prendre des somnifères. Je descendrai voir ce qui se passe en bas, je laisserai un message écrit...

– Comme vous voulez, dit Liliane.

Qui avait pris soin d'elle quand Albert était parti? Personne. Ça amusait même les gens. Et lui, il attendait des encouragements. Il était hésitant, grand, voûté et presque timide tant il voulait plaire d'un côté et ne pas déplaire de l'autre.

– Je reviens, alors...

– Oui, revenez.

A peine était-il parti que Liliane se mit à transformer le canapé en lit. Elle apporta de la chambre des draps, habilla des oreillers.

Dix minutes plus tard, la sonnette. Marc était de retour.

– Ma femme doit être dans sa chambre. Je n'ai pas insisté. J'ai laissé un message sur la table de la salle à manger. Demain, si je descends à temps, je pourrai escamoter le message.

– Ça doit être chouette de vivre avec un type comme vous... Il pardonne tout, il comprend tout...

– Mais attention, de temps à autre, il casse tout, ajouta-t-il. Quant à mon fils, je le reverrai un jour. J'en suis certain.

– Vous n'allez quand même pas lui courir après? Il ne veut pas de vous! Pourquoi insister? Si j'étais à votre place...

– Vous n'êtes pas à ma place, répliqua Marc. Mais dites quand même, que feriez-vous?

– J'irais dormir.

Marc hésitait encore.

– Que va dire votre fille en rentrant, quand elle me trouvera sur le canapé?

– Je vous ai menti, dit Liliane, je vous ai menti. Elle ne reviendra pas ce soir. Elle prend le train à 23 heures pour Rome. Elle y va pour tenir la main de son père, qui ne s'est jamais occupé d'elle, mais elle y court. Elle n'est plus qu'abnégation, dévouement.

– Mais, s'exclama Marc, pourquoi fallait-il qu'elle aille ce soir à Rome? Pourquoi être si pressée?

– Son petit Papa, mon ex-mari, s'est cassé les deux jambes...

– Deux? s'écria Marc. Pourquoi les deux?

– C'est un détail! Il voulait peut-être prouver sa jeunesse fringante, il a refusé d'être doublé par le cascadeur de service. Pour pénétrer à l'intérieur d'un ranch, il fallait sauter à cheval au-dessus d'une barrière. Il a sauté, le cher homme. Ses jambes se sont brisées, et sa carrière aussi. Il n'a jamais eu de chance. De vraie chance. Sauf avec sa fille qui l'aime. Elle le soutiendra, l'aidera. Il l'a laissée tomber, alors elle ne l'en aime que davantage. Si j'avais enfermé ma fille dans une cage, si je l'avais maltraitée, elle m'aimerait peut-être. L'éclopé en Italie ne lui a même pas offert une brosse à dents en dix ans. « Mais lui, Maman, il n'est pas comme toi, lui, il n'a pas d'argent, lui, il doit entretenir toute une famille, lui, il doit lutter pour sa carrière, tandis que toi... »

– A quel moment tout cela dévie-t-il? demanda Marc, à mi-voix. A quel moment perd-on ses enfants?

– Quand on commence à en faire trop, dit-elle. J'ai déjà

choisi des petits rideaux roses assortis à son couvre-lit rose aussi, pour sa future chambre au sixième. Juste à côté de celle de Lazare...

– Quel Lazare?

– Votre fils...

Ils savaient qu'ils allaient l'appeler Lazare, dans l'avenir, s'il y avait un avenir pour eux deux.

Elle se pencha vers lui.

– Je vais vous donner une information fabuleuse.

– Quoi?

– Il existe des parents qu'on aime...

– Qui les aime? chuchota-t-il.

– Leurs enfants. Je connais des gens qui ont de belles relations familiales, qui se voient à Noël, où on fait des paquets cadeaux pour les fêtes, il y a des femmes qui sont heureuses quand elles deviennent grand-mères. Mais oui...

– Vous en connaissez beaucoup? demanda Marc.

Deux ethnologues sur un point blanc, non exploré encore, du globe terrestre. Ils évoquaient les habitudes et les rites d'une race inconnue pour eux : les parents heureux de l'être.

– Je crois que je m'endors. Je suis tellement fatigué.

– Moi aussi, reconnut Liliane, j'ai sommeil.

– Savez-vous quelle est la plus grande sottise que mon cher père m'ait dite? fit Marc.

– Non.

– Il faut épouser une fille malheureuse, elle sera reconnaissante au destin d'avoir trouvé un bon mari. J'ai épousé une femme malheureuse depuis son enfance, et elle continue à être vouée au malheur. Amusant, non?

– On fait la vie avec ce qu'on peut, constata Liliane.

Les bruits montaient de la rue. Quelqu'un parlait d'une voix forte. Une explication interminable entre une femme et un homme.

– La vérité, c'est le couple! Mais qu'est-ce qu'il faut comme chance pour en profiter, être oublié par le cancer, négligé par la crise cardiaque, épargné par le chauffard fou... Je ne parle même pas des autres femmes qui prennent l'homme qui vit avec vous. Le couple, quand ça marche, c'est quelque chose.

– Je voudrais boire un peu d'eau, dit Marc.

– La cuisine est au même endroit que chez vous. Allez-y.

Elle écoutait l'écho des petits chocs des objets familiers. Quelqu'un qui ouvre les placards, cherche des verres, un maladroit qui énerve et qui rassure, un homme qu'on aurait même un jour peut-être envie de voir davantage. Comme ça.

Elle le rejoignit à la cuisine.

– Monsieur Torrent, je tombe de fatigue, moi aussi. Je vais me coucher. Votre lit est préparé. Je vous souhaite une nuit agréable.

Il avait maintenant un verre d'eau à la main. Elle le raccompagna au salon et elle le vit chercher quelque chose du regard. «Un boy-scout qui aurait oublié sa tente... », pensa-t-elle.

– Qu'est-ce qui vous manque?

– J'ai oublié de monter un pyjama. Je ne voudrais pas redescendre, si Lucie se réveillait...

– J'en ai un à vous prêter, dit Liliane. Un pyjama trop grand en solde que j'ai acheté par erreur. En soie naturelle. Je n'ai pas fait attention à la taille. Quand je l'ai déplié à la maison, j'ai compris que c'était pour Gulliver. Je vous l'apporte.

Elle partit et revint avec un vêtement en soie verte.

– L'ancienne penderie de cet appartement, commença-t-elle.

– Le dressing-room chez nous..., répondit Marc.

– Appelez-le comme vous voulez, bref, je l'ai transformé en salle de douche. Vous pouvez l'utiliser. Au bout du couloir.

– Merci pour votre accueil. Demain matin je vous apporterai des croissants pour le petit déjeuner.

– Si vous trouvez un boulanger ouvert, je ne dirai pas non. Je dois me lever très tôt. Ma fille a bouleversé ma journée d'aujourd'hui. Je dois rattraper mon retard. J''ai des dossiers très difficiles qui m'attendent. Je vais travailler, et pourtant demain, c'est samedi.

– Je dois être au bureau moi aussi, au plus tard à 9 heures, renchérit Marc. Je suis littéralement écrasé par mon propre retard... Je ne sais plus ce que c'est qu'un samedi. Je connais un boulanger dans le coin qui vend des croissants très tôt. Voulez-vous que je vous réveille avec un café?

Quelqu'un voudrait la choyer un peu? La gâter?

– Non, merci, dit-elle hésitante. Non. Mais c'est très gentil d'y penser. C'est très, très gentil. Bonsoir, monsieur Torrent. J'espère que vous ne dormirez pas trop mal. Je vous aurais dit de prendre le lit de ma fille, mais...

Sa voix fut voilée.

– Mais on ne sait jamais. Si elle changeait d'avis, si elle revenait de la gare, je vous ai dit qu'elle était capricieuse, alors il ne faudrait pas qu'elle trouve quelqu'un dans son lit.

– Votre fille vous fait mal, constata Marc, en connaisseur. C'est une vraie petite garce.

– Elle n'est pas forcément une garce, ma fille, dit-elle, détachée. Elle n'a pas de cœur, elle n'a pas besoin de mère. Elle me fait sentir mon inutilité depuis des années...

– On les a trop aimés, conclut Marc. Nous sommes bons pour le placard.

– Non! objecta-t-elle. Justement, j'ai décidé de me comporter différemment. Dans la tête aussi. J'ai mis des serviettes près de la douche. Au revoir, monsieur Torrent.

– Merci, madame. A demain.

Les habitudes ancestrales leur faisaient souligner les frontières qui les séparaient. C'étaient Mme Unetelle, et M. Untel qui allaient se coucher. Des gens bien, quoi, avec une moralité à toute épreuve, n'est-ce pas? Fidèles aux principes.

Liliane se réveilla vers 2 heures, fraîche et presque reposée, prête à prendre la vie à bras-le-corps, tout de suite, maintenant, en pleine nuit. Elle réfléchissait, elle ressentait la présence de Marc. Il y avait un réfugié au salon, un homme à la mer qui avait tendu la main vers un canot de sauvetage. Elle l'avait repêché.

Elle alla dans la pièce qu'elle appelait « bureau », elle y prit un dossier marqué « personnel », l'ouvrit et relut les deux feuillets tapés à la machine.

La veille, dans la matinée, elle avait appelé le chef du secrétariat.

– J'ai une lettre personnelle dictée sur une bande, avait dit Liliane. Je vous demanderai de la transcrire.

La femme en face d'elle, secrétaire depuis la nuit des temps, savait qu'un jour ou l'autre, l'éternel patron ou patronne, dans un moment de détresse ou de crise, se livre.

– Vous pouvez compter sur moi.

Elle avait ajouté :

– Pour le secret.

– C'est une lettre de rupture. J'aurais dû l'écrire une plume dans une main et un mouchoir dans l'autre. Je préfère m'épargner. Veuillez passer ensuite la bande dans l'appareil à effacer.

– Je préférerais que vous le fassiez vous-même.

Elle avait pris la bande et était revenue rapidement avec la lettre préparée.

Cette nuit-là, Liliane relut le double de la lettre.

Cher Philippe.

Tu as toujours apprécié mon côté « femme moderne ». Tu ne seras pas étonné si je romps par secrétaire interposée. Je préfère mettre fin à notre liaison. Je ne veux plus n'être qu'une partenaire au lit, j'aimerais être aimée. Sinon, je préfère être seule. Je ne veux plus avoir honte d'être sentimentale. Je n'oublierai sans doute pas les heures mémorables que nous avons passées ensemble. Des exploits dignes des stades. Deux athlètes sur un drap. Grâce à toi, j'ai pu comprendre ce qu'est l'existence d'une femme libre

« qui a tout », *même le modèle des amants. Malgré nos jouissances olympiques, et parce que l'être humain est ingrat, j'ai commencé à m'ennuyer dans tes bras. Je préfère donc renoncer. Un accident arrivé à mon mari a précipité Teresa à Rome. Elle a saisi la première occasion pour me quitter. Alors, j'ai décidé de mettre fin moi aussi à des relations approximatives. Je ne te quitte pas pour quelqu'un. Je te quitte pour sauver mon amour-propre. Sans doute ne suis-je ni assez forte ni assez moderne pour profiter d'une liaison aussi formidable. Tu trouveras (si tu ne l'as déjà) une femme plus jeune, plus jolie, plus forte, et étrangère aux vieilles ambitions d'aimer. Bonne chance !*

Liliane.

« C'est aussi une forme de luxe, prononça-t-elle à mi-voix, que de se priver de quelqu'un dont beaucoup de femmes voudraient. »

Elle enferma la copie de sa lettre dans le tiroir de son bureau, elle sortit et s'approcha du salon. Elle écouta la respiration de Marc. « C'est dommage, pensa-t-elle, qu'on ne puisse jamais rencontrer de gens sans passé. »

« Le moment est arrivé où il faut jeter mes béquilles », se dit-elle à mi-voix.

Elle décida de se bâtir une indépendance intérieure. Elle allait vaincre l'envie perpétuelle de construire, de préparer, de soigner, de consoler, de créer, de subvenir aux besoins d'une famille fantomatique.

« Je vais être égoïste, murmura-t-elle en se recouchant. Égoïste, égoïste, égoïste. » Elle répéta le mot pour s'y habituer.

Le bonheur imprégnait ce soir chaque minute de Delphine et de Cooky.

Dans le silence de la nuit, parfois des bruits de pas leur parvenaient, accompagnés du sifflement de l'ascenseur. Elles bavardaient et élaboraient des projets, puis allaient à la cuisine.

– Je t'ai préparé une surprise, dit Delphine.

Elle prit du réfrigérateur une tarte aux myrtilles et un bol de crème fraîche.

– Regarde...

– Tu vas nous tuer avec tes desserts.

– Mais non! Cooky chérie, ça va être formidable de ne plus avoir à plaire. Je prépare un thé.

– J'ai un peu froid, dit Miss Hammond. La nervosité me fait frissonner. Je vais me changer et je reviens.

Delphine, appréciant l'intimité calfeutrée de leur complicité, pensait à leur avenir. L'espoir d'une vie confortable la réjouissait, la possession d'une fortune la rassurait, tout n'était que douceur sournoise, acquiescements tacites, le règne des demi-mots.

Vêtue d'un ensemble en molleton chaud, Cooky revint.

– C'est nerveux. J'ai froid parce que je m'énerve.

– On va dîner tranquillement.

Delphine posa un coquelet sur la table.

– Et j'ai aussi une salade de pommes de terre. J'ai pris chez l'Italien un vin vraiment vieux.

Bien installée devant une assiette fleurie – Delphine ne sortait ce service que lors de grandes occasions –, Cooky détacha avec soin l'une des ailes fragiles du coquelet. Elle goûtait la viande tiède et les paroles de Delphine.

– Ça ne vaut pas la peine de s'en faire pour la fouille de l'appartement des Torrent.

Delphine continua en débouchant le vin.

– Nous, on a pris ce qu'on nous a donné. On ne s'occupe pas du reste.

Pour la première fois dans leur existence, Delphine avait pris le commandement. Cooky avait envie d'écouter encore une fois le récit du voyage à Londres.

– Alors, dis-moi, Smith était étonné...

Il y avait plusieurs Smith. Du grand-père au petit-fils, ils avaient été sacrés banquiers depuis des générations. Ils étaient aimables et secrets.

– J'ai rencontré le plus jeune des Smith. Pas l'ombre d'une question posée. L'argent est passé à l'infrarouge. Les billets n'étaient ni faux, ni marqués. J'ai bloqué deux cent quarante mille livres sterling à six pour cent. Pour un mois. On verra après. Je lui ai raconté, à ce Smith, une histoire d'héritage.

– Continue, implora Cooky. Je veux réécouter le récit de l'appartement.

– En quittant Smith, je suis allée dans un pub. J'y ai pris un sandwich et, en mangeant, j'ai parcouru la page des annonces immobilières du *Times*. Juste pour avoir une idée des prix. Derrière Piccadilly Circus, dans un immeuble honnête, on pourrait trouver – avec un peu de chance – un deux-pièces, cuisine, salle de bains, pour environ cent mille livres sterling. Mais j'ai d'autres solutions à te proposer, dit-elle.

– Il faut bien réfléchir avant d'acheter, répliqua Cooky. Greenwood va engloutir beaucoup d'argent. La salle de bains nous coûtera très cher.

Delphine réfléchit :

— Si on avait trouvé un peu plus d'argent, Delphie, si on avait trouvé, supposons, trois millions... Sept cent mille francs de plus, ça nous aurait arrangées...

Les mains croisées sur l'estomac, Cooky souriait.

— Il ne faut pas être trop avide.

— Je le sais. Si nous quittions Paris vers le 14 juillet?

— Gardons notre calme et ne nous précipitons pas dans des décisions trop rapides.

Delphine hésitait.

— Et si nous montions chercher encore... Juste pour nous rassurer.

Miss Hammond se mit à sourire.

— Je suis déjà allée là-haut. J'ai fouillé, même le saloir normand en grès. Il n'y a plus rien.

— Toi, dit Delphine, toi...

Elle l'aimait à en perdre le souffle.

Par ici, vers le pont de la Concorde, il fallait descendre quelques marches pour arriver sur les berges aux flancs bordés de péniches cossues. L'une d'elles, chargée de pots de géraniums, ressemblait à un jardin de presbytère. Au bout de la berge, un cul-de-sac se terminait par le promontoire qu'Orlov considérait comme « sa plage ». Un arbre au feuillage abondant surgit presque du fleuve.

L'eau clapotait au ras de l'îlot artificiel. Une odeur de moisi alourdissait l'air, la Seine charriait tant de déchets.

A l'époque de sa richesse, Orlov avait songé à acheter une péniche. Il aurait aimé avoir un jouet flottant. Projeté parmi les pauvres, il venait sur les quais pour rêver de meurtre.

Assis sur une marche, il attendait l'Américaine. « Elle n'a qu'à traverser la place de la Concorde pour mourir », pensa-t-il. Viendrait-elle?

Il se déplaça et, à 22 h 05, assis au pied de l'arbre, il observait une péniche qui avançait lourdement sur les eaux noires.

Orlov s'imaginait sur un yacht. Vêtu d'un smoking blanc, un verre de champagne à la main, il avançait vers des femmes dont le corps l'éblouissait. Il les interpellait, elles se retournaient, l'une après l'autre, sous leur chevelure abondante, elles avaient le visage mort et les orbites vides.

Orlov vit soudain apparaître Hermine, une clocharde bien connue. Il ne la supportait pas. On la prétendait riche.

– Salut, dit Hermine en traînant ses sacs en plastique.

– Hé, répondit Orlov. Dégagez! Il ne faut pas vous installer ici.

La petite femme corpulente avait des cheveux blancs, d'où le surnom d'Hermine.

– Pourquoi dégager? Ici, c'est pour tout le monde. On n'est pas dans une loge à l'Opéra!

– Partez d'ici! ordonna le clochard. J'étais là avant vous. J'ai la priorité. Je veux être seul.

– Il ne faut pas faire chier les gens, rétorqua-t-elle. On vous connaît... Vous énervez... Vous avez une grande gueule, mais rien dans le ventre.

– Vous allez déguerpir d'ici, dit Orlov en s'approchant d'elle.

– Vous fatiguez pas, répliqua la clocharde. Plus vous gueulez, plus vous me donnez envie de m'installer ici.

Elle fit quelques pas vers l'arbre, elle posa par terre l'un de ses sacs, puis, après réflexion, elle déposa l'autre aussi.

– Si vous ne partez pas avec toutes vos sales frusques, je vous flanque à l'eau.

– Cassez-vous! dit Hermine. Vous êtes un déchet, vous ne buvez même pas!

Elle prit de son sac une bouteille de vin, l'ouvrit et se mit à boire au goulot.

– Quelle vision pour une photo d'art... susurra Orlov. Idéal pour les chasseurs d'images. Paris, la nuit, c'est vous!

Hermine déposa la bouteille à côté d'elle, sur le béton, et se mit à rire silencieusement. Il lui manquait trois dents. Elle se leva pour jeter sa bouteille vide dans la Seine. Ombre qui s'approche d'une autre ombre, Orlov glissa derrière elle et lui donna un coup dans le dos. Avec un cri aigu, la vieille femme tomba dans la Seine. Elle disparut sous l'eau puis resurgit comme un bouchon. En luttant contre le courant, elle réussit à s'agripper au bord de la plate-forme. Elle interpella Orlov.

– Tu pourrais être mon fils, regarde nos âges... Aide-moi à sortir d'ici! Je ne peux pas remonter seule. L'eau est froide. Je vais attraper la crève! Fils, sors-moi d'ici...

Orlov l'observait. Grâce à l'arrogance de la vieille femme, il avait réussi la première étape d'un meurtre. Il fallait lutter contre l'envie péremptoire de lui tendre la main. Aurait-il le courage d'ôter une vie? Éliminer une femme? Diminuer le nombre de femelles malfaisantes qui règnent sur le genre humain? Il s'observait, il se voyait de l'extérieur. Réussirait-il à la tuer? Une pareille occasion ne se représenterait plus jamais. Une femme dans l'eau jusqu'au cou, elle le supplie. S'il pouvait l'achever sans la toucher? Il découvrait avec un intérêt croissant que les mains de la clocharde étaient déformées, et ses articulations gonflées.

– Je ne sais pas nager, cria Hermine, et je n'ai pas beaucoup de force dans les bras. Il faut me tirer d'ici, fils. Si je me noie, on va t'accuser de meurtre.

Il se mit à sourire.

– Il n'y a pas de témoin, dit-il avec douceur.

Les berges étaient désertes. Passage rapide des voitures sur les quais. Personne. De la pointe de sa chaussure droite, Orlov effleura les doigts de la clocharde.

– Tu as les mains abîmées...

– Il faut me sortir d'ici, fils, supplia Hermine.

Puis elle appela au secours. Ses cris se perdaient.

– Tu as toujours été méchante avec moi, déclara Orlov en la contemplant.

– Tu ne vas pas me laisser crever ici? Pense à ta mère...

Elle essayait de se hisser sur la plate-forme, elle avait réussi à poser ses coudes sur le béton, mais elle manquait de force. Les courants la déséquilibraient, son poids la ramena vers les profondeurs.

Avec la pointe de ses chaussures, lentement, précautionneusement, comme s'il devait détacher un vieux chewing-gum, Orlov dessoudait les doigts crispés de la vieille. Un doigt, deux doigts, un troisième doigt.

– Tu me fais mal, fit la clocharde. Fils de quelqu'un, tu ne vas pas me tuer... J'avais imaginé une belle mort, moi. J'ai une chambre, moi, j'aurais voulu mourir dans mon lit. Et ce soir, il a fallu que je vienne ici.

– Je regrette, articula Orlov.

– Tu ne vas pas me laisser crever comme ça. Tu ne peux pas le faire...

– Mais si, dit Orlov. Je crois que je peux. Je dois même te tuer.

Elle appelait encore au secours. Sa voix était faible. Le pied droit d'Orlov travaillait maintenant la main gauche d'Hermine. La clocharde allait sombrer. Juste avant d'être engloutie, elle leva les bras vers le ciel puis s'enfonça dans l'eau. Son corps tourneboulé par les vagues dérivait et réapparut une fois avec des soubresauts, comme un vieux poisson qui aurait voulu se dégager d'un hameçon. Puis Hermine fut emportée par le courant.

Tremblant, Orlov s'assit près de l'arbre. Il prit d'une de ses poches des cigarettes anglaises mentholées, chères. Il les gardait pour les grandes occasions. Il eut une certaine difficulté à ouvrir la boîte, tant ses mains étaient rigides. De peur.

Il était 23 h 45. « Et si je partais maintenant pour m'amuser avec le clochard? » pensa Cecile. Elle était déjà à la porte quand elle entendit le téléphone. Le concierge de nuit l'appelait.

– Madame Atkinson? Un monsieur vous attend dans le hall.

– Il vous a dit son nom?

– Pas encore.

– J'arrive.

Cecile était agacée. Orlov ne devait pas venir ici. Pas encore. Ils devaient discuter et fixer les bases d'un accord éventuel. Que faisait ici ce pseudo-prince, le roi des ringards? Elle avait oublié le concierge qui attendait.

— Madame Atkinson?

— Oui. Je réfléchis. Passez-le-moi au téléphone.

— Une seconde.

— Mme Atkinson désire vous parler. Allez dans la cabine, oui, là, à côté. Décrochez.

Elle entendit la voix de Jacques Duverger et fut secouée par un mélange de bonheur et de colère.

— Cecile? Je te réveille?

— Non. Bonsoir. Tu as eu le courage de venir ici?

— Oui. J'ai quitté un dîner. Je suis venu. Comme un fou. J'ai pensé que si tu dormais déjà, je m'en irais. Une tentative, j'ai obéi à un élan.

— Monte, dit Cecile. Monte...

Elle était fébrile, impatiente. Orlov n'avait qu'à attendre. Elle le verrait demain. Qu'importe. Jacques était là.

Duverger se précipita vers l'ascenseur et, arrivé au sixième étage, il débuola dans le couloir pour rejoindre l'appartement numéro 628. Cecile l'attendait à la porte.

— Bonsoir, Jacques.

Elle avait décidé de le garder. Ne fût-ce que pour la nuit. Pourvu qu'il restât!

— Et moi qui craignais de te réveiller...

Il vit l'une des roses jaunes à la boutonnière de la veste en soie noire de Cecile.

— Une de mes fleurs sur toi...

Il serra Cecile dans ses bras.

— Quelle erreur de t'avoir quittée...

Elle se dégagea et le contempla. Pourquoi l'aimait-elle à ce point? Ni beau, ni le génie du siècle, même pas un explorateur de retour du bout du monde, encore moins un penseur renommé, juste l'homme qui lui plaisait.

— Et si tu entrais?

Il dégageait une vague odeur de tabac, il sentait Paris et la journée. Il la retint.

— Laisse-moi te regarder.

Les yeux fermés, elle s'exposa à un regard-caresse. Du

salon, elle appela le service d'étage et commanda du champagne.

Il la dévorait des yeux.

– Tu n'as pas changé. Je ne sais pas comment tu fais, pas une ride, une ligne de jeune fille.

Elle recouvrit l'appareil et dit :

– Je te trouve très bien aussi... Tu me racontes des balivernes, tu n'es pas gros. Tu es séduisant.

Elle prononça le nom d'une marque de champagne.

– C'est moi qui t'invite, intervint Duverger.

– Quelle importance! Je suis si heureuse de te retrouver. Et je suis chez moi, ici!

– J'ai honte d'avoir manqué notre rendez-vous. Après, je n'osais plus venir.

Duverger arpentait le petit salon, il admirait ses roses.

– Les autres sont dans la chambre. Dans la chambre à coucher...

– Je peux aller les voir?

– Mais oui...

Duverger disparut puis revint.

– Tu dois être assez riche pour t'offrir un appartement pareil.

– Je n'ai pas à me plaindre, reconnut-elle.

Le garçon d'étage entra avec le champagne.

– Je vous sers, madame?

– Non, intervint Duverger. Merci, vous pouvez partir.

Cecile le regardait, folle de tendresse. Elle avait tellement envie de lui qu'elle sentait son épiderme, son corps et la chaleur de sa propre respiration.

Que c'était délicieux de se retrouver dans l'ambiance de jadis!

– J'ouvre, avec ou sans bruit? l'interrogea-t-il.

– Comme tu veux.

– Tu te souviens?

Cecile riait.

– Le lustre visé, les ampoules éclatées... Trois bouteilles, trois ampoules!

– Ici, il y en a quatre.

Jacques remplit deux verres.

– A toi, ma chérie, lança-t-il en levant son verre.

Cecile tenait le sien.

– Tchin-tchin...

Elle but une gorgée.

– Jacques?

– Oui?

– Je ne sais pas si tu te souviens d'un détail...

– Quel détail?

– Quand j'avais vraiment très envie de toi, j'avais les jambes en coton.

– Il y a vingt ans, dit-il.

– Tu n'es pas Monte Cristo pour évoquer sans cesse ces vingt ans manqués. Tu es l'homme qui...

Elle se tut.

Elle le désirait de la même manière que jadis.

– Pourquoi es-tu parti, Jacques?

– J'avais peur des chocs. Tu veux encore du champagne?

– Du champagne et la nuit.

Ils se retrouvèrent sur le canapé. Ils avaient vidé une deuxième bouteille de champagne qu'avait apportée le garçon impassible.

– Où est ta salle de bains? demanda-t-il. Il faut que je prenne une douche.

– Dans le couloir, à gauche.

Elle n'avait jamais voulu voir un homme se déshabiller. Il prit une longue douche, un vrai phoque qui s'ébrouait sous l'eau. Entouré d'un drap de bain et à moitié mouillé encore, il retrouva Cecile. «Je ne veux plus le laisser partir», pensa-t-elle après les premières étreintes.

Des heures et des heures de félicité. Elle avait tant de choses à lui dire, il ne cessait d'énumérer ses erreurs, ses gaffes, ils riaient, ils parlaient, ils s'aimaient.

– Je ne savais pas que je pourrais être encore comme ça, disait-il, et il la reprenait dans ses bras.

Le bonheur de la sentir faible, défaillante, évanouie de plaisir.

Le lendemain, elle se réveilla doucement au petit matin. Elle savourait le demi-sommeil clément. Immobile, elle songeait au petit déjeuner. « Chacun aura sa cafetière, ses toasts, ses croissants. » Elle constatait l'extrême bonheur de son corps, qui, docile et comblé, attendait.

Couchée sur un côté, les deux mains sous sa joue, ses réflexions et ses projets naissaient et se poursuivaient. Elle renflouerait la maison d'édition avec ses capitaux, suggérerait la création d'un bureau à New York. Ce serait le sommet de leur réussite. Ses maris, quand elle les avait connus, n'avaient plus besoin de rien. Tandis que Duverger, à cinquante ans, était encore un homme à créer. A bâtir. A aider. A faire épanouir.

– Jacques...

Quel cadeau du destin que de retrouver les doux matins de leur vie à deux!

– Jacques...

Dans un élan de tendresse, elle se retourna pour l'embrasser et découvrit le lit vide.

– Jacques?

Elle quitta le lit pour le chercher, partout, au salon, dans la salle de bains. Elle revint au salon et trouva, à côté du téléphone, un message.

Cecile, je t'aime mais je ne pourrais pas tenir la distance. Tu me combles et m'effraies. Je ne suis pas un combattant. Je suis un homme qui aime la vie, modestement. Je ne suis pas un ambitieux. Je ne pourrais être ni fort, ni parfait, ni représentatif. Je n'oublierai jamais cette nuit. Je n'envoie plus de fleurs. J'adorerais passer ma vie à te... (il n'avait pas osé écrire le mot), *te... à mort. Mais c'est moi qui en crèverais. Et je veux vivre.*

Cecile avait envie de massacrer les roses de Duverger, mais pourquoi s'acharner sur des fleurs innocentes? Un glissement sournois : des journaux sous la porte d'entrée. Elle les ramassa et commanda le petit déjeuner. A sa demande deux femmes de chambre avaient refait son lit.

– J'ai dû transpirer. Et j'aimerais me recoucher. Merci.

Seule, elle buvait du café, lorsque le téléphone se mit à sonner.

– Allô...

– Orlov à l'appareil, madame Atkinson, dit l'homme d'un ton jovial. Vous n'êtes pas venue hier soir, nous n'avons donc pas eu l'occasion de discuter de nos éventuelles affaires.

– Laissez vos plaisanteries, monsieur Orlov! s'exclama-t-elle. On a assez joué!

Le clochard, surpris par le changement de ton, adopta un registre différent.

– Je vous ai attendue, madame, pour parler de notre accord éventuel quant aux services que je pourrais vous rendre.

– Vous avez pensé sérieusement que j'allais rencontrer quelqu'un sous un pont? Quand même! Il ne faut pas prendre ces bêtises au sérieux.

– Je vous ai prêté le goût du pittoresque. Paris, le soir, est beau et les bateaux-mouches sont spectaculaires.

Il tentait de l'apprivoiser. Il avait peur qu'elle lui échappât.

– Vous êtes une femme rayonnante d'intelligence, et d'une grande bonté.

– Vous vous trompez. Je suis mauvaise.

Orlov commençait à s'inquiéter.

– Vous avez le sens de l'humain...

Peu à peu, elle s'amadouait à l'idée que même dans l'état de rage où elle se trouvait, on pouvait la considérer comme humaine... Elle... Ça l'amusait...

– Le croyez-vous? lança-t-elle.

– Certes! dit Orlov. Nous pourrions en discuter si vous mainteniez l'offre.

– Quelle offre?

– Devenir votre secrétaire... Si je ne vous conviens pas, vous me renverrez.

Il fallait se venger. A n'importe quel prix... Surmonter l'échec avec Duverger. Pourquoi ne pas créer une famille insolite composée d'une ex-femme au foyer en état de révolte et d'un clochard? Des pièces humaines qui formeraient un puzzle.

– Vous êtes là, madame?

– Si vous avez des vêtements convenables, venez me voir ici.

– Je ne vous ferai pas honte, dit-il, submergé de haine, tant elle l'humiliait. Je viendrai quand vous voudrez...

– Je vous préviens. Je suis impitoyable. Ne vous leurrez pas avec l' « humain ».

– Vous semblez..., commença Orlov.

Cecile l'interrompit.

– J'ai horreur quand on essaie de me définir. Je vous attendrai au salon de l'hôtel à 18 heures.

– Je viendrai.

Plus tard, Cecile demanda au concierge de lui commander une voiture avec chauffeur. Les mains pleines d'argent et l'âme vide, elle irait se promener.

Liliane fut réveillée par des petits coups doux sur la porte de sa chambre à coucher.

– Qu'est-ce que c'est?

– C'est Marc Torrent.

Elle s'exclama :

– Je vous avais oublié. Je viens de me réveiller.

– Vous m'avez dit que vous deviez travailler, même ce samedi. Comme moi. J'ai préparé le café et j'ai apporté des croissants. Je peux vous porter tout cela sur un plateau...

– Non, dit-elle. Non, merci. J'arrive. Vous n'aviez pas les clefs...

– J'ai laissé la porte entrebâillée. Très peu. Et j'ai été rapide...

– J'arrive, répéta Liliane.

Elle aurait aimé rester au lit. Il fallait pourtant entamer la journée. Elle alla les yeux à moitié fermés à la salle de bains. Elle se lava le visage et se brossa les dents, puis prit une douche. Où était son peignoir? D'ailleurs quel peignoir mettre? Celui qu'elle n'utilisait que quand elle était seule. Le rétréci... Un lavage maladroit. « Il faut toujours regarder l'étiquette, madame, c'est marqué à l'intérieur. » Quand aurait-elle le temps de regarder les instructions de lavage? Le peignoir s'était vengé. Il y en avait un autre. Le somptueux. Teresa avait dit : « Dans ce truc rouge, tu ressembles à un cardinal. » « Va pour le cardinal », pensa-t-elle.

– J'arrive, dit-elle.

Il fallait apprécier l'événement. On lui avait préparé son café. Moment historique à vivre. Selon les instructions retenues d'une revue pour femmes qui dispensait ses conseils de beauté pour l'été, elle se penchait en avant pour se brosser les cheveux à l'envers. Pour leur donner du volume. Elle faillit se cogner le nez contre le bord du lavabo. Elle décida de se montrer sans maquillage, fatiguée, dans une robe de chambre en velours rouge. « Mon achat le plus imbécile », pensa-t-elle.

Elle sortit de sa chambre et se dirigea vers la cuisine où elle rencontra Marc, fraîchement rasé et assez gai.

– Bonjour, dit-elle. Alors, votre nuit?

– Sans rêves, grâce à vous. Je me suis rasé chez moi et je suis revenu. Ma femme dort encore, assommée par ses somnifères. J'ai escamoté le message que je lui avais laissé. Elle ne saura même pas que j'ai passé la nuit dehors.

– Dehors? reprit Liliane, légèrement ironique. Juste à l'étage au-dessus. Pourquoi vous cacher comme ça?

– Elle ne comprendrait pas. Mais n'en parlons plus. Regardez plutôt. J'ai trouvé votre cafetière. Nous avons la même. Nous l'avions, rectifia-t-il. Il y a quelque temps, ma femme l'a laissée tomber et le café s'est répandu sur le carrelage...

Liliane fit oui de la tête.

– Épargnez-moi les détails. Vous ne cessez de parler de votre femme. Je vous trouve franchement fatigant. J'en ai marre de votre femme.

Elle se sentait soulagée, comme quelqu'un qui se débarrasse d'une lourde valise.

– Ne m'en veuillez pas. Chaque fois, j'ai l'impression que je dois tout justifier... Pourtant, entre ma femme et moi, l'affaire est terminée.

– Quelle affaire? demanda Liliane.

– Le mariage. Lucie va partir pour les États-Unis. Nous allons divorcer. Je vous l'ai dit hier. Voulez-vous du lait?

Liliane se découvrait dans sa propre cuisine, servie par un homme agréable. Un seul matin.

– Je n'ai pas l'habitude qu'on prenne soin de moi. J'ai toujours fait le café pour tout le monde.

– Tandis que moi...

Il se tut. Il allait raconter qu'il avait pris l'habitude de préparer le café pour Lucie.

– Qu'est-ce que vous vouliez dire? demanda Liliane.

– Ça n'a aucune importance. Goûtez les croissants.

– Merci.

– Vous vous souvenez, le soir où vous m'avez abreuvé de champagne...

– Abreuvé? Vous avez bu deux petits verres!

Marc poussa vers elle l'assiette chargée de croissants.

– Prenez-les.

– Vous voulez qu'on mange tout ça?

– Aujourd'hui, c'est la fête des croissants. Il faut que vous soyez certaine d'une chose. Je ne vous ai pas menti quand j'ai parlé vaguement de sentiments, d'impressions.

– Quelles impressions?

– Quand je parlais de vous et de moi.

– Il y a une plaque de beurre au réfrigérateur, dit-elle, pour l'interrompre.

– Je sais. Je ne l'ai pas sorti, il a l'air vieux et dur.

– Vous en êtes sûr?

– Oui. Je l'ai ouvert et je l'ai remballé.

– Donc, vous parliez de sentiments...

– C'est que je suis vraiment attiré par vous...

– Vous aimez les belles déclarations pour vous rassurer.

– Il faut me croire, insista-t-il. Vous m'avez plu dès que je vous ai vue dans la cage d'escalier, croyez-moi. Il arrive un moment où on rencontre la femme dont on a toujours rêvé... Je vous ennuie?

– Non. Mais je dois aller au bureau.

– Juste une chose, ajouta-t-il. Il n'est pas exclu que le destin ait voulu notre rencontre.

– Mais non, fit-elle.

– Vous ne laissez aucune place à la Providence.

– Monsieur Torrent, n'essayez pas de rafistoler votre passé avec moi. Je ne veux ni écouter, ni réconforter, ni être celle qui comprend tout. Je ne veux rien comprendre.
– Je ne veux rien. D'ailleurs, je crois que vous avez un ami?
– J'ai rompu.
– Pourquoi?
– Je ne veux plus jouer la comédie. Je ne veux plus faire semblant. Je veux retrouver mon état naturel.
– Ça peut créer des problèmes, commenta Marc, et, avec les gestes d'un habitué, il rangea les tasses dans la machine à laver la vaisselle.
– Mon état naturel? Me créer des problèmes?
– Ça se peut.
Il ajouta :
– J'ai l'impression qu'on se connaît depuis toujours.
C'était le vieux truc d'homme. S'installer dans le passé en camarade, ouvrir le passage vers un lit, et s'en aller après, en proie au remords.
– Je n'ai pas l'impression qu'on se connaît depuis toujours. Du tout, répliqua Liliane.
Elle ne se laisserait plus manipuler. Elle ne lui ouvrirait pas les bras pour qu'il raconte son enfance et ses bobos, ses chagrins de vieux gosse.
– Vous ne pouvez pas imaginer ce que j'ai ressenti hier, quand j'ai appris que mon fils était vivant.
Polie, elle répondit qu'en faisant un effort elle pouvait l'imaginer.
– Avec une femme comme vous, tout serait différent.
– N'insistez pas. Ce n'est pas votre jour. Je ne veux plus de personne. Je ne veux ni comprendre ni consoler.
– Si vous aviez un peu de patience, dit Marc.
Elle se leva.
– Non, je ne veux plus être patiente, non plus...
– Si vous pouviez m'écouter...
Elle cria :
– Mais enfin, sortez de ma vie!
Il s'en alla sur la pointe des pieds et referma derrière lui la porte, doucement.

Lucie vidait ses armoires, elle triait les vêtements qu'elle allait donner à l'Armée du Salut.

Marc avait dû partir quand elle dormait encore. Elle alla dans le couloir, sortit sur le palier. Mais elle n'entendit pas le bruit de l'aspirateur de Mme Reisen. Elle voulut parler à son mari. Il n'y avait pas de standard le samedi. Elle avait le numéro de la ligne directe.

– Bonjour, Marc. Je ne t'ai pas vu ce matin. Tu es gentil, tu m'as laissée dormir.

– C'est normal, dit-il.

– Je voulais juste te rassurer, continua Lucie. Je suis apaisée. Je vais me promener un peu. Je voulais aussi savoir si tu as pris rendez-vous avec l'avocat.

– Pas encore. Je ne crois pas que tu sois en état de décider. Tu veux vraiment divorcer?

– Oui, répliqua Lucie. J'ai peut-être l'air déséquilibré, mais je sais ce que je veux. Ma décision est irrévocable.

– Il y a eu des moments où nous étions bien ensemble...

– C'est terminé, dit Lucie. Je veux en sortir. Prends ce rendez-vous, s'il te plaît...

Cet après-midi, la petite rue somnolait. Les boutiques étaient encore fermées et la chaleur avait déjà le goût de l'été. Quand elle entendit sonner, Lucie ne regarda même pas le judas. Elle ouvrit la porte d'un geste vif. Elle n'eut pas le temps de pousser un cri. L'homme qui l'avait accostée quelque temps plus tôt entra de force, lui plaqua sa main sur la bouche et l'immobilisa.

— Du calme ou je vous balance dans la rue de votre mignon balcon. Un beau suicide. Compris?

Elle se débattait, l'homme lui attacha les mains derrière le dos.

— Je sais faire parler, ma petite dame. Tout le monde parle à la fin.

Il l'amena au milieu du salon, la fit asseoir et la gifla. Elle faillit basculer en arrière tant le coup était puissant. L'homme la rattrapa.

— Ça fait du bien, n'est-ce pas? Une secousse. Où est l'héroïne?

— Je ne sais pas.

L'homme était grand, il avait un nez agressif, une bouche d'ogre et le regard plus indifférent que méchant. Il était pressé.

— Alors, la marchandise?

L'homme s'était assis si près d'elle que Lucie sentait une odeur d'ail.

— Pas de comédie, et racontez-moi gentiment, bien gentiment, les exploits du fiston.

Il parlait en lui soufflant dans le visage.

— Alors, a-t-il transformé sa marchandise en fric, oui ou non? Et si oui, où est le fric?

— Il ne m'a jamais rien dit.

— Pas confiance en sa petite Maman? Pourtant, vous êtes jeune! Une vraie copine, on vous prendrait volontiers pour la grande sœur!

— Je ne sais rien, répéta-t-elle.

— C'est vrai?

Il lui envoya, avec le dos de sa main droite, une petite claque dure.

L'homme se pencha sur elle.

— Et si vous étiez complices? Pourquoi ne pas avoir une

fortune? Pour les gens de votre condition sociale, tout est pour la frime et peu pour l'épargne, hein?...

Elle répondit rapidement.

– Je ne connaissais pas ses amis, ni ses relations...

– Il y avait du monde, ici. Des gens venaient et montaient directement au sixième. Un mélange de vieux et de jeunes. Mais l'héroïne a disparu. Le patron n'a rien reçu. Ni fric, ni héroïne. On a plongé fiston écrabouillé dans un canal. Pas de trace de la marchandise. Alors?

Elle reçut une troisième gifle. Pendant quelques instants, elle se trouva en équilibre, comme au cirque, sur les pieds arrière de la chaise. L'homme l'avait rattrapée.

– Me tuer ne servira à rien, fit-elle.

– Et le plaisir? rétorqua l'homme, le plaisir de vous supprimer... Vous n'êtes pas coopérative. Les gens comme vous font perdre beaucoup de temps...

La quatrième gifle était plus forte encore. Les contours du salon devenaient flous.

Elle pensait vaguement à la police et à Mme Reisen, qui, étant passée d'un étage à l'autre avec son aspirateur, viendrait chez elle; s'il lui restait un peu de temps.

– Vous faites très jeune... On dirait pas que vous avez un fils de dix-huit ans... Même mieux, un macchabée...

Une gifle plate, un choc et le goût salé du sang dans la bouche.

Lucie articula difficilement :

– L'immeuble n'est plus gardé?

– Si. Mais j'ai une tête passe-partout. J'inspire confiance. Je leur ai dit que j'étais agent d'assurances. Tout le monde a besoin d'assurances. Et vous encore plus que les autres. J'ai même bavardé avec eux, je leur ai expliqué que je venais voir vos dégâts...

– Vous avez dit que vous veniez chez moi?

– Mais oui! J'étais l'honnête homme, ç'aurait été une vraie injure de me demander mes papiers d'identité. Nous épiloguions sur la cruauté de l'époque où tout peut arriver aux gens, même ça...

Une gifle, Lucie eut l'impression d'être heurtée par le pare-chocs d'un camion.

« Si Marc revenait », pensa-t-elle. Elle se retenait de toutes ses forces pour ne pas crier. Marc ne viendrait pas avant ce soir. Et Mme Reisen pouvait être retenue quelque part. L'homme la contourna.

– Vous avez une belle résistance. L'après-midi sera très dur à supporter. Certaines méthodes marquent, pour la vie.

Il lui envoya une gifle puissante. De nouveau la chaise bascula en arrière et l'homme la retint à la dernière seconde. Lucie poussa un cri. Il s'assit près d'elle et la contempla.

Pour accentuer la panique de Lucie, il se montra plus doux, prévenant même. Il consulta sa montre.

– Fiston est un dégueulasse. Il vous a mis dans de sales draps. Peut-être ignoriez-vous vraiment tout. Il n'est pas exclu qu'il ait trahi, du haut de ses dix-huit ans, toute une organisation.

Il tâta ses poches, se pencha en avant comme s'il avait craint d'avoir perdu quelque chose par terre, puis il retrouva dans une poche intérieure le paquet de cigarettes. Il en prit une et chercha son briquet.

– Regardez cette flamme. Ça n'a l'air de rien, mais ça fait mal...

Il alluma et éteignit le briquet. Il jouait.

La voix de Lucie était rauque :

– Et si on la lui avait prise avant de le tuer ?

En aspirant la fumée, il attisa la braise de la cigarette.

– Je vais être obligé de vous bâillonner, car vous ne pourrez pas vous empêcher de crier. On n'a jamais vu quelqu'un rester silencieux pendant qu'on le brûlait. Certains ont résisté, mais pas longtemps.

Lucie s'observait. Elle était en face de sa peur, de sa terreur, face à l'Autorité crainte dont l'injustice était flagrante. Bouc émissaire depuis sa naissance, il fallait souffrir aujourd'hui encore.

– Aucune trace de la marchandise, se plaignit l'homme. Elle a disparu.

Presque distrait, comme ailleurs, il envoya un autre coup plat sur le nez de Lucie qui se mit à saigner.

– Vous saignez! s'exclama l'homme. Dommage pour votre moquette. Si vous restez en vie, vous aurez un beau nettoyage sur le dos.

*
* *

Mme Reisen venait d'arriver devant l'immeuble. Elle se mit à bavarder avec les deux agents. Elle commentait le temps et se plaignait du prix des melons.

– Mes pauvres, vous êtes là, toute la journée... Pourtant la maison est bien calme. M. et Mme Torrent, au quatrième, ont souffert, mais je crois que c'est fini, l'affaire est terminée. On a saccagé leur appartement, il n'y a plus rien à chercher ni à trouver. Leur fils leur en a fait voir!

– Tout le monde n'est pas malheureux avec ses enfants, dit l'agent de police le plus âgé. J'ai un fils de dix-huit ans, il est gentil. Il ne pense qu'à son travail. Il étudie, il ne sort pas, il aide sa mère. Ni drogue, ni fille, et ses vacances, il les passe avec nous, en Bretagne, chez ma mère. On a de la chance.

– Voyez-vous, souvent je me suis dit, fit Mme Reisen, que c'est de la loterie, les enfants. Si on a le bon numéro, on est heureux, comme c'est pas permis.

L'autre agent intervint :

– Ce qui est arrivé ici n'est pas fréquent. Moi je suis d'une famille nombreuse. On était quatre garçons. On n'a jamais emmerdé nos parents. Mais on était pauvres aussi, on n'avait pas le temps de jouer à tout cela, à la drogue et au reste.

– On ne peut pas les accuser parce qu'ils ont le fric, remarqua Mme Reisen. Ils achètent à leurs gosses des fringues et les nourrissent et leur payent du luxe, mais ce ne sont pas des vrais riches.

– La petite femme, la mère, dit l'agent le plus âgé, elle est bien. Elle sait discuter ses affaires seule. Le mari n'est même pas rentré pour le rendez-vous qu'elle avait pris.

Elle se débrouille sans aide, pourtant avec tout ce qu'on leur a fait, ça ne doit pas être commode. Je me demande s'ils ont un inventaire.

– Quel rendez-vous? demanda Mme Reisen.

– Avec l'agent d'assurances. Il est monté chez eux il y a à peu près une demi-heure. Il faut reconnaître que les femmes s'occupent de plus en plus des affaires de la maison. Je veux dire des paperasses. Tant mieux. D'ici qu'elles payent des impôts toutes seules, sans les maris...

– Encore un agent d'assurances? s'enquit Mme Reisen. Avant-hier, on m'a demandé de ne rien remuer avant l'arrivée de l'agent. C'était une très gentille femme, une blonde.

– Je ne sais pas, je n'étais pas là, dit le plus âgé des policiers. Mais nous avons laissé monter un autre agent.

– Il vous a montré sa carte?

– On ne la lui a pas demandée.

– Il était sympathique. Quelqu'un de sérieux, d'honnête. Il avait un porte-documents «plein de dossiers», a-t-il dit.

– Et il n'est pas revenu?

– Non. Il doit être en haut avec Mme Torrent.

Mme Reisen réfléchit.

– Tout cela ne me plaît pas.

L'autre policier intervint :

– Il faut bien laisser entrer les gens. Comment voulez-vous bloquer la circulation de tout un immeuble!

– Mais vous auriez pu lui demander sa carte!

– Et s'il avait eu une fausse carte?

Mme Reisen réfléchit puis décida d'appeler Lucie. Elle cherchait un endroit d'où elle pourrait téléphoner. Elle pensa à la teinturerie.

– Je vais téléphoner à Mme Torrent.

– Mais pourquoi appeler? dit l'agent. Montez donc! Et entrez chez elle. Vous verrez que l'agent d'assurances est là.

– Non, protesta Mme Reisen. Je ne peux pas entrer comme ça, avec ma clef. Peut-être que je m'inquiète pour rien. Peut-être que je me fais des idées. On voit tout en noir dans cette maison. Je préfère l'appeler, elle me dira si tout va bien. Et je passerai chez elle quand l'agent sera parti.

*
* *

L'homme venait de bâillonner Lucie. Il ne restait que la place pour un filet d'air entre le bord du bâillon et les narines.

— Vous êtes plutôt courageuse, constata-t-il. Vous allez avoir très mal maintenant.

Il lui donna un coup dans le tibia ; la douleur parcourut le corps de Lucie comme une décharge électrique.

— Quand vous vous déciderez à parler, faites-moi signe.

*
* *

D'un pas précipité, Mme Reisen suivit l'étroit trottoir de la petite rue et elle entra à la teinturerie où plusieurs personnes faisaient la queue. La patronne bougonnait. Elle évitait du regard ceux qui attendaient, elle détestait être pressée. Au bout d'un temps assez long, Mme Reisen réussit enfin à attirer son attention.

— Vous permettez que j'aille derrière pour téléphoner ?

— Madame Reisen, dit la patronne, excédée, tout le monde veut téléphoner ici. Allez donc à la poste c'est à dix minutes d'ici. Plus personne ne veut se déplacer, vous n'avez qu'à marcher un peu...

— Laissez-moi donner un coup de fil, insista-t-elle, très court. Je suis pressée. Il s'agit peut-être d'une affaire très importante. J'apporte ici le linge de trois familles, alors vous pouvez me faire une petite faveur.

— Allez-y, dit la patronne exaspérée, allez-y.

Et elle ajouta :

— Vous connaissez l'endroit.

Mme Reisen dépassa le comptoir et se retrouva dans

l'arrière-boutique. Elle décrocha le combiné, mais il n'y avait pas de tonalité. Elle revint vers la boutique et attendit de nouveau que la patronne la regardât.

– Quoi encore?

– Il n'y a pas de ligne.

– Attendez.

Elle fit basculer le levier placé sous le comptoir.

– Vous l'avez, la ligne.

Mme Reisen composa le numéro des Torrent et, au moment où l'homme approchait le bout de sa cigarette de la joue droite de Lucie, le téléphone se mit à sonner dans l'appartement.

– On veut nous déranger, fit l'homme en hochant la tête. Il y a des vilaines gens qui appellent. Pourtant on est très bien ensemble...

Mais la sonnerie l'énervait. Il alla dans le couloir, contempla l'appareil, comptant le nombre de sonneries qui retentissaient : sept, huit, neuf, dix, onze. Puis il arracha le fil de la prise.

Pensive et énervée à la fois, Mme Reisen raccrocha. Elle hésita quelques secondes, puis composa le numéro du commissaire qui lui avait donné trois jours plus tôt sa carte, qu'elle avait gardée soigneusement dans sa poche.

La voix d'un policier :

– Ici le commissariat, je vous écoute.

– Je voudrais parler au commissaire Legrand, dit-elle.

– De la part de qui?

– Mme Reisen. Je suis femme de ménage. Passez-moi le commissaire, c'est urgent.

– De quoi s'agit-il?

– S'il vous plaît, passez-le-moi.

Après une attente qui lui sembla bien longue, elle entendit la voix du commissaire.

– Oui, Legrand. Qui est à l'appareil?

– Mme Reisen, la femme de ménage.

– Bonjour, madame. Que vous arrive-t-il?

– Monsieur le commissaire, excusez-moi pour le dérangement, mais vous m'avez dit que s'il y a quelque chose de suspect, je dois vous appeler. Peut-être que je vous dérange pour rien, mais hier on est venu des assurances chez les Torrent pour constater les dégâts, et aujourd'hui les gardiens qui sont devant l'immeuble ont laissé monter un homme qui se disait aussi l'agent d'assurances. Il est chez les Torrent. J'ai appelé Mme Torrent, elle ne décroche pas le téléphone.

La respiration de Legrand s'accéléra.

– Je viens tout de suite.

– Qu'est-ce que je fais en attendant, monsieur? J'ai la clef de l'appartement. Est-ce que je monte, je rentre...

– Non, attendez-moi. J'arrive. Attendez en bas avec les agents.

Il raccrocha et quitta son bureau en courant.

Mme Reisen longea la rue, revint vers les gardiens et leur dit :

– Le commissaire va arriver. J'ai la clef de l'appartement, mais il dit qu'il faut attendre ici.

Les yeux de Lucie étaient en larmes. Les brûlures causées par le bout de cigarette laissaient des stigmates sur son cou. Elle se cabrait sur la chaise dès que l'homme s'approchait d'elle. Il la regardait comme un sculpteur ou un peintre qui cherche à trouver les vraies nuances des couleurs. Il lui parlait doucement :

– Vous ne voulez rien me dire? Je vais vous faire souffrir. Quel temps perdu! Vous parlerez! Pourquoi ne pas vous épargner? Qui étaient les copains de votre fils? Il y avait tout un groupe autour de lui... Nous ne connaissons que la fille : Annlise. On est allés voir les parents d'Annlise. Rien que des fringues dans l'armoire de la fille. Ils ne savent rien. Tandis que vous, c'est différent. J'ai la certitude que vous savez des choses.

Il s'approcha de Lucie et souda le bout de sa cigarette dans son cou.

Le commissaire arriva devant l'immeuble sur un vélomoteur. Grisonnant, bedonnant, bienveillant, il ressemblait à un jeune grand-père qui serait venu chercher un enfant à l'école et qui aurait eu peur d'être en retard.

– Allons-y maintenant! dit-il aux gardiens. Vous allez me suivre. Vite...

L'ascenseur était en route. Mme Weiss rentrait juste chez elle. Les policiers, Legrand et Mme Reisen, à la queue leu leu, enjambèrent les marches deux à deux. Au troisième étage, Mme Reisen s'arrêta, elle s'agrippa à la rampe d'escalier.

– Je n'ai pas de souffle... Je ne peux pas courir comme ça. Allez-y, je vous donne la clef.

Elle cherchait dans ses poches.

– Qu'est-ce que j'ai fait de la clef?

– Mais bon Dieu, donnez-la-moi! dit Legrand.

Mme Reisen tâtait ses poches. Elle la trouva enfin.

Legrand, accompagné par les deux agents, arriva au quatrième étage au moment où Mme Weiss quittait l'ascenseur. Ravie de rencontrer des personnes avec qui elle pouvait parler de l'immeuble, elle les retint.

– Quelle chance, monsieur le commissaire, vous êtes là! J'avais des choses à vous dire. Je ne sais pas si vous êtes au courant, mais il y a un grand problème avec les pigeons... J'ai écrit déjà plusieurs fois à la Ville de Paris...

– Je n'ai pas le temps, madame.

– Monsieur le commissaire, à qui parler sinon à vous? Vous êtes un représentant de la loi! Donc, j'ai écrit à la Ville de Paris pour me plaindre. Je ne suis pas contre les pigeons, je ne veux pas qu'on les massacre, mais, vous comprenez, mes fenêtres sont dans un état désastreux. Si vous voyiez notre balcon dans quel état il est...

– Je ne peux pas vous écouter, madame. Rentrez chez vous.

– Vous me donnez des ordres!

– Juste un conseil, rentrez chez vous!

Mme Weiss le quitta en boudant.

Dès qu'il ouvrit la porte de l'appartement des Torrent, Legrand perçut la voix de l'homme. Il mit son index devant la bouche et s'engagea dans le couloir. Il entra au salon au moment où, pour la sixième fois, l'homme appliquait le bout de sa cigarette sur le cou de Lucie tatoué de brûlures. Sentant une présence, il se retourna, fit un bond, voulut se frayer un passage, renversa presque le commissaire pour tenter de s'échapper, mais les deux agents l'immobilisèrent aussitôt. L'homme leva la main et déclara :

– Je ne suis pas armé. Je ne suis qu'un intermédiaire. Je suis venu pour bavarder. Juste pour bavarder...

Mme Reisen, arrivée en dernier, se mit à hurler :

– Ma petite dame! Ma petite dame Torrent! Bon Dieu de bon Dieu, qu'est-ce qu'on vous a fait!

– Appelez une ambulance, dit Legrand pendant que les agents mettaient les menottes à l'homme.

– Il était temps que vous veniez, lui murmura Lucie. Elle tremblait, mais elle ne pleurait pas.

Orlov avait gardé dans une valise déposée chez un gardien de nuit quelques vêtements de son ancienne vie. Cet homme, originaire d'Europe centrale, avait été son compagnon à l'époque de la grande dèche. Habitué aux tragédies historiques, il lui avait semblé que le drame personnel d'Orlov n'était qu'une goutte d'eau dans un Niagara de malheurs. Orlov fonçait chez lui. Il allait sortir de sa vie torpillée. N'avait-il pas déjà réussi à éliminer une femme?

En quittant le métro, il avança dans les ruelles désertes, longea un terrain vague, contourna une usine désaffectée et s'engagea dans l'impasse. Il entra dans un immeuble vétuste qui sentait les oignons grillés, il monta au deuxième étage et frappa à l'une des portes à la peinture écaillée.

Son ami, le visage bouffi de sommeil, vint ouvrir.

– Salut, vieux, dit-il à Orlov. Entre!

– Recouche-toi. Je viens juste chercher ma valise.

– Sous le lit. Et si tu veux un café, il y en a dans la casserole.

Le veilleur de nuit, dont les journées étaient dures – on ne le laissait jamais dormir à son aise –, reprit sa place au lit, et Orlov, à quatre pattes, sortit la valise et l'ouvrit. Il y retrouva un complet fait sur mesure par l'un des meilleurs tailleurs de Londres, un tissu gris anthracite infroissable, soyeux. Le costume, qui portait dans ses plis impeccables la survivance calfeutrée de siècles de traditions, était le témoin du génie d'un tailleur anglais. Orlov retrouva, comme lors de fouilles réussies, une chemise achetée chez le meilleur chemisier de la City et une paire de chaussures qu'il avait fait venir d'Italie à l'époque de ses fastes, par douzaines. Il fit une longue et minutieuse toilette, se lavant interminablement sous le filet d'eau de la douche. Peu à peu, il changeait d'allure. Il passa ensuite les heures d'attente à lire.

– Il y a du saucisson, lui proposa son ami, à moitié endormi. Si tu as faim...

– Dors, répondit Orlov.

Il quitta l'impasse dans un taxi qu'il avait commandé. Le chauffeur lui jeta un regard dégoûté. « Venir ici, quand on est de son milieu!... »

Orlov arriva à l'hôtel de Cecile à 17 h 50. Il se fit annoncer par le concierge, dont le regard palpait son costume en connaisseur.

Cecile vint à sa rencontre, craintive. Allait-elle trouver un homme fripé, défraîchi, un peu sale, une image sociale débordant de reproches? Dans le hall, elle le chercha des yeux. Elle ne reconnaissait pas Orlov.

– Madame...

Le baisemain n'était plus une caricature du geste, mais un rituel répété depuis des siècles.

– Vous avez eu l'amabilité de me donner rendez-vous ici même...

Il souriait, il choisissait ses cartes avec la jouissance du joueur qui bluffe.

– Permettez-moi d'être étonnée, dit-elle. Si nous allions au salon?

– Veuillez prendre place. Que désirez-vous boire?

– Quels que soient l'endroit, nos conditions morales, intellectuelles ou matérielles, je ne me laisserai pas inviter.

Il ajouta prudemment :

– Pas aujourd'hui.

Il fit signe à un garçon qui passait.

– S'il vous plaît...

Puis il se pencha vers Cecile.

– Que désirez-vous?

– Une orange pressée.

– Et pour moi un whisky, fit-il.

Elle le contemplait, analysant ses gestes, la manière dont Orlov avait pris son portefeuille en crocodile agrémenté d'un monogramme en or. Il venait de sacrifier l'unique billet de cinq cents francs qu'il possédait. Il avait ramassé la monnaie et les billets qu'on lui avait rapportés sans avoir jeté un regard sur l'addition.

– A quoi jouez-vous, monsieur Orlov?

– Que je joue ou non, que je sois un cabotin, un explorateur, un sociologue novice qui arpente les trottoirs pour s'approcher de l'humanité pressée, qu'importe, madame. Laissons planer un peu de clair-obscur... Si vous voulez m'engager comme secrétaire, si je deviens chez vous homme à tout faire, nous situerons en tout cas nos relations sur un terrain neutre où règnent l'élégance et la discrétion. Déjà, bannissons les questions! Sauf celles qui ont une utilité immédiate. Voulez-vous communiquer avec moi en anglais ou en français? Voulez-vous que je vous cite des passages d'Oblomov? Ses hymnes à la paresse m'ont toujours ravi. Je peux vous entretenir de la Bourse française ou bien vous donner les toutes dernières nouvelles de Wall Street. Je vous préviens, je connais New York. Je pourrais vous conseiller sur les meilleurs endroits de strip-tease ou de strips d'âme.

– Je n'aime pas être désorientée, l'interrompit Cecile. Vous me faites presque peur.

– Non. Vous êtes intéressée. La transformation à la carte d'une personne est excitante. Avouez-le.

Cecile intervint :

– Nos rencontres seront limitées aux salons, aux avions, aux salles de réception.

– Je n'ai aucune prétention à vous conquérir en tant que femme. Votre personnalité me plaît, mais c'est tout.

– Est-ce que mille cinq cents dollars par mois vous conviendraient? Vous serez logé et nourri.

Elle était gênée de parler de détails matériels.

Il haussa les épaules.

– Une somme dérisoire, mais je l'accepte. Mais pour une première période d'essai. Avec les cartes de crédit débitées sur vos comptes, nous pourrions même sortir et dîner ensemble, n'est-ce pas? J'aimerais que vous me parliez de votre appartement à New York... 93ᵉ Rue et 5ᵉ Avenue, répéta-t-il. Très bien. Ça me permettra d'aller souvent au musée Guggenheim. J'aime bien l'art moderne et, pour mes exercices physiques quotidiens et indispensables, Central Park est parfait.

Cecile fit défiler devant elle des images... Des fêtes, des barbecues, des Texans, des grands chapeaux, des gros cigares, des grandes villes et des grandes plaines, des puits de pétrole et des puits de chagrin. A parcourir en compagnie d'Orlov.

– Je voudrais quitter Paris rapidement.

– Nous devrions signer d'abord notre contrat, madame. Avez-vous un avocat en France? Des avocats?

– Sans doute, dit-elle. J'ai des avocats partout.

– Je voudrais qu'on établisse un contrat détaillé, avec des clauses bien précises, insista Orlov. Mes appointements, vos promesses, ma possibilité de retour... Nous devrions pouvoir dénoncer le contrat, d'un côté ou de l'autre, avec trois mois de préavis...

– Oui, monsieur Orlov, acquiesça Cecile.

Elle pensa à Lucie. Sa présence équilibrerait celle d'Orlov.

– Appelez-moi demain. Je vous indiquerai le jour et l'heure de notre rendez-vous chez un avocat. Je prévois notre départ pour le dimanche 14 juillet. Ça vous va?

– Sans doute, madame. Ne croyez-vous pas que déjà, avant notre départ, je pourrais vous être utile?

– En effet, il y a une possibilité de vous loger à l'hôtel.

– Ce serait mieux, dit Orlov. Je m'habituerais à votre personnalité, je ferais connaissance avec votre environnement.

– Je vous signale qu'une jeune femme va venir avec nous. Je l'ai engagée aussi.

Orlov s'empêcha de faire une grimace.

– J'imagine que vous jugez sa présence utile?

– Oui. Très utile.

– Sans doute avez-vous raison. Il faudra juste bien distinguer les rôles. Je ne voudrais pas laisser installer une confusion quelconque, je ne voudrais pas qu'on me prît par mégarde pour un serviteur. Je serai salarié chez vous, mais pas esclave. Je ne me tiendrai pas dans l'office pendant les repas des seigneurs.

Elle le rassura. C'est lui qui mit fin à l'entrevue. Il se leva, esquissa un autre baisemain et voulut partir.

Cecile le retint encore. Elle venait de se tranformer en demanderesse.

– A quel moment voulez-vous occuper votre chambre?

Orlov jeta un coup d'œil sur sa montre.

– Dans une heure et demie. Auriez-vous l'amabilité d'annoncer mon arrivée à la réception?

– Une petite chose pratique, ajouta Cecile : avez-vous des valises pour arriver dans cet hôtel?

Elle souligna « cet hôtel ».

– J'arriverai tel que je suis. Vous me donnerez une avance dont le montant sera à déduire de mon salaire. Je m'achèterai aussitôt le strict nécessaire.

– Comme vous voudrez.

Elle avait l'impression de se trouver ligotée sur un manège et de tourner dans une musique assourdissante.

Dans sa chambre gardée par deux agents, Lucie, sur son lit d'hôpital, venait de faire une déposition détaillée et précise qu'elle avait signée avec l'application d'une bonne élève.

– Je vous admire, dit le commissaire. Après un tel choc, vous gardez votre calme.

– Vous me trouvez enfin un peu sympathique?

Elle était pâle et frêle dans l'univers bleu de l'hôpital.

La sympathie? Le mot fit réfléchir le commissaire.

– Vous allez être choquée, continua-t-il, mais j'ai l'impression que, en quelque sorte, vous avez accepté cette agression comme si vous l'aviez attendue...

Elle demanda :

– Vous avez pu découvrir l'identité de l'homme?

– Il s'appelle Gérard. Il n'avait pas grand-chose à nous dire. Il s'est mis rapidement à table. Juste un homme de main qui ne connaît que les tout derniers échelons de l'organisation. L'un des acteurs principaux de cette opération était votre fils.

Elle écoutait.

– Vous ne voulez toujours pas me dire..., insista-t-il.

– Vous savez tout, fit-elle. Dès que possible, je partirai pour l'Amérique avec Mme Atkinson.

– Vous lui direz la vérité?

– On ne peut pas mentir à Mme Atkinson.

– C'est dommage qu'elle ne fasse pas partie de la police...

Legrand poussa un soupir.

– Nos confrères hollandais ne s'occupent plus de l'affaire. Ils ne sont pas à un cadavre près.

– Deux, dit Lucie. Vous avez oublié Annlise.

Leurs regards se rencontrèrent. Lucie détourna la tête.

– Je compatis. Sans Mme Reisen, vous ne seriez peut-être plus là...

Lucie voulut terminer l'entretien.

– En tout cas, merci pour votre compréhension. J'ai besoin d'un autre continent pour me reconvertir à une vie plus harmonieuse.

– Votre départ va faire souffrir votre mari? Non?

Elle ne voulait pas parler. Legrand prit congé et, en partant, répéta encore une fois des consignes sévères aux agents de police qui gardaient la porte. A l'hôpital, le standard reçut l'ordre de filtrer et de noter les appels.

Lucie avait vu son mari quelques heures auparavant.

296

Marc était plus éprouvé qu'elle. Il l'avait écoutée et était tombé d'accord sur tout ce qu'elle voulait.

– Je veux sortir d'ici dès que je serai à peu près présentable. Je te demande de prendre rendez-vous avec l'avocat.

– Mon ami Durand?

– Oui, Durand. Je ne veux rien. Ni de la moitié du prix de l'appartement, ni de pension alimentaire, ni compter nos petites cuillères. Je veux partir de ce mariage comme j'y suis venue, avec une seule valise.

– Mais, était intervenu Marc, je suis obligé de subvenir...

– Obligé par qui? Subvenir à quoi? l'avait interrompu Lucie.

– Prendre soin de toi.

– Non. J'ai réussi à te rendre malheureux, et tu devrais me payer pour ça? Non.

– Tu veux partir pour les États-Unis sans argent?

– Tu m'en donneras un peu. Quelques traveller's, jusqu'à ma première paye.

Elle avait dit exprès : paye. Elle allait de nouveau gagner sa vie.

– Si un jour, de retour à Paris, je mourais de faim, tu m'achèterais des croissants. D'accord? Mais j'espère ne plus revenir. J'en ai trop bavé, ici.

– Le pays n'y est pour rien.

– J'aimerais être ailleurs. Tenter ma chance. Même moi, je peux avoir de la chance.

Il s'était penché sur elle et l'avait embrassée. Il était parti discrètement. Elle ne l'aimait plus, mais elle l'aimait bien.

Après le départ de Marc, une des infirmières était venue avec une corbeille de fleurs accompagnée d'une carte signée par Miss Hammond et Delphine Brown. Les deux femmes envoyaient leurs « vœux de prompt rétablissement ». Mme Weiss et Raoul Herzog avaient téléphoné. Mme Weiss déclara qu'ils allaient partir vivre à Orléans.

– Nous avons là-bas un appartement qui a été loué à un

fonctionnaire, mais celui-ci est nommé ailleurs. L'appartement se libère. C'est le seul et unique placement que nous ayons fait dans notre vie. On vous rendrait visite volontiers, mais Raoul supporte mal les hôpitaux. Il est si sensible. Je pourrais venir seule, mais je suis très facilement impressionnable...

— Ne venez pas, merci. Vous êtes gentils, tous les deux. On se connaît à peine et vous pensez à prendre de mes nouvelles.

— C'est vrai, répondit Mme Weiss, c'est vrai. Mais l'immeuble était un peu notre province, ne trouvez-vous pas?

Lucie écouta Mme Reisen, ravie de son importance. Elle avait reçu des offres d'un journal à sensation.

— Je serai muette comme une carpe, assura-t-elle. Mon mari n'aimerait pas que je me mette en avant...

Puis, prenant son courage à deux mains, Lucie appela l'Américaine, plus aimable que d'habitude. Elle l'écoutait sans vouloir l'interrompre.

Lucie lui raconta tout. Elle évita les mots « horreur », « souffrance », « panique ».

— J'apprécie votre confiance, dit Cecile. Nous devrions partir le 14 juillet. Dans trois semaines. Que disent les médecins?

— Dans quinze jours, je pourrai me montrer dans la rue. Même avant. J'exagère un peu pour vous faire ensuite une meilleure impression.

— J'ai engagé une personne très compétente pour me servir de secrétaire. Je vous ai parlé de cette hypothèse, vous en souvenez-vous?

— Qui? demanda Lucie. Qui?

— Un homme très distingué.

Lucie réfléchit.

— Il ne va pas tellement m'aimer.

— Pourquoi?

— Je serai de trop. Tout le monde voudrait être seul avec vous, j'imagine...

— Pas forcément. Vos deux existences seront parallèles,

délimitées. Je veux dire la période que vous passerez aux USA.

– Vous allez me renvoyer?

– Le mot est un peu fort, objecta Mme Atkinson. Un contrat est un contrat. Et nous trois, nous ne ferons qu'un essai pour voir ce que ça donnera. Rétablissez-vous, et à bientôt.

Au retour de l'hôpital, les habitants de l'immeuble avaient accueilli Lucie avec de grandes manifestations d'amitié. On l'avait félicitée pour son courage. N'avaient-ils pas vécu, à travers elle, un drame qui remuait leur sensibilité, sans avoir ébranlé leur sécurité physique ?

Le célibataire du premier lui avait même dit qu'elle avait l'étoffe des héroïnes de la Résistance.

Les Anglaises, tout en lui offrant des petits gâteaux, avaient annoncé leur prochain départ. Leur appartement intéressait Mme Weiss.

— Ce ne serait pas mal de monter d'un cran, avait-elle dit, louer le leur pour nous, et louer le nôtre à d'autres.

— C'est de la folie ! s'était exclamé M. Herzog. Hier, tu voulais aller à Orléans, et aujourd'hui tu veux habiter au cinquième étage, ici ? En location ?

— La vue est plus belle que chez nous, avait commenté Mme Weiss.

Herzog avait tapé du pied droit – comme d'habitude – et élevé la voix :

— Tu veux compter les antennes sur les toits ?

Ce jour-là, furieux, en sortant seul de chez lui, il avait rencontré Liliane sur le palier.

— Vous devriez quitter l'immeuble. A votre place, je partirais. Trop de remous, ici. Vous êtes encore jeune, vous pouvez recommencer votre vie.

Elle l'avait écouté. Depuis le départ de Teresa, elle se forçait à sourire et racontait au bureau, d'une manière vive et détachée, des anecdotes. Lors de ses rencontres avec Lucie, les deux femmes parlaient de l'exiguïté des boîtes à lettres et chantaient les louanges de Mme Reisen, sans prononcer une fois le nom de Marc ni celui de Teresa. Lors d'une de ces rencontres, Lucie avait fait allusion à son prochain départ pour les États-Unis.

– C'est superbe là-bas, mais pas pour y vivre.

Lucie avait rétorqué sèchement :

– Ça dépend de la vie qu'on abandonne ici et qu'on trouve là-bas.

– Après le choc que vous avez eu, il est évident que vous avez envie de partir...

– Un choc ?

Lucie résistait à l'envie de lui parler. Et si elle offrait Marc à cette femme ? « Prenez soin de lui, il ne peut pas vivre seul. » Elle s'était retenue. Elle n'avait pas de cadeau à faire à une autre femme. En tout cas, pas à celle-là.

– Je vous souhaite bonne chance, avait lancé Liliane.

– Merci, avait répondu Lucie, crispée jusqu'au moment où elle avait refermé la porte derrière elle.

Chez elle, l'ordre régnait. Des jours et des jours, elle avait circulé avec des sacs-poubelles où elle jetait pêle-mêle des objets inutiles. Tout compte fait, le saccage de l'appartement lui avait rendu service. Le mobilier à moitié démoli, les tiroirs qui avaient vomi leur contenu sur la moquette facilitaient le tri.

Si Mme Atkinson la renvoyait, elle resterait en tout cas aux États-Unis. Elle n'aurait plus de permis de séjour et encore moins le droit d'être malade. Il faudrait qu'elle fasse preuve, dans l'avenir, d'une solidité à toute épreuve.

Ses relations avec Cecile se précisaient. Elle apercevait de temps à autre Orlov. C'était tout.

Marc attendait aussi ce départ. Il se sentait orphelin d'amour filial. Il espérait un avenir paisible, il rêvait de la routine, comme d'autres d'aventures. Il vivrait entre son appartement et son bureau, il serait bien reçu chez les amis qui ont besoin d'un quatrième au bridge et d'un célibataire pour ne pas être treize à table. Peu à peu apparaîtraient des femmes seules, elles aussi, comme par hasard invitées en même temps que lui. Il décida alors de ne plus se laisser choisir, mais de diriger son destin, tout seul.

Il se souvenait d'une vieille histoire racontée par un instituteur. Certains grands animaux, les chevaux par exemple, ne supportaient pas la solitude. On leur donnait comme compagnons des cochons d'Inde. Il ne serait jamais un grand animal dépressif. Il serait très bien dans sa peau, seul.

— Veux-tu que je t'aide à faire tes valises?

— Non, merci, répétait Lucie.

Puis elle vidait leur contenu sur la moquette de la chambre à coucher et recommençait tout.

« Elle n'a jamais su faire une valise », pensa Marc.

Ils ménageaient leurs relations fragiles grâce à une atmosphère de neutralité. Ils évoluaient dans un monde opaque, parfois déchiré par la sonnerie du téléphone.

— Ne crois-tu pas que je devrais faire la connaissance de Mme Atkinson?

— Tu la connaîtras à temps... A l'aéroport, si tu veux...

Marc s'organisait pour sa nouvelle vie. Aurait-il enfin le courage de jouer au conquérant et de passer d'une aventure à l'autre? Il fallait expérimenter avec prudence cette nouvelle existence, apprendre le contact facile.

Lors de ces derniers jours, ils se retrouvèrent, Lucie et lui, dans le living-room. Lui faisait semblant de lire un journal et elle entremêlait les fils en essayant de coudre. Elle cassa l'aiguille tant elle était maladroite. Elle haussa les épaules et regarda le feuilleton à la télévision. Le son était baissé, pour que Marc pût lire. Il plia le journal et dit :

— Ne crois-tu pas qu'il est trop tard?

— Trop tard pour quoi? demanda-t-elle.

— Vivre libre.

— Je ne sais pas. Moi, je me sens apte à être quelqu'un

d'autre. Je suis sûre que tu vas apprécier aussi ta nouvelle vie. L'aventure.

– Qu'appelles-tu l' « aventure » ?

– L'aventure, dit-elle, c'est bouger, respirer, connaître des villes, des gens... Les gens sont comme des continents, il faut les découvrir.

– Que sait-elle de toi ? demanda Marc.

– Qui ?

– Mme Atkinson...

– Je lui ai dit de moi, de nous, le strict nécessaire. C'était déjà presque trop. Elle a engagé un secrétaire. C'est surtout sur lui qu'elle fixe son attention en ce moment. Je n'arrive qu'en deuxième position. Je vais vivre dans leur ombre, grandir, devenir forte.

– Lucie ?

– Oui.

– Tu as quarante ans.

– Je ne fais pas mon âge, dit-elle. Didier ne m'a jamais pardonné mon allure. Les rôles étaient renversés. Il n'avait aucune raison de se révolter contre moi. Contre nous. Il restait la drogue. La drogue, quand ça marche, c'est l'argent facile. L'argent facile, c'est la liberté facile, le départ facile, le meurtre facile.

– Il va revenir un jour, déclara Marc.

– A ta place, je n'en voudrais pas. Il y a des relations qui se terminent définitivement.

– Pas avec un fils, dit Marc.

– Mais si. Justement.

– Tu es dure.

Lucie le défia.

– J'ai choisi la vie. C'était ça ou crever. Didier a voulu que je me suicide. Il a raté son affaire. Au lieu de m'anéantir, il m'a aidée à me trouver, à me découvrir, à devenir indépendante de tout sentiment.

Ils gardaient le silence.

Lucie ajouta plus tard :

– J'ai rendez-vous chez le notaire afin de signer des documents pour le divorce.

– Comme tu veux. Moi, je serai toujours à ta disposition si tu as besoin de quelque chose.

– Je ne demanderai rien, dit-elle. Merci.

**

Le jour du départ, Marc et Lucie se dirigèrent vers le salon d'attente de première classe, où Lucie devait présenter son mari à Cecile.

– Ce n'est pas un exploit de partir au bout du monde avec une femme qui va m'entretenir. Je pars avec un répondant! Ce n'est plus l'aventure, expliqua Lucie.

Marc avait obtenu une autorisation spéciale pour se rendre dans la zone qui se situait au-delà du contrôle de la police.

Le salon de la première classe était une vraie forteresse. Lucie frappa à la porte. L'hôtesse qui leur ouvrit prévint Mme Atkinson, qui se trouvait là en compagnie d'Orlov. Au moment où il fut confronté à l'Américaine, Marc comprit la décision de sa femme.

Après les présentations, Cecile demanda ce qu'il désirait boire. Marc se fit servir un café. Ils se regardaient, tous un peu gênés. Cecile prononça enfin :

– Votre femme pourra téléphoner autant qu'elle voudra. Nous avons beaucoup de projets. Nous irons à Palm Springs, puis dans le nord des États-Unis, ou même au Canada... J'ai là-bas une maison en bois au bord d'un lac. En été, il fait très chaud à New York.

Orlov s'amusait en regardant les deux femmes. L'Américaine pouvait devenir une proie. Lucie aussi, éblouie par tout ce qui lui arrivait. « L'une des deux », pensa-t-il, et il reprit un peu de café. « L'une des deux, ou les deux. » Il leur adressa quelques mots aimables.

Juste avant l'embarquement annoncé dans les haut-parleurs par l'hôtesse, Lucie dit adieu à Marc, qui l'accompagna jusqu'au contrôle des bagages à main. Lucie se retourna et regarda son mari. Entre eux, déjà une petite foule en partance, les douaniers, les policiers. Lucie leva la main pour un geste d'adieu. Elle balaya avec ce geste leur passé, leur chagrin, leur fatigue. Elle fit naître entre eux une complicité nouvelle. Trop tard.

Elle s'engagea dans le flot des voyageurs. Marc la regarda s'éloigner sur le tapis roulant, sur ce fleuve paisible qui portait des groupes à l'intérieur d'un tunnel. Puis, plus de Lucie... Marc resta les bras ballants, regardant à droite, à gauche. Il ne savait pas s'il était vraiment triste. C'était le 14 juillet. Un défilé militaire, des avions, des chars, des hommes d'État, l'Arc de Triomphe, un beau drapeau quelque part. Et des êtres seuls qui déambulent dans le néant.

Il était 10 h 30. Que faire de sa journée? Il pourrait rester là, regarder le tapis roulant et attendre que la vie passe.

Il descendit au sous-sol et chercha sa voiture. Il errait d'un niveau à l'autre, d'une lettre de l'alphabet à l'autre, puis il retrouva le véhicule, la vieille bête dont les phares allumés éclairaient un mur en béton.

Engagé sur l'autoroute au milieu d'une circulation fluide, il cherchait désespérément le nom des copains de jadis. Débarquer à l'improviste et dire : « Au bout de dix ans d'absence, j'ai pensé à toi. Viens, je t'emmène déjeuner quelque part. »

Lucie avait fait le désert autour d'eux. Didier aussi, leur chagrin encore plus. Et s'il rendait visite à ses parents, à Aix-en-Provence? Ç'aurait été peut-être bien, ç'aurait été peut-être mal? Il ne fallait pas les bouleverser.

Liliane? Il appuya sur l'accélérateur. « Pourvu qu'elle soit à Paris. Il fait tellement beau. Si jamais elle est partie... »

*
* *

Ce matin-là, Liliane faisait l'apprentissage de la solitude. Elle préparait soigneusement, lentement, en les regardant comme s'ils avaient un intérêt extrême, des toasts. Elle les emballa dans une serviette et décida de les manger au lit. Elle les recouvrit d'une confortable couche de beurre et les dévora en écoutant de la musique à la radio. Elle entama une tablette de chocolat. Puis, tenant une tasse à moitié vide dans la main, elle contempla son lit recouvert de miettes.

Quelque part, un gosse pleurait, des avions passaient. Elle prit le plateau, le ramena à la cuisine et, aussitôt après, elle s'installa sous la douche. Il fallait faire passer le cafard. La tête levée, les yeux fermés, elle exposa son visage au bienfaisant ruissellement de l'eau. Soudain, elle tourna le robinet. Un jet froid lui coupa le souffle. Humide et décidée, elle enfila un survêtement et se précipita au salon. Elle engagea une cassette dans le magnétoscope et, face à l'écran, se mit à suivre la gymnastique rythmée. Au bout de quinze minutes, trempée de sueur, elle finit par sourire. Elle allait pouvoir dominer ses crises de mélancolie et sa fringale.

Elle était à la fin de l'exercice quand on sonna. Elle se précipita à la porte et l'ouvrit d'un geste brusque, pour se trouver en face de Marc. Il fut désorienté. N'était-il pas arrivé au plus mauvais moment? Il avait espéré surprendre une femme un peu lasse, presque évanescente; lui, qui avait besoin de protéger, de consoler, se trouvait face à une athlète en pleine action. « Elles sont de plus en plus fortes... »

– Entrez, dit Liliane. Je passe un peignoir et j'arrive. Arrêtez le magnétoscope si vous pouvez...

En l'attendant, il réfléchit : que dire à Liliane?

Elle revint, très gaie.

– Alors? Comment allez-vous aujourd'hui?

– Vous êtes une gagneuse.

– J'ai décidé de changer de nature, de vie...

– Je suis heureux de rencontrer quelqu'un qui a tant d'énergie à déployer... Je suis venu pour vous inviter à déjeuner...

– C'est gentil, dit-elle. Il fait si beau! D'accord. Où va-t-on?

– On va chercher... Je vais vous faire des propositions honnêtes.

Deux heures plus tard, ils se trouvaient face à face à l'une des tables d'une auberge normande.

– Dès la première minute de notre rencontre, je savais que nous allions nous entendre...

Il rectifia prudemment :

– ... Que nous pourrions nous entendre.

Liliane n'aimait pas qu'on résume sa vie.

– On ne sait jamais rien à l'avance. Et ce qu'on a « pressenti », on le provoque souvent...

– Nous sommes déjà amis, dit-il.

– Vous allez trop vite. Ne bousculez pas le temps.

Il s'accouda sur la table et versa encore un peu de vin rosé dans leurs verres.

– Tout va très vite, constata-t-il. Nous sommes une génération de pare-chocs, si on ne s'entraide pas, on est exécuté...

– Pare-chocs ?

– Oui, on se trouve entre ceux qui n'ont pas osé vivre et ceux qui risquent tout...

– Mes parents n'étaient pas si malheureux que ça, dit Liliane.

– Les miens non plus, mais on les protège. Moi, en tout cas. Ma mère a le cœur fragile. Je n'ai jamais pu lui parler du drame de mon fils... Depuis toujours on invente pour elle de belles histoires... Un cœur fragile défend plus quelqu'un qu'un lance-flammes.

Ils mangeaient lentement, accordant une grande attention à la moindre bouchée.

– A quoi pensez-vous ? lui demanda Marc plus tard.

– Que ce serait formidable de vivre sans dettes... Je suis couverte de dettes à cause de mon appartement.

– Venez habiter avec moi, dit Marc en plaisantant. Vendez votre appartement et venez avec moi. Je vous laisserai tranquille, je ne vous importunerai pas.

– Vous êtes drôle, fit Liliane. Très drôle. Si on parlait d'autre chose...

Lucie était presque heureuse depuis qu'elle avait trouvé sa place dans le secteur non-fumeurs du Boeing 747. Son bagage à main était lourd, mais elle avait réussi à le caser. Le siège à côté d'elle était déjà occupé par un homme aux épaules étroites, le nez long, les cheveux blonds filasse. Il parcourait ses journaux et les faisait glisser ensuite à ses pieds. Il avait répondu par un hochement de tête au « bonjour » de Lucie. Plusieurs fois elle avait réprimé l'envie de lui parler, juste pour échanger quelques mots. Elle s'était heurtée au mutisme résolu de son voisin.

L'avion avait déjà survolé l'Angleterre lorsqu'elle lui dit :

– Je peux prendre un de vos journaux?

– Ce que vous voulez, répliqua-t-il. Autant vous prévenir tout de suite, je n'ai pas envie de parler. Je ne peux pas. Ni être poli. J'aimerais voyager comme si j'étais complètement seul.

Lucie encaissa le choc, son premier contact avec le monde extérieur était rude. Elle se tut et, lorsque le repas leur fut servi, elle évita soigneusement le moindre geste qui aurait pu provoquer un effleurement de leurs coudes. Pendant la projection du film, le passager continua de lire, dans le rai de lumière qui éclairait son siège. Lucie suivait le film en anglais : c'était l'histoire d'un extra-terrestre en visite, mêlé à une intrigue policière. Elle était angoissée. Et si elle ne trouvait pas sa place dans le monde? Sa vie de famille était un échec, le bilan des amitiés ne pesait pas lourd. Et si personne ne voulait d'elle ? Y avait-il quelque chose de maudit dans sa nature ? Elle se voyait à pied, une valise à la main, sur une route qui se déroulait à l'infini. Elle avait décidé de garder intacte l'image de son petit garçon. Elle triait ses morceaux de souvenirs, un regard, des petites mains. « Regarde, il court vers moi ! » Ce n'étaient que les premiers pas de l'enfant, mais il avait avancé, les bras tendus vers sa mère. Des Noëls, des crêpes, des manèges, des ballons, le premier argent de poche. « Un autre voulait me battre, Maman. » Une fois, au retour de l'école, il lui avait dit cela. Elle était allée voir le professeur, comme un fauve, pour défendre son gosse, contre un autre du même âge. Avec un sourire indulgent, on l'avait assurée que personne ne ferait de mal à son enfant. « Il est si sensible », avait-elle insisté. A quel moment tout cela avait-il dévié ? De quelle manière tant d'amour avait-il pu susciter comme réponse tant de... Elle réfléchit : même pas de haine, d'indifférence.

Elle s'assoupit pendant le film. Elle sentit soudain un léger poids sur son épaule gauche : elle ouvrit les yeux, l'homme hostile, maintenant endormi, glissait de plus en plus vers elle. Sa solitude débordait du siège étroit. Elle eût aimé le repousser violemment, sèchement. Mais elle ne bougea pas : seule, elle aussi, ses instincts de douceur abritaient l'inconnu qui dormait comme un enfant fatigué de ses larmes. Elle n'aurait eu aucune possibilité d'expliquer son attitude. Elle portait avec une patience sans limites le poids de l'inconnu qui devait encore chercher sa mère...

L'homme se réveilla avant l'atterrissage. Il se redressa et marmonna des excuses.

– Je ne sais pas ce qui m'est arrivé. M'endormir sur votre épaule... Et j'ai été si désagréable... Je vais à New York pour une consultation médicale. Me comprenez-vous ?

– Si vous avez pu dormir un peu et oublier...

Gêné, l'homme la remercia.

Au débarquement, après avoir franchi le contrôle, il disparut dans la foule. Il n'avait pas de bagage. Le décalage horaire, le soleil qui l'accueillait le remplirent de l'espoir fou de la vie.

* * *

En route pour New York, Orlov profitait de chaque minute. Une coupe de champagne à la main, il attendait qu'on lui proposât toutes sortes de félicités. Aurait-il voulu un soupir, un parfum, un lambeau de rêve, une cuillerée de caviar, une mousse au chocolat ou quelque délectation supplémentaire? Il acceptait, il refusait, il hésitait. Le bonheur.

Cecile sortit de son sac un poudrier en or massif.

– C'est beau, n'est-ce pas?

– Jolie babiole, répondit Orlov.

– Babiole? s'exclama Cecile. Un objet d'art! Un magnifique poudrier! Vous avez vu les initiales en diamant?

– Babiole.

Il éprouvait un plaisir certain à redire « babiole ».

Cecile glissa le poudrier dans son sac en peau d'autruche. Un désordre riche régnait à l'intérieur. Elle haussa les épaules. « Babiole... »

Orlov s'amusait. Un jour, peut-être, il prendrait le commandement. S'il n'était pas trop pressé. Il lui fallait encore le temps nécessaire pour les vaincre. Le système de protection intérieure de Cecile avait fonctionné, ses instincts l'avaient sauvée des pièges dès le début de sa vie.

Elle prononça avec une douceur gentille :

– Je crois à ma bonne étoile. Je n'ai peur de rien... Même pas de vous...

– Je suis d'une exquise politesse, répondit-il. Et d'une patience!

– En tout cas, rétorqua-t-elle, vous avez votre billet de retour, n'est-ce pas?

* * *

La patronne de l'auberge servait lentement ce couple parisien. « Ces gens-là, pensa-t-elle, viennent ici plus pour parler que pour manger. » De temps à autre, elle passait pour remplir leurs verres. Ils l'oubliaient.

– Ma mère est une véritable impératrice. Elle règne. A cause de son cœur fragile, on fait très attention à tout ce qu'on peut lui dire. Mon fils a manqué la fête de Noël familiale pour la première fois quand il avait seize ans... Elle se mit à réclamer son petit-fils, elle était tellement triste... Nous lui avons inventé une histoire rassurante. Je n'ai jamais menti autant de ma vie qu'à ma mère... Si un jour nos chemins se croisaient pour de bon, il faudrait inventer une belle histoire pour elle... J'ai réussi à escamoter mon fils, ma femme a disparu de ma vie, il faudrait que j'invente pour vous une situation crédible...

– Inutile de vous fatiguer, dit Liliane. Êtes-vous sûr qu'elle n'est pas au courant de vos problèmes? Si elle voulait vous ménager, elle, de son côté...

– Je ne crois pas...

Il leva la main pour attirer l'attention de la patronne.

– Une autre bouteille de rosé, s'il vous plaît.

– Et qui va conduire? demanda Liliane. Vous me faites boire. Vous buvez. Je ne veux pas mourir sur la route. Ce serait vraiment trop bête. Il ne faut plus boire. On va marcher un peu, pour s'aérer, et on va rentrer à Paris. Ne nous attardons plus ici.

– C'est vrai? fit-il, ironique. Parce qu'on nous attend? Hein? La famille nombreuse nous attend? Les enfants qui nous aiment nous attendent? Soyons lucides. Personne ne nous attend.

Le fond sonore de cette salle à manger s'enflait ou se précisait par vagues. Les habitués gourmands et satisfaits savouraient le menu du 14 Juillet, la patronne passait d'une table à l'autre pour récolter les compliments, une serveuse aux hanches larges se frayait un passage entre les dos des chaises parfois trop rapprochées. Il était 3 heures de l'après-midi.

– Et si on restait ici? proposa Marc. Si on osait être libres? On est comme des chevaux... On va rentrer à l'écurie parce que c'est l'heure... Il y a des chambres ici.

Liliane répondit, assez évasive :

— Je ne crois pas, je ne suis pas faite pour les aventures, hélas. Et je n'ai pas tellement envie d'essayer ce qu'on appelle la vie libre.

— Je suis d'accord, mais au moins ne soyez pas pressée.

— En théorie, vous avez raison. Ne rentrons pas. Pourquoi ne pas vouloir faire le tour du monde? Mais après : plus de travail, plus d'argent, plus moyen de payer les traites... Il ne s'agit pas seulement de meubler un après-midi, mais de se débarrasser aussi de nos responsabilités...

— On les a créées, dit Marc, d'une voix forte.

La patronne se retourna vers eux.

Il voulait se justifier.

— J'ai créé des responsabilités. J'ai voulu une femme à la maison, un enfant, même deux enfants, un appartement...

— Mais moi aussi! J'ai tout raté, sauf une chose : j'ai compris qu'on n'est pas seul si on a des yeux pour voir, des jambes pour marcher... Il y a toujours quelqu'un à qui parler, à écouter... C'est moche, un divorce, même à l'amiable, continua Liliane. Le victorieux s'en va avec ses remords et l'abandonné panse ses plaies.

— Il y a aussi des décisions communes, dit Marc. Ma femme et moi, nous resterons amis.

— Une question de nature, fit Liliane. Mon ex-mari est en Italie. Soigné par sa fille, c'est-à-dire celle qui était la « nôtre ». Je ne voudrais pas être l'amie de mon ex-mari, non. Je suis jalouse encore. Je l'ai aimé très fort.

— Peut-être maintenant que votre fille...

— ... est là-bas? Et alors?

— Vos relations avec votre ex-mari...

— ... vont être pires que jamais. Il a détourné ma fille.

— N'êtes-vous pas injuste? demanda Marc.

— Si, reconnut-elle, profondément. Et ça me fait du bien.

Marc fit signe à la serveuse et demanda de l'eau. Il s'accouda sur la table.

— Il n'y a que ça partout, des mariages ratés.

– Ce n'est pas vrai, affirma-t-elle. Il y a aussi des vies communes sublimes. Une question de chance.

– Bon, bon, la calma Marc. Quand vous me connaîtrez mieux, vous saurez que j'aime définir les grandes vérités. Et je me trompe... Un de ces jours, je vais vous inviter à dîner. Je connais un restaurant avec un pianiste...

– Musique? dit Liliane. Oui, pourquoi pas? Mais il m'arrive d'avoir mal de certaines musiques... Qu'est-ce qui vous fait mal à vous?

– Tout et rien, répondit-il. Parfois des situations où je me trouve malgré moi... Et comme j'ai un compteur dans mon esprit, je calcule les années qui me restent à vivre, selon les statistiques...

– Alors? demanda Liliane.

– Il ne me reste pas tellement de temps pour réparer la machine.

– Quelle machine?

Il détourna la tête.

– Vous allez me trouver ridicule, fit-il. J'ai presque l'impression de commettre une indiscrétion si je vous le dis.

– Mais quoi?

– Ce que ma femme a inventé. Elle a dit que les parents étaient des machines à rêver, les enfants aussi, et, lors des collisions, ce sont les parents qui déraillent...

– Chacun sa formule. Ma fille aura la sienne quand son enfant la fera baver, mais ce ne sera plus mon affaire. Savez-vous ce que j'ai découvert?

– Non.

La serveuse apporta la bouteille d'eau minérale.

– Vous en voulez?

– Dans le verre à vin?

– Elle n'en a pas donné d'autres.

– Allons-y...

Ils buvaient l'eau parfumée de vin rosé.

– Qu'avez-vous découvert? demanda Marc.

– Il faut cesser d'être triste. Surtout moi. Se faire plaindre à cause d'un divorce, on vous rétorque : « Et la mort, madame, c'est pire! »

– J'ai appris ça, commenta Marc. Au début, les secrétaires me consolaient. Et puis, on en avait assez des mots, des gestes. A la fin, elles m'évitaient, elles n'avaient plus rien à dire... Je ne voulais même plus être reconnaissant pour la sollicitude qui m'entourait. Je devenais presque timide.

– Quand j'ai découvert que ma fille ne m'aimait pas, dit Liliane, j'ai perdu confiance dans mes rapports avec le monde. Je n'oserais pas prendre un chien, il partirait, et si j'adoptais un chat, il s'en irait peut-être lui aussi.

Elle hésitait, elle cherchait ses mots, elle devenait plus pudique que jamais, pourtant il fallait prononcer le verdict, sur elle-même, sur eux.

– Marc!

Elle l'interpella comme on prononce : « Au secours! »

– Marc...

– Oui...

– Le jour où ma fille a levé sur moi un regard glacé, le jour où je suis devenue un trouble-fête parce qu'elle n'avait plus besoin de sa mère, j'ai compris l'immense erreur, l'adoption. Je n'aurais pas dû forcer le destin.

– Mais non, intervint Marc, son attitude n'a rien à voir avec le fait d'être adoptée, du tout. Il y a un moment où dans la vie des enfants on devient les trouble-fête. Je sais de quoi je parle. Rêver de l'enfant, le concevoir, le mettre au monde avec un amour fou, puis se découvrir un jour encombrant, les trouble-fête de leur vie. L'idéal serait de mourir quand ils commencent à vivre pour eux. Être sujet de légende, laisser derrière soi une bonne photo encadrée sur le mur, ne plus les gêner... Un jour, ils deviendront eux aussi des photos pour leurs enfants.

– Je préfère réagir, dit Liliane, je ne veux pas devenir une relique. Je veux vivre. Crever de l'amour maternel, ce serait dommage... Ne pourrions-nous nous entraider pour tenter de devenir des monstres d'égoïsme! Les monstres ne souffrent pas, mais ils ont moins de plaisir aussi. Plaisir, je veux dire, sur le plan de l'affection...

Marc protesta.

– Ne croyez pas ça... C'est ce qu'on raconte. Ce n'est pas

vrai. Il y a des monstres qui vivent très bien. Il faut abandonner les vieilles notions comme les : « Il faut souffrir pour être récompensé », et les : « Qui aime bien châtie bien »... On m'a bien châtié sans m'avoir bien aimé... Je crois qu'il faut se débarrasser de tout cela... Je suis tout à fait d'accord pour conclure notre alliance anti-souffrance.

– Comment faire? demande Liliane. Le début est difficile. Il suffit de parler d'air pour avoir la gorge serrée...

– Nous pourrions nous éduquer. Il y a d'autres gens qui ont les mêmes problèmes. Il y a les Alcooliques anonymes, les Weight Watchers. Pourquoi ne pas créer l'association des parents qui ne veulent plus être vidés de leur âmes? Ne serait-ce que pour nous deux, vous verrez, notre solidarité va être efficace. Et puis on invitera aussi pour nos psyspectacles, en vedette américaine, quelques parents heureux, ceux qu'on aime, ceux pour qui on traverse des continents pour les retrouver à Noël, ou tout simplement ceux qui n'attendent pas la mort seuls, mais dans l'ombre de l'amour. Ça existe...

– Soyons réalistes, dit Liliane, qu'est-ce qu'on fait pour survivre tout de suite?

Marc était ravi. Enfin elle l'écoutait.

– On va prendre le plus souvent possible des repas ensemble, échanger nos expériences et, au lieu de sortir nos mouchoirs et nous plaindre d'un monde méchant, on deviendra méchants. Je rêve de faire partie des sans-cœur, de ceux qui marcheraient sur le cadavre de leurs proches, de ceux qui tueraient père et mère pour réussir. Des veinards...

Elle rêvait :

– Si j'étais un monstre, j'aurais le courage de vendre mon appartement. J'ai une occasion à saisir. Je suis en relation, pour mon bureau, avec un grand patron japonais qui cherche, pour ses fils, un pied-à-terre à Paris.

– Vendez vite avant qu'il ne change d'avis, et venez habiter chez moi! En amis... Je n'ai aucune arrière-pensée. Vous êtes une femme ravissante, pourtant je ne cherche pas « avec qui coucher », mais « avec qui parler »...

Liliane réfléchit.

— Tout ce que vous dites ne tombe pas dans l'oreille d'un sourd... La tentation est énorme. La vente de l'appartement me permettrait de me débarrasser des dettes, de lever l'hypothèque... Mais si un jour ma fille... Imaginons qu'elle veuille revenir...

— Non! s'écria-t-il. Laissez votre fille où elle est... Vous ne prenez pas le bon chemin pour devenir un monstre. Dans votre esprit vous l'attendez encore! Donc vous avez mal...

— Je vais l'attendre un peu, et puis je ne l'attendrai plus...

— Votre appartement a été refait à neuf, dit Marc. Si vous le vendez...

— Je n'aurai plus de dettes, répéta Liliane. Mais je n'aurai plus de toit non plus.

— Si, dit Marc, si. Chez moi. Je vous l'ai dit. C'est sérieux. J'ai une pièce que je n'utilise pas, on peut y mettre un lit. Vous vous installerez dans la chambre et moi dans cette pièce.

— Dans votre chambre conjugale! s'exclama Liliane. M'installer dans votre chambre?

— Quelle importance? fit Marc. C'est parce que vous savez que c'était notre chambre que vous réagissez ainsi. Mais, en réalité, tout cela n'est qu'une question de peinture, de matelas, d'ameublement... Comment voulez-vous devenir un monstre si vous vous attachez à ce genre de détail? Dites, si on se saoulait?

— Non. Ce n'est pas une solution. On a déjà assez bu... Il faut rentrer. Vous pouvez encore conduire?

Marc demanda l'addition puis il insista :

— Pourquoi devons-nous rentrer?

— On a déjà fait des progrès énormes, déclara-t-elle, on a pris des décisions considérables. Demain je parlerai avec le Japonais.

Marc regardait un peu trop longtemps l'addition. Liliane s'énerva.

— On peut partager...

316

– Vous plaisantez!

– Non. Mais vous semblez souffrir...

– Je ne souffre pas.

– Si vous êtes avare, je rentre en stop.

– Liliane, fit-il, je regardais cette fiche, mais je ne voyais rien. Je pensais à vous...

– J'ai cru, dit-elle, que vous étiez en train de vérifier l'addition, je ne supporte pas ça... Pardonnez-moi, je suis trop irritable.

Marc glissa sous l'assiette des billets de cent francs.

– Vous ne voulez vraiment pas qu'on aille ailleurs, qu'on se saoule et qu'on fasse la noce?

Elle s'exclama :

– Je ne vous aime pas.

Ils quittèrent le restaurant. Il passa le bras autour de la taille de Liliane, vieux geste d'homme pour manifester à la fois sa force et son sens de la propriété.

Dans la voiture ils gardèrent le silence. Il conduisait lentement. On les dépassait souvent, parfois en les injuriant.

L'immeuble se vida comme un sablier à la fin du mois de juillet. On apercevait de temps à autre devant le trottoir des voitures qu'on chargeait de valises. Gabrielle, l'anorexique, était partie avec sa famille pour Arcachon. M. Herzog et Mme Weiss avaient décidé de faire un tour à Orléans pour voir l'état de leur appartement. Ils n'étaient plus sûrs de vouloir quitter Paris. «Location pour location, avait dit Mme Weiss, autant continuer à louer à Orléans et vivre ici.» Mme Reisen, docile, s'abstenait de commenter la décision de Marc et de Liliane, qui étaient convenus de vivre ensemble.

La paix de l'été ressemblait à un armistice. Marc fit repeindre sa chambre à coucher et sa cuisine. Liliane avait réussi une opération exceptionnelle, le patron japonais n'avait jamais autant souri que le jour de la signature de la promesse de vente. Elle avait décidé d'aller habiter chez Marc pendant quelques mois. Plus tard, elle s'achèterait un appartement, moins luxueux, moins amoureusement parisien que celui situé derrière l'Arc de Triomphe. Son beau grand lit avait trouvé une place d'honneur dans l'ex-chambre conjugale de Marc. Celui-ci venait de s'installer dans une pièce qui, jadis, lui avait servi de bureau.

Liliane allait contribuer aux frais, elle avait bien précisé qu'elle ne serait pas la compagne qui finit, vaincue par la lassitude, par se retrouver dans le même lit.

— J'habiterai avec vous, je ne serai pas votre concubine, ni une aventure, ni un cochon d'Inde, ni une consolation. Je viens habiter chez vous parce qu'il n'y a aucune location à un prix raisonnable actuellement à Paris.

Le grand patron japonais était enchanté d'avoir décou-vert cet endroit si pittoresque pour ses deux fils, qui devaient suivre des cours de perfectionnement de français à Paris.

En août, l'immeuble devint muet. Liliane et Marc circu-laient avec des paquets et avaient l'impression d'être chez eux. Mme Reisen était partie avec son mari à Menton.

Lucie? Elle l'appelait dans la nuit. Elle n'avait pas réussi à bien calculer le décalage horaire. En téléphonant de Las Vegas, de Los Angeles, de Palm Springs, de Buffalo, ou de Toronto, elle réveillait Marc à n'importe quelle heure. Sa voix semblait proche.

— Je commence à parler correctement l'américain et j'explore les villes où nous passons. Mme Atkinson va essayer de m'obtenir la *green card*. Tu vois souvent Liliane?

Marc répondit un jour, dans son demi-sommeil secoué :

— Je vais vivre avec Liliane. Elle a vendu son apparte-ment.

— Parfait! s'écria Lucie. J'ai toujours su que tu ne pouvais pas rester seul. Je te félicite.

Puis, assez brutalement, elle raccrocha.

Teresa appelait aussi. Liliane lui avait annoncé le changement de numéro de téléphone, mais pas celui de sa vie. Elles s'enfermaient dans des : « Comment vas-tu ? » « Moi aussi, ça va. » Et Liliane entendait résonner comme un écho les : « Maman, Maman... » Elle entendait dans son cœur ce : « Maman, Maman... », surgi parfois de l'enfance. Teresa l'interrogeait depuis l'Italie :

– Tu m'as vraiment aimée quand j'étais petite fille ? M'as-tu aimée comme si j'avais été ta vraie fille ? En es-tu sûre ?

– Mais oui ! répondit Liliane, mais oui. Mais tu ne m'appelles pas pour ça ? Combien de fois te l'ai-je dit, juré, affirmé... D'où appelles-tu ?

– De Palerme, dit une fois Teresa. On m'a invitée à Palerme. Je n'aime pas tellement la Sicile.

– Que fais-tu à Palerme ? demanda Liliane.

Et son cœur était comme une grosse pierre pétrifiée de chagrin. Sa fille lui faisait encore mal. Sa fille ? Elle s'en guérirait.

Un jour elle téléphona vers 18 heures.

– Maman !...

– Oui, Teresa, d'où parles-tu ?

– Mais d'Italie !

– Je sais, mais de quel côté ?

– Je suis de nouveau à Rome.

– Quelqu'un chante autour de toi...

Liliane entendait la chanson en arrière-fond de la conversation.

– Ici, il y a toujours quelqu'un qui chante, dans la rue, dans l'appartement, dans le couloir... Maman?

La communication fut coupée, elle n'avait plus rappelé.

* *

Liliane s'était installée chez Marc. Son lit, sa bibliothèque, sa radio et ses rideaux neufs, elle les avait apportés avec elle.

Les lettres de Philippe, elle les avait collectionnées et renvoyées par paquets. Puis il n'avait plus écrit. Il était parti pour l'Espagne avec une jolie fille qui imitait le son des castagnettes avec ses doigts nus.

Quand la vie se fut remise en place, gentiment, doucement, quand Liliane et Marc eurent enfin tout rangé, les armoires et leurs âmes, quand leurs vêtements furent bien alignés dans les penderies, chaque coin et chaque instant teintés d'une douce harmonie, un jour, à 19 heures – Marc n'était pas encore de retour –, on sonna à la porte. Liliane alla ouvrir. C'était Teresa avec sa valise. Elle était pâle et les traits creusés.

– Bonjour, Maman, j'ai sonné en haut, j'ai vu des Japonais. Ils ont dit que tu étais là...

– Je vis avec Marc Torrent, dont la femme est partie pour les États-Unis. C'est-à-dire, je loue une partie de son appartement...

– Et tu vas vivre avec lui, c'est vrai, Maman? demanda Teresa.

– En quoi ça te regarde? Entre! fit Liliane.

Elle avait une envie irrésistible de la serrer dans ses bras. Elle résista.

Teresa regardait.

– Où je vais dormir? Où, Maman?

– Je ne sais pas, dit Liliane. J'ai cru que tu étais partie

pour de bon. Ton départ a été très brutal. J'ai changé de vie.

– Et la chambre en haut, Maman? Est-ce que je peux m'installer dans la chambre du haut?

– Je n'ai plus la chambre du haut, je l'ai vendue avec l'appartement. Il y a la chambre où habitait le fils de Marc.

Liliane se sentait presque coupable. Elle se défendait.

– Tu n'étais plus prévue dans ma vie. Quand tu m'as téléphoné de Rome, quinze jours après ton départ d'ici, tu m'as dit que tu ne reviendrais plus, sauf pour quelques jours de vacances. J'ai pleuré.

– C'étaient des paroles en l'air, Maman. Je ne les ai pas dites sérieusement. Je n'ai pas imaginé que tu puisses avoir si mal.

– Menteuse, prononça Liliane doucement.

– J'ai pensé, continua Teresa, que je pourrais revenir quand je voudrais...

– Ah oui? dit Liliane. J'aurais dû rester disponible et t'attendre seule dans mon appartement, attendre ton bon vouloir?

– Ce n'est pas ça.

Elle se mit à pleurer et se jeta contre sa mère.

Liliane la tenait dans ses bras. Elle aimait sa fille. Mais sa rééducation psychologique, le traitement antidouleur qu'elle s'était imposés la défendaient contre une trop grande émotion. Elle voulait éviter de retomber dans l'état de crève.

– Tu veux manger, Teresa?

– Non, merci. Non.

– Viens au salon et raconte-moi...

– Teresa la suivit.

– Je n'ai pas tellement de choses à dire.

Elle s'assit sur le canapé qu'elle ne connaissait pas.

– C'est tout neuf...

– Oui, c'est neuf. Comme le reste. Tu veux un jus de fruits?

– Non. Maman? J'ai l'impression de te déranger.

— Tu ne me déranges pas.

— Tu ne m'aimes plus, Maman.

— Mais si. Différemment. J'ai réussi à me guérir de l'amour fou. Ton départ a été brutal, très dur à supporter. J'ai dû prendre mon temps pour récupérer. C'est fait. Marc m'a aidée. Que veux-tu de moi?

— Je ne sais pas, dit Teresa. J'ai cru que tu étais toujours là pour moi...

— Ne pleure pas! s'exclama Liliane. Tu avais l'habitude de me voir pleurer, maintenant c'est toi qui pleures. Chacune son tour... On va être raisonnables. On va discuter. Je vais voir aussi avec Marc ce qu'on peut faire. Pour le moment, je vais te donner des draps et tu iras en haut. On a refait la chambre de son fils. Elle est blanche. On a pensé y loger des invités... Ça n'a pas marché avec ton père?

— Je devais m'occuper d'Alberto. Dès mon arrivée, Maria a commencé à sortir. Il fallait soigner mon père, mais ensuite, quand il a été guéri, il partait avec Maria. Je restais à la maison avec le gosse. Je suis devenue une vraie fille au pair. Mais j'ai bien appris l'italien. Je t'assure que je sais l'italien.

Elle regardait sa mère.

Liliane se sentait détachée. « Ça doit être comme ça, la chute libre », pensa-t-elle.

— Tu feras ton lit dans la chambre, tu monteras un melon et du jambon. Tu resteras dans la note italienne. Je ne veux pas que Marc te trouve ici.

— Mais pourquoi, Maman? s'étonna-t-elle.

— Il a pris l'habitude de vivre avec moi. Nous avons construit un univers fraternel et paisible. Nous nous sommes libérés de nos enfants. Je ne voudrais pas que tu démolisses notre existence. Je vais te donner de l'argent, je m'occuperai de toi jusqu'au moment où tu trouveras un travail, mais je ne veux plus souffrir. Je veux survivre.

Teresa prit ses provisions et monta.

*
* *

Marc revint ce soir-là assez tôt à la maison. Il trouva Liliane tendue.

– Qu'est-ce qui vous arrive?

Ils trouvaient rafraîchissante et agréable la petite distance de vouvoiement sauvegardée.

– Si vous saviez qui est dans la chambre de votre fils...

Marc retint son souffle. Didier serait de retour?

– Qui?

Il la prit par les épaules.

– Qui?

– Ma fille! dit-elle. Teresa est revenue.

Il était soulagé et profondément déçu.

– Et que va-t-elle faire à Paris?

– Je ne sais pas. Elle est montée au sixième, elle pourrait dormir pendant quelques jours dans la chambre de Didier... Si vous acceptez sa présence...

– Elle peut y rester tant qu'elle veut... Il y a une plaque électrique, un petit réfrigérateur, un lit pliant... le grand confort, quoi...

Il serra Liliane dans ses bras.

– Si j'étais à votre place...

Elle avait fermé les yeux.

– Je ne recommencerais pas à préparer des petits plats, ni à coudre des rideaux en revenant du bureau, ni à m'inquiéter de sa température si son front est chaud...

Ils restaient silencieux, rassurés l'un par l'autre. Ensemble, ils avaient moins peur de leurs enfants.

Martigny, janvier 1986.

Cet ouvrage a été réalisé sur
Système Cameron
par la SOCIÉTÉ NOUVELLE FIRMIN-DIDOT
Mesnil-sur-l'Estrée
pour le compte des Éditions Grasset
le 21 mars 1986

Imprimé en France
Dépôt légal : mars 1986
N° d'édition : 6967 – N° d'impression : 4023
ISBN : 2-246-33911-1